PÉS DESCALÇOS

PÉS DESCALÇOS

CALÇADOS CONFORTÁVEIS - LIVRO 3

SHARON GARLOUGH BROWN

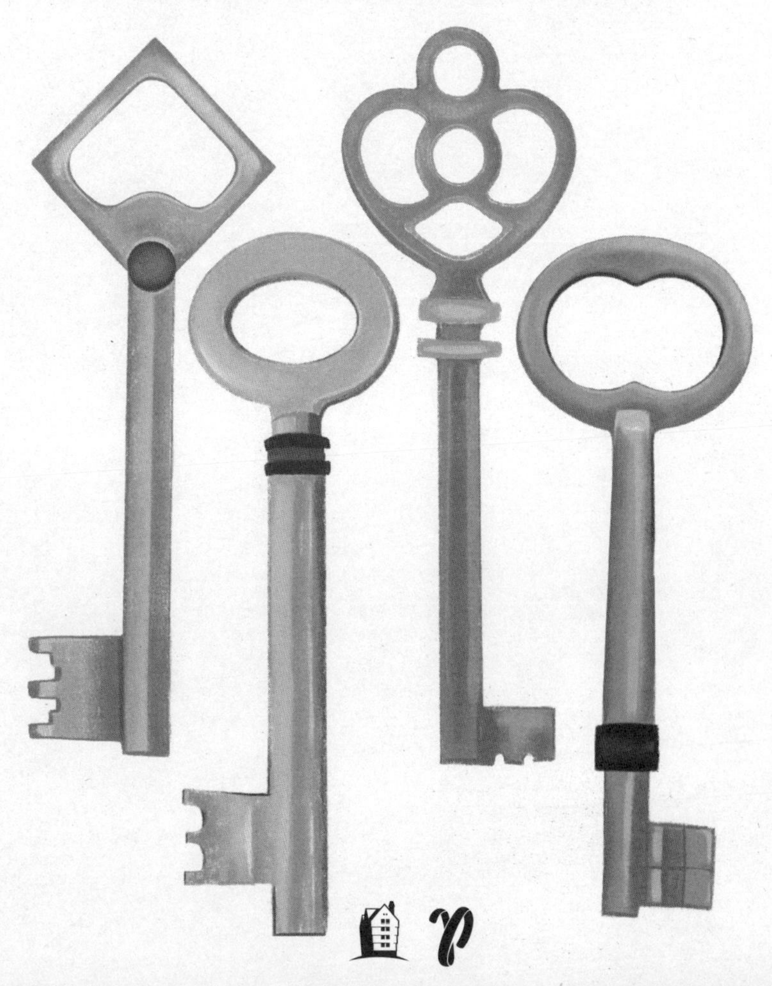

Publicado originalmente em inglês por InterVarsity Press como *Barefoot: a story about surrendering to God* por Sharon Garlough Brown. © 2016 por Sharon Garlough Brown. Traduzido e publicado com permissão da InterVarsity Press, sediada em 1400, Downers Grove, IL, EUA.

EDIÇÃO
Guilherme Cordeiro e Brunna Prado

TRADUÇÃO
Marcos Otaviano

PREPARAÇÃO
Gabriel Lago

REVISÃO
Jaqueline Lopes e Beatriz Lopes

CAPA E PROJETO GRÁFICO
Rafaela Villela

DIAGRAMAÇÃO
Sonia Peticov

Dados Internacionais de Catalogação na Publicação (CIP)
(BENITEZ Catalogação Ass. Editorial, MS, Brasil)

B321p 1. ed.

Brown, Sharon Garlough
Pés descalços: uma história sobre se render a Deus / Sharon Garlough Brown; tradução Marcos Otaviano. – 1. ed. – Rio de Janeiro: Thomas Nelson Brasil, 2023

400 p.; 13,5 × 20,8 cm.

Título original: *Barefoot:* a story of surrendering to hope
ISBN: 978-65-5689-697-7

1. Ficção cristã. 2. Mulheres cristãs. 3. Retiros espirituais. I. Otaviano, Marcos. II. Título.

04-2023/70 CDD B869.3

Índices para catálogo sistemático:
1. Ficção cristã: Literatura brasileira 813.6

Bibliotecária: Aline Graziele Benitez CRB-1/3129

Alameda Santos, 1000, Andar 10, Sala 102-A
São Paulo — SP — CEP: 01418-100

Este livro foi impresso pela Vozes para a Thomas Nelson Brasil. O papel do miolo é pólen natural 70g/m² e o da capa é cartão 250 g/m².

Para Jack, meu companheiro mais amado. Juntos, nós vislumbramos a glória de Deus. Eu te amo.

"Tira as sandálias dos pés, pois o lugar em que estás é terra santa."

Êxodo 3:5

SUMÁRIO

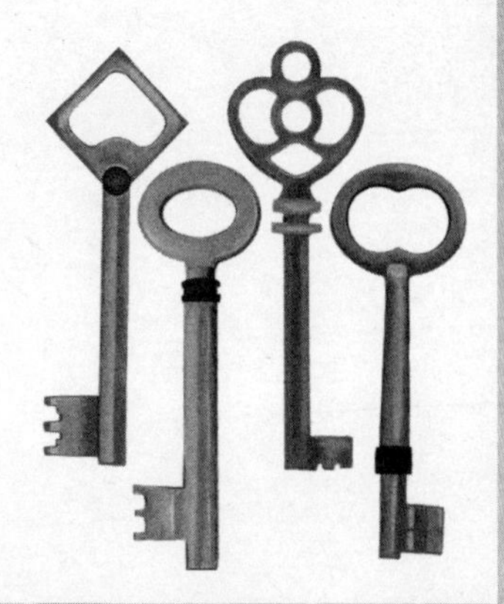

PARTE UM

O CAMINHO DO PEREGRINO

Como são felizes os que em ti encontram sua força,
e os que são peregrinos de coração!

Salmo 84:5, NVI

"Tira as sandálias dos pés, pois o lugar em que estás é terra santa."

Êxodo 3:5

Ser um peregrino significa estar a caminho, lentamente, notar sua bagagem ficando mais leve, buscar tesouros que não enferrujam, estar confortável com as questões do seu coração, estar se movendo em direção ao solo sagrado do lar, com mãos vazias e pés descalços.

Macrina Wiederkehr, Tourist or Pilgrim [Turista ou Peregrino]

1.

MEG

Resiliente. Essa era a palavra que Meg Crane estava procurando. Resiliente. "Você não é resiliente", sua mãe sempre dizia com o tom acusatório ressoando nos ouvidos de Meg, mesmo quase um ano depois da morte dela. "Você precisa aprender a se levantar. Seguir em frente."

Meg rolou para o lado na sua cama de solteiro, a mesma cama em que ela dormia quando criança. Em 46 anos, ela nunca foi alguém que se recuperasse rapidamente de um trauma ou uma tristeza, nunca foi alguém que se ajustasse facilmente a mudanças ou decepções. Ela conhecia pessoas capazes de suportar pressões com serenidade impressionante, se esticando, se dobrando e se adaptando ao sofrimento com graça, com esperança. Ela nunca foi assim.

Talvez "resiliente" fosse uma boa palavra para abraçar neste novo ano. *Resiliente na esperança.* Especialmente sob a luz de tudo o que fora jogado de pernas para o ar só no último mês.

Ela se levantou usando o cotovelo, com as molas do antigo colchão rangendo sob o estrado da cama de um metro e sessenta, e olhou pela janela do segundo andar para a paisagem cinzenta. A cerejeira selvagem no quintal do vizinho, visível do quarto de Meg desde quando ela se lembrava, oferecia uma imagem de esperança resiliente. Anos atrás, quando o Sr. e a Sra. Anderson moravam lá, ventos violentos rasgaram o oeste de Michigan em uma noite amena de verão e quase arrancaram a árvore, deixando as raízes expostas. No dia seguinte, os vizinhos se juntaram ao redor dela, alguns deles endireitando o tronco com as mãos e braços, enquanto outros empurravam as raízes de volta para o chão com os pés. A mãe de Meg reclamava de uma janela do segundo andar: eram tolos, fazendo tamanha algazarra por causa de uma árvore. Mas Meg secretamente torcia por eles. A árvore ficou inclinada depois daquela tempestade, mas sobreviveu, e sua inclinação atesta sua resiliência, assim como suas flores atestam a esperança.

Resiliente ao sofrimento, não imune a ele. Esse era o testemunho silencioso da árvore inclinada: não a negação da tempestade, mas perseverança e esperança como resultado dela.

E que belíssimo testemunho.

A torneira despejou água com força no banheiro do fim do corredor; a tubulação rangendo com protesto artrítico. Hanna estava acordada. Estranho como Meg se acostumara rapidamente a ter outra pessoa em casa de novo. Uma caneca floral de cerâmica sobre o balcão da cozinha, uma toalha pendurada sobre a porta enferrujada do chuveiro, uma segunda escova de dentes ao lado da pia de esmalte trincada — tudo isso eram lembretes alegres de que Meg não estava sozinha. Ainda que a presença de Hanna na casa fosse temporária e esporádica, Meg estava grata por sua companhia.

Nos meses desde que se conheceram no Retiro Nova Esperança, Hanna se tornou como uma irmã. Não apenas Hanna, mas Mara e Charissa também. "O Clube dos Calçados Confortáveis", como Mara batizou. Meg, que passara a maior parte de dezembro na Inglaterra visitando a filha, estava desejosa por andar em comunidade de novo. Ela precisava de companheiras espirituais confiáveis na jornada de conhecer a Deus — e a si mesma — mais intimamente. Ela precisava de um lugar seguro onde pudesse ser honesta sobre suas lutas para perceber a presença de Deus em meio a seus medos, decepções e tristezas.

Mas, quando Hanna terminasse seu tempo sabático de nove meses, essa nova comunidade íntima delas inevitavelmente mudaria. E depois?

"Você não acha que ela poderia simplesmente ficar aqui?", Mara perguntou para Meg enquanto serviam uma refeição juntas no Natal, no abrigo Nova Estrada. "Ela não precisa voltar para Chicago, precisa? Não pode simplesmente falar para o chefe dela que ela se reuniu de novo com o amor da sua vida e vai ficar em Kingsbury?"

Meg não sabia como tempos sabáticos funcionam, se existe alguma regra sobre não sair da igreja depois da folga. "Você conhece Hanna", Meg respondeu, "como ela é dedicada ao ministério. Não consigo vê-la recebendo um presente deles e depois não voltando lá para servir."

Como que percebendo a deixa, Hanna apareceu à porta usando seu roupão de microfibra e pantufas, o cabelo castanho claro e gentilmente grisalho ainda bagunçado pela noite de sono.

— Como está se sentindo? — ela perguntou.

Meg se apoiou na cabeceira para se levantar.

— Desculpa... Eu te acordei à noite com minha tosse?

— Não, eu só te escutei hoje de manhã, depois que levantei.

— Algum vírus do avião — Meg disse, fungando. — Espero não transmitir nada para você.

— Eu tenho o sistema imunológico de pastora — Hanna brincou. — Anos de visitas em hospitais. — Ela puxou a cadeira de rodinhas para perto da cama e se sentou. — Alguma notícia de Becka?

— Não. Preciso aprender a mandar mensagens. Acho que ela vai ligar quando achar que deve. — Ela esperava que Becka voltasse a salvo para Londres depois de comemorar o aniversário de 21 anos em Paris com o namorado de 42 anos, Simon.

O simples pensamento sobre o nome dele a relembrou da vil experiência que fora conhecê-lo. Lá estava ele, ao pé do London Eye, usando seu sobretudo de lã e um chapéu pretencioso, com as mãos de meia-idade passeando pelo corpo de Becka, sua voz teatral pingando com condescendência e seus lábios enrolados num sorriso soberbo e zombador. Talvez ele se cansasse dela e encontrasse outra garota jovem e inocente a quem pudesse manipular e controlar. "Você ainda não entende, não é?", Becka discutiria. "Eu não sou uma vítima! E não sou mais uma garotinha. Estou feliz. Mais feliz do que já estive na minha vida inteira. Aceita isso, tá bom?"

Não. Meg não ia aceitar isso. E ela sabia o que sua mãe diria. Por mais que sua mãe fosse imune à tristeza, jamais fora imune à vergonha ou permanecera tranquila com a aparência de coisas impróprias. "Por que raios você permitiria que ela se envolvesse com ele?", sua mãe exigiria. "Por que você concordou que ela fosse a Paris? Você deveria ter ficado em Londres e tomado o controle."

— Você está bem? — Hanna perguntou.

Meg levantou os ombros.

— Só tendo conversas imaginárias com pessoas que não estão aqui.

— Becka?

— É minha mãe. Ela teria um treco com toda a história de Simon. — Meg agarrou a borda do cobertor. — Me diga a verdade, Hanna, o que você realmente acha? Eu deveria ter ficado em Londres? Lutado para impedir Becka de ir para Paris?

Meg nunca fizera essa pergunta, e Hanna nunca dera sua opinião sem ser solicitada.

— Não tenho certeza se isso teria algum resultado — Hanna respondeu depois de algum tempo —, exceto deixá-la mais determinada. Mais brava. E você estava pedindo a Deus que te guiasse em amor, para te mostrar como deveria amar Becka. Acho que foi corajoso amar Becka deixando-a ir, não tentando controlá-la. Por mais difícil que seja.

Sim. Muito difícil. Muito difícil confiar que a história ainda não terminou, que Deus colocou vírgulas de esperança onde Meg poderia pontuar com exclamações de desespero.

— Eu tenho sonhos. Pesadelos. Vejo Becka em perigo... Às vezes, ela está na beirada de um precipício... Tento gritar para alertá-la, mas nada sai da minha boca, e eu tento correr até ela, mas minhas pernas não se movem. Fico totalmente impotente. E isso é assustador. — Ela abraçou os joelhos contra o peito. — Às vezes, sinto como se minhas próprias orações por ela simplesmente batessem no teto e voltassem. Continue orando por ela, tá bom?

— Vou continuar. E por você também, Meg.

— Obrigada. — Meg tirou outro lencinho da caixa sobre a mesa de cabeceira. — Por mais que eu odeie, acho que seria melhor eu não ir servir com vocês no Nova Estrada hoje. Não quero ficar tossindo em cima da sopa.

— Mara vai entender — Hanna disse. — Vamos ter muitas chances para estarmos juntas lá. Você precisa descansar.

Meg concordou. Talvez um dia inteiro na cama fosse uma necessidade, não um luxo.

— Vou colocar a chaleira no fogo — Hanna disse — e trazer para você uma xícara de chá com mel.

Antes que Meg pudesse protestar e insistir que poderia servir a si mesma, Hanna já saíra pela porta e Meg escutou os passos dela descendo a espiral de madeira, e sua voz aguda cantando uma melodia que ela não reconheceu.

Ela pegou o calendário bíblico diário que Charissa lhe dera ("Um pequeno agradecimento", Charissa havia dito, "por nos avisar que sua antiga casa estava à venda") e virou a página para a véspera do Ano-Novo. Em cinco semanas, Charissa e John pegariam a chave da casa que Meg e Jim compartilharam, a casa onde eles sonharam criar uma família e envelhecer juntos. Agora, 21 anos depois, Charissa e John sonhariam naquele espaço e, se Deus quisesse, trariam o bebê deles para casa em julho, para o quarto que Jim preparara com amor para Becka. Mas Jim não viveu para trazer Becka para casa. Ele não viveu para conhecer e segurar sua filha. Ele não viveu.

"Ó minha alma, descansa somente em Deus", Meg leu no calendário, "porque dele vem a minha esperança."

Esperança. De novo e de novo, essa palavra aparecia, como se o próprio Senhor a estivesse sussurrando em seu ouvido. Esperança não por um resultado específico, mas pela bondade e fidelidade de Deus, apesar de qualquer coisa. Esperança não em uma resposta ou solução, mas em uma Pessoa. Esperança nele, através dele, a partir dele.

— Olha — Meg disse quando Hanna voltou com uma bandeja de chá.

Hanna colocou a bandeja sobre a cama de Meg, pegou o calendário para ler e disse:

— Aí está a sua palavra de novo.

— Parece que estou em uma câmara de eco.

Hanna sorriu.

— Entendo o sentimento.

Ela devolveu o calendário para Meg e segurou a cadeira de rodinhas com o pé, puxando-a para mais perto da cama.

— Graças a Deus, ele não presume que escutamos da primeira vez.

Meg deu um gole no chá e sentiu o gosto do mel perdurar na boca. Sim, graças a Deus.

Ela conhecia sua versão honesta desse versículo na maioria dos dias: "Ó minha alma, tu não descansas somente em Deus, porque dele não vem a minha esperança." Em vez de esperar por Deus em esperança e paz, ela esperava com agitação, inquietude e ansiedade. Mesmo com tudo que vira sobre a fidelidade de Deus, mesmo com tudo que vivenciara nos últimos meses sobre a presença e o amor de Deus, ela ainda tinha dificuldade de confiar. Então, era isso que ela estava aprendendo a entregar: a verdade. Para Deus. Para outros. Para si mesma. Sem negar seus medos. Sem esconder sua tristeza. Toda ansiedade e dor no coração, o remorso e a culpa, os anseios, vontades e desejos, a luta e o pecado, passado, presente e futuro — tudo isso devia estar aos pés de Jesus. Tudo isso.

Meg tentou fazer uma oração, mas foi tomada por um reflexo de tosse assim que inspirou.

— Você parece péssima — Hanna comentou. — Que tal eu te trazer algo para essa tosse?

Fazia um bom tempo que Meg não ficava doente, nem mesmo com um nariz entupido.

— Acho que não tenho nada aqui — ela respondeu.

— Não tem problema. Vou tomar um banho rápido e comprar um remédio para você.

— Não precisa fazer isso...

Mas Hanna já estava de pé.

— Eu sei que não preciso. Eu quero. — Ela pegou um bloquinho de papel e uma caneta da escrivaninha de Meg. — Aqui: faça uma lista do que mais você precisar, tá bom?

— Hanna, eu...

— Não discuta. — Hanna apontou para ela com um tom brincalhão e firme. — Você é uma das que me dizem que eu preciso praticar o hábito de descansar e receber. Você pode praticar comigo.

Meg prestou continência de brincadeira.

— E coloque algumas coisas nessa lista que sejam só para diversão — Hanna acrescentou. — Você pode praticar o hábito de brincar também.

— Minha mãe não me permitia brincar quando eu estava doente. Era contra as regras.

Os olhos de Hanna se encheram com um tipo profundo de compreensão.

— Motivo ainda maior para fazer isso.

Meg inclinou a cabeça para trás contra o travesseiro e olhou para o teto, lembrando-se de dias solitários e censurados, quando estava doente, nos quais o quarto da infância era transformado em uma cela de confinamento, com liberdade permitida apenas para idas ao banheiro ou para a cozinha, a fim de procurar comida. Quantas horas ela passara na cama, acompanhando com o dedo o papel de parede florido e inventando histórias na cabeça porque até o prazer de ler era proibido?

Havia mais — sempre mais — para entregar aos pés de Jesus, se ela tivesse coragem de ver.

MARA

O latido abafado seguido por um gemido queixoso foram as primeiras pistas para Mara Garrison de que a caixa de papelão e a bolsa prateada que Brian, de treze anos, estava carregando tinham algo a mais além de alguns dias de roupa suja.

— Ei! — ela chamou o mais novo, que não tirou as botas cobertas de sujeira nem os fones quando entrou em casa. — Brian! — Mara tirou a mão cheia de espuma da pia e segurou a manga dele enquanto passava. Ele balançou o punho e passou pela cozinha sem olhar para ela, com o peito estufado de forma convencida que imitava perfeitamente o pai. — Ei! — Ela secou a mão úmida na calça e correu atrás dele, chegando à porta da sala de estar segundos antes dele e bloqueando o caminho com seu corpo tamanho GG. Ela levantou os cotovelos para tocar no batente, a fim de que ele não passasse por ela, e então gesticulou para ele tirar os fones. Brian afastou um dos fones alguns centímetros da orelha. — Que tal um "Tudo bem, mãe"?

Se olhares pudessem matar, ele seria acusado de assassinato.

— O que tem na caixa? — ela perguntou apontando com o queixo.

Ele pendurou os fones no pescoço.

— Nada.

O "nada" latiu.

— Meu pai comprou um cachorro para ele — Kevin respondeu, fechando a porta da garagem com uma pancada forte antes de se inclinar para tirar as botas.

Brian se virou e fulminou o irmão com o olhar.

— Não seja imbecil — Kevin acrescentou. — Não é como se você fosse mantê-lo em segredo.

— Abra a caixa — Mara ordenou com a voz surpreendentemente calma.

Brian tentou se esquivar dela.

Ela se recostou contra o batente.

— Eu falei para abrir a caixa.

Ele apertou os olhos para ela, com o canto da boca tremendo e a veia próxima da sua têmpora sardenta pulsando. Assim como o pai.

— Abre a droga da caixa! — Kevin exclamou. Ele a arrancou do irmão e a colocou sobre o chão de azulejos marrons antes de levantar as abas. Uma bola de pelo marrom e olhos esbugalhados piscou para Mara.

Tom, que em breve seria seu ex-marido, zombou na cabeça dela. "Feliz Ano-Novo!"

Kevin apanhou o cachorro, que tremia sobre os jornais sujos, e o colocou no colo. O cãozinho de orelhas de abano e pelo desgrenhado lambeu o dedo dele e choramingou. Brian arrancou o cachorro dele.

— Bailey é meu! — ele rosnou, empurrando Kevin com a palma da mão.

Kevin deu um soco no braço de Brian.

— Então, não sufoca ele!

Em resposta, Brian empurrou Kevin com força.

— Ei! — Mara gritou. — Parem com isso! Os dois! — Embora ela esperasse que Tom fizesse alguma gracinha com os meninos durante as férias de Natal, não havia previsto essa manobra em particular.

Por anos, ela fora irredutível, insistindo que os meninos não poderiam ter um cachorro porque ela sabia quem ia acabar cuidando dele, e não queria a responsabilidade extra. Tom viajava para fora da cidade na maioria das semanas, os meninos participavam de múltiplas atividades extracurriculares e Mara mal aguentava o ritmo de criar os filhos sozinha.

Logo agora, que Tom abrira o processo de divórcio e saíra de casa para receber uma nova promoção e uma nova vida em Cleveland — logo agora, que Mara precisava procurar um emprego e nem tinha certeza se seria capaz de conseguir pagar para manter a casa quando o divórcio fosse finalizado em junho — logo agora, Tom deu a Brian exatamente o que ele queria. Foi um plano habilidoso para manter a lealdade e criar ainda mais hostilidade se Mara levasse o cachorro embora. Ela conseguia imaginar a alegria de Tom quando ele deu ré da entrada da garagem depois de deixar os meninos. Ele provavelmente sorriria o caminho inteiro de Michigan até Ohio.

Enquanto Brian desaparecia com o cachorro e a bolsa, Kevin ficou na cozinha para inspecionar a torta de maçã esfriando sobre o fogão.

— Quer me contar? — Mara perguntou com as mãos sobre os quadris. Desde que Kevin lhe contara sobre a promoção de Tom no trabalho algumas semanas atrás (informação que Tom escolhera não compartilhar com ela), ele se tornou um informante razoavelmente confiável. Ele tirou um pedacinho dourado da massa para experimentar.

O cachorro, Kevin explicou, foi comprado pela internet depois que Brian fez um escarcéu sobre querer — *precisar* — de um.

— Eu falei para o meu pai que você não ficaria feliz com isso.

Exatamente.

Resmungando alguns palavrões entredentes, ela pegou o celular e parou de digitar o número pela metade.

Não. Era exatamente isso que Tom queria. Na verdade, ele provavelmente estava esperando o celular tocar, estava *contando* com o toque do celular.

Deixe ele esperar e se perguntar.

Ela descobriria como conseguir sua vingança. Encontraria alguma fraqueza e a exploraria, ou usaria o cachorro como vantagem para ficar com a casa. Tom queria fazer joguinhos? Beleza. Ela vai jogar. Brian não seria capaz de ter um cachorro se ela e os meninos fossem forçados a se mudar para um lugar alugado, e ela poderia prontamente semear as sementes da culpa e do ressentimento. "Não se apegue muito a ele", ela diria, "porque, depois que o divórcio se completar, nós provavelmente vamos ter que nos mudar para uma casa pequena onde não permitem animais de estimação, e tudo porque seu pai foi egoísta demais para nos deixar ficar aqui."

Mas, por enquanto, Mara fingiria tranquilidade, caso Kevin estivesse agindo como um agente duplo.

— Seu pai já comprou uma casinha e tudo mais?

— Não. Só comida e uma coleira.

— Bem, vamos ter que fazer compras, então. — Mara recentemente encontrara um cartão de crédito no nome de Tom que ela não usava havia alguns meses, esquecido em uma carteira antiga. O cachorro precisaria de um bocado de coisas. Um bocado de coisas caras. A casinha mais cara que ela conseguisse encontrar, por exemplo. E brinquedos. E uma cama fofa com sua inicial. Talvez também precisasse de adestramento. Tom rapidamente descobriria como esse presente sairia caro, mesmo sem as contas do veterinário, e, se ele reclamasse, teriam que desistir do cachorro. "Sinto muito, Brian", Mara diria, "mas não temos dinheiro para ficar com ele. Fale com seu pai sobre isso."

— E você, Kevin? — ela perguntou, injetando alegria na voz. — O que seu pai te deu? — Tom não daria um presente de Natal extra para Brian sem dar um para Kevin também.

— Umas coisas de surfe.

Previsível. Tom provavelmente planejara umas férias caras de verão para ele e os meninos. Havaí, talvez. Mas ela não pensaria nisso agora. Por enquanto, tinha duas coisas que requeriam sua atenção imediata: terminar de cozinhar para o jantar da família e chegar ao Nova Estrada às 10h30 com Kevin.

Ela estava orgulhosa dele. Muito orgulhosa. Embora o treinador Conrad tivesse dado a ele dez horas de serviço comunitário quando entrara em uma briga com um colega depois de um jogo de basquete em dezembro, hoje Kevin serviria onze, doze e treze horas por sugestão própria.

— Porque eu não vou poder ver muito as crianças depois que a escola começar de novo — ele lhe dissera. — E eu aposto que algumas delas vão sair de lá em breve, você não acha?

Kevin surpreendeu Mara com a rapidez com que ele passara a gostar de brincar com elas. Aos quinze anos, ele nunca havia passado muito tempo com crianças pequenas. Ele ainda usava fraldas quando Brian nascera, e Mara, ciente do ciúme que ele sentia do novo bebê, foi hipervigilante na supervisão dele. Mas, no Nova Estrada, ela o viu com deleite pelo canto do olho enquanto ele lia livros para crianças pré-escolares, que subiam nele como se fosse um trepa-trepa, com os membros enrolados contra o pescoço sardento, e ombros magros grudando nele que nem velcro. Ela vira de relance seu aparelho dental metálico (atualmente com as cores do time de futebol dele) quando sua boca se esticava em um sorriso estranhamente largo. Mesmo que ele lhes dissesse com uma voz firme de irmão mais velho: "Agora sentem e escutem a história", ele não tentava se desvencilhar do feliz caos deles. Para algumas dessas crianças sem-teto, Kevin era uma das poucas figuras masculinas a que elas tinham acesso, e elas bebiam da atenção dele em goles sedentos e ávidos. Jeremy, o filho mais velho dela, fora um desses pré-escolares barulhentos 27 anos atrás.

Ela olhou o relógio no micro-ondas. Ela ainda tinha tempo suficiente para arrumar a mesa com suas melhores porcelanas, fazer uma fornada dos seus famosos biscoitos de canela e cortar alguns vegetais crus de aperitivos. *Crudités*, as mulheres da vizinhança chamavam — as mesmas mulheres que se gabavam de cultivar as próprias ervas em seus jardins para fazer seus temperos e molhos. Se Mara usasse qualquer outra coisa além de molho pronto ou manteiga de amendoim cremosa para o molho dos vegetais, os meninos fariam um motim.

Quando os biscoitos estavam no forno, Mara passou sua toalha de mesa verde-xadrez e guardanapos. Anos atrás, depois que sua mãe morrera, Mara herdou a porcelana da avó, um dos poucos tesouros que Mara retinha da infância. Ela se lembrava de algumas reuniões de família — ainda mais especiais porque eram tão raras — quando a avó juntava duas mesinhas dobráveis no apartamento, as cobria com toalhas de linho e colocava sobre elas suas porcelanas inglesas floridas e taças de cristal. Embora os primos mais velhos de Mara tivessem o privilégio de acender as velas, Nana deixava Mara dobrar os guardanapos e arrumar os talheres: dois garfos do lado esquerdo de cada prato. Mara também podia chegar mais cedo para ajudá-la a cozinhar. Nenhum dos outros primos tinha permissão para tal acesso íntimo aos segredos culinários da Nana.

Mara ainda conseguia vê-la em seu avental de bolinhas, os ombros inclinados sobre o fogão, colocando açúcar mascavo e gengibre na panela com manteiga derretida. Nana supervisionava o inhame até atingir a consistência exata para Mara amassar. Depois, elas espalhavam a mistura cremosa na caçarola e jogavam alguns marshmallows por cima. Nana sempre a deixava comer três marshmallows do pacote.

Outra tradição que Mara poderia passar para a neta, Madeleine, algum dia.

Ela alisou a toalha de mesa, imaginando a própria família se reunindo em algumas horas. Embora Brian fosse agir com sua rudeza usual, pelo menos Tom não estaria à cabeceira da mesa criticando a refeição, provocando Jeremy com insultos farpados ou ofendendo a nora, Abby, com piadas sexistas e racistas.

"Feliz Ano-Novo!"

Mara abriu o armário de porcelanas e tirou os pratos de jantar da avó da prateleira de cima, cantarolando enquanto contava cinco pratos, não seis. Assim que ela estava se virando para a mesa, seu pé prendeu-se em algo e ela tropeçou para a frente. Antes que pudesse recuperar o equilíbrio, dois pratos catapultaram de suas mãos e caíram devastadoramente no chão de azulejos.

"Mas que..."

Escondendo-se debaixo de uma cadeira na sala de jantar estava o cachorro de Brian.

— Brian! — ela gritou, tremendo de raiva.

Estava tão absorta com a preparação das refeições, que se esquecera do novo invasor quadrúpede. Ela olhou primeiro para o animal, depois para os pratos da avó, em cacos.

— Brian! — ela gritou com tanta força, que o cachorro fugiu para detrás do sofá. Kevin veio para o topo das escadas do porão, deu uma olhada para a mãe, outra para a bagunça no chão e gritou escada abaixo pelo irmão.

Brian finalmente subiu.

— O quê? — ele perguntou rudemente, com os braços cruzados sobre o peito. Com o som da voz de Brian, Bailey saiu do esconderijo.

— Pega... seu... cachorro... agora. — Antes que Brian pudesse apanhá-lo pela pele do pescoço, o cachorro levantou a pata e urinou em uma poltrona. — Agora!

Brian se esticou para a frente, e o cãozinho se esquivava de suas mãos em círculos e zigue-zagues, latindo pela sala de estar e cozinha. Brava demais para falar, Mara se sentou em uma cadeira à mesa parcialmente posta e enterrou o rosto nas mãos.

HANNA

Hanna Shepley guardou o celular e, com um suspiro profundo, retornou a atenção para o balcão do caixa, onde um empregado de cabelos brancos e óculos de armação grossa e escura estava tentando descobrir como registrar o rímel que a cliente insistia estar em promoção.

— Está escrito lá, logo acima da gôndola — a mulher disse, com a mão cheia de anéis apoiada no quadril. — Pague dois, leve três. Conte. — Ela apontou com o dedo enfático, de unha feita, para cada embalagem sobre o balcão. — Uuuumm, doooisss, trêêêsss.

Em resposta, o homem tirou um panfleto de promoções do lado da caixa registradora, o esticou lentamente e vasculhou as imagens procurando a informação, com os ombros inclinados para a frente e a mão esquerda no topo da cabeça, coçando-a enquanto pensava.

— Ah, pelo amor de Deus — a mulher exclamou, arrancando o papel dele. — Aqui! Viu? Bem aqui. Aqui está a foto, aqui está a promoção. Rímel Maybelline, pague dois, leve três. Qual a dificuldade? — Ela se virou para dar um sorriso compassivo para os clientes esperando na fila atrás.

Satisfeito que os detalhes do panfleto coincidiam com os produtos diante dele, o empregado digitou o código na registradora e completou a transação, oferecendo um "Tenha um bom dia" quando a mulher arrancou a notinha de sua mão, a enfiou na sacola de plástico e saiu apressada pelas portas deslizantes automáticas em uma lufada de ar frio.

Nenhuma das três operações seguintes foi mais tranquila, e, conforme os pedidos de ajuda dele pelo microfone não eram atendidos, os clientes ficavam cada vez mais hostis. Quando Hanna chegou ao balcão, a testa dele estava gotejada de suor.

— Você encontrou tudo de que precisava? — ele perguntou com um suspiro cansado na voz.

— Tudo aqui — Hanna respondeu com um sorriso que ela esperava que comunicasse que não estava irritada com a demora e que era improvável que perdesse a paciência com ele. Graças a Deus, nada na cesta de compras dela estava listado no panfleto de ofertas semanais.

Uma jovem vendedora, com os lábios e sobrancelhas perfurados com vários piercings, passou ao lado e abriu outro caixa. Resmungando com alívio, os clientes atrás de Hanna pularam para a outra fila.

Enquanto isso, o empregado idoso escaneava cada item da cesta dela com um toque lento, quase reverente.

— Minha neta ama colorir e desenhar — ele disse, segurando os pacotes de lápis de cor, canetinhas e gizes de cera que Hanna encontrou nas prateleiras de liquidação de Natal. Mais tarde, quando ela tivesse mais tempo, pararia na loja de artesanato para comprar artigos de arte mais sofisticados para Meg, que mencionara o quanto gostava de desenhar na casa da vizinha quando era pequena. Mas já fazia anos, Meg havia dito, que ela não fazia nada artístico. "Motivo ainda maior para fazer isso de novo", Hanna respondera, escutando o convite para ela mesma nessas palavras.

Ele ainda estava escaneando os itens. Xarope para tosse e descongestionante. Pastilhas para garganta de limão e mel. Comprimidos de vitamina C. Lencinhos. Um livro de sudoku e palavras cruzadas. E *Yahtzee*, porque Hanna não jogava isso havia anos e ainda conseguia ouvir o chacoalhar dos dados de quando o pai dela balançava o copinho vigorosamente, dizendo "Vamos, seis!". Talvez Nathan fosse jogar com elas.

O empregado examinou a caixa de *Yahtzee*, tentando encontrar o código de barras.

— Acho que está daquele lado ali — Hanna disse.

Ele girou a caixa várias vezes com os dedos atrapalhados.

— Me desculpe — ele pediu.

— Não tem problema. Você está indo bem. — Todos os outros três clientes da outra fila já tinham ido embora, e Hanna lutou contra a tentação de tamborilar os dedos no balcão. Ela não tinha acabado de dar uma bronca em Nathan algumas semanas atrás pela impaciência dele enquanto esperava na fila? Ela o relembrou de que ele podia praticar a disciplina espiritual de estar atento às pessoas ao redor enquanto esperava. Se Nate estivesse com ela, ele estaria cutucando-a com o cotovelo agora. Suas palavras sempre davam um jeito de se voltar contra ela.

Ela fez uma oração silenciosa, tanto pela própria irritação quanto pelo atendente. Talvez ele fosse novo no trabalho. Ou talvez estivesse trabalhando nessa loja havia décadas e ficando senil. Talvez...

— Minha neta está muito doente — ele disse, fitando-a no fundo dos olhos. — Leucemia.

... ele estivesse distraído por outros problemas mais importantes.

— Sinto muito — Hanna respondeu com a impaciência evaporando.

— Nós achávamos que ela conseguiria estar em casa conosco no Natal, mas... — Sua voz falhou e ele voltou a atenção para o scanner e para as sacolas. Hanna o observou empacotar os itens, e então passou o cartão de crédito. — A notinha fica com você ou na sacola? — ele perguntou.

— Eu pego — Hanna respondeu, apanhando as sacolas. — Qual o nome da sua neta?

— Ginny.

Hanna pegou os gizes de cera, lápis de cor, canetinhas e a caixa de *Yahtzee* de uma das sacolas e os devolveu para ele.

— Por favor, leve isso para Ginny.

— Oh... Eu não...

— Por favor — Hanna insistiu. — É só uma coisinha. — Uma coisinha tão pequena, mas, pelo olhar de surpresa e gratidão no rosto do atendente, dava para pensar que ele recebera um presente enorme.

"Todo mundo tem uma história", o pai dela frequentemente afirmava. "Você só precisa saber fazer as perguntas certas."

Seu pai, um vendedor aposentado, sempre soube como fazer as perguntas certas para estabelecer um relacionamento com clientes em potencial. Ele elevou a habilidade de puxar assunto ao nível de arte e tinha um dom para fazer as pessoas se sentirem valorizadas, o que se traduzia em números de venda impressionantes. Ele era o proverbial vendedor de gelo para esquimós. Mas, quando se tratava de falar sobre a própria história, era uma fortaleza.

"Tal pai, tal filha", Hanna pensou enquanto dirigia de volta para a casa de Meg. E, agora que o próprio cofre estava destrancado, era hora de explorar se seu pai estaria disposto ou não a se abrir.

Ela prometera para os pais antes do Natal que iria viajar para Oregon e vê-los em janeiro ou fevereiro. Esperava ter uma conversa face a face honesta com eles sobre segredos da família que adoeceram dentro dela por causa de anos tentando escondê-los. Depois de contar a verdade para Meg e depois para Nathan, Hanna estava começando a se sentir preparada para falar a verdade para os pais, para conversar com eles sobre como ela se sentia responsável pelo colapso nervoso e hospitalização da mãe quando ela tinha quinze anos e sobre como tentara obedecer à ordem do pai de não contar para outros sobre a dor da família. Determinada a não trair sua confiança, Hanna escondera a vergonha e o medo e, sem perceber, havia desenvolvido uma hemorragia interna. Mas, com uma cirurgia radical e precisa, o Médico dos médicos começou um trabalho profundo de cura ao expor e limpar a ferida. Talvez isso também trouxesse cura para a família.

Ela precisaria decidir — e logo! — sobre seus planos de viagem. Ou talvez ela tentasse convencer os pais a visitarem-na no oeste de Michigan. Ela completaria quarenta anos em primeiro de março. Talvez os convidasse para comemorar o aniversário com ela. Amaria que eles tivessem a oportunidade de conhecer Nathan e o filho dele, Jake. Ou esse tipo de apresentação era prematura?

Ela expirou lentamente. Tantos problemas não resolvidos para cuidar antes de voltar para Chicago.

O motorista ao lado dela no semáforo estava com um celular em uma mão e um copo de café na outra. Alguns meses atrás, Hanna estaria engolindo iogurte de framboesa em semáforos ou caçando um micro-ondas, porque até mesmo arroz pré-cozido demorava demais. Será que ela conseguiria replicar o ritmo sem pressa de seu tempo sabático quando voltasse ao trabalho? A desaceleração, o prestar atenção, o descanso e a solitude deliberados, a transição da vida determinada para a vida recebida — tudo isso era uma mudança de paradigma que ela ainda precisava processar e absorver. Tudo isso seria uma mudança severamente testada quando ela se envolvesse de novo com o ministério. Agora que o Ano-Novo estava chegando, pensamentos sobre próximos passos inevitavelmente exigiriam sua atenção em oração.

Seu telefone tocou assim que ela chegou na entrada da garagem de Meg. Nate.

— Oi! — ele disse. — Só ligando para saber a que horas você quer vir. Eu estava pensando, talvez, em um jantar mais cedo e uma noite de jogos antes de irmos ao culto.

Hanna, que nunca participara de um culto da virada, estava desejosa por se juntar a Nathan e Jake na tradição de Ano-Novo deles.

— Eu acho que termino no Nova Estrada às duas — ela respondeu. — Aí depois eu preciso comprar algumas coisas para Meg no mercado.

— Então, venha depois disso.

— O que eu levo?

— Só você mesma.

— Pelo menos, deixa eu levar uma sobremesa ou algo assim.

— Ainda temos um bocado de guloseimas de Natal aqui. Sério. Só vem.

— Eu odeio ir de mãos abanando.

— Eu sei, mas é bom para você. Pense nisso como "vir de mãos abertas".

Ela conseguia escutar o sorriso na voz dele quando deram tchau. Nate tinha um bom argumento, como sempre. Ela ainda precisava praticar o hábito de receber presentes gentis e graciosos com as mãos abertas. Ainda bem que tinha mais alguns meses para praticar essas novas disciplinas.

Seu tempo sabático, com a intenção de ser um presente gracioso e excepcionalmente generoso, pareceu, no início, um exílio forçado do ministério que ela amava. Mas aí, pela obra fiel e sorrateira do Espírito, Hanna começou a perceber as maneiras como ela se escondia por trás das ocupações e da produtividade, todas as formas como sua identidade pessoal foi engolida e misturada à profissional, todas as formas como ela se definia pelo que fazia por Deus em vez do que era para ele: a amada. Seu pastor presidente, Steve Hernandez, viu o que Hanna era incapaz de ver e tomou medidas drásticas e ousadas a fim de lhe dar espaço e tempo para velhos e enraizados hábitos e medos morrerem, a fim de se erguer de novo para a novidade de vida.

— Eu achei que você fosse ficar na cama e descansar! — Hanna disse quando entrou no saguão de Meg, que ainda estava brilhando com algumas decorações de Natal.

Meg, enrolada em um roupão de flanela e encolhida sobre uma caneca fumegante na mesa da cozinha, levantou um dos ombros.

— Não consegui me livrar das memórias de ficar presa lá em cima quando era pequena e ficava doente, então decidi descer para cá.

A formalidade dos cômodos do térreo — um saguão recheado com antiguidades, uma sala de jantar com estilo vitoriano elegante e uma sala de música onde Meg dava aulas de piano — não era convidativa ao relaxamento. O que Meg precisava era de um sofá confortável ou uma poltrona reclinável. Hanna colocou a sacola de compras sobre o balcão da cozinha e perguntou:

— Que tal uma mudança de cenário? Podemos ir para o lago por alguns dias, ficar no chalé. Eu sei que Nancy não se importaria de eu ter visitas lá. — Nancy e Doug Johnson, amigos de Hanna havia anos em Westminster, emprestaram-lhe o chalé da família no lago Michigan para seu tempo sabático, outro presente extravagantemente generoso que ela recebera com relutância. — Eu vou ficar fora até tarde hoje — Hanna continuou. — O culto só começa às onze. Mas podemos ir para lá amanhã à tarde.

Meg pareceu estar pensando.

— Você me recebeu aqui — Hanna reforçou. — Deixe-me devolver o favor. Por favor. Acho que algum tempo no lago vai te fazer bem.

Meg espirrou contra o ombro.

— Tudo bem — ela respondeu. — Obrigada.

Hanna ensaboou as mãos na pia.

— Eu tenho alguns livros de caça-palavras lá para te entreter enquanto eu estiver no Nova Estrada. Eles não tinham canetinhas e lápis, mas eu vou passar em uma papelaria mais tarde.

— Não preci...

— Nananinanão — Hanna levantou a mão para cortá-la. — Já conversamos sobre isso. Nada de fugir agora.

Ela se parecia cada vez mais com Nate.

Hanna estava esperando dentro da entrada do Nova Estada quando Mara e Kevin chegaram.

Mara a abraçou.

— Cadê Meg? — ela perguntou, vasculhando o corredor enquanto tirava o casaco.

— Está doente. Tossindo, espirrando. Ela não queria infectar ninguém aqui. Eu disse que você entenderia. — Hanna desenrolou o cachecol. — Você vai ter que me ensinar o básico aqui, Kevin. Sua mãe disse que você se tornou um dos voluntários favoritos deles.

A pele clara e sardenta de Kevin corou e ele olhou para os tênis.

— Eu acho que Kevin vai ficar com as crianças hoje — Mara disse. — Basquete no ginásio, né, Kevinho?

— É.

— Estaremos na cozinha, Hanna, preparando algumas coisas para o almoço. Depois, vamos ajudar a servir, se você concordar. — O telefone de Mara apitou a chegada de uma mensagem. Ela colocou a mão por dentro do seu suéter verde-limão largo e tentou puxar o telefone do bolso justo do jeans, torcendo a boca e girando o corpo para completar a manobra. — Charissa está vindo — Mara disse, olhando para a tela. — Falou que vai se atrasar cerca de meia hora.

Hanna alegrou-se por ela estar vindo. Desde o dia de Ação de Graças, quando Meg se juntara a Mara para o ritual anual de servir as refeições, Mara sonhava com o Clube dos Calçados Confortáveis reunindo-se no Nova Estrada. Esta era a primeira vez de Hanna e Charissa visitando o antigo mundo de Mara, e Hanna sabia o quanto Mara estava animada para compartilhá-lo com elas. Talvez, quando Meg melhorasse completamente, elas poderiam marcar outra oportunidade para servirem juntas.

— Desculpem o atraso! — Charissa disse quando finalmente entrou na sala de jantar. — Recebi uma ligação do corretor. Tudo está bem. Aí depois John teve que tirar a neve do carro. Vamos ficar tão felizes quando tivermos nossa própria garagem. Mais cinco semanas.

— Que bom que conseguiu chegar! — Mara colocou uma bacia de plástico com salada sobre a longa mesa retangular e apontou para o cabideiro no canto afastado. — Os casacos ficam ali, e você vai precisar prender o cabelo. — Ela deu um tapinha na redinha que cobria seu próprio cabelo castanho tingido. — A Srta. Jada vai se certificar de que você tenha um desses chapéus chiques antes de te deixar tocar em qualquer comida.

— Tudo bem — Charissa respondeu enquanto tirava o estiloso casaco de lã azul real. Com o grosso suéter de pescador irlandês, era difícil ver se Charissa já estava com alguma barriguinha de grávida. Ela seria o tipo de mulher alta e magra que conseguiria esconder a gravidez por meses, se quisesse.

— Você está com a aparência boa — Hanna disse quando Charissa voltou à cozinha momentos depois. — Está se sentindo bem?

Charissa colocou o longo cabelo escuro dentro da redinha.

— Finalmente, graças a Deus. Acho que os enjoos matinais finalmente acabaram. O primeiro trimestre acabou. Mas, se você me vir saindo rápido, pode saber que o cheiro da comida me sobrecarregou.

— Só sopa, salada e pão hoje — Mara disse, apontando para várias panelas fervendo no fogão. — Eles fazem as refeições maiores nas noites de domingo. Ou tentam, pelo menos. A Srta. Jada sempre diz que os pães e peixes vão se multiplicar, e acontece. De alguma forma, sempre dá certo.

Quando as pessoas começaram a chegar, as três se posicionaram com os outros voluntários atrás da longa mesa de buffet: Mara servindo a sopa, Hanna servindo salada, e Charissa servindo bebidas e não corrigindo as pessoas que liam seu crachá e pronunciavam o nome errado quando agradeciam.

Hanna escutou Mara interagindo calorosamente com pessoas que obviamente eram regulares lá: Sam, enrugado e sem os dentes, com tatuagens de mulheres nuas posando em seu pescoço; Constance e sua filhinha de olhos arregalados chamada Lacey, que chupava o dedo enquanto olhava para elas por entre as pernas da mãe; e Rickie, uma mulher recentemente desempregada e mãe de três meninos, um dos quais evidentemente tinha se apegado a Kevin.

— Ele está no ginásio — Mara disse quando o menininho perguntou para ela se Kevin viera brincar. — Depois que você almoçar, pode ir jogar basquete com ele.

Assim que a fila de pessoas com fome estava diminuindo, um homem idoso entrou pela porta do estacionamento e foi para o fim da fila. Vestido com uma bermuda folgada e uma camiseta cinza de manga longa, olhou para as sandálias enquanto segurava o prato. Ele tinha uma etiqueta com preço escrito à mão presa na manga com um alfinete.

— Deus te abençoe, senhor. Deus te abençoe, senhora — ele murmurava para cada voluntário enquanto passava. Pela visão periférica, Hanna assistiu a Charissa cumprimentá-lo, servir-lhe um copo d'água e, depois, começar uma conversa que Hanna não conseguiu escutar direito. Da vez seguinte que Hanna olhou por cima do ombro, Charissa sumira, talvez sobrecarregada pelo cheiro.

CHARISSA

Até mesmo uma mulher grávida só poderia passar certo tempo no banheiro antes que suas amigas ficassem preocupadas. Charissa Sinclair estava encarando o espelho do banheiro, tentando arrumar o rímel, quando Mara entrou.

— Você está bem?

Ela estava indo bem até o homem de bermuda e sandálias entrar na fila. Ela perdera a compostura. Temperaturas abaixo de zero, vinte centímetros de neve no chão, e a única proteção dele contra o frio era um par de meias sujas.

— Eles vão ajudá-lo, não vão? — Charissa perguntou. — O homem de bermuda... Vão dar para ele algumas roupas, ou calçados, ou algo assim? Você não acha que ele realmente está vivendo lá fora daquele jeito, acha?

— Não sei. A Srta. Jada está cuidando disso, conversando com ele agora. Eu nunca o vi aqui antes.

"Você parece minha irmã", o homem dissera para Charissa. "Já morou na Filadélfia?"

Charissa respondera que não. Ela nunca morara na Filadélfia.

"Da última vez que a vi, ela tinha mais ou menos a sua idade. Você poderia ser a filha dela ou algo assim. Você é Monroe?"

Não, ela não era. O nome de solteira de sua mãe era Demetrios. Mas ela não lhe havia dito isso, para o caso de ele ser um vigarista tentando pescar informações privadas.

A porta do banheiro abriu-se com um rangido.

— Tudo bem? — Hanna perguntou.

Charissa arrumou o cabelo em um novo rabo de cavalo.

— Só estou recobrando a compostura. O último me afetou. A bermuda e as sandálias, aquela etiqueta balançando da manga.

— É uma pena que Tom já tenha esvaziado o armário dele — Mara disse. — Eu teria amado trazer um bocado das coisas dele para cá. Queria ter pensado nisso antes.

"Boa ideia!", Charissa pensou. O homem tinha o corpo mais ou menos parecido com o de John, baixo e magro, e John provavelmente tinha uns seis casacos no armário do corredor. Ela poderia voltar ao apartamento rapidinho, pedir a ele que doe alguns e entregá-los para o Nova Estrada.

Engraçado como ela viveu a vida toda em Kingsbury e nunca sequer ouvira falar do Nova Estrada antes de conhecer Mara. Não, não era engraçado. Era triste. Antes de seus pais se mudarem para a Flórida, o escritório de advocacia do pai ficava a somente três quadras do abrigo. Charissa se lembrava da firmeza dos puxões da mãe sempre que iam fazer uma visita, andando apressadamente e de mãos dadas do estacionamento até o escritório. Sua mãe sempre lhe ordenava que não olhasse nos olhos e ignorasse qualquer estranho que falasse com ela pedindo dinheiro. "Vagabundos", seu pai os chamava. "Estorvos, bêbados indolentes." Ela sentiu o cheiro de álcool no hálito de muitos dos — como a Srta. Jada os chamava? — "hóspedes", enquanto passavam pela fila do almoço. "Argumento confirmado", seu pai diria.

Mas não havia nenhuma nuvem de bebida ao redor do homem idoso, somente o fedor de urina e suor permeando suas roupas e um olhar de desespero em seus olhos claros. A Srta. Jada instruíra a todos os voluntários: "Lembrem-se de que todos que vocês conhecerem são feitos à imagem do Abba. Se não conseguirem ver, olhem com atenção. Peçam por novos olhos."

Então, Charissa estava concentrada em olhar com atenção — orando para ver —, mesmo quando as vozes depreciativas e condenadoras gritavam em sua cabeça, as mesmas vozes que uma vez insultaram Mara sobre o passado dela. Agora, aqui estavam elas, servindo juntas como amigas, prova de que havia esperança para os fariseus serem enfim convertidos à graça, ainda que o processo de conversão demorasse mais do que ela gostaria.

Quando voltaram à cozinha, a Srta. Jada estava supervisionando a limpeza depois da refeição. Charissa passou os olhos pelo refeitório.

— Não consegui fazê-lo ficar — Srta. Jada respondeu quando ela perguntou sobre ele. — Ele só queria comida, e depois foi embora.

— Sem um casaco?

— Eu não tinha um para lhe dar. Eu já tinha dado todos os casacos das doações de Natal. Tinha um par de tênis e calças que quase serviam nele, então ele os pegou. E um cobertor.

— Mas ele vai voltar à noite ou algo assim? Ele falou se tinha um lugar para ficar?

— Querida, ele sabe que estamos aqui — a Srta. Jada respondeu, colocando a mão sobre o ombro de Charissa. — Isso é o melhor que podemos fazer.

"Acho que eu estava esperando que você fosse da família", o homem havia dito para Charissa com um suspiro pesado. Evidentemente, ela perdera a oportunidade de perguntar o que acontecera com a dele. Se ela tivesse sido mais rápida...

— Quando vocês voltam? — ela perguntou para Mara enquanto vestiam casacos bem acolchoados no saguão.

Mara olhou pelo corredor e viu Kevin, que estava trocando cumprimentos de "toca aqui" com um grupo de menininhos animados.

— Sábado, eu acho. Kevin disse que quer vir de novo antes de a escola voltar, e eu vou ajudar com o almoço. Por quê? Quer vir?

— Sim, talvez. Vou falar com John para ver quais os planos dele.

Mara se inclinou para dar um abraço em Charissa e disse:

— Esqueci de te agradecer pela doação que você mandou para o Nova Estrada. A Srta. Jada me deu o cartão no Natal. Nunca ninguém tinha feito algo em minha honra antes. Foi um dos melhores presentes que já recebi. Obrigada.

— De nada. Eu sei o quanto esse lugar é especial para você. Consigo ver por quê. — Charissa ainda estava de olho no refeitório, talvez esperando que o homem voltasse, mas as pessoas já se haviam dispersado, algumas delas de volta às ruas, outras provavelmente vagando pela calçada perto do antigo escritório de seu pai.

— Fale para Meg que sentimos a falta dela — Mara disse para Hanna quando ela saiu do banheiro. — Qualquer dia desses, vamos reunir todo o Clube dos Calçados Confortáveis aqui.

— Eu sei que Meg amaria isso — Hanna respondeu, enrolando um cachecol de pontos folgados várias vezes ao redor do pescoço. — E também precisamos descobrir se vamos fazer algo juntas no Nova Esperança ou outra coisa... Algum tipo de próximo passo. Quero continuar seguindo em frente, indo mais fundo.

— Amém, amiga — Mara disse. — Eu estava olhando o calendário do retiro para a primavera, mas acho que não consigo participar agora, não com tudo tão fresco com Tom e os meninos.

Charissa pensou a mesma coisa. Entre a mudança de casa, a faculdade, a gravidez e todo o resto acontecendo pelos próximos meses, ela não poderia se comprometer com mais aulas. Mas sua amiga de infância, Emily, estava em um grupo de oração com mulheres da igreja, e, quando ela e Charissa se encontraram para caminhar no outono, Emily havia se animado com a jornada de formação espiritual.

— Eu vou checar com uma amiga minha — Charissa disse. — Ela está se encontrando com um grupo de amigas há alguns anos e talvez esteja disposta a compartilhar alguns detalhes sobre o que já fizeram juntas.

— Parece ótimo — Mara disse. — Talvez nós nos reunamos duas vezes por mês ou algo assim.

Charissa concordou.

— Eu ficaria feliz de ser na minha casa, depois que nos mudarmos para lá.

Com sorte, Meg não se sentiria estranha com isso. Embora ela tivesse insistido que estava desejosa de visitar sua antiga casa de novo, poderia ser difícil para ela depois que Charissa e John a redecorassem. Com os planos elaborados de John para a cozinha e as remodelagens do banheiro, a casa seria alterada significativamente.

No caminho de volta para o apartamento, Charissa passou pelo chalé dos anos 1920 na rua Evergreen e estacionou na entrada da garagem. A neve cobria os degraus da entrada. "Pensa só, Cacá! Aquela janela da frente ali, esse vai ser o quarto do nosso bebê!" John era um sonhador, frequentemente falando sobre "como seria quando...". Por outro lado, Charissa não tinha muito tempo ou imaginação para tais coisas. Na maior parte dos dias, era suficiente para ela tentar manter algum senso de equilíbrio em meio a todas as mudanças vertiginosas que ocorreram nos últimos meses. Treze semanas atrás, ela era uma estudante de doutorado com uma trajetória de conquistas fixa: seria uma professora de inglês na faculdade e, talvez algum dia, ela e John teriam uma família. Agora, esse algum dia estava se aproximando rapidamente: onze de julho era a data prevista para o nascimento.

— Só certifique-se de que meus pais saibam que você é grata e está animada — John a relembrou várias vezes durante a visita de Natal de três dias na cidade onde viveu a infância, Traverse City. Os pais de John, que deram a eles dinheiro para a entrada na casa, receberam as notícias do primeiro neto com alegria incontida. Charissa, enquanto isso, gastava energia considerável se adequando ao entusiasmo deles.

Depois de uma ida em grupo à Leroy Merlin — "É só para pensar em algumas possibilidades", os sogros dela disseram —, ela estava pronta para arremessar uma trena contra alguma coisa.

— Tenha paciência — John lhe balbuciava sempre que a mãe dele expressava alguma opinião sobre cores de tinta, luminárias, ou sempre que o pai dele recomendava um tipo específico de madeira para acabamentos e armários.

— É *nossa* casa, não é? — Charissa sibilou para John, que gesticulou para ela ficar quieta. — Só estou checando — ela murmurou.

Ela gostava dos sogros. Gostava mesmo. Mesmo que ela não tivesse muito em comum com eles. Judi, Charissa suspeitava, nunca entendera completamente a escolha de esposa de John. Ela nunca estimara muito as conquistas, o intelecto e a determinação da nora. Judi dedicara a vida aos filhos, uma dona de casa que ia a todos os jogos das crianças, que dirigia a associação de pais e mestres, gerenciava a associação de música, coordenava campanhas de arrecadação de fundos, organizava festas das turmas e regularmente preparava refeições saudáveis e equilibradas para a família na mesa de jantar. Pelo que ouvia quando John contava as histórias, a mulher era uma lenda em Traverse City.

A mãe de Charissa, por outro lado, era uma executiva de elite em uma firma de marketing e relações públicas, que nunca fizera trabalho voluntário em uma escola porque trabalhava em tempo integral. Mas ela participava de todas as cerimônias de prêmios, radiante na primeira fileira, e monitorava todas as conquistas da filha com orgulho. E, em muitas noites, preparava deliciosos pratos da cozinha mediterrânea, porque cozinhar era seu passatempo e ela queria preservar a herança grega. Para sua decepção, Charissa não herdara a mesma paixão por comida.

Durante o curso de noivos, pediram para Charissa e John explorarem problemas da família de origem e como os pais deles moldaram as expectativas de papéis e relacionamentos. Eles discutiram similaridades com os pais ("Analítica e tranquila sob pressão, como meu pai", Charissa havia dito, "e determinada, muito orientada por conquistas, como os dois"), assim como diferenças em relação a eles ("Minha mãe é muito emotiva, com uma paixão central pela vida, e você sempre sabe que ela está brava, porque ela vai falar. E alto. Eu sou mais estoica"). Ela e John saíram de dois modelos de criação muito diferentes, e, embora tivessem gerado o próprio acordo sobre papéis e responsabilidades, provavelmente não machucaria rever as expectativas deles, agora que estavam esperando um filho.

O telefone dela vibrou com uma mensagem da mãe: "Me liga."

Falando em expectativas...

Desde que ela contara para os pais sobre todo o fiasco de ter perdido sua apresentação final, sua mãe estava determinada a dar conselhos sobre como reconstruir a reputação dela, tanto com os professores quanto com os colegas: "Você vai ter que redobrar seus esforços para provar sua competência de novo, mostrar para eles que você está comprometida com esse programa de doutorado, que você vai ser excelente, apesar de qualquer coisa, e que você não vai ser prejudicada por um bebê. Pegue uns trabalhos extras;

transforme a sua apresentação em um artigo ou algo assim. Se você tiver certeza absoluta de que não há mais possibilidade de recurso, você vai ter que dar seu melhor no controle de danos. Podemos descobrir como usar isso, como transformar tudo em vantagem."

O que Charissa não havia contado para os pais — o que ela sabia que eles não teriam a capacidade de entender — era que ela começara a considerar as palavras do Dr. Allen sobre o perfeccionismo ser uma forma de prisão; que o que ela via como um fracasso poderia ser, na verdade, uma obra da graça em sua vida para libertá-la dos anos de vergonha e medo. "Tudo tem o potencial de nos moldar, seja para nos fazer mais como Cristo, seja para nos tornar mais egoístas", o Dr. Allen frequentemente a relembrava na repetição das palavras em sua cabeça. Pela graça, ela começou a ver — especialmente nas últimas semanas — suas formas socialmente aceitáveis de idolatria: a sede por honra e reconhecimento, a busca por excelência para louvor próprio, o embasamento do senso de valor próprio não em sua identidade como a amada em Cristo, mas nas próprias conquistas e reputação.

"Para a liberdade foi que Cristo nos libertou", ela leu em Gálatas 5:1 naquela manhã:

NÃO VOS SUJEITEIS NOVAMENTE A UM JUGO DE ESCRAVIDÃO.

Mesmo quando a atração gravitacional desse jugo exercesse força incansável, implacável e, frequentemente, bem-intencionada.

Ela pegou o celular para mandar uma mensagem para Emily: "Você tem algum material do seu grupo de formação espiritual que possa compartilhar conosco? Estamos desejosas por continuar a jornada juntas e podemos usar algumas sugestões. Obrigada e feliz Ano-Novo." E apertou "enviar".

— Você não precisa de todos esses casacos, precisa? — Charissa arrastava os cabides no armário do apartamento de um lado para outro, com os ganchos tilintando e se esfregando sobre a barra de metal.

John levantou a cabeça da caixa de papelão que ele estava enchendo de livros.

— Tipo qual?

Charissa mostrou-lhe um casaco de lã alfaiatado que ela o vira usar uma vez.

— Presente de Natal da minha mãe, do ano passado.

— Você precisa dele?

— Sim.

Ela o colocou de volta no armário e tirou um de três casacos bem acolchoados.

— E este aqui?

Ele apertou os olhos para examinar.

— Da North Face? Aham, fica.

— Tá bem, e este aqui? — Um preto, não da North Face.

— Fica. — Ele passou a fita adesiva pela parte de cima da caixa e apertou para selá-la.

— Este? — ela perguntou. John usava esse casaco cinza desde que ela o conhecera na faculdade, e estava desgastado nos punhos.

— Ainda serve. — Ele montou outra caixa, com a fita rangendo nas emendas.

— Mas você precisa dele?

— Temos um bom espaço de armário na casa, lembra?

— Não foi isso que perguntei; perguntei se você precisa dele.

Ele se sentou sobre os calcanhares.

— Não preciso me livrar dele.

— Tá bem. — Ela continuou passando os cabides. — Então, venha aqui e escolha um, por favor. Estou tentando encontrar algo que eu possa doar para o Nova Estrada. Eles estão sem casacos e nós temos casacos de mais. — Ela escolheu dois casacos que não vestia havia muito tempo e os jogou por cima do encosto de uma cadeira. Poderia não haver muitas mulheres de 1,78 precisando, mas os casacos ficariam longos e quentes em alguém.

— Pega o preto, então — John disse.

Ela acrescentou o preto à pilha.

— E quanto a chapéus e luvas? — Ela segurou uma caixa cheia de acessórios de inverno.

Ele se levantou e bateu o pó dos joelhos.

— Vamos fazer assim: eu trabalho no armário e você guarda os livros das estantes.

Ela trocou de lugar com ele. Pena que todos os livros infantis dela estavam na casa dos pais na Flórida. Talvez pudesse comprar alguns livros infantis usados em um sebo. Mara mencionou que Kevin gostava de ler para as crianças.

Quando o telefone de John tocou com o tema de Star Wars, ele passou para a cozinha para atender a ligação. Embora ele não tivesse dito nenhum nome, Charissa sabia, depois das primeiras frases, que era a mãe dele, de novo, trazendo sugestões a respeito da casa. Cortinas, carpete, tapetinhos, talvez. Se Charissa soubesse que aceitar aquela entrada criaria tal oportunidade para seus sogros exercerem tamanha jurisdição, talvez ela tivesse recusado o presente.

Ela desenrolou um pouco de plástico-bolha — não o tipo com bolhas em miniatura e sem graça, mas o de bolhas grandes e inchadas — e estourou algumas entre o indicador e o polegar. John acenou para ela fazer silêncio, apertou mais o celular contra o ouvido e desapareceu pelo corredor.

Colocando o plástico-bolha de lado, ela se sentou à mesa da sala de jantar, abriu o notebook e checou o e-mail. Lixo. Propaganda. Cupom para uma manicure.

— Vou falar com ela sobre isso — escutou John dizer. — Não, eu sei. Obrigado. Só não tive a chance ainda.

Lixo. Mais ideias da mãe sobre como restaurar sua reputação. Propaganda. Lixo. Mensagem de Emily. "Assunto: Exercícios de oração para seu grupo."

— Não, nada é definitivo, mãe... Não tenho certeza. No fim do verão, talvez... Aham... Certo... Não, eu sei. Obrigado.

"Obrigado pelo quê?", ela se perguntou.

Ela tamborilou os dedos no notebook antes de clicar na mensagem de Emily:

> *"Oi, Charissa! Estou muito feliz que vocês vão continuar sua jornada juntas! Estou mandando anexos alguns exercícios de oração para vocês começarem. Nossa líder, Sarah, os desenvolveu com a mãe para uma turma que elas lideraram no Nova Esperança há alguns anos (você conheceu Katherine Rhodes, né?), e disse que estava feliz de passá-los adiante para o seu grupo. Tem sido uma experiência de mudança de vida para nós. É impressionante como o Espírito Santo traz a palavra à vida de diferentes maneiras que falam exatamente sobre o que precisamos tratar. Se tiver qualquer pergunta sobre qualquer coisa, me avise. E vamos marcar de tomar um café, almoçar ou dar uma caminhada... Temos muito para conversar!"*

As respostas de John estavam ficando mais cortadas e enigmáticas. Evidentemente, ele não queria que Charissa discernisse o que estava sendo falado do outro lado da conversa. Ótimo.

Ela abriu o documento enviado por Emily e passou os olhos. Alguns dos exercícios eram o que elas tinham feito no Nova Esperança no outono durante o retiro da jornada sagrada: oração de exame, orar com a imaginação, pensar sobre imagens de Deus e como elas foram formadas.

Ela provavelmente se beneficiaria ao voltar ao exercício da imagem de Deus, já que não pensara muito sobre ele nem dera muita atenção em oração alguns meses atrás. Ela não conseguia nem se lembrar sobre o que havia escrito. Deus como ajudador, talvez.

Sim. Esta havia sido a imagem que ela escolhera: o Deus que a ajudava a ser bem-sucedida, o Deus que lhe dava força e habilidade para alcançar todos os planos e propósitos dela no mais alto padrão. Ela suspirou. Definitivamente precisava de uma imagem menos autocentrada enquanto se aprofundava aos poucos no caminho de conformidade com Cristo.

— O que você não teve a chance de me contar ainda? — ela perguntou quando John entrou na sala. O olhar surpreso no rosto dele indicava que ele não estava feliz por ela ter escutado seu lado da conversa.

— Nada. — Ele enfiou o celular no bolso de trás e se ocupou com o armário, reorganizando cabides.

— Não faça joguinhos comigo, John. Me conta logo a última ideia da sua mãe para nós. Algo sobre os móveis? Carpete? O quê? — Talvez algum dia ele teria coragem de contar para a mãe dele que, embora eles estivessem gratos pelo presente, tomariam as próprias decisões sobre o que fazer com ele. Se Judi já tinha tantas grandes ideias sobre como decorar a casa, que tipo de conselhos ela tentaria dar quando o bebê nascesse?

— Você não quer saber — John respondeu com a voz abafada pelo armário.

Ela fechou o notebook.

— Hmm, sim. Quero, sim.

Ele apareceu com uma pilha de cachecóis, chapéus e luvas.

— Não atire no mensageiro, tá bom?

Ela se inclinou para trás com os braços cruzados, o queixo baixo e as sobrancelhas levantadas, esperando.

— Você conhece minha mãe, como ela era tipo a supermãe, envolvida em tudo, sempre presente, independentemente do que precisássemos ou do que estivéssemos fazendo. O mundo inteiro dela girava em torno de Karli e de mim. — O que era um bom motivo para Charissa gostar de ter os sogros a duas horas de distância. Um pouco de distância provia uma zona de segurança que, pelos primeiros dezoito meses do casamento deles, havia funcionado relativamente bem. Porém, agora que o primeiro neto estava a caminho...

John colocou as roupas sobre uma cadeira e passou as duas mãos pelo cabelo castanho e fino, que, como Charissa percebera recentemente, estava começando a apresentar entradas, como o do pai.

— Me conta logo. Você está piorando as coisas — ela disse.

As mãos dele ainda estavam repousadas sobre a cabeça.

— Ela só quer ter certeza de que nosso bebê tenha a melhor vida possível, que tenhamos a liberdade de fazer as escolhas corretas, sem pressões financeiras.

Charissa apertou os olhos para ele.

— E...?

— E... ela disse que esperava que você não se sentisse pressionada a continuar com o doutorado em um ritmo frenético, que você se sentisse livre para tirar uma folga quando o bebê nascesse.

Ela travou o maxilar. Não era surpreendente que John não tivesse achado tempo para falar com ela sobre isso ainda.

Ele levantou as mãos em inocência.

— Como eu falei...

Ela se afastou da mesa.

— Se eu soubesse que havia tantas condições no presente, eu poderia não tê-lo aceitado.

— Não... Viu? Foi por isso que eu não quis te contar, porque você está saltando para as conclusões.

— Não é um salto muito longo para fazer, John. O quê? Eles nos deram a entrada para que eu não precisasse trabalhar? Para que eu abandonasse minha carreira? Ficasse descalça e grávida? É isso que ela está esperando? — Ela pegou um cachecol, um chapéu e um par de luvas da pilha de roupas.

— Aonde você vai?

— Sair. — Agasalhando-se, marchou para o cortante vento frio de uma congelante véspera de Ano-Novo.

2.

MARA

Ao som da campainha, Bailey deslizou para a entrada. Mara tentou empurrá-lo com o pé, mas ele correu ao redor dela, latindo. Kevin o pegou pela coleira enquanto ela abria a porta.

— De quem é o cachorro? — Jeremy perguntou, e Madeleine acordou no seu bebê-conforto com um grito.

— Oh, querida, tá tudo bem! — Mara pegou a alça para Jeremy poder tirar o casaco. — Eu sinto muito! Tom deu um cachorro para Brian. — Não querendo ofender Abby com uma torrente de xingamentos, Mara os sussurrou em silêncio. Bailey, ainda latindo e avançando, se livrou do controle de Kevin e começou a pular sobre Abby, que estava em um canto perto da porta. — Brian! — Mara gritou. Madeleine chorou mais forte.

— Senta! — Jeremy ordenou. — Sentado! — Ele tentou segurar Bailey pela pele do pescoço, mas o cachorro era rápido demais para ele e se esgueirou para debaixo do sofá.

Brian apareceu sorrateiramente na sala de estar com as mãos enfiadas nos bolsos dos jeans folgados e o cabelo ruivo visível sob o boné dos Detroit Tigers. Sem falar com ninguém, ele chamou o cachorro, que saiu rumo ao porão. Brian fechou a porta com um estrondo atrás deles.

Mara expirou alto e colocou o bebê-conforto sobre o carpete.

— Eu sinto muitíssimo — ela disse enquanto abraçava Abby. Jeremy desprendeu Madeleine e tentou acalmá-la em seus braços.

Não era assim que Mara imaginava o jantar em família. Mesmo à distância, Tom conseguiu implantar o caos.

Ela o odiava.

Não. Ela não o odiava. "Ódio" era uma palavra comum demais. Ela o desprezava. Detestava. Abominava. Execrava. Eram palavras mais fortes que ódio? Talvez ela fizesse uma lista de palavras que pudesse usar para descrever o que sentia por ele.

— Eu sinto muitíssimo — ela repetiu. — Nós vamos nos assegurar de que o cachorro fique no porão enquanto vocês estiverem aqui.

Madeleine ainda estava engolindo ar com o choro.

— Ei, mocinha — Jeremy a acalmava. — Ei, ei... Isso não é jeito de cumprimentar seu tio Kevin.

Ao som das palavras "tio Kevin", Kevin ficou com a postura mais ereta. Com quinze anos entre eles, Jeremy e Kevin nunca passaram muito tempo juntos. Jeremy sempre teve uma profunda inimizade com Tom, não somente por causa de como ele tratava Mara, mas pela maneira como importunava Jeremy quando este era adolescente. Kevin, que sempre teve um relacionamento próximo com o pai, nunca mostrara qualquer inclinação para desenvolver um relacionamento com o filho mais velho de Mara.

Melhor deixar a bebê prover uma ponte.

— Vem cá — Jeremy disse, ainda balançando Madeleine gentilmente nos braços. — Vem conhecer sua sobrinha.

Kevin hesitou, e então se aproximou e esticou o dedo indicador para acariciar o cabelo preto dela. Quando Madeleine começou a se acalmar, Jeremy deu um sorriso largo para o meio-irmão.

— Olha só você! Ela se acalmou rapidinho. Você tem um toque mágico.

Sem responder, Kevin deu um passo para trás com os olhos ainda fixos nela.

Mara gesticulou em direção à sala de estar.

— Venham, sentem-se. O jantar está quase pronto.

Enquanto ela acendia a lareira, Abby e Jeremy se aconchegaram no sofá, Madeleine nos braços de Abby. Em vez de se retirar para o quarto ou para o porão para jogar videogame com Brian (como ele havia feito no Natal), Kevin se reclinou em uma cadeira que lhe dava uma boa visão da sobrinha, embora fingisse estar mais interessado no celular.

— Então, Kevin, ouvi que você estava no Nova Estrada hoje de novo — Jeremy comentou. — Como foi lá?

Kevin deu de ombros.

— Ele é um astro com as crianças — Mara respondeu. — Elas o amam.

— Aposto que amam. Eu adorava quando crianças mais velhas iam lá para brincar com a gente.

Kevin levantou os olhos da telinha.

Mara nunca contara para Kevin ou para Brian a história de como ela e Jeremy chegaram no Nova Estrada quando Jeremy tinha três anos. Não que ela tivesse vergonha do tempo que eles passaram lá, mas nunca achara que os detalhes de sua vida passada fossem relevantes para a vida deles. Kevin e Brian desfrutavam de uma infância privilegiada: vizinhança suburbana segura, pai com um bom salário, educação excelente e várias atividades extracurriculares. Mas, agora que Kevin participara do antigo mundo dela, agora que ele estava gostando de passar tempo lá, parecia um bom momento para revelar parte da história, especialmente porque Jeremy acabara de prover uma oportunidade para prosseguir ao assunto sem drama.

Ela esfregou as palmas para cima e para baixo nas coxas.

— Acho que nunca te contei, Kevin, que Jeremy e eu moramos no Nova Estrada por um tempinho quando ele era pequeno.

Kevin levantou as sobrancelhas em surpresa.

— Com todos os sem-teto?

— Nós éramos os sem-teto — Jeremy respondeu com o espaço entre seus dois dentes da frente visível quando ele sorria. Quando adolescente, Jeremy tinha vergonha do espaço, mas Mara não tinha dinheiro para o ortodontista, e Tom certamente não daria dinheiro para o enteado. Kevin e Brian não sabiam o quanto a vida deles tinha sido fácil até agora.

— Vocês moraram lá, tipo, por quanto tempo? — Kevin perguntou com as engrenagens mentais rangendo quase audivelmente.

— Até eu conseguir achar um apartamento e um emprego — Mara respondeu. — Eles cuidaram de nós, foram como uma família para nós.

Kevin fixou os olhos nela com a boca entreaberta.

— Então é por isso que você sempre se voluntaria lá?

— Aham.

— Meu pai sabe?

— Aham. — Tom sabia todos os detalhes sobre o passado de Mara, embora ele nunca tivesse ligado muito. Até o fim da noite, Brian provavelmente saberia também.

— Eles fizeram o bazar de Natal este ano? — Jeremy perguntou. — Eu me lembro de escolher alguns presentes para você. Eles nos deram dinheiro de mentirinha, e a gente podia comprar coisas.

Mara levantou as pernas da calça para revelar as meias de Papai Noel.

— Mentira! Você ainda tem elas?

— Ainda tenho a caneca que você derrubou, também. Eu a colei e uso como porta-lápis.

Kevin relaxou a postura na cadeira. Mara pagaria uma nota para saber o que ele estava pensando sobre a antiga vida deles.

Abby se arrumou no sofá com o vinil rangendo sob suas pernas.

— Kevin, você quer segurá-la?

Kevin olhou para o celular de novo.

— Não... Eu não quero quebrá-la.

Mara entendia sua relutância: Madeleine parecia uma linda bonequinha de porcelana, com pele cor de caramelo e café com leite, um tom mais claro que Jeremy, e com cabelo escuro e olhos amendoados marcantes, como os de Abby.

— Certeza? — Jeremy perguntou chegando para o lado, para que houvesse espaço para Kevin entre eles.

Kevin olhou para eles.

— Aham, certeza.

— Tá bem. Mas, quando ela estiver um pouco mais velha, vamos precisar de seus serviços de babá, beleza?

— Beleza.

Quando chegou a hora do jantar, Brian insistiu em levar o prato de arroz e presunto (Mara sempre cozinhava arroz para ele, porque ele odiava caçarola de batata-doce) para o porão. Em vez de discutir com ele, ela lhe disse que mantivesse seu cachorro lá embaixo também.

— Eu te aviso quando for a hora da torta — ela disse enquanto ele saía.

Jeremy balançou a cabeça quando a porta do porão bateu de novo. Se Kevin não estivesse à mesa, Jeremy talvez teria falado abertamente de suas opiniões sobre Tom, o divórcio e o que ela deveria fazer com Brian e o cachorro.

— Batata-doce? — Mara perguntou, passando a vasilha.

Jeremy e Abby trocaram um olhar significativo antes de ele colocar uma grande colherada no prato dele.

— Mãe, Abby e eu estávamos conversando sobre o que faremos quando ela voltar ao trabalho. E eu sei que você tem um bocado de coisas acontecendo agora — ouviram um latido do porão —, mas estávamos pensando se você gostaria de cuidar de Madeleine para nós, provavelmente só algumas horas por semana, até bolarmos um plano para o longo prazo.

Como um grito de deleite poderia acordar a bebê, Mara respondeu mais contidamente:

— Claro! Muito obrigada por pedir! — Horas semanais com a neta! Ela mal podia acreditar. Isso era muito, muito mais do que qualquer coisa que esperava ou imaginava.

— Vamos te pagar — Jeremy disse, pegando a mão de Abby.

— Vocês estão proibidos de pagar...

— Não, mãe. Abby e eu conversamos sobre isso. Sabemos que você vai estar procurando emprego e não queremos interferir nisso, mas achamos que alguns trocados a mais podem te ajudar agora. Abby provavelmente vai ficar no turno da noite, pelo menos no início, então estamos pensando que, mesmo se você puder vir por uma hora ou duas, alguns dias por semana, só para ela poder dormir... — Ele olhou para Abby e acariciou o cabelo dela enquanto lágrimas começaram a rolar por suas bochechas.

— Desculpe — Abby disse, escondendo os olhos por trás de um guardanapo de pano.

Jeremy colocou o rosto dela contra seu ombro e beijou-lhe a testa.

— Me desculpa, amor. Eu queria conseguir ganhar mais dinheiro para...

Abby balançou a cabeça, revelou o rosto e o beijou.

— Não, não, tá tudo bem. Eu vou ficar bem. Vamos fazer funcionar. — Ela colocou a mão no peito enquanto olhava para Mara. — Obrigada, mãe — ela disse, lutando para manter o controle da voz estremecida.

Antes que Mara tivesse qualquer oportunidade de saborear a generosidade do presente ou começar uma conversa longa sobre Madeleine, a porta do porão se abriu e Bailey trotou para a sala de estar, ganindo. Abby pegou Madeleine do bebê-conforto e a segurou no colo, à mesa.

— Quando foi a última vez que você deixou seu cachorro sair? — Mara perguntou. Brian não respondeu. — Você vai ter que levá-lo para passear todo dia. De manhã cedinho, depois da escola, à noite.

— Ele pode ir para o quintal — Brian respondeu.

— Você não pode simplesmente deixá-lo lá fora sem uma cerca. Você vai precisar passear com ele.

Brian encheu o prato (que não era uma das relíquias da avó) com duas fatias de presunto e uma pequena montanha de arroz e o jogou no micro-ondas. Com os braços cruzados sobre o peito e garfo na mão, ele esperou a contagem regressiva do visor.

Mara começou a própria contagem regressiva mental.

O micro-ondas apitou.

— Deixe sua comida sobre o balcão, leve seu cachorro para passear e depois volte para comer.

Brian começou a comer enquanto passava tranquilamente pela sala de estar com grãos de arroz caindo no chão por trás dele. Bailey, com o focinho no chão, os catou e depois se sentou ao lado da mesa e choramingou.

— Brian!

A porta do porão bateu.

Kevin colocou o guardanapo no prato vazio.

— Eu posso fazer isso — ele disse, pegando a guia que estava jogada sobre o encosto de uma cadeira. Com a cauda balançando, Bailey andou em círculos enquanto Kevin tentava prender a guia na coleira.

— Fica parado! — Kevin ordenou. Bailey começou a pular. — Senta! — Bailey sentou. — Bom garoto. — Kevin o acariciou na cabeça.

— Leve uma lanterna — Mara disse.

— Tenho meu celular — Kevin mostrou a luz.

— E uma sacola para o cocô!

Ele pegou uma sacola plástica do armário.

— Obrigada, Kev.

— Tá.

Assim que a porta da frente se fechou por trás dele, Mara expirou prolongadamente.

— Bem-vindos ao meu mundo — ela disse.

Jeremy empurrou a cadeira para trás alguns centímetros.

— Brian está ficando pior, mãe. Ele sempre foi um menino complicado, mas está ficando mais agressivo. Eu não gosto disso. Não gosto de você ter que lidar com isso. O que posso fazer para ajudar?

— Nada. Não há nada que alguém possa fazer. Brian odeia que Tom tenha deixado ele aqui comigo. Eu acho que ele está esperando que eu fique tão cheia de ter que lidar com ele, que eu vou implorar para Tom levá-lo para Cleveland.

Se Brian continuasse assim por muito tempo, ele poderia até conseguir o que queria.

HANNA

Hanna colocou P, E, T, O ao redor do R no "ponderar" que Nathan Allen colocara, e comprou mais quatro peças de *Scrabble*: M, R, T, O.

Nate jogou PIROPO, com o R num quadrinho que valia três letras.

— "Piropo"? — Hanna perguntou indignada. — Que tipo de palavra é "piropo"?

— Do tipo verdadeiro.

Ela apertou os olhos para ele.

— O que você vai fazer, Shep? Vai desafiar? — Ele apoiou o queixo recém-barbeado sobre as palmas (lá se fora o cavanhaque grisalho) e a provocou com uma sobrancelha levantada do outro lado da mesa da cozinha. Na rodada anterior, ele desafiara a palavra "Zen" dela e ganhara: substantivo próprio inválido. Ele achou que a irritação dela foi uma ironia hilária.

Ela encarou o tabuleiro, perguntando a si mesma se valia o risco perder a vez. A palavra poderia ser real. Conhecendo Nate, ele provavelmente estudava palavras obscuras no tempo livre. Na verdade, era bem possível que ele estivesse se preparando ativamente desde que ela o derrotara em uma partida de melhor de cinco no Natal.

Ele cantarolou o tema do Show do Milhão.

— Ah, xio! — Ela esfregou as têmporas, se concentrando. Embora ela e Nathan só estivessem namorando havia umas seis semanas, os dois se conheceram como seminaristas quase vinte anos atrás. Mesmo com os vários anos separados, ela servindo em uma igreja em Chicago e ele servindo em uma igreja em Michigan antes de passar a lecionar literatura inglesa na Universidade de Kingsbury, Hanna estava surpresa de não conhecê-lo bem o suficiente para detectar um blefe. Ela era consideravelmente treinada em ler as pessoas. Normalmente. E Nathan vivia com transparência. Normalmente. Mas, quando o assunto era uma competição, ele era ilegível.

Ela chamou Jake, de treze anos, que estava lendo na sala de estar adjacente.

— Jake, pode vir aqui um minutinho?

— Ei! Não vale perguntar — Nathan disse quando Jake apareceu na porta com uma revista de história em quadrinhos na mão.

— Olhe para o rosto do seu pai. — Hanna colocou o cabelo curto, que ia até o queixo, por trás das orelhas recentemente furadas. Ela ainda estava se acostumando com os brincos de ouro. — Ele está blefando ou não?

Jake examinou o tabuleiro.

— Ele jogou o quê? Piropo?

— Ei, linguarudo! — Nathan bateu de brincadeira no peito do filho. — Quieto!

— Ele sempre joga "piropo" — Jake disse. — É uma palavra portuguesa.

Nathan levantou o braço para apertar a orelha de Jake.

— Você está de que lado?

Jake sorriu, deu de ombros e voltou para o sofá.

— Obrigada, Jake! — Hanna lhe disse. Chaucer, o golden retriever da família, se jogou no chão de linóleo com um suspiro, a barriga exposta e a cauda batendo no chão. Hanna se inclinou para acariciar o pelo dele. — Vai lá, anota os pontos por sua palavra dissimulada — ela disse, apontando para a folha de pontos de Nathan.

Ele clicou a caneta esferográfica, anotou os pontos com um floreio e depois afastou a cadeira. Chaucer se levantou com as unhas batendo no chão enquanto trotava para o outro lado da mesa.

— Já que você sempre demooooora taaaaaanto na sua vez — Nathan disse esfregando o focinho de Chaucer com as duas mãos —, eu vou passar um café. Quer?

— Sim, por favor. O de verdade. — Se ela queria aguentar até meia-noite para receber o Ano-Novo em louvor, precisaria de uma dose de cafeína. Estudou seu apoio de pecinhas, protegendo-o com as duas mãos quando Nathan fingiu olhar enquanto ia para a pia. Ele se inclinou para beijar a cabeça dela. — Boa tentativa, Allen.

Enquanto ele enchia a cafeteira com água filtrada da geladeira, Hanna usou o P de Nathan para formar PATO e comprou três peças: D, R e E. Ótimo. Ela devia conseguir fazer algo com aquelas letras na sua próxima vez. Examinou o tabuleiro por vários longos minutos e continuou reorganizando as peças em seu apoio. M, O, D... "Nossa, nossa, nossa!" Se ele ficasse longe da palavra do meio na vez dele...

Ela fingiu despreocupação quando ele se sentou de novo.

— Sua vez. — Ela pegou o copo d'água e deu um gole lento.

Ele, com seus penetrantes olhos escuros, estudou o rosto dela.

— Você está igualzinha ao gato que acabou de comer o canário. — Ele tirou os óculos e deu uma baforada neles, com os olhos ainda fixos nela enquanto ele metodicamente esfregava as lentes no cardigã. — O que você está tramando?

— Nada. É sua vez. Eu joguei PATO. — Ela se certificou de evitar olhar para a parte com três palavras no tabuleiro.

— Hanna? — ele disse, delongando a última sílaba. O café começou a passar, com um barulho líquido rítmico. Ele se inclinou para a frente como se tentasse ver as peças dela de cabeça para baixo.

Ela esticou o braço e empurrou o peito dele.

— Ei! Sem roubar.

Jake voltou para a cozinha, andando timidamente por trás dela para inspecionar suas letras.

— Vamos, Jake — Nathan disse com o queixo erguido. Ele parecia mais novo sem o cavanhaque, mais parecido com o seminarista de 23 anos por quem Hanna estava determinada a não se apaixonar. — Pisca para mim. O código secreto dos meninos Allen.

Hanna se virou para olhar para Jake, que sorriu de novo e levantou os ombros.

— Os meninos Allen têm um código secreto? — ela perguntou.

— Para o olho desatento, parece apenas um tique — Nathan respondeu —, mas, para o olho treinado... — Ele olhou para o tabuleiro e fixou o olhar no buraco de três palavras. — Ah... eu me deixei aberto aqui no meio, não foi? Você tem algo para encaixar em ENTO?

Os dons de percepção dele eram assustadores. Ela tomou outro gole de água.

— É sua vez — ela disse.

Ele empurrou os óculos de volta sobre o nariz.

Ela cantarolou o tema do Show do Milhão.

Ele expirou um suspiro alto e exagerado.

— Eu não tenho poder para parar o que quer que você esteja prestes a fazer. Então... aqui. — Ele encaixou no O de PATO e formou APOGEU. — Uma excelente palavra, mas poucos pontos por ela. Pontos dobrados para o E. Eba. — Ele anotou os pontos na folha. — Beleza, Shep. Vamos ver o que você tem.

Com um alongamento preparatório dos braços sobre a cabeça e uma rotação dos ombros para irritá-lo, ela colocou as peças sobre o tabuleiro, uma de cada vez, lentamente, pontuando cada peça com um barulho triunfante.

— MODORRENTO. É pontuação dobrada para o T e o triplo de pontos para a palavra, o que dá... — Ela entortou a boca como se estivesse calculando equações complexas. — Hmm, Dr. Allen, você gostaria de checar as minhas contas aqui?

Os lábios dele formaram um sorriso e ele balançou a cabeça.

— Qual é o código dos meninos Allen para 102? — ela perguntou, piscando-lhe rapidamente.

Ele se curvou com um gesto de "Não sou digno".

— Você está ficando boa demais nesse negócio de "aprender a brincar", Shep. Talvez devesse voltar a ser séria.

Ela riu. Ele estava certo. Depois de alguns meses de tempo sabático, e especialmente depois de algumas semanas se submetendo ao regime de Nathan de aprender a celebrar o amor de Deus e a relaxar em sua graça, ela estava começando a ver o fruto das próprias práticas. Nate é um professor talentoso.

Ela acabou ganhando dele por 53 pontos.

Enquanto ela guardava as peças do tabuleiro no saquinho de tecido, Nathan servia o café e cortava um bolo de maçã com canela.

— Vamos comer na sala de estar — ele disse. — Aí podemos jogar mais uma rodada. Melhor de três.

— Jake está esperando para começar o jogo dele — ela o relembrou baixo o bastante para Jake não escutar.

Nathan acompanhou o olhar dela para o outro cômodo.

— Ei, filhão! — ele chamou enquanto colocava três fatias de bolo em um prato. — Hanna disse que está pronta para uma revanche de *Catan*.

Embora Hanna tivesse tentado digerir a explicação cuidadosa e intrincada das regras no Natal, ela nunca fora boa em jogos de estratégia complicada. Todo ano, seu pai tentava ensiná-la a jogar xadrez, mas ela nunca conseguia se lembrar direito das peças e dos movimentos e, assim que a partida acabava, ela ficava como um quadro que acabara de ser apagado. Como o jogo de Jake precisava de três pessoas para jogar, ela se esforçou para se manter no ritmo deles enquanto eles trocavam recursos, implantavam suas economias locais e construíam suas estradas e assentamentos na ilha imaginária, mas era como se ela estivesse jogando o jogo pela primeira vez.

Hanna rolou os dados e, com a orientação de Jake, fez uma jogada que provocou um alto protesto de Nathan:

— Nossa! Maldade!

Ela cumprimentou Jake, que era a cara do pai quando ria.

Os meninos Allen.

Eles estavam a caminho de uma grande agitação na vida, agora que a ex-mulher de Nathan, Laura, estava voltando para Michigan em fevereiro. Depois de anos morando em outro continente com o homem com quem ela se casara pouco depois de se divorciar de Nathan, homem esse com quem ela tivera um caso quando Nathan estava pastoreando e Jake ainda era pequeno, Laura estava se mudando para a área de Detroit, grávida e esperando restabelecer um relacionamento com o filho que ela abandonara.

De acordo com Nathan, Jake não queria nada com ela, uma realidade que Nathan admitiu agradá-lo.

Em algum lugar da Europa — ou era na Ásia? Hanna não perguntou —, Laura estaria comemorando o Ano-Novo com o marido, sem dúvidas sonhando sobre o Natal seguinte, quando ela teria um recém-nascido. Ela poderia até estar imaginando Jake participando da sua vinheta aconchegante.

Isso não ia acontecer. Nathan lutaria pelo direito de Jake de passar o Natal em casa, de pijama, e, em alguns anos, Jake seria velho o bastante parar dizer a qualquer juiz o que ele queria.

— Sua vez — Jake disse, entregando os dados para Hanna de novo.

Sobre a mesa de cabeceira de Hanna na casa de Meg, havia um livro: uma coletânea de fotografias da Terra Santa que Jake lhe dera de Natal, provavelmente com alguma orientação de Nathan. "Para se preparar para nossa viagem", Jake havia dito timidamente quando ela o tirara do embrulho. *Nossa* viagem. Em maio, eles três iriam para Tel Aviv com Katherine Rhodes e os outros peregrinos na viagem do Nova Esperança, a fim de andarem nos passos de Jesus.

Que jeito de terminar o tempo sabático. Que jeito de passar para os passos que Deus tinha em mente para ela. Para eles.

— Que número eu estou esperando? — Hanna perguntou, examinando o tabuleiro.

— Dois — Nathan respondeu.

Jake deu-lhe uma cotovelada.

— Um oito seria bom.

Hanna colocou os dados nas mãos.

— Bora, oito! — ela disse e rolou os dados.

Quinta-feira, 1º de janeiro, 11h

Em todos os meus anos de ministério, eu nunca tinha virado o ano em um culto. Talvez eu leve a tradição de culto da virada para Westminster. Foi lindo lá... Um tempo para refletir sobre a fidelidade de Deus para conosco durante o ano passado e também para nos comprometermos com Deus para o ano que vem. Leitura das Escrituras, muito tempo em silêncio, música, luz de velas, orações. Mas o que realmente chamou minha atenção foi a Oração de Aliança de Wesley, a qual eu nunca tinha escutado. Que tremenda e valiosa oração de confiança e entrega! Nós tivemos tempo de sentar em silêncio para ler as palavras antes de sermos convidados a ler em uníssono no fim do culto. Eu não as li em voz alta... Não achei que estivesse pronta. Eu acho que é uma oração sobre a qual precisarei continuar pensando para poder orá-la de todo o coração. Aqui está ela:

> EU NÃO SOU MAIS MEU, MAS TEU.
> PÕE-ME NAQUILO QUE TU DESEJAS, COLOCA-ME COM QUEM TU DESEJAS.
> PÕE-ME NA OBRA, PÕE-ME A SOFRER.
> DEIXA-ME SER EMPREGADO PARA TI OU POSTO DE LADO PARA TI,
> EXALTADO PARA TI OU HUMILHADO PARA TI.
> FAZ-ME COMPLETO, FAZ-ME VAZIO.
> DEIXA-ME TER TODAS AS COISAS, DEIXA-ME SEM COISA ALGUMA.
> EU, LIVRE E SINCERAMENTE, RENDO TODAS AS COISAS À TUA VONTADE E À TUA DISPOSIÇÃO.
> E AGORA, Ó GLORIOSO E BENDITO DEUS PAI, FILHO E ESPÍRITO SANTO,
> TU ÉS MEU, E EU SOU TEU.
> QUE ASSIM SEJA.
> E QUE A ALIANÇA QUE EU FIZ NA TERRA
> SEJA CONFIRMADA NO CÉU.
> AMÉM.

A parte “Deixa-me ser empregado para ti ou posto de lado para ti” chamou minha atenção na hora, considerando onde estou com o tempo sabático pelos últimos meses. Mas a diferença agora é: comecei a me acostumar com o ritmo de ser separada para Deus. Abracei o presente do descanso, do repouso. Será que me sentirei pronta para abraçar o fato de estar "empregada para Deus" de novo em alguns meses, especialmente se esse emprego significar deixar para trás esta vida que descobri no oeste de Michigan? Não... Escreva mais honestamente. Esta vida que descobri com Nate. Pronto.

Eu estava sentada ao lado dele ontem à noite, olhando para as palavras da oração, tentando estar naquele lugar de "indiferença santa", onde meu desejo ou esperança não estão em um resultado específico, mas no que trouxer glória, honra e louvor a Deus, e tudo o que eu conseguia pensar era: "Não estou nesse ponto ainda, Senhor. Não estou nesse lugar de confiança e entrega." Parece que acabei de começar a prestar atenção aos meus desejos. Acabei de começar a ser honesta para nomeá-los. E acho que ainda não estou pronta para entregá-los aos teus pés. Mas acho que tudo bem. Tu sabes onde estou.

Essa é a verdade: quanto mais tempo eu passo com Nate e Jake, mais meu coração se alarga. Passei anos negando minha necessidade ou desejo por estar casada. Passei anos respondendo a perguntas inevitáveis sobre minha solteirice com frases prontas sobre eu estar totalmente comprometida com Cristo e sua igreja, sem tempo para qualquer outra coisa. Mas, quando ofertei meu sim para explorar um relacionamento romântico com Nate, cruzei uma fronteira. Não sei o que significa. Não sei para onde estamos indo.

Antes de Nate e eu nos reconectarmos daquele jeito doido, providencial e de mundo pequeno, nunca questionei minha volta ao ministério em Westminster no longo prazo. Presumi que voltaria em junho, descansada e revigorada, mais bem equipada para um ministério ainda mais frutífero com a congregação que amo. Mas foi nisso que refleti enquanto meus pensamentos fluíam ontem à noite enquanto eu pensava sobre o Ano-Novo: quando eu voltar para Chicago, e aí? Não posso simplesmente continuar de onde parei. Não sou a mesma pessoa que era quando saí. E, sendo honesta e escrevendo tudo isso aqui, pela primeira vez na vida, eu me peguei pensando ontem à noite sobre o que eu "devia" a Westminster, à luz do investimento deles em mim. Nunca, nunca pensei sobre voltar ao ministério como uma obrigação. Até me peguei pensando sobre quanto tempo seria apropriado devolver depois de um período sabático tão generoso quanto o meu. Um ano? Dois? Cinco? E essa nova linha de pensamento só me faz perceber o quanto estou esperando acabar em um relacionamento de longo prazo com Nate. Pronto, falei. Eu não sei o que fazer com isso, exceto te entregar, Senhor. Adoraria "sinceramente render todas as coisas à tua vontade e à tua disposição", mas não estou pronta.

Depois de tantos anos estando "vazia", só estou começando a descobrir o que significa estar "cheia". Eu vivi por tanto tempo orando para ser derramada e esvaziada, para não ter nada, para ser diminuída, para ser usada por ti no ministério, para te dar tudo o que eu tinha, mas nunca te pedi que me deixasse ser "exaltada", "cheia" ou que "tivesse todas as coisas". Essas são orações que nunca me vieram à mente. Então, como posso experimentar tua abundância e depois a oferecer de volta para ti e dizer que o que escolheres para mim está bom? Que a tua vontade é suficiente? Que eu abraço teus desejos como meu único desejo?

Eu vejo a tatuagem *hineni* de Nathan sempre que ele está descalço. Ele frequentemente diz que a oração "Eis-me aqui" dele descreve sua intenção, mas nem sempre a prática. Me purifica, Senhor. Eu quero confiar em ti. Independentemente de qualquer coisa.

Eu falei com meus pais há algum tempo. Mamãe ainda está se recuperando de toda a viagem antes do Natal e disse que preferiria que eu fosse lá vê-los em vez de eles voarem para cá para me ver. Então, vou para Oregon semana que vem por alguns dias. Senhor, tu conheces meus desejos para nosso tempo juntos.

Essa é a parte da Oração de Wesley que eu posso orar de todo o coração: "tu és meu, e eu sou tua". Estou aprendendo a conhecer essa verdade no contexto do amor, na linguagem do noivo e da amada. Estou aprendendo a não me ver meramente como uma serva, mas como tua amada. E, se eu estiver confiante no teu amor por mim, um amor firme, imutável e confiável, então acho que consigo chegar a um lugar de entrega a ti de uma nova maneira.

Que assim seja, Senhor. Por favor.

MEG

Meg acordou com um susto, inspirando assustada e com o coração acelerado. Ela havia sonhado com Jimmy. Um sonho tão vívido, tão real, que ela rolara para o lado e tentara tocar nele, mas seus dedos tocaram a flanela macia dos lençóis que Hanna colocara para ela no quarto de hóspedes do chalé.

Se ela conseguisse voltar a dormir...

Ela e Jimmy estavam lavando louças juntos na pia da casa deles. Ele estava com espuma até os cotovelos, e ele respingou nela. Ela viu as bolhas caindo em câmera lenta diante dela, brilhando como prismas sob a luz do sol e pousando sobre seu nariz como borboletas iridescentes e ficando ali. Ela pegou um punhado de bolhas de sabão da pia e as esfregou nas bochechas dele, que riu com sua risada cadente e musical; o rosto dele brilhou com a luz do arco-íris e ele a pegou nos braços como se ela não pesasse nada. Uma borboleta. Uma bolha. E então a imagem estourou, e ela estava sozinha de novo, com as bochechas úmidas de espuma.

Não. De lágrimas.

Ela esfregou as mãos pelo rosto. Graças ao xarope, dormira a noite inteira. Na verdade, pela primeira vez em dias, estava com fome. Provavelmente, era um bom sinal.

Hanna já estava sentada ao lado da janela panorâmica com a caneca em mãos, quando Meg entrou pela cozinha usando pijama e mocassins de pele de ovelha.

— Nem te escutei essa noite — Hanna comentou. — Apagou, hein?

Meg concordou.

— Bem o que eu precisava. Uma boa noite de sono. — Ela afundou em uma cadeira com estofado extra e olhou para o lago, que estava congelado na orla.

— Olha as árvores — Hanna disse. — Eu estou sentada aqui há vinte minutos, tentando descobrir o que está causando isso. Algum tipo de geada, talvez.

Ali perto, uma fileira de árvores e arbustos piscavam sob a luz do sol, como se galhos nus tivessem sido cobertos com lantejoulas. Ou salpicados com pó de diamante. Maravilhoso.

— Eu nunca tinha visto algo assim antes — Meg balbuciou.

— Nem eu. Uma apresentação especial de glória, só para nós. — Hanna sorriu e tomou um gole da xícara. — Às vezes me vem à mente a maravilha de ser a única pessoa no mundo louvando a Deus por um presente de beleza específico, em um momento específico. Eu não queria te acordar, mas estava esperando que você saísse do quarto a tempo de ver isso.

A sincronia funcionou perfeitamente: dormir o bastante para vislumbrar Jimmy na luz brilhante e acordar a tempo para vislumbrar o mundo se aquecendo nela. Um presente. Talvez ela devesse tentar desenhar essas árvores. Assoou o nariz irritado.

— Que tal um café da manhã? — Hanna perguntou. — O que você quer? Ovos? Mingau de aveia? Também tem cereais no armário.

Creme de trigo. Uma comida aconchegante favorita da infância. Sempre que Meg passava a noite na casa dos vizinhos, a Sra. Anderson preparava um mingau de aveia para o café da manhã, com açúcar mascavo que derretia como xarope no leite. E o Sr. Anderson brincava de "três ursos" com Meg, que ele carinhosamente chamava de Cachinhos Dourados. Ela se esquecera disso. Eles passeavam pela casa enquanto esperavam os mingaus esfriarem, e aí Meg colocava a colher na tigela, perfurando a camada do topo, e declarava depois de provar: "Esse aqui está no ponto." Café da manhã na casa dos Anderson também significava chocolate quente fervilhando na panela sobre o fogão e creme batido na geladeira. Meg tomava o chocolate até o creme batido formar um bigode acima dos seus lábios, e ela nunca recebia bronca. Brincava da mesma brincadeira com Becka quando ela era pequena, sempre que a mãe de Meg estava fora da cidade.

— Eu não como mingau há anos — Meg disse, enrolando um xale sobre os ombros. — Parece ótimo. Obrigada.

Enquanto Hanna ligava a chaleira para o chá e enchia dois copos com suco de laranja, Meg checou as mensagens no celular. Ela estava tão fraca, que nem escutou se Becka ligara. Ainda bem, talvez. Ela não tinha energia para escutar um registro detalhado de como o tempo dela com Simon fora maravilhoso. "Oi, mãe, só passando para avisar que voltamos a salvo para Londres. Paris foi incrível! Eu não queria ir embora. Espero voltar logo. Enfim, espero que você esteja bem. Eu volto às aulas na segunda-feira. Te ligo mais tarde. *Au revoir*!"

Meg escutou a mensagem duas vezes e então a deletou. Becka parecia feliz. Radiante. Meg ainda tinha esperança de que Simon fizesse algo para decepcioná-la, magoá-la, para fazê-la ver o ser humano absolutamente imprestável que ele era.

— Becka voltou em segurança para Londres — ela informou Hanna. O que quer que "em segurança" significasse. Até onde Meg sabia, Becka nunca esteve em tanto perigo.

— Eu estava pensando nela hoje de manhã — Hanna disse, mexendo o mingau —, e uma passagem me veio à mente, talvez uma com a qual você possa orar. É aquela em que os pais estão trazendo o filho até Jesus para ele o abençoar. Pode ser uma boa imagem em que pensar: somente colocá-la sobre o colo dele sempre que ela vier à mente.

Provocada pela sugestão, Meg perguntou:

— Eu te contei sobre o mural na minha igreja?

— Acho que não. Não que eu me lembre, pelo menos.

Meg não visitava aquela parte específica do prédio havia anos. Talvez já tivessem pintado por cima.

— Tinha um mural grande, tamanho real, de Jesus cercado por criancinhas, com ele segurando uma no colo... Exceto que, onde deveria ser o rosto da criança, tinha um espelho. Quando Becka era pequena, ela ia lá para a escola dominical e se balançava para a frente e para trás diante do espelho até conseguir se ver.

Meg ainda conseguia ver o reflexo de Becka, sua carinha sapeca com os grandes olhos castanhos e o cabelo curto, brilhando no colo de Jesus. Quando Meg voltasse à igreja, ela iria descer as escadas para ver se a pintura ainda estava lá.

Hanna frequentemente lembrava Meg de que, embora Becka não estivesse interessada em ouvir o que Meg queria falar sobre a vida ou a fé, embora Becka tivesse deixado perfeitamente claro que não queria escutar Meg dar sermão ou "impor a religião" dela, Becka não tinha defesas contra as orações de Meg. Então, sim, Meg praticaria o hábito de orar com a imaginação por Becka, colocando-a sobre o colo de Jesus. Ela imaginaria Jesus tomando Becka nos braços, colocando suas mãos sobre a cabeça dela e o rosto dela contra seu peito.

Meg pegou a Bíblia sobre a mesa de centro.

— Você sabe onde está essa história? — ela perguntou.

— Marcos 10 — Hanna respondeu. — Eu li hoje mais cedo.

Meg leu o texto do evangelho de Marcos algumas vezes, imaginando todos os pais se apertando, disputando ruidosa e agressivamente por um lugar na fila, empurrando seus filhos na direção de Jesus. Meg se espremeu também, segurando a mão de Becka. Mas então, quando Meg estava se aproximando da parte da frente da multidão, Becka, talvez com seis ou sete anos de idade, se jogou no chão com um bico obstinado no rosto e se recusou a se mover. Envergonhada, Meg olhou em volta, para outros pais. Crianças cooperativas e felizes estavam pulando no colo de Jesus, dando voltas ao redor dele, subindo nele por trás, fazendo-lhe cócegas, colocando as mãozinhas empoeiradas sobre os olhos dele em um jogo de pique-esconde. Ele brincava com elas, rindo.

— Olha! — Meg se ajoelhou para ficar face a face com a filha. — Olha todas aquelas crianças brincando com ele. Você não quer ir vê-lo?

Becka balançou a cabeça, travou o queixo e fechou os olhos com força. Ela era grande demais para carregar e, se Meg tentasse arrastá-la, faria um escarcéu.

Não. Não. Não era isso que ela queria imaginar. Ela tinha que levar Becka para Jesus! Talvez, se ela imaginasse Becka como uma criança melhor, poderia carregá-la e colocá-la no colo de Jesus.

Ela leu o texto e tentou de novo.

Mães e pais andavam de mãos dadas com criancinhas, balançando seus braços, levantando-as do chão. Filhas iam sentadas nos ombros dos pais. Mães limpavam narizes sujos e alisavam cabelos bagunçados. Meg teve que se esquivar entre os adultos para chegar perto o bastante e ver Jesus.

Lá estava ele, no meio da multidão, com a mão áspera de carpinteiro repousada gentilmente sobre as cabecinhas, segurando seus rostinhos e entregando palavras de bênção para elas. "O Senhor te abençoe e te guarde, o Senhor faça resplandecer o seu rosto sobre ti... Deus te abençoe, pequenino. Deus te abençoe, cordeirinho. Deus te abençoe." Meg olhou em volta, procurando sua mãe, mas ela não estava lá. Sua mãe não a trouxera para ver Jesus. Ela viera por conta própria. Sozinha.

Ela fechou a Bíblia. Não era isso que esperava — ou queria — ver.

MARA

Mara jogou o carro para o lado, a fim de se esquivar de outro buraco, e seu SUV preto quase bateu em uma Mercedes que entrara na pista.

— Foi mal! — Ela acenou para a outra motorista, que buzinou e balançou o braço. — Ah, relaxa, dona. Tá tudo bem — Mara murmurou.

No banco do passageiro, Kevin riu.

— Qual foi a graça?

Ele balançou os braços e apontou com seu queixo angulado para a Mercedes, que estava se afastando.

— Cheia de drama — ele respondeu.

Cheia de drama e *grana*. O cabelo escovado, as roupas, as joias. Mesmo só de relance, Mara sempre conseguia distinguir as mulheres que vinham de berços privilegiados e ricos. Ela preferia passar tempo com as pessoas do Nova Estrada.

— Estou orgulhosa de você, Kevin — ela disse. — Não sei se já te falei ou não, mas estou orgulhosa de você. Sei que as crianças amam ter você para brincar com elas. Você fez a diferença, sabia? Uma grande diferença. Como Jeremy falou. Algumas delas vão se lembrar de você daqui a anos.

Kevin voltou a atenção para o celular em seu colo, rapidamente comunicando algo para alguém com seus polegares.

— Valeu — ele balbuciou.

Por mais que ela quisesse conversar mais com ele, não queria arriscar a sorte.

A Srta. Jada estava em pé perto da porta quando eles entraram.

— A sua amiga acabou de sair — ela disse. — A alta e bonita, que parece uma modelo. Não me lembro do nome dela.

— Charissa.

— É, Charissa. Ela deixou várias roupas de inverno. Casacos, botas, alguns livros infantis também. Diga a ela quando a vir de novo que somos muito gratos.

— Pode deixar.

Kevin pendurou o casaco em um gancho na parede e cumprimentou a Srta. Jada educadamente, antes de entrar pelo corredor em direção a um grupo de crianças que estavam esperando por ele do lado de fora do ginásio.

— O cara de bermuda e sandálias voltou? — Mara perguntou.

— Não, não o vi. — A Srta. Jada acompanhou Mara para a cozinha. O aroma de pão fresco as recebeu. — E o que foi isso que escutei sobre você? Tom saiu de casa?

— Sim. Aceitou uma promoção do trabalho em Cleveland e me entregou os papéis logo antes do Natal.

A Srta. Jada balançou a cabeça lentamente.

— Lamento ouvir isso.

— É... Bom, não foi uma grande surpresa. Digo, o divórcio, não a mudança. Não havia amor entre nós, com certeza.

— Lamento ouvir isso também.

O rosto de Mara esquentou. A Srta. Jada nunca conhecera Tom. Por isso ela sentia muito pelo divórcio. Se os dois tivessem valorizado um ao outro, amado e respeitado um ao outro em algum momento, talvez houvesse lugar para luto nesse divórcio. Mas eles só usaram um ao outro para conseguir o que queriam. Havia sido um casamento de conveniência, nada mais.

— É difícil para os filhos, não importam as circunstâncias — a Srta. Jada disse. — Seu filho Kevin, ele tem feito um ótimo trabalho aqui. Eu não sabia que ele estava passando por tudo isso. Sinto muito por todos vocês.

Mara ficou tentada a difamar Tom de cima a baixo: como ele era um valentão egoísta que fizera a vida dela miserável por anos, como ela estava aliviada por ele ter ido embora e como ela somente se arrependia das dificuldades financeiras que ela teria de suportar por causa disso.

A Srta. Jada olhou para ela como se estivesse lendo seus pensamentos.

— Só tome cuidado — ela disse, colocando a mão sobre o ombro de Mara. — Cuidado com a raiz de amargura. Ela se enrosca em tudo e sufoca sua vida.

— Sim, mas...

— Mara, eu já trabalhei com todo tipo de gente. Acredite, já vi de tudo. Tudinho. Os vigaristas, os abusadores, os drogados. Não pense que não os servi aqui. Mas cada um deles é amado por Deus —, ela levantou a mão para impedir que Mara a interrompesse — e você precisa se lembrar disso. Não significa que você ignora os pecados deles. Não, não! Você os nomeia. Eles custaram a vida e o sangue de Jesus. Não existia preço maior para pagar. Mas, ah, querida, não deixe seu próprio coração endurecer. Não deixe seu marido levar isso também. Ore por ele. Ore com vontade. Não para Deus puni-lo, mas para resgatá-lo e salvá-lo, escutou?

Sim, ela escutou. E não gostou do que ouviu. Não gostou nem um pouco.

Em algum momento no meio da noite, Mara acordou com o som de respiração em seu quarto. Esperando encontrar o cachorro arfando no chão, ela abriu os olhos e viu, em vez disso, uma figura corpulenta do lado da cama onde Tom dormia. "Misericór..."

Balançando os braços, ela procurou o interruptor da luz, derrubando o copo da mesa de cabeceira.

— Brian, mas que...? Quer me matar de susto?

Brian, que deu um salto para trás, rodou sobre os calcanhares e saiu do quarto.

— Brian!

A porta do quarto dele fechou com um estrondo.

Meu Deus.

O pico de adrenalina fez a pele dela tremer de frio e as mãos ficarem suadas. Não conseguia respirar. "Ameaçador." Essa era a única palavra que ela conseguia pensar para descrever a presença dele ao lado da cama. "Ameaçador." Como o pai dele. Igualzinho ao pai dele.

Meu Deus.

Com a memória, Mara viu Tom ameaçador, sem camisa, iluminado pelas costas no corredor. Ela fingira estar dormindo naquela noite, uma das muitas noites em que fingira; mas, naquela noite, Tom insistira em ter o que ele queria e brutalmente, prendendo-a na cama, provocando-a com mugidos enquanto fazia o que queria ("Vaca gorda! Você faz o que eu mandar, ouviu? O que eu mandar!"), e ela havia deixado. (E adiantava lutar contra ele? O marido podia fazer o que quisesse, não podia? E ela não merecia isso por tê-lo prendido por causa de Kevin? Por ter planejado fazê-lo casar com ela ao ficar grávida?) Nove meses depois, Brian nascera.

Ela esquecera. Como ela poderia ter se esquecido disso? Bloqueado. Escondido. Enterrado.

Meu Deus.

Apesar dos grandes esforços para desacelerar as batidas do coração com respiração profunda e ritmada, Mara não conseguia se acalmar.

Meu Deus, socorro.

Ela rolou para fora da cama, andou de fininho pelo carpete e silenciosamente fechou e trancou a porta do quarto.

CHARISSA

A referência anual à visita dos reis magos a Belém nunca parecera para Charissa mais do que uma história pitoresca que as crianças aprendiam na escola dominical: homens sábios com seus presentes extravagantes seguindo uma estrela para encontrar o bebê rei dos judeus. Mas, conforme ela escutava o sermão do reverendo Hildenberg sobre os presentes de adoração que os gentios trouxeram para Jesus — ouro, para honrar um rei; incenso, para oferecer como sacrifício; mirra, para embalsamar os mortos —, sua mão repousava sobre o abdome. Maria, a pensadora, deve ter refletido sobre o que significava aqueles presentes para o filho dela, especialmente à luz das palavras que Simeão lhe havia dito no templo, quando Jesus tinha apenas algumas semanas: "Uma espada atravessará a tua alma!". Não eram exatamente as palavras que a mãe de um recém-nascido gostaria de escutar. Nem os presentes que uma mãe gostaria de receber. Embora Charissa tentasse se concentrar no restante do sermão, seus pensamentos escapavam para o próprio filho sendo tecido na escuridão. "O que este menino vai ser?"

Deus já trabalhara através desse filho para atravessar o coração de Charissa, já o usara para trazer à luz lugares sombrios dentro dela — lugares de resistência e egoísmo onde ela precisava aprender a morrer para si mesma e para seus planos profundamente estimados. Mas, embora ela tivesse chegado a um lugar de paz acerca da gravidez e desejasse esse filho, a tensão com John aumentou no fim de semana.

— A mãe dele está me deixando absolutamente louca — ela disse para Mara ao telefone, sexta-feira à noite. — Se eu soubesse que aceitar a ajuda financeira deles despertaria algum tipo de monstro controlador nela, eu jamais teria aceitado. John não se opõe a ela, então ela continua dando conselhos... para ele, não para mim. Embora eu ache que ela espera que ele transmita as mensagens.

Sua sogra não tinha direito algum, absolutamente nenhum direito de interferir na vida deles, nenhum direito de dizer para Charissa como ela deveria gerenciar a vida, a carreira. Conselhos com móveis? Tudo bem. Ela poderia sorrir e acenar com a cabeça, fingindo gostar das opiniões e depois decorar a casa *deles* como quisessem. Mas quando começou a se meter sobre o que fazer depois que o bebê nascesse, aí Charissa espumou. Já que John não a deixava confrontar a mãe dele, ela passou o fim de semana descontando sua raiva e frustração nele.

Tudo a irritava: um rolo de papel higiênico fora do lugar no banheiro, pacotes de fast food no carro, uma lata de refrigerante vazia sobre a mesa. Quanto tempo levava para colocar o papel higiênico no suporte, tirar um saco de lixo fedido ou jogar uma lata no lixo? "Você acha que minha mãe é doida por controle?", John revidou. "Dá uma olhada no espelho."

Ela sabia, tá bom? Ela sabia. Ele estava no meio das duas. Mas ela ainda queria que ele dissesse para a mãe não interferir.

Quando o culto acabou e o organista terminou de tocar o poslúdio, ela e John andaram pelo corredor central do santuário e esperaram na fila para cumprimentar o reverendo Hildenberg. Charissa apertava a mão dele depois do culto desde quando conseguia andar pelo corredor com seus sapatinhos de couro.

— Charissa — ele disse calorosamente, pegando a mão dela com as duas mãos —, como você está? Teve um bom Natal?

— Ótimo, obrigada.

Ele deu um soquinho no punho de John.

— Bom te ver, John. Você está bem?

— Estou ótimo. Tudo tranquilo.

— Fico feliz de ouvir. Cumprimente seus pais por mim, Charissa, por favor. Eu preciso ir à Flórida passar umas férias, jogar golfe com seu pai.

— Tenho certeza de que ele adoraria. — Os dois eram parceiros de golfe havia anos, tendo o pai dela servido vários mandatos como presidente da junta diaconal. "Meu braço direito", o reverendo frequentemente dizia.

Charissa andou para a frente para que as pessoas sorridentes atrás dela pudessem cumprimentar o ministro, e então acompanhou John através das pessoas socializando ao redor do café na entrada até as portas, em direção ao carro.

— Você quer almoçar? — ela perguntou.

— Tim e eu vamos arrumar algo para comer, depois vamos à loja de materiais de construção.

Tá bom... Ela pensou se John já contara para o melhor amigo sobre o recente episódio de estresse conjugal deles. Provavelmente. E isso significaria que a esposa de Tim, Jenn, também saberia disso.

— Espero que você não esteja comprando um monte de coisas antes de nos mudarmos — ela disse. — É minha casa também. Tenho o direito de opinar sobre todas as coisas que sua mãe sugeriu.

— Então, demonstre interesse — ele retrucou. — Finja que se importa sobre as cores de tintas, armários e todas as outras coisas que eu sinto estar sendo deixado para escolher sozinho.

— Nem estamos na casa ainda, John. É um pouco cedo para comprar tinta e armários.

— Você poderia pelo menos olhar as cores e os tipos de madeira.

— Tá bom. Você e Tim dão o passeio de vocês e depois me tragam algumas amostras.

— Tá bom.

Ele a deixou à porta e saiu da vaga com neve respingando das rodas de trás. Ela chutou o degrau da frente com a bota.

Tá bom.

Quando entrou, ela foi agredida pelo fedor que emanava do apartamento dos vizinhos. O que quer que eles estivessem cozinhando fedia como os tênis de John depois de jogar futebol.

Ótimo.

E John estava com o carro.

Ela correu escadas acima, fechou a porta atrás de si e olhou para a bagunça e caos de caixas, o conteúdo de armários meio esvaziados e fita adesiva, jornal e plástico-bolha jogados por todo lado. Tirou as botas e as meias e, com todo o peso dos seus pés descalços sobre o chão, começou a pisar nas bolhas. Mas o carpete abafou o som, então ela levou a folha até a cozinha, para o chão de linóleo. Pronto. Muito. Melhor. Com um pouco de eco. Ela se perguntou se alguém comprava plástico-bolha não para embalar coisas, mas para aliviar o estresse. Algumas das bolhas pareciam particularmente resistentes. Ela pisou com mais força. Poc-poc-poc. Toc!

Uma batida na porta.

Ela continuou pisoteando.

Batidas mais fortes.

Ela apertou o calcanhar firmemente contra o plástico de novo — *toc!* — antes de marchar até a porta para espiar pelo olho mágico. De pé no corredor, de cara feia, estava uma das vizinhas irritantes do andar de baixo, a mulher que cronicamente reclamava não apenas para Charissa e John, mas também para a administração do prédio, que Charissa usava o aspirador com frequência demais.

— Você se importa? — a mulher exclamou assim que Charissa abriu a porta. — Meu marido está tentando dormir, e estamos ouvindo muito barulho pelo teto. Como batidas. — Ela bisbilhotou por cima do ombro de Charissa, com os olhos recaindo sobre algumas caixas. — Ahh... Vocês estão se mudando? — ela perguntou, com o tom ficando inconfundivelmente esperançoso. O sentimento era mútuo.

— Mês que vem — Charissa respondeu.

— Bem, cuidado com o barulho, tá bem? Ele está trabalhando no turno da noite agora e dorme durante o dia.

"Não é problema meu", Charissa pensou.

— Estou com o calendário apertado — ela disse — e vou precisar embalar e limpar sempre que tiver tempo. — Talvez ela devesse achar algo que precisasse de marteladas.

Assim que a vizinha abriu a boca para reclamar, o celular de Charissa tocou. No momento exato.

— Preciso ir — ela disse e fechou a porta. "Até nunca mais." Antes de atender o telefone, pisou nas bolhas restantes em um quadrante específico. — Oi, Mara!

— Liguei numa hora ruim?

— Não, é uma hora boa. O que manda?

— Desculpe te incomodar, mas preciso te pedir um favor. Você teria algum tempo... Eu sei que você está ocupada com a mudança, a faculdade e tudo mais... Mas você teria, tipo, algum tempo para ir fazer compras comigo? Eu ligaria para Hanna ou Meg, mas elas ainda estão no lago e eu não queria incomodar ninguém, mas... — O tom de Mara indicava que não era um pedido de "passeio das meninas" frívolo.

— Eu não volto para a faculdade até o dia 19 — Charissa disse —, então tenho tempo. O que você precisa comprar?

Mara hesitou.

— Preciso comprar uma cama nova.

Talvez Tom tivesse levado móveis grandes consigo quando saiu de casa, deixando Mara para dormir no sofá. Charissa nunca conheceu Tom, mas, pelo que escutara dele, não ficaria surpresa se ele tivesse sido vingativo.

— Hmm, claro. Podemos ir juntas. Quando você quer ir?

— Quando você estiver livre... Tipo, hoje?

Charissa examinou a bagunça. Ela podia continuar a guardar as coisas mais tarde, talvez com o humor melhor.

— Se você puder me pegar, estou livre a qualquer hora. John está com o carro.

Mara agradeceu — profusamente — e disse que estaria lá em meia hora.

— A Srta. Jada queria que eu te agradecesse de novo por tudo o que você levou para o Nova Estrada — Mara disse enquanto elas iam para uma loja de colchões com desconto. — As roupas de inverno, todos os livros. Ela falou do quanto estão gratos, e eu sei o quanto é verdade. Eles sempre ficam com o estoque bem baixo depois do Natal.

— Fico feliz em ajudar. — Depois de visitar pela primeira vez na vida um brechó, Charissa descobrira por que algumas das amigas se recusavam a pagar o preço completo em qualquer coisa. "Caça ao tesouro", Emily chamava. Charissa poderia caçar o tesouro com um propósito. Se o Nova Estrada precisava de coisas regularmente, comprar roupas e brinquedos usados era um jeito fácil de contribuir.

Mara reduziu a velocidade. O limpador de neve na frente delas estava arrastando contra o asfalto, criando faíscas âmbar como fogos de artifício na estrada. Quando elas passaram para a faixa do lado, o limpador de neve cuspiu lama. Mara moveu a alavanca do limpador de para-brisa.

Charissa olhou pelo retrovisor.

— Então, Tom levou alguns móveis quando saiu de casa?

— Não, ele deixou todas as coisas grandes. Generoso, né?

Talvez Mara só quisesse um novo começo. Se você tivesse dividido a cama por anos com alguém que decidiu que não queria mais estar casado com você, então talvez...

Mara passou a mão na testa.

— Você sabe como estamos todas falando pelos últimos meses sobre Deus trazer coisas à luz... Coisas difíceis, certo? Coisas que enterramos, porcarias nas quais não queríamos pensar, e aí tudo vem para a superfície e você pensa: "Eu não queria ver isso de novo." Mas, se você ignorar, vai continuar ficando mais forte...

Charissa concordou. Mara estava confrontando muitas coisas dolorosas de seu passado nos últimos meses, como as experiências de rejeição que o Espírito de Deus havia trazido à lembrança para serem curadas, redimidas.

— Bem, todo esse estresse com Tom levantou mais porcarias do passado, coisas que eu enterrei fundo, muito fundo. Coisas feias. Coisas que eu não acredito que esqueci.

Hanna era mais bem equipada para conversas como essa. Muito mais bem equipada. Elas realmente precisavam marcar a primeira reunião de formação espiritual delas. E logo. Ela ligaria para Hanna assim que voltasse ao apartamento, descobriria quando ela iria para Oregon e marcaria algo no calendário, talvez até antes de ela viajar. Com sorte, Meg estaria se sentindo melhor nos próximos dias.

Charissa se ajeitou no banco.

— Aconteceu uma coisa ontem à noite que disparou um gatilho enorme, gigante em mim — Mara disse —, tipo um medo instintivo que quase me deixou sem ar... Demorei um tempo para me acalmar depois... E eu percebi que foi por causa de algo que aconteceu anos atrás, quando Kevin era criancinha.

Enquanto Mara contava a história de como Brian fora concebido, Charissa escutava com crescente revolta e incredulidade, não em relação às palavras de Mara — Charissa não tinha dúvidas acerca da confiabilidade dela —, mas por Mara ter *esquecido*. Charissa conseguiria contar com vívidos detalhes cada instante, cada momento de desrespeito que já sofrera de alguém, até mesmo da infância. Ela conseguiria contar cada discussão que já tivera com John como se tivesse acontecido ontem. Mas Mara tinha esquecido *isso*? Essa violência? O desprezo desumanizante e a maldade com que Tom a tratara, como se ela fosse uma propriedade?

— Ele *te estuprou*, Mara!

— Ah, não... Digo, o que ele fez foi errado, mas...

— Não, escuta! — Ela se virou para Mara. — Há leis contra isso. Meu pai é advogado, aprendi algumas coisas dele ao longo dos anos, e o que Tom fez é classificado como "estupro conjugal". Não tenho certeza se há um estatuto sobre limites ou algo do tipo quanto a isso, mas posso descobrir com meu pai, ligar para ele hoje à noite e perguntar se as leis de Michigan...

Mara arregalou os olhos.

— Não. Por favor. Eu... Não. Só quero comprar uma cama nova, redecorar ou algo assim, e seguir em frente. Eu não deveria ter mencionado isso. Desculpe.

— Mara...

Mara balançou a cabeça.

— Vou falar com minha terapeuta, trabalhar nisso. Mas, por favor, não mencione isso para o seu pai. Só continue orando por mim.

— Isso é importante, Mara. Isso é muito, muito importante. Você foi violentada sexualmente! Me prometa que você vai ligar para sua terapeuta. Assim que puder.

Mara não respondeu. Porém, quando Charissa sugeriu comprar novas roupas de cama para o colchão novo, Mara disse que deveria comprar também cortinas. Dar uma cara completamente nova para o quarto inteiro.

Nenhuma delas mencionou o nome de Tom de novo a tarde toda.

3.

HANNA

Os mesmos compassos de novo. E de novo. Hanna se perguntava se Meg perdia a paciência com seus jovens alunos de piano. Embora estivesse escutando da mesa da cozinha de Meg havia apenas algumas horas, ela estava pronta para comprar fones canceladores de ruído.

— Foi melhor dessa vez — Meg disse com sua voz soprano ainda rouca. — Mas deixe eu ouvir você contando o tempo em voz alta.

Hanna virou uma página do caderno que ela montara. Charissa havia mandado um e-mail com uma variedade de exercícios de oração que Katherine e a filha, Sarah, desenvolveram e compartilharam com outros grupos. Charissa escrevera: "Por favor, dê uma olhada neles e escolha alguns que possamos praticar juntas. Eu adoraria nos juntarmos na sexta-feira à noite, se Meg estiver bem."

Além de uma tosse persistente, Meg parecia estar se sentindo melhor. O tempo afastada no chalé deu-lhe uma mudança de cenário, uma chance de desenhar no caderno e uma oportunidade para dar umas caminhadas ao longo da praia, minuciosamente protegida do frio. Agora que ela voltara à rotina diária de aulas, Meg passava menos tempo ruminando sobre Becka. Pelo menos, em voz alta.

— Ótima contagem! — Meg disse. — Acho que mais uma vez, e você consegue. Bom trabalho, Jess!

Hanna alisou a página: um exercício de oração com João 1:35-9. "Jesus se vira, olha para você e pergunta: 'O que você quer?'

Com que tom de voz você o escuta fazendo essa pergunta? Como você responde?" Havia mais perguntas incisivas no papel, mas elas já tinham meditado sobre aquele texto no Nova Esperança. Hanna virou a página: Lucas 5:1–5. "Deliberadamente, não termine de ler o texto. Se você já conhece o final da história, tente deixá-lo de lado. Imagine que você é Simão Pedro. Como você se sente quando Jesus ordena que vá até as águas profundas e jogue sua rede?" Esse poderia ser um texto interessante para explorarem juntas. Outra página virada. "Salmo 131: Uma Oração de Descanso." Hanna passou os olhos pelo exercício.

Pronto. Ela encontrou. Um bom lugar para elas começarem.

MEDITAÇÃO NO SALMO 131

UMA ORAÇÃO DE DESCANSO

Comece com um curto momento de silêncio, aquietando-se na presença de Deus. Depois, leia o Salmo 131 em voz alta algumas vezes, com momentos de silêncio entre cada leitura.

> "SENHOR, meu coração não é arrogante, nem meus olhos são altivos; não busco coisas grandiosas e maravilhosas demais para mim. Na verdade, acalmo e sossego minha alma; como uma criança desmamada nos braços da mãe, assim é minha alma, como essa criança. Ó Israel, põe tua esperança no SENHOR, desde agora e para sempre."

Para reflexão pessoal (45—60 minutos)

1. Que coisas ocupam (ou preocupam) seus pensamentos? Que coisas grandiosas você precisa entregar para Deus a fim de ficar calmo e tranquilo?
2. Considere a imagem da "criança desmamada". Qual é a diferença entre uma criança amamentada e uma desmamada (para as crianças hebreias, geralmente entre três e quatro anos)? O que uma criança desmamada procura na mãe? Como essa imagem fala com você sobre os convites de Deus para sua alma?
3. Descreva a paz ou preocupação na sua alma ao escolher uma imagem para completar esta frase: Minha alma é como... [preencha a lacuna].
4. Imagine você mesmo como uma criança pequena, sentada no colo de Deus. Sinta o calor do abraço de Deus; escute o sussurro da voz de Deus aquietando qualquer turbulência em você; escute a reafirmação do amor e da presença de Deus. Qual é a sua resposta?

5. Passe um tempo aquietando e acalmando sua alma, descansando em comunhão silenciosa com o Deus que te ama e que está comprometido com seu bem.

Para reflexão em grupo (45—60 minutos)

1. O que mais se destacou para você durante o tempo de reflexão pessoal?
2. Como o grupo pode orar por você?
3. Conclua colocando seu próprio nome no chamado à esperança: "Ó [nome], põe tua esperança no SENHOR, desde agora e para sempre."

MEG

Sexta-feira, 9 de janeiro, 7h

1. Becka. Deus, por favor, receba todas as minhas preocupações por ela. Eu ofereço a ti meu desejo de que o Senhor a resgate, revele a ela o teu amor e a salve. Sinto como se eu estivesse constantemente entregando minhas preocupações para ti, e às vezes estou calma e tranquila. Não consigo pensar em nenhuma "coisa grandiosa" que me preocupe. Meus pensamentos não são muito sofisticados, eu acho.

2. Uma criança sendo amamentada precisa de comida. Nutrição. Eu amava dar de mamar a Becka, amava a proximidade daquele tempo juntas. Mas, quando Becka "desmamou", ela não ficava parada com frequência. Às vezes, se eu estivesse com um livro, ela se sentava no meu colo por um tempo, mas não me lembro de muitas vezes em que ela ficou contente em sentar e ser amparada. Talvez quando ela estava realmente cansada. Ou quando ela estava machucada ou triste. Aí ela me deixava ampará-la. Então, uma criança desmamada está buscando conforto? Presença. Só quer estar com a mãe sem realmente precisar de nada. Eu acho que, na maioria das vezes, me achego a ti quando preciso de coisas, Senhor. Coisas como ajuda, força ou paz. Mas não acho que me achego a ti com tanta frequência só para estar contigo por gostar de estar contigo. Me perdoa. Me mostra o que significa sentar quieta contigo, estar contente em me sentar contigo em silêncio, sem precisar que tu faças qualquer coisa por mim, exceto estar comigo.

3. Minha alma é como...

A mão de Meg parou sobre a página do caderno.

"Minha alma é como..."

A alma dela era como o quê? Procurou palavras e imagens para descrever como sentia sua alma. Então, sua garganta doeu. Ela viu.

"Minha alma é como uma criança negligenciada. Como uma criança querendo desesperadamente subir no colo de uma mãe, mas sendo enxotada. Como uma criança tentando acalmar a si mesma por não haver nenhum adulto para segurá-la e dizer-lhe que tudo ficará bem. Sem abraço. Sem conforto. Sem ser acalmada com amor."

Sem ter certeza do que atrapalharia mais, se seria sair do recinto ou chorar na frente delas, Meg pegou um punhado de lencinhos e tentou acalmar a alma.

— Desculpa — Meg disse quando começaram o tempo de discussão em grupo. — Espero não ter distraído vocês. Não consegui me conter direito.

Mara entregou-lhe outro lenço e respondeu:

— Você não está sozinha. Coisas difíceis para pensar. A número quatro praticamente me quebrou. Mas você primeiro, Meg. Desculpe. Não quis interromper.

Meg secou os olhos.

— Não, tudo bem. É só que tem me atingido com força esta semana, isso de como eu praticamente tive que cuidar de mim mesma quando era pequena, até quando estava doente. E não estou culpando minha mãe por isso. Ela tinha muitas coisas para cuidar depois que meu pai morreu, e estava brigando constantemente com Rachel sobre tudo. Mas ela definitivamente não era sensível, não tinha nenhum calor humano.

Meg tentou respirar fundo, mas seu peito ainda estava congestionado, e um acesso de tosse a tomou. Quando se virou da mesa para evitar espalhar germes, seus olhos recaíram sobre uma cadeira de balanço antiga no saguão. Ela não conseguia se lembrar de uma única ocasião em que sua mãe a tivesse balançado naquela cadeira. Ou em qualquer cadeira. Na verdade, Meg não conseguia se lembrar de já ter sentado no colo da mãe ou ter sido abraçada por ela. Jamais.

— Então — Hanna disse quando Meg se virou de novo —, sem um ponto de referência pessoal com sua mãe, você é capaz de orar com essa imagem, ou ela parece simplesmente inacessível?

"Não", Meg pensou. Não inacessível. Não se ela mudasse o sexo e imaginasse Jesus abraçando-a. Ela falou para Mara e Charissa sobre o mural em sua igreja.

— Eu estava orando no lago com aquela história de Jesus abençoando as crianças, tentando me imaginar levando Becka até Jesus e a colocando no colo dele, mas fiquei presa porque não consegui fazer Becka cooperar comigo; e depois, quando tentei orar de novo, eu me vi como uma menininha, perdida na multidão e sozinha, sem ninguém ali para me levar até Jesus.

Quando o silêncio em oração tomou o recinto, Meg olhou de novo para a cadeira no saguão e se lembrou.

A Sra. Anderson a balançara naquela cadeira.

Normalmente, Meg ia para a casa vizinha, a dos Anderson, sempre que sua mãe trabalhava até tarde ou estava fora da cidade. Mas, naquela ocasião, por qualquer que fosse o motivo, a Sra. Anderson estava na casa de Meg, e Meg se aconchegara a ela, escutando-a ler histórias de uma Bíblia infantil com imagens coloridas. A Sra. Anderson a segurara. A Sra. Anderson a levara até Jesus.

Graças a Deus pela Sra. Anderson.

O antigo relógio de pêndulo tocou a hora cheia no saguão com seu toque ressonante ecoando depois do último badalo. Meg limpou o nariz. Charissa olhou para as mãos. Hanna fechou os olhos. Mara se arrumou na cadeira e perguntou:

— Você já escreveu uma carta para sua mãe?

Meg ficou tão alarmada pela pergunta, que o gole de água desceu errado e ela foi tomada por outro espasmo de tosse. Balançou a cabeça negativamente quando recuperou o fôlego.

— Eu estava pensando sobre como você escreveu aquelas cartas alguns meses atrás para Jimmy e para seu pai — Mara disse —, como você contou para nós que era uma maneira de abrir mão.

E eu estava pensando sobre como foi bom para mim quando escrevi algumas cartas de perdão para pessoas que nunca vou ver de novo. Me deu a chance de jogar fora um pouco da porcaria que eu estava carregando, de ser honesta sobre a dor que eles me causaram. — Mara levantou um pouco os ombros. — Só uma ideia.

Uma boa ideia. Meg tinha confiança nisso. Mas não uma ideia que ela se sentia pronta para praticar tão cedo.

— Me desculpe, Meg — Hanna disse depois que Mara e Charissa foram para casa. — Se eu tivesse pensado sobre as coisas que você tem processado ultimamente, teria escolhido um trecho diferente.

Meg deu um sorriso irônico.

— E me proteger do Espírito Santo focar o que eu preciso ver? Ele teria encontrado um jeito de driblar você, Hanna, te garanto.

Hanna riu.

— Certo! Você está certa. Lá vou eu de novo com minha coisa de controle de pastora excessivamente responsável de novo. — Ela enxaguou as canecas de café na pia. — Provavelmente, foi um puxão subconsciente meu por aquele texto, com todos os meus planos sobre ir ver meus pais.

— Você está pronta? — Meg perguntou.

— Não sei... Eles acham que estou indo lá para uma visita divertida e relaxada, e aqui estou eu, indo com um plano. Vou ser honesta: se eu voltar para cá sem ter as conversas que estou esperando, vou ficar realmente muito decepcionada.

— Bem, acho que você é corajosa — Meg disse. — Olha para mim... Não estou pronta nem para ter uma conversa unilateral escrevendo uma carta para alguém que nem pode responder. — Meg mediu o xarope para tosse no copinho e engoliu a dose com uma careta e um arrepio.

Uma semana. Ela daria uma semana para si mesma, e então se obrigaria a escrever todas as coisas que nunca teve coragem de dizer em voz alta. Ela seria corajosa como Hanna. Como Mara.

— Acho que vou subir para me deitar — Meg disse. — Você se importa? Estou completamente exaurida.

— Não, não vou demorar também. Só tenho que colocar mais algumas coisas na mala.

Meg desligou a luz sobre a mesa da cozinha.

— Estarei orando por você enquanto estiver lá, Hanna, para você ter sabedoria quanto ao que falar e quando falar.

— Obrigada. — Hanna secou o balcão e pendurou o paninho úmido sobre a torneira. — Não tenho certeza se devo falar com meu pai e minha mãe sobre o que aconteceu e por que aquilo foi difícil para mim, ou só com meu pai. Não sei se minha mãe aguenta esse tipo de conversa. E não quero colocar um fardo de culpa sobre meus pais ao falar sobre isso... Eu absolutamente não quero isso. Mas também quero dar a Deus uma oportunidade para trazer cura e liberdade para eles também, ao falarem sobre o que aconteceu. Acho que preciso continuar orando e confiar que Deus está trabalhando em algo novo, o que quer que seja.

"Sim", Meg pensou enquanto subia as escadas lentamente para o quarto dela alguns minutos depois. Parecia um bom jeito de progredirem. Não apenas para Hanna e seus pais, mas para todas elas.

MARA

Mara colocou a Bíblia e o seu caderno sobre a mesa de cabeceira e tirou seu pijama favorito do armário. Com os móveis reorganizados e cortinas de estampa vibrante abrilhantando as janelas (Tom as odiaria, absolutamente odiaria), ela sentiu que havia feito um progresso significante na retomada do seu quarto. Uma tinta nova e alguns travesseiros novos, com algumas artes para as paredes, e a nova decoração estaria completa. Mas ela esperaria algumas semanas antes de ir às compras de novo, deixaria a poeira baixar.

Enquanto se preparava para deitar, perguntou-se quanto tempo demoraria até receber uma ligação irada de Tom. Ela esperava que o colchão chegasse enquanto os meninos estivessem na escola. Em vez disso, o caminhão parou na entrada da garagem enquanto eles estavam arrumando as malas para passarem o fim de semana com o pai. Mara fez questão de dizer para os rapazes da entrega o quanto ela estava grata pelo colchão que, como o vendedor insistiu, ajudaria a "aliviar a dor lombar", uma dor que ela enfatizava ao esticar as costas e fazer uma careta quando os meninos passavam por ela no corredor. Embora nenhum deles tivesse comentado com ela sobre o colchão novo, eles com certeza falariam para Tom. Ela estava surpresa que seu celular ainda não tocara.

Bailey trotou para o quarto e se jogou aos pés dela, balançando a cauda. Ela olhou para ele por um segundo.

— O quê?

Ele girou e latiu.

— Nem pense em pular na minha cama nova.

Ela planejara insistir que Brian levasse Bailey com eles pelo fim de semana para que Tom tivesse o trabalho de ficar com um cachorro em um hotel. Mas isso não era justo com uma criaturinha que não pedira para ser um peão em um jogo hostil. Além disso, Brian ficara ainda mais hostil com ela desde o incidente no meio da noite ("O que você achou que eu estava fazendo, sua doida? Eu estava procurando meu cachorro!"), e ela não queria colocar mais lenha na fogueira. Claro, acabou estabelecendo um precedente para todos os fins de semana deles longe de casa: Tom jamais teria que se preocupar em cuidar do cachorro, e Brian presumiria que poderia ir a qualquer lugar e deixar Bailey com ela. Tom conseguiu o que queria: ser o herói de Brian enquanto colocava mais trabalho sobre Mara. Ela fez exatamente o que sua terapeuta, Dawn, avisou por anos para ela não fazer: permitir que eles a desprezassem como pessoa e a tratassem como uma escrava.

— Tom ganhou de novo — ela disse. Bailey inclinou a cabeça e olhou para ela, como se estivesse tentando entender. — Era de imaginar que eu aprenderia. Depois de tudo o que tenho visto sobre mim mesma e sobre Deus, era de imaginar que eu descobriria uma forma de aplicar isso. De viver isso.

"Minha alma é como..."

Ela não conseguiu pensar em uma resposta verdadeira.

Alguns meses atrás, teria sido fácil dar a resposta: uma criança rejeitada. Por anos, ela se sentira assim em todas as esferas da vida. Mas agora? Sabia a resposta "correta", sabia o que Deus estava tentando revelar para ela através da jornada com o Clube dos Calçados Confortáveis: sua alma era como uma criança acolhida. Uma criança desejada. Uma criança escolhida. Uma criança amada.

Alguns dias, o amor de Deus a preenchia e a deslumbrava, e ela se sentia em paz, capaz de se imaginar aconchegada no colo de Deus, como se aconchegara no peito macio da Nana, inspirando o aroma de erva-cidreira.

Mas em muitos dias era difícil confiar no amor de Deus. Ela precisava descobrir como acalmar e aquietar a própria alma nesses dias. Ou deixar Deus acalmá-la e aquietá-la com um lembrete da sua presença. Foi isso que a atingira com força durante o tempo delas de reflexão e oração. Escutara um sussurro, como se Deus estivesse dizendo: "Shh, minha filha. Eu estou aqui."

Ela compartilhou esse momento de presença com o grupo, mas, dado o choque de Charissa com a história sobre Tom e Brian, Mara decidiu não falar sobre essa memória. Não havia necessidade de abalar Meg enquanto ela ainda estava se recuperando, ou sobrecarregar Hanna enquanto ela estava se preparando para viajar. Mara captou o olhar significativo de Charissa durante os minutos finais de compartilhamento de pedidos de oração, mas, graças a Deus, Charissa não falou por ela. Em vez disso, Charissa a confrontou privadamente na entrada da garagem de Meg.

— Você já falou com sua terapeuta?

— Não. Eu liguei, mas ela não está na cidade.

— Você marcou uma sessão?

— Ainda não.

— E que tal com a Katherine?

— Talvez.

Charissa levantou as sobrancelhas.

— Eu estou bem — Mara respondeu. — Não se preocupe comigo. Já passei por coisa pior.

Além disso, ela não tinha certeza se tinha energia emocional para sondar todas as camadas psicológicas de seu relacionamento com Brian, camadas que ela sabia que Dawn desejaria explorar. Um filho hostil, concebido não em amor, mas em abuso? Claro. Dawn teria um dia cheio com aquilo. Dawn diria para Mara de novo que Brian precisava de terapia, que ambos os meninos precisavam da ajuda de profissionais, e Tom brigaria com ela por causa disso, a acusaria de tentar "afeminá-los", alegaria que ela era a doida cheia de problemas e que ela precisava deixar os meninos fora disso. E se ela confrontasse Tom sobre o que ele havia feito? Ela conseguia escutá-lo rindo e dizendo: "Prove."

Bailey latiu de novo.

— O quê? Você já passeou.

Ele tamborilou as patas no chão e ficou no corredor, esperando.

— Tá bem, então. *Outro* passeio.

Pronto. Ela encontrou sua imagem: "Minha alma é como uma criança tentando ficar quieta e prestar atenção, mas é continuamente interrompida por cachorros latindo."

Ela trocou de roupa e, com uma lanterna na mão, partiu para a calçada de novo, com Bailey puxando a coleira e suas patas dianteiras suspensas no ar enquanto ela o puxava para trás. Para um cachorrinho, ele conseguia fazer uma força impressionante.

— Você precisa de adestramento — ela disse. Em resposta, ele se forçou de novo contra a coleira, avançando. Com sorte, ele não demoraria demais para fazer suas necessidades.

A rua estava parada. O asfalto refletia o brilho âmbar das lâmpadas. Homens de neve gordinhos, inclinados e deformados depois de um degelo fraco e um recongelamento, demarcavam as casas onde crianças brincaram e agora dormiam. Ela se perguntou se Madeleine estava dormindo. Oferecera-se para cuidar dela várias vezes, mas Abby não estava disposta a abrir mão de qualquer tempinho com Madeleine, agora que sua volta ao trabalho estava se aproximando.

Mara considerara o direito dela de ficar em casa com os meninos como algo garantido.

Não que sua presença tivesse feito muita diferença. Bem, talvez para Kevin. Ela estava cautelosamente otimista quanto a ele. Ele ainda tinha seus momentos rabugentos e irritadiços, mas, pelo menos, não a intimidava.

No quintal de um vizinho, o vento balançou uma nova placa de "Vende-se" nas correntes, distraindo Bailey com o movimento e o barulho.

— Anda logo, cachorro, faz seu cocô. Eu tô congelando.

Olhando por cima do ombro para ter certeza de que ninguém estava olhando, ela abriu a caixinha de panfletos, pegou um e assobiou.

— É, boa sorte com isso — murmurou, amassando o papel e colocando-o no bolso do casaco. Claro, a casa era um bocado maior e imaculadamente arrumada. Mara estivera lá uma vez, em uma festa do tipo "Venha pela comida, mas depois compre toda essa tralha cara ou se sinta culpada". Ela havia comprado um suporte de temperos.

Ela esperava conseguir manter a casa. Não queria o estresse de uma mudança.

Seu advogado explicara a natureza da ordem judicial temporária: ninguém deveria se desfazer de bens enquanto estavam investigando questões de ocultação acerca de contas e ganhos financeiros. "Bens sobre os quais você pode nem estar ciente", ele havia dito. Traduzindo: dinheiro e recursos que Tom pode ter escondido dela. Se Tom pensava que a pensão dos meninos seria baseada no salário anterior dele, teria uma bela surpresa. Mara teria amado ser uma mosquinha na parede quando ele escutara que sua promoção seria levada em conta nos cálculos financeiros.

"Te peguei!"

Mesmo assim, não havia como prever o que "distribuição equitativa de bens" significaria quando tudo terminasse. Embora seu advogado pensasse que eles poderiam fazer um pedido convincente para uma pensão conjugal — pelo menos, temporariamente —, ele também deixara claro que seria melhor para ela procurar treinamento profissional ou voltar à faculdade para ter algum tipo de diploma. "Você vai precisar pensar adiante sobre seu futuro e se planejar para contingências", ele havia dito.

Bailey cheirou ao redor de umas caixas de correio uniformes. Ao longo da rua, luzes brancas que pareciam fadas brilhavam, conforme combinado no pacto anual da vizinhança: manter os arbustos e árvores iluminados por todo o janeiro para alegrar a paisagem do inverno. E continuar cuidando das plantas nos canteiros das janelas para que os arranjos não ficassem amarelados. E blá, blá, blá.

Talvez ela fosse mais feliz se se mudasse da vizinhança. Mudar-se eliminaria a reclamação crônica sobre como eles rotineiramente quebravam as leis da associação dos proprietários: grama longa demais, ervas daninhas de mais perto das cercas vivas, latas de lixo visíveis demais da rua...

"Nada mudou", ela pensou. Nada. Ela e a família sempre foram intrusos na classe econômica da vizinhança, desde o tempo em que ela era uma menininha. "Lixo branco", os vizinhos sussurravam quando achavam que ela e a mãe não podiam ouvi-los, e sua mãe então andava um pouco mais rápido pela calçada, um pouco mais reto, apressando Mara consigo. "Não dê ouvidos a eles, docinho. Ter classe não tem a ver com ter dinheiro", Nana dizia.

Bailey latiu para uma sacola de plástico levada pelo vento, e seus latidos desencadearam uma reação de uivos e gritos caninos em toda a rua. Mara o puxou pela coleira. O que ela estava pensando, andando sem luvas? Seus dedos formigavam de frio. Ela esfregou as mãos e deu uma baforada visível nelas devido ao ar gelado.

Havia noites, na casa de sua infância, em que ela conseguia ver a respiração, noites em que ela e a mãe se aconchegavam para dividir calor sob uma camada de mantas mofadas e comidas por traças, noites em que o vento assobiava pelos beirais das portas, entre as rachaduras e os buracos tapados com folhas de jornal amassado.

"Bom, você já viu onde ela mora?" A zombaria e fofoca das vozes de meninas ecoavam na cabeça de Mara. Talvez as vozes delas sempre ecoariam, mesmo depois que ela lhes tivesse perdoado.

Olhou por cima do ombro para a casa deles. Mesmo em seus sonhos mais surreais quando criança, jamais teria imaginado viver em uma vizinhança como essa, em uma casa grande como essa. Mas pagara um preço alto por ela, compartilhando-a com Tom. Talvez livrar-se da cama fosse o primeiro passo em uma purificação maior. Talvez ela precisasse de um recomeço totalmente novo em outro lugar, uma casa diferente onde os quartos não ecoassem com memórias da voz dele. Talvez os meninos se dessem bem com uma mudança... Se ela conseguisse encontrar um lugar em que eles não tivessem que mudar de escola.

Talvez...

Um gato atravessou a rua correndo. Bailey disparou para a esquerda, para a direita, para trás, e a guia da coleira se enroscou nos calcanhares de Mara. Ela balançou e caiu como uma árvore cortada, batendo secamente contra o asfalto. Bailey disparou, arrastando a guia pela neve.

Ela ficou parada, atordoada demais para se mover. Virou a cabeça lentamente. Nem sinal dele.

Que peste...

Ela tentou assobiar. Sem fôlego. Tentou rolar para o lado. Sem sucesso. Colocou as mãos nos bolsos. Vazios. Deixara o celular no balcão da cozinha, perto das chaves.

Que estúpida...

Ela conseguia ver a manchete agora: mulher gorda demais para se levantar depois de uma queda no gelo é atropelada por um carro.

Por favor, Deus. Socorro.

Se ela só conseguisse alcançar a lanterna, talvez pudesse chamar a atenção de alguém ao balançá-la, como os holofotes a que ela costumava assistir do apartamento da Nana, uma apresentação noturna de coreografia mágica de uma loja de carros usados.

Deus, socorro.

Ela levantou a cabeça e tentou jogar o peso para o ombro direito. Quase. Lá. Com mais um empurrão, conseguiu rolar para uma posição fetal na rua. Então, checou os pulsos cuidadosamente. Nada parecia estar quebrado. Usando o cotovelo como ponto de apoio de novo, rolou sobre as mãos e joelhos, com o asfalto frio e cortante contra suas palmas. A dor pulsava em suas costas e traseiro. Ela estaria toda roxa de manhã.

Ela conseguia se levantar?

Não.

Deus, me ajuda.

Talvez ela conseguisse engatinhar pela distância de três casas para a entrada de sua garagem, arrastar-se pelos degraus da varanda e ligar para Jeremy, a fim de pedir ajuda para encontrar Bailey. Brian a mataria se algo acontecesse com seu cachorro.

Ela pegou a lanterna da valeta da rua, enfiou-a no bolso do casaco e lentamente se arrastou até casa.

— Desculpa, mãe — Jeremy disse, tirando a neve das botas. — Não consegui encontrá-lo em lugar nenhum.

Mara levantou o olhar do sofá, onde ela estava deitada com vários pacotes de vegetais congelados enrolados em toalhas e apertados contra seu corpo.

Jeremy se sentou na cadeira de frente para ela, ainda usando o casaco.

— Mas ele tem identificação na coleira, não tem? Alguém vai achá-lo e ligar.

Ela fechou os olhos e apertou a ponta do nariz.

— Eu ainda não comprei uma identificação nova! A coleira ainda está com o nome e endereço antigos, do cara que Tom encontrou na internet.

— Então, alguém vai ligar para aquele número. Não se preocupe.

— Mas eu não sei como falar com o antigo dono... Nunca sequer anotei o nome ou telefone! E não sei se ele tem nosso endereço ou telefone... Provavelmente não. E sabe-se lá se Tom guardou o contato dele! Estou ferrada. — Além disso, em algum lugar lá no frio estava um cachorrinho que fora confiado a ela, um cachorrinho que poderia facilmente ser atropelado por um carro no escuro, confundido por um gambá e abandonado na pista.

— Ei — Jeremy disse, ajoelhando-se ao seu lado e tirando uma mecha de cabelo da testa dela. — Ei, tá tudo bem, mãe. Eu vou dirigir por aí mais um pouco, tá bom?

Ela concordou, com lágrimas rolando pelas bochechas.

A porta da frente fechou-se atrás dele, e sua picape antiga tremeu saindo da entrada da garagem. Ela o acordara com a ligação: conseguia distinguir pela alegria artificial na voz dele quando insistira que não, que estava acordado e feliz de ir lá, sem problema algum! Ela esperava não ter acordado Abby também. Ou Madeleine.

Ela moveu um pacote de ervilhas congeladas para uma parte diferente das costas. Gelo era o tratamento correto? Nunca conseguia se lembrar direito das regras para usar calor ou frio. Mas, agora, a dormência parecia boa.

A casa estava estranhamente quieta. Em apenas uma semana, ela se acostumara com o som de um cachorro lambendo água da vasilha, mastigando ração, chorando para sair. O que ela faria se o cachorro não estivesse em casa quando Brian voltasse no domingo? Ele teria um treco. Um treco completo. Ela teria que ter certeza de que Jeremy estivesse em casa com ela, só em caso de Brian tentar algo violento.

"Na verdade, acalmo e sossego minha alma..."

Talvez, enquanto ela esperava Jeremy voltar, pudesse se distrair orando por outros. Por Charissa e o estresse com a sogra dela. Por Meg, para que ela se sentisse completamente bem. Por Hanna, na viagem dela a Oregon.

Mara não viajava muito. Eles foram ao Disney World quando os meninos eram pequenos. E ao México uma vez, quando Tom ganhara um cruzeiro por ser o melhor vendedor. Ela havia passado a maior parte daquela viagem enjoada na cabine claustrofóbica, mas Tom e os meninos aproveitaram os mergulhos de cilindro, bem como os passeios em parapentes e a cavalo. Quando ele ganhara de novo no ano seguinte, ela mandara os três por dez dias e ficara em casa. Uma das melhores férias da vida.

Ela fez uma careta de dor ao tentar sentar direito no sofá. O relógio no aparelho da televisão a cabo indicava que Jeremy saíra havia vinte minutos; depois, trinta. Os pacotes de vegetais descongelaram, deixando suas roupas úmidas e frias. 35 minutos. Ela não conseguia levantar do sofá para preparar mais compressas geladas. 45 minutos. Ela teria que ligar para Tom e avisá-lo, ver se ele conseguiria achar o telefone do cara da internet. Ou talvez ela mandasse uma mensagem para Kevin. Talvez Kevin se lembrasse de onde o dono antigo morava. Ela poderia colocar cartazes. Mas não tinha uma foto. Talvez o site de vendas tivesse algum tipo de arquivo online.

"Na verdade, acalmo e sossego minha alma..."

Respire fundo. Aaii! Dor lancinante nas costas. Sem respirar fundo. Acalme e sossegue a alma sem respirar fundo.

Ela tentou imaginar o colo de Deus e um abraço calmante que não apertaria os machucados. Então, escutou um sussurro. "Shhhh... Shhhh... Eu estou com você, minha filha amada, escolhida e desejada."

Olhos fechados. Calma e sossegada. Deslizando... para o silêncio... para o sono...

Uma porta de carro bateu. Botas rasparam contra o tapete da entrada. A porta da frente se abriu. Um cachorro — um cachorro! — chorava.

— Nossa, Jeremy! Graças a Deus! Onde ele estava?

— Encolhido debaixo de uma cerca viva de um vizinho. — Assim que Jeremy o colocou no chão, Bailey se escondeu debaixo do sofá. — Eu estava caminhando pelos quintais com uma lanterna, chamando por ele, quando vi a guia na neve. Ainda bem que ele ainda estava preso a ela.

— Jeremy, obrigada! Muito obrigada mesmo! — Ela deu um jeito de se virar de lado. — Deixa eu preparar algo quente para você beber, uma xícara de chá, chocolate quente. Você deve estar congelando.

Ele gesticulou para ela se deitar de novo.

— Eu teria chegado mais cedo, mas fui parado por um carro da polícia. Parece que alguns dos seus vizinhos acharam que eu era suspeito e...

— Mas que...

Ele estralou os dedos, um hábito que tinha desde garotinho.

— É, bem, entre a picape detonada andando devagar pela rua e o cara de roupas escuras andando por aí com uma lanterna... — Jeremy não disse, mas ela sabia que os dois estavam pensando a mesma coisa: ninguém na rua tinha a pele da cor dele.

A pulsação dela aumentou e as narinas inflaram. Alexis Harding, ela apostava. Alexis sempre estava julgando as pessoas por trás das persianas.

Se ela pudesse andar, atravessaria a rua, bateria na porta e faria aquela mulher vir e pedir desculpas ao seu filho.

— Jeremy, eu...

— Tudo bem, mãe. Não se preocupe com isso. — Um sorriso forçado, a voz tensa. — O policial até era um cara legal. Pediu desculpas e tudo mais depois de me fazer várias perguntas. Eu tinha acabado de encontrar Bailey quando ele chegou, então foi numa hora oportuna. Pelo menos, a história batia. — Ele apontou para a cozinha. — Você quer alguma coisa? Mais gelo? Um analgésico?

Mara se levantou lentamente, o corpo inteiro gritando em protesto.

— Eu pego, querido. Preciso me movimentar.

Ele pegou o braço dela para estabilizá-la.

— Tem certeza de que não quebrou nada?

— Sim. Eu tive sorte, eu acho. Poderia ter sido ruim. — Ela andou lentamente até a cozinha com Jeremy segurando-a levemente pelo cotovelo, a mão dele tremendo. — Jeremy, eu sinto muito. Os vizinhos, eles...

— Sim, eu sei... Só fazendo o trabalho deles.

Ela não corrigiu a forma como ele completou sua frase. Mas, depois que seu filho foi para casa, Mara caiu no sofá e descarregou a fúria no escuro. Sua alma estava como uma tempestade que só enfraqueceu quando um cachorrinho emergiu do esconderijo e lambeu sua mão.

HANNA

Nathan colocou a mala de Hanna no porta-malas enquanto Meg ainda estava na escada da entrada para dar tchau.

— Volte para dentro — Hanna disse da entrada da garagem. — Você não precisa pegar outro resfriado.

— Não tem problema— Meg respondeu. — Me manda mensagem quando chegar lá. — Como um esforço para se comunicar com Becka nos termos dela, Meg começara a mandar mensagens na semana anterior.

— Pode deixar — Hanna disse. — Se cuida, tá bom? Te vejo na quinta-feira.

Meg mandou um beijo de longe e voltou para dentro, com os guizos da porta da frente ressoando atrás dela.

Hanna afundou no banco do passageiro.

— Eu disse para ela que, se aquela tosse não tiver sumido até eu voltar, vou arrastá-la para um médico.

Nathan colocou a mão na nuca dela.

— Tem um monte de gente gripada por aí agora — ele disse. — Você está tomando sua vitamina C, certo?

Ela riu.

— Sim, Dr. Allen.

Pobre Charissa. Mesmo com a reafirmação de Hanna de que Meg não estava com febre e de que elas limparam a casa toda com desinfetante, Charissa ficava visivelmente desconfortável sempre que Meg tossia, e ela frequentemente colocava as mãos na bolsa, onde provavelmente tinha um tubo de gel bactericida.

— Como foi com o grupo ontem à noite? — Nathan perguntou enquanto saía de ré da entrada da garagem.

— Normal.

— Só normal?

Hanna levantou os ombros.

— Acho que eu estava sentindo um pouco de desequilíbrio acerca do meu papel. Líder, facilitadora ou participante? Não quero que elas desenvolvam o hábito de depender de mim para guiar as conversas, então concordamos ontem à noite em revezarmos. Mara disse que vai escolher o exercício para a próxima vez.

— Parece um bom plano.

Enquanto dirigiam para o aeroporto, Hanna descreveu o exercício de oração com o salmo.

— Tenho várias memórias de estar sendo amparada pela minha mãe — ela disse —, várias memórias felizes de estar sendo nutrida tanto pelo meu pai quanto pela minha mãe quando eu era pequena. Então, essa imagem de Deus não é difícil para mim. Pelo menos, não em termos de imaginar estar descansando no abraço de Deus. Só é difícil para mim praticar esse descanso.

Ele concordou.

— É uma bela imagem para oração. Boa escolha.

Assim ela esperava. Meg insistira que era um exercício significativo para ela, mesmo que provocasse fortes emoções, mas Mara e Charissa compartilharam pouco. Outra boa razão para revezar as escolhas dos textos: isso preveniria que Hanna tentasse descobrir quais exercícios as ajudariam mais.

— Percebi ontem à noite — ela disse — o quanto na minha vida, na minha família, mudou depois que meu irmão nasceu. Foi quando recebi mais e mais responsabilidade por cuidar das coisas em casa sempre que o papai estava viajando.

— Quantos anos você tinha?

— Uns dez.

— Nem era velha o bastante para ser babá.

— Pois é. Mas eu me lembro do meu pai saindo de viagem e dizendo que contava comigo para vigiar a mamãe e Joey enquanto ele estava fora. Era como se eu virasse quem tinha que sustentar minha mãe, como se fosse eu quem deveria ser a adulta, e ela era a criança que precisava de cuidado e proteção. Eu era como uma menininha sentada em uma cadeira de balanço com um adulto no meu colo me esmagando.

Ele expirou longamente.

— Isso é muita coisa, Shep.

— Eu sei.

E como ela deveria comunicar isso para o pai sem fazê-lo se sentir culpado? "Ei, pai, o que você pediu de mim, que eu cuidasse da mamãe e do Joey enquanto você estava fora, que eu tentasse ser a mãe e a líder da casa quando era apenas uma garotinha, esse fardo me esmagou. O peso da responsabilidade me impactou de formas que só estou começando a entender agora."

— Não tenho certeza do que falar para eles — Hanna disse. — Digo, será que vale a pena falar disso, agora que vejo como Deus tem trabalhado para me curar e me libertar? Isso é algo que eu preciso falar para meu pai? Ou será que tento atraí-lo para uma conversa sobre como era para ele quando a mamãe teve aquela crise emocional? — Isso pareceria esquisito demais, não? "Ei, pai, eu sei que nunca falamos sobre isso antes... Sei que você não é alguém que compartilha os sentimentos... Mas me fale como foi para você, 25 anos atrás, quando a mamãe teve uma overdose de remédios para dormir. Como foi estar casado com alguém sofrendo de uma doença mental?"

Nathan ficou quieto por um momento e então perguntou:

— Do que você precisa do seu pai?

Boa pergunta. Do que ela precisava? Um pedido de desculpa? Compreensão? Abertura e vulnerabilidade? Seu pai nunca trilhara esse caminho com ela antes, e era altamente improvável que ela fosse capaz de guiá-lo até lá agora.

E do que ela precisava da mãe? Um pedido de desculpa por estar emocionalmente indisponível quando Hanna era adolescente? Uma conversa sobre como a depressão dela impactara a família? Um "Me desculpe por nunca falar sobre isso com você, por nunca te dizer que não era sua culpa"? Era isso que Hanna queria e precisava?

— Não sei o que quero ou do que preciso, Nate. — Ela cruzou as mãos e olhou pela janela. O Sol estava como um orbe branco no céu prateado, lançando longas sombras na neve. — Quando contei nosso segredo de família para Meg e depois para você, tive uma sensação tão grande de liberdade e alívio, como se um fardo que eu estivesse levando por anos fosse tirado de mim. Você e eu conversamos sobre isso, sobre como o peso do meu senso de responsabilidade excessivamente desenvolvido se tornou uma parte tão familiar de mim, que eu nem sabia que o carregava. Não quero colocar um fardo de culpa e responsabilidade sobre meus pais. Coloquei meu fardo sobre Deus. Foi ele que o removeu. É ele que pode lidar com isso. Eu não quero tomá-lo de volta e dizer: "Ei, espera um pouco. Meus pais precisam carregar isso um tanto para saberem como foi para mim."

Os pais dela não saberiam como lidar com esse tipo de fardo. Então, era suficiente nomeá-lo para outros e para Deus? Era suficiente deixar outros caminharem com ela enquanto ela processava como abrir mão de tudo isso e receber o presente de liberdade de Deus? Mas e quanto a dar a Deus a oportunidade de redimir a dor? E quanto a quebrar o padrão de vergonha e querer se esconder ao conversar sobre os segredos? E quanto a isso?

Nathan colocou a mão ao redor da orelha dela, a palma tocando no brinco de ouro.

— Só vai com calma, Shep. Você teve tempo para processar e orar sobre todas essas coisas, enquanto isso nem estava no radar deles. Só preste atenção nas aberturas e deixe o restante com Deus.

"Certo", ela pensou enquanto se aproximavam do terminal do aeroporto. Muito mais fácil falar do que fazer.

— Hanna Shepley!

Surpresa pela voz, Hanna se virou na mesa próxima da lojinha de lembranças do aeroporto, onde ela e Nathan estavam enrolando e tomando café antes de ela passar pela segurança. Sorria-lhe uma mulher bem vestida, de trinta e poucos, que ela reconheceu, mas não tinha um nome para associar ao rosto. Hanna rapidamente soltou as mãos de Nathan.

— Você está ótima, Hanna! Bom te ver!

— Bom te ver também! — "Seja lá quem você for. Vamos, cérebro, pense." O olhar da mulher recaiu sobre a mão esquerda de Nathan, ainda sobre a mesa. Ela estava obviamente esperando por uma apresentação. Ou uma explicação. Constrangedor.

— O que está fazendo em Kingsbury? — a mulher perguntou.
— Achei que você estivesse no chalé dos Johnson.

Beleza. Então, era alguém de Westminster. Isso diminuía as opções para cerca de oitocentas pessoas.

— Sim, eles estão no lago Haven. Mas eu estou viajando para visitar meus pais em Oregon por alguns dias.

— Ah, que legal. Então, está aproveitando as férias? — Outro olhar de avaliação para Nathan enquanto ela dizia isso. Cada vez mais constrangedor. Por vários motivos.

— Tem sido ótimo — Hanna disse. — Um presente de verdade.

— Que ótimo! Eu sei que era isso que o pastor Steve e os diáconos estavam esperando.

"Pronto!" Diácono Bill De Graaf. Ela era Sally De Graaf-Haan, filha de Bill. Hanna só conhecia Sally havia quinze anos, só celebrara seu casamento, só batizara seus filhos. Sério. Algo aconteceu com a memória dela depois da histerectomia. Sua memória deveria ser melhor do que isso, mesmo que fosse um rosto fora de contexto.

Nathan se levantou da mesa e estendeu a mão.

— Nathan Allen — ele disse, o que Hanna sabia ser uma tentativa de resgatá-la de mais constrangimento.

— Desculpe! Nathan, essa é Sally De Graaf-Haan. De Westminster.

— Prazer te conhecer — Sally disse. Um silêncio de expectativa. Hanna conseguia perceber que ela estava esperando por detalhes sobre esse homem, detalhes que certamente circulariam amplamente pela congregação assim que Sally voltasse para Chicago.

Hanna silenciosamente murmurou uma palavra que ela não estava acostumada a dizer. Murmurou-a mentalmente várias vezes, na verdade.

Ela ainda nem sequer contara para Nancy sobre Nathan. Não queria que ninguém de Westminster soubesse que ela estava em um relacionamento com alguém em Kingsbury. Não estava pronta para o escrutínio generalizado, para as inevitáveis conjecturas sobre sua vida pessoal.

Então, o que era melhor? Oferecer detalhes ou deixar Sally construir a própria narrativa sobre o homem que ela viu de mãos dadas com a pastora Hanna no aeroporto?

E por que ela voltou tão rapidamente a se comportar como se estivesse no colégio? Patético.

Hanna deu um tapinha no braço de Nathan.

— Nathan é um velho amigo do seminário — ela disse com a voz cuidadosamente modulada para soar casual. Talvez Sally pensasse que havia interrompido uma oração juntos. — É muito bom te ver, Sally — Hanna continuou, ciente do olhar penetrante de Nathan. — Por favor, mande um abraço para sua família. Eu sou muito grata pelo que Steve e os diáconos fizeram, tornando esse período sabático possível. Vou voltar completamente revigorada e pronta em junho!

Com um "Bom te ver, bom te conhecer" de despedida, Sally mudou a bolsa dela para o outro ombro e prosseguiu para o outro saguão. Ótimo. Hanna não esbarraria com ela de novo enquanto esperava pelo voo no portão.

Nathan se inclinou na cadeira, equilibrando-a nas pernas de trás, e sorriu para ela.

— O quê? — Ela tomou um gole lento e deliberado de café.

— Ah, a sua cara, Shep! Impagável. Eu quase te beijei na frente dela.

— É, bem...

— Se ela tivesse ficado um pouco mais, eu poderia ter mencionado a viagem que faremos juntos para a Terra Santa em maio. — Ele se inclinou para a frente e cantou baixinho: — *Vamos dar assunto pra eles falarem...*

Ela riu e empurrou o ombro dele.

— Para! Você sabe como igrejas são.

— O segredo vazou — ele disse com os olhos brilhando. — A armação acabou, Shep. Não há como voltar atrás. — Ele pegou as mãos dela e assumiu uma expressão mais séria no rosto.

Não há como voltar atrás.

— Escuta — ele disse —, eu sei que estamos evitando o assunto do futuro e o que vai acontecer em junho, mas estive pensando muito sobre isso, pensando muito sobre nós. — A pulsação dela acelerou. — Eu te amo, Hanna.

Ela olhou para ele, sem fôlego e tonta, depois desse passo — salto — adiante.

— Eu te amo ainda mais do que te amava anos atrás — ele disse. — E quero que você saiba, sem te pressionar sobre o que vai acontecer depois, mas só para você saber o que está no meu coração. Eu te amo e estou comprometido com você. Conosco. O que quer que isso signifique. — As mãos dele estavam frias. — Será que você... Será que você passaria um tempo, enquanto estiver fora, pensando sobre o que isso possa significar? Orando sobre isso?

No meio de todos os viajantes andando ao redor deles, tudo o que Hanna via era o rosto de Nathan, os olhos dele transbordando com a mesma intensidade de emoção que a assustara quando ela tinha 23 anos. Tudo o que ela ouvia era a voz dele, tremendo com uma pergunta, não *a* pergunta, mas um prelúdio, uma sondagem cautelosa se os dois compartilhavam um desejo. Um anseio. Um amor.

— Sim — ela disse. — E... — Não há como voltar atrás. — Eu te amo também.

O beijo que ele se refreara de dar na frente de Sally agora ele deu com uma ternura que a deixou sem fôlego. Se Sally ou qualquer outra pessoa de Westminster vissem a pastora Hanna e o antigo amigo dela naquele momento, eles teriam assunto — muito assunto —para falar.

4.

CHARISSA

Charissa chutou a neve e gelo alojados entre o pneu de trás e o para-lama do carro, sentindo prazer quando o bloco inteiro cedeu sob a bota dela e se soltou em um só pedaço. Ela passou para o lado do passageiro e chutou o pneu também, mas o gelo era teimoso e só partiu em pedacinhos. Bem menos satisfatório. Ela olhou para os carros estacionados ao seu lado e resistiu ao impulso de chutar o gelo enlameado que se acumulava neles. Quando criança, chutara o gelo acumulado do para-lama do carro de outra pessoa em um estacionamento de uma loja e disparara o alarme. Sua mãe a repreendera duramente por isso, pegara-a pelo pulso e se apressara loja adentro antes que alguém descobrisse o que ela havia feito.

— O que você tem com isso de chutar pneus? — John perguntou enquanto destrancava o lado do motorista.

— Não gosto de sujeira.

Pensando nisso, ela tinha a mesma reação ao assistir a geleiras partindo no Alasca, quando seus pais a levaram em um cruzeiro anos atrás. Ela assistira com deleite quando um pedaço de uma geleira, escurecida por sedimentos enlameados, subitamente abrira espaço com o som de um trovão, caindo na baía e deixando para trás uma superfície impecável de um branco azulado.

Se a vida espiritual fosse assim...

Em vez disso, ela continuava tirando pedacinhos, progredindo lentamente na jornada para se parecer mais com Cristo. E, enquanto isso, sempre havia mais sujeira se acumulando. Ou talvez ela tivesse ficado mais atenta à sujeira que se havia acumulado depois de anos sem prestar atenção.

O que ela desejava era um chute bem aplicado para fazer um grande pedaço de neve acumulada se soltar.

Expurgo. Essa era a palavra. Ela estava sentindo necessidade de passar por um expurgo.

Talvez o impulso fosse forte porque ela passara bastante tempo limpando o apartamento na última semana. Ela havia atacado a cozinha com energia feroz, enfrentando a pilha de papel (como raios eles acabaram entrando em tantas listas de correspondências?), assim como a procriação de potes de plástico sem a tampa correspondente.

— Vamos nos focar na lista, tá bom? — ela disse quando saíam para o mercado. Por mais que não quisesse gastar uma hora de seu tempo comprando caixas de organização e produtos de limpeza, também não confiava que John não fosse voltar para casa com sacolas de produtos que só entulhariam ainda mais o espaço já caótico. — Não precisamos comprar nada para casa hoje. Ou para o bebê.

Ela acabara de conseguir empurrar John pelos corredores de produtos infantis, quando viu um perfil que reconheceu. Um homem alto e respeitável, com farto cabelo branco, estava lendo a embalagem de uma caixa de granola.

— Reverendo Hildenberg! — ela exclamou. Já o vira sem terno e gravata, ou sem o robe clerical? Foi como encontrar um dos professores no mercado quando era criança e ficar chocada que a Sra. Vos, a Srta. Ellison ou o Sr. Garcia tinham uma vida real, que incluía comprar pão e papel higiênico.

— Charissa, John. Que bom ver vocês! — O mesmo aperto de mãos cordial que ele sempre dava perto na porta depois do culto. — Estão bem?

— Sim — Charissa respondeu pelos dois. Ela apontou para o carrinho. — Só comprando algumas coisas para nossa grande mudança.

— Seu pai falou sobre isso quando conversamos semana passada. Ótimas notícias sobre a casa. E o bebê também! Parabéns!

Mas eu precisei brincar com ele sobre ser avô. Não acho que ele esteja pronto.

Charissa riu amigavelmente.

— Não, acho que ele está em negação sobre estar velho assim.

— Bem, uma hora ele vai superar isso. Quando você segurar esse bebê nos seus braços pela primeira vez, tudo vai mudar. — Ele colocou a mão sobre o ombro de Charissa. — É difícil acreditar que foi há tanto tempo que eu te segurei no colo, Charissa, quando proclamei as promessas de Deus sobre você. — Ele riu. — Não me sinto velho até ver os filhos e netos de pessoas que eu casei.

Eles conversaram por um tempinho, Charissa perguntando sobre a filha mais nova dele, que estava tentando um doutorado em Oxford. Depois de alguns minutos escutando em silêncio, John pediu licença e desapareceu com o carrinho. Quando Charissa o encontrou no corredor de comida congelada, perguntou:

— O que houve com você?

Ele abriu a porta da geladeira e jogou duas pizzas de pepperoni no carrinho.

— Só estou pensando.

— Sobre o quê?

— Coisas.

— Explicou muito.

Ele fechou a porta e fixou o olhar nas prateleiras.

— O que você disse que aprendeu com o Dr. Allen sobre prestar atenção no que te incomoda?

"Aprenda a perseverar com o que mexe com você", o Dr. Allen gostava de dizer. Ela respondeu:

— Que você pode aprender bastante sobre onde o Espírito está se movendo ao prestar atenção às coisas que te provocam.

— Beleza. Então, estou provocado. E estou prestando atenção.

— Beleza. Tá bom. — Charissa observou o reflexo de John no vidro. — Quando você estiver com vontade de compartilhar o que está te provocando, me avisa. — Ela abriu com força a porta da geladeira adjacente e pegou três pacotes de brócolis congelado da prateleira.

— Beleza — ele respondeu. — Tá bom. Me incomoda que o único assunto que já conversei com o pastor da nossa igreja tenha a ver com a sua família.

— Isso não é verdade. Ele sempre pergunta como você está.

— Certo. Toda semana, na porta, o superficial "Como você está, John?", eu digo "Ótimo", e aí vocês começam a falar sobre o que está acontecendo com seu pai, golfe, Flórida ou sei lá o quê. — Ele arremessou uns pãezinhos de alho congelados no carrinho. — O que aconteceria se, em algum domingo, dissesse "Na verdade, tive uma semana difícil"?

Charissa hesitou. Não era assim que a fila de cumprimento ao pastor na igreja funcionava.

— Você pode marcar uma reunião a qualquer hora com ele, John. É só ligar para a igreja.

— Aham, claro.

— Pode, sim. Nada te impede.

— E ir até lá e começar a falar sobre todo o estresse que estamos passando nos últimos meses com o bebê, a casa, a faculdade e agora entre você e minha mãe? Como eu disse: aham, claro.

John, que frequentava a igreja com Charissa desde quando ficaram noivos, nunca expressara nenhum tipo de ressentimento com o pastor dela, e ela não estava gostando do tom de voz dele. Ela esperava que o reverendo Hildenberg não estivesse no corredor ao lado, escutando. Olhou por cima do ombro e abaixou a voz.

— Podemos conversar sobre isso mais tarde?

— Não fui eu que puxei esse assunto.

Normalmente o mais afável e tranquilo no relacionamento, John estava irritadiço e defensivo desde a visita à casa dos pais dele no Natal. Ela se perguntou o que mais a mãe dele lhe havia dito, que outros comentários e opiniões ele poderia ter escolhido esconder dela. Talvez fosse por isso que ele queria falar com um pastor.

Ela realmente queria que ele falasse com o pastor?

O reverendo Hildenberg era o pastor da família Goodman havia décadas. Na verdade, o avô paterno de Charissa servira no comitê de busca que o trouxera para a igreja quase quarenta anos atrás. Sua avó paterna havia cuidado das crianças Hildenberg quando eram pequenas. E o reverendo Hildenberg havia casado os pais de Charissa, assim como casara Charissa e John.

Ele até conduzira as sessões de aconselhamento pré-conjugal. Mesmo que tivesse sido constrangedor que o pastor de sua infância falasse com eles sobre intimidade sexual no casamento, Charissa não conseguia pensar em qualquer outra pessoa no papel. Sentada ao lado de John no sofá de dois lugares no escritório do reverendo, onde nada mudara muito desde quando ela era criança, Charissa, sempre que o pastor fazia perguntas delicadas, desviava o olhar, fixando-o no carpete bege (uma grande melhora em comparação ao tapete azul felpudo onde ela havia recitado o credo apostólico aos nove anos) ou levantando-o do carpete e o redirecionando para o espaço entre a meia preta do pastor e a barra da sua calça cinza, onde uma faixa de pele pálida e sem pelos ficava visível sempre que ele cruzava as pernas.

Por mais que essas conversas tivessem sido constrangedoras, quão mais constrangedor seria se John revelasse o estrese conjugal deles para um homem que sempre teve Charissa na mais alta estima?

Talvez John pudesse encontrar outra pessoa para conversar. Alguém que não conhecesse ela ou a família dela.

— É disso que estou falando! — ele disse quando ela sugeriu tal coisa no caminho de casa. — Você tem várias pessoas com quem está conectada, pessoas que estão te encorajando na sua fé. Eu não sinto que tenho um pastor com quem possa conversar. Só Tim.

John certamente descarregou suas frustrações sobre o antigo colega de quarto. Pelo menos, quando Charissa reclamava da sogra para o Clube dos Calçados Confortáveis, ninguém a conhecia.

— Tim disse que deveríamos encontrar uma igreja em que nós dois nos sintamos confortáveis.

Charissa travou o maxilar. Outra igreja? Sem chance. Ela não ia sair da igreja onde passou a vida inteira. Não. Se John se sentia tão desconfortável assim, então talvez ele pudesse encontrar um lugar para congregar sem ela. Casais faziam isso, às vezes.

— Faça o que precisar fazer — ela respondeu —, mas eu vou para minha igreja.

— *Minha* igreja, viu? *Meu* doutorado. Onde está o "nosso" no nosso casamento?

Charissa tomou um susto. Ele chutou o para-lama, mas o gelo não cedeu.

HANNA

Domingo, 11 de janeiro, 6h

Eu estava tão cansada e com o fuso horário bagunçado quando cheguei aqui ontem à noite, que não tinha energia para escrever. Que dia. Ainda estou tentando processar a declaração de amor de Nathan — uma declaração que ele fez anos atrás, mas que significa muito mais para mim, agora que sou capaz de recebê-la sem medo. E a expressão nos olhos dele quando falei que o amava também... Não tenho palavras. Só gratidão pelo que o Senhor fez em nos juntar. Por me dar uma segunda chance. Por nos dar uma segunda chance. Obrigada, Senhor. Nós concordamos em permanecer em oração esta semana, buscando a Deus sobre o próximo passo para nós. Mas acho que o desejo implícito é que queremos ficar juntos.

Por que eu hesito em escrever a palavra? Nós desejamos nos casar. Eu quero casar com ele. Pronto. Eu te entrego essa palavra específica do meu desejo, Senhor. E agora a minha alma é uma adolescente alegre, porque acho que ele quer casar comigo também. Não usamos a palavra. Falamos sobre "tempo" e "compromisso", mas agora ele sabe que, se perguntasse, eu diria sim. E isso é um grande salto para a frente. Então, estou orando sobre o que isso significa para o meu retorno a Westminster e como vamos lidar com um relacionamento à distância. Ou um noivado. Fala conosco, Senhor, e nos deixa te ouvir. Nate disse que ele tem um material sobre discernimento que podemos ler juntos quando eu voltar.

Ontem à noite, abri minha mala e encontrei seis envelopes datados, um para cada dia que eu estiver aqui. Ele deve tê-los guardado ali quando estava colocando minha bagagem no porta-malas. O cartão de hoje tinha o versículo de Sofonias 3:17:

> **O SENHOR, TEU DEUS, ESTÁ NO MEIO DE TI, PODEROSO PARA TE SALVAR; ELE SE AGRADARÁ DE TI COM ALEGRIA; ELE SE RENOVARÁ NO SEU AMOR E SE ALEGRARÁ EM TI COM JÚBILO.**

E aqui está a oração que ele escreveu: "Senhor, permita que Hanna conheça a tua presença no meio da família dela enquanto passa a semana com eles. Obrigado por estares com ela como o Poderoso que salva. Quando ela estiver agitada, aquieta-a com teu amor. Permite que ela sinta o teu deleite com ela hoje. Permite que ela escute a canção de júbilo que tu cantas sobre ela e que ela não resista à tua exuberância e abundância. Em nome de Jesus."

Ele me conhece tão bem. É uma imagem impressionante para mim — a imagem de Deus como um noivo gritando para o mundo que ele tem deleite em seu povo. Eu me pego resistindo a essa intensidade. Mas posso receber o grito de alegria? "Essa é minha amada! Eu me deleito nela!" Me ajuda a abraçar teu deleite, Senhor, sem me encolher diante desse excesso.

Escutei o moedor de café lá embaixo. Papai deve ter acordado.

Senhor, abre portas para conversas e conexão hoje. O que tu tiveres em mente. As palavras de Wesley me vêm à mente de novo: "Deixa-me ter todas as coisas, deixa-me sem coisa alguma." Mesmo que isso signifique não ter a conclusão que quero, Senhor. Eu sou tua; e tu és meu. Que isso seja o suficiente para mim.

Hugh Shepley, vestindo o mesmo roupão bege que usava havia décadas, virou-se para cumprimentar Hanna quando ela entrou na cozinha em seu pijama de lã.

— Eu te acordei? — ele perguntou.

— Não, estou acordada há um tempo. — Desde as três, na verdade. Ela sempre demorava alguns dias para se ajustar à mudança de fuso horário. Ficou na ponta dos pés para beijar a barba áspera dele. Evidentemente, ele relaxara a rotina pré-matinal de barbeação desde a aposentadoria.

— Café? — ele perguntou.

— Sim. Obrigada.

Ele tirou do armário duas canecas familiares: uma com a frase "Melhor Pai do Mundo", que ela lhe dera no Dia dos Pais quando ela tinha uns doze anos, e outra da ponte Golden Gate, que ele trouxe para ela como uma lembrança de uma viagem de negócios em São Francisco. Depois de todas as mudanças ao longo dos anos, ela ficou surpresa que seus pais ainda tivessem relíquias da infância.

— Gostei da casa nova — Hanna disse, olhando pela janela molhada de chuva para o bosque. O apartamento de dois quartos nos arredores da cidade de Eugene teria uma boa vista das encostas quando elas não estivessem cobertas por nuvens.

— Sua mãe disse que não vai se mudar de novo.

Hanna sorriu. A mãe dela dizia isso havia anos.

— Eu falei para ela que tudo bem, até ficarmos velhos demais para lidarmos com as escadas.

— Você parece bem ágil para mim, pai.

— Você deveria me ver na quadra! Ainda jogo tênis bem, para um velho.

Nathan jogava tênis. Talvez ele e o pai dela jogassem juntos algum dia.

Ele entregou a caneca para ela e a beijou na testa. O aroma de cafés diferentes e torrados a transportou pelo tempo, para uma mesa de desjejum na Califórnia, quando ela tinha quinze anos.

— Que bom que você está em casa, amorzinho.

— Obrigada, pai.

"Casa." Que palavra engraçada. Apesar de o ursinho marrom a receber da cadeira no quarto de hóspedes com um olhar de reprovação ("Você se esqueceu de mim"), aquele apartamento cheirando a tinta fresca e carpete novo não era a sua casa. Talvez ela levasse o ursinho marrom consigo para Kingsbury. Ou melhor, *de volta* para Kingsbury ou para o lago Haven. Para *casa*, em Chicago. Ou talvez o oeste de Michigan fosse mais do que um lar temporário algum dia.

Ela ouviu passos no andar de cima. Qualquer janela para uma conversa particular com seu pai durante o café da manhã se fechou.

Ela olhou para o relógio no micro-ondas. Nate e Jake estariam se arrumando para o culto em breve. Talvez ela entrasse na transmissão e escutasse o sermão de Neil.

— Já encontraram uma igreja, pai?

Ele se sentou diante dela e desenrolou o jornal.

— Ainda não.

— Algumas que parecem boas?

— Pergunte para sua mãe. Ela visitou algumas.

— As duas eram um pouco "Uhul, Jesus" demais para mim — a mãe dela disse da metade das escadas.

Hanna riu, quase cuspindo o café de volta para a caneca.

— "Uhul, Jesus"? O que isso significa?

Jane Shepley, também vestindo um roupão que tinha desde que Hanna era uma menininha, balançou as mãos no ar.

— Você sabe, música alta, bateria, todo mundo batendo palmas e cantando músicas que eu nunca ouvi na vida. Como saber quais notas cantar se eles só colocam a letra naquele telão?

Hanna frequentemente escutava os mesmos tipos de objeções em Westminster. Não importava que tipos de acordos tentassem fazer, as guerras do louvor continuavam.

— Talvez vocês possam encontrar algo um pouco mais tradicional — Hanna respondeu, imaginando uma igreja pequena com hinários, um órgão e um grande púlpito de madeira diante de uma janela de um vitral colorido, não muito diferente das várias igrejas em que eles congregaram quando Hanna era criança, em várias cidades diferentes. — Quer que eu faça uma pesquisa? Posso ver se achamos um lugar para irmos hoje de manhã.

— Não, eu posso assistir a alguma coisa na televisão mais tarde.

Hanna decidiu não entrar na teologia do culto e no discurso da "importância da comunidade".

— Westminster parou de publicar os sermões de Steve? — Jane perguntou enquanto colocava duas fatias de pão na torradeira. — Eles não têm nada online há um tempo.

— Não sei — Hanna respondeu, levantando os ombros. Ela não estava checando. Ela se perguntava se Heather, a estagiária que estava morando em sua casa enquanto ela estava fora, já pregara. Provavelmente.

— Hugh, que tipo de cereal?

Ele alisou a primeira página.

— Que tal flocos de milho?

— E você, Hanna?

— Eu pego, mãe.

Ela gesticulou para Hanna se sentar.

— Deixa comigo.

Hanna se inclinou para o lado para ver melhor as opções.

— Aveia com passas, por favor.

Jane começou a cortar bananas para colocar no cereal. Hanna odiava banana no cereal.

— Só o cereal para mim, mãe. Obrigada.

— Você precisa de proteína ou uma fruta.

— Eu estou bem. — Bananas tinham um intervalo de aceitabilidade muito estreito no espectro de maturação, e as penduradas no suporte perto da pia estavam marrons e com bolinhas de mais para o gosto de Hanna.

Jane abriu a geladeira e pegou algumas tangerinas.

— Aqui — ela disse e encheu uma bacia para a mesa.

Por cima da borda do jornal, Hugh encarou Hanna com olhar de "Basta fazer a vontade dela". Hanna pegou um guardanapo e começou a descascar, meticulosamente puxando tiras da casca.

— Aqui, seu cereal — Jane disse, colocando diante dela uma tigela de cereal sem banana e um prato de porcelana. Hanna colocou as cascas no prato e amassou o guardanapo. — Aposto que Westminster está sentindo sua falta. Tem notícias deles?

— Quase nada.

Hugh abaixou o jornal e olhou por cima dos óculos.

— Sem ressentimentos, eu espero. Não foram eles que te obrigaram a isso? Que insistiram que você tirasse essas férias prolongadas?

— Certo. Sem ressentimentos. Mas nós colocamos alguns limites antes de eu sair, para que eu tivesse o descanso que eles esperavam e para que a estagiária pudesse se instalar sem que eu atrapalhasse.

— Posição difícil de preencher — ele disse, sorrindo-lhe. — Como ela está se saindo?

— Bem, eu acho. Não tenho notícias dela, então presumo que tudo esteja bem. — O cheiro de torrada queimada tomou a mesa. Sua mãe sempre gostara de torrada escurecida.

— Deve ser estranho ter outra pessoa morando na sua casa, ocupando seu escritório — Jane disse.

Hanna perfurou com a unha a membrana de um gomo da tangerina para tirar uma semente rebelde.

— Foi bem difícil nos primeiros meses; me senti um pouco perdida sem trabalho para fazer. Mas já entrei no ritmo agora. Tem sido bom.

— Mesmo assim — ela respondeu enquanto passava geleia de morango com abundância nas duas fatias de torrada, a faca raspando como uma pá na calçada —, eu não gostaria de ter alguém no meu espaço. Eu me sentiria substituída.

— Ninguém pode substituir nossa Hanna, Janinha. Grande perda para eles, tenho certeza. Não consigo imaginar outra pessoa na equipe com uma ética de trabalho melhor.

“Certo”, Hanna pensou. Aquela boa e velha ética protestante de trabalho que, sem a intervenção na hora certa de Steve, poderia tê-la destruído. Ela e Steve precisariam ter longas conversas sobre como lidar com o retorno com ritmos diferentes, ritmos que poderiam frustrar uma congregação acostumada a ter a devoção sem limites e a atenção integral dela.

— E Nathan? — Jane perguntou. — Nós o conhecemos, Hugh, lembra? Quando visitamos Hanna anos atrás no seminário. Ele morava no mesmo dormitório, não era, Hanna? Um jovem amável. Acho que ele estudou na Inglaterra ou algo assim. Oxford, talvez.

— Isso mesmo — Hanna disse. Sua mãe tinha uma boa memória.

— Não me lembro dele — Hugh disse. — Trouxe alguma foto?

— Não. Desculpe, não pensei nisso. — Eles dois já tiraram alguma foto juntos? Que omissão terrível! Ela teria que remediar isso assim que ela e Nate estivessem juntos de novo.

Jane limpou algumas migalhas de torrada da lapela de seu roupão.

— E o filho dele? Como ele é?

— Jake é um bom menino. Bem tranquilo para um garoto de treze anos.

— Idade difícil.

— Sim, mas ele e Nate são próximos. Bem próximos.

— E a mãe de Jake? — ela perguntou. — Ela é presente?

“Ainda não”, Hanna pensou. Na verdade, ela ficou surpresa que Nate não tinha nenhuma notícia nova dela. Fevereiro, Laura havia dito. E fevereiro logo chegaria.

— Ela mora em outro continente — Hanna respondeu —, mas ela e o marido estão se mudando para perto de Detroit em algumas semanas.

— Como você se sentiria sendo uma madrasta?

— Janinha!

— Só estou perguntando. Essas são coisas que você tem que ponderar se estiver pensando sério sobre ficarem juntos.

Hugh abaixou o jornal e se reclinou para trás.

— Você está pensando sério, mocinha?

O rosto de Hanna corou. Nunca tendo namorado ninguém no colégio ou na faculdade, esse tipo de conversa com os pais era território inexplorado. Ela limpou as mãos em outro guardanapo, com a fragrância cítrica perdurando nas unhas.

— Estamos conversando sobre o futuro, sobre o que pode significar quando eu voltar para Chicago.

— A distância não é ideal — ele disse —, mas várias pessoas conseguem.

— Não por muito tempo, Hugh. Isso é difícil para um casal, ficarem separados.

Hanna observou se havia qualquer espasmo ou expressão facial que indicasse se isso era a opinião da mãe sobre a dificuldade de estar casada com alguém que constantemente estava viajando. Mas nenhum olhar significativo ocorreu entre seus pais.

— E Nathan? — Jane perguntou. — Ele estaria disposto a se mudar para Chicago?

— Não conversamos sobre isso...

— Digo, você tem um trabalho ótimo lá — ela continuou —, um trabalho que você ama. Seria uma tristeza ser desarraigada da vida que você construiu para si.

Isso era outra referência oblíqua à própria história dela? Ao número de vezes que ela fora desarraigada de lares e comunidades que amava por causa do trabalho do marido?

“Preste atenção nas aberturas e ore”, a voz de Nathan disse.

— Nós fizemos isso — Hugh comentou, voltando para a sua tigela de cereal. — Várias vezes.

Hanna não precisava ser relembrada disso. O verão depois do jardim de infância. As férias de Natal durante o segundo ano. O verão depois do terceiro ano. O verão depois do quarto ano. O recesso de primavera durante o sétimo ano. O verão antes do nono ano.

Hanna decidiu usar um pequeno aspecto da conversa a fim de tentar abri-la para um diálogo potencialmente significativo:

— Sim, mas não é fácil — ela respondeu —, especialmente para um adolescente. Eu não pediria para Nate fazer isso com Jake.

— Mas você se saiu bem, não foi? — ele disse com um pouco de leite escorrendo pelo queixo. Limpou-o com as costas da mão. — Nunca precisei me preocupar com minha Hanna. Sempre pude contar com você para ser responsável. Resiliente.

"Resiliente" não era a palavra que ela teria usado para descrever a si mesma quando criança. Mas seu pai evidentemente construíra uma narrativa que lhe dera um pouco de paz. Ela mexeu a colher ao redor da tigela e abriu a boca para falar...

— Agora, nosso Joe, por outro lado... — Hugh deu um sorrisinho e riu.

— Ele se saiu bem, Hugh.

— Claro que sim. — Ele pegou uma tangerina e começou a descascá-la. — Mas ele certamente nos apertou com nosso dinheiro. E aquela Kate dele! Ela ninguém segura. Nós te contamos o que ela fez com o cabelo de Riley?

Com a transição completa, seus pais passaram o restante do café da manhã compartilhando anedotas engraçadas sobre a visita deles aos netos em Nova York e rindo com as travessuras de duas menininhas astutas que não sentiam qualquer pressão para serem algo, exceto menininhas.

MEG

A superfície preta e lisa do piano vertical dela lhe dava um espelho para observar o rosto da sua aluna enquanto ela tentava contar ritmos de semínimas e colcheias pontuadas.

— Eu consigo! — Chloe disse, batendo a mão nas teclas.

— Consegue, sim. Eu te ajudo.

— Só toca para mim, para eu escutar!

— Se eu tocar para você, aí você não vai aprender como contar sozinha. Você vai só me copiar.

Com um suspiro teatral, Chloe abaixou a testa sobre as teclas.

— Vamos contar com palmas de novo — Meg disse. — Vamos. Bata comigo. UM e dois E TRÊS e quatro E UM...

— Toc-toc!

A porta da frente se abriu com um rangido, e Meg olhou por cima do ombro com as mãos paradas no meio de uma palma.

— Rachel! — Meg se levantou em um salto.

— Surpresa! — Rachel entrou carregando uma malinha, com o cabelo louro-acobreado um tom mais escuro do que quando Meg a vira no outono. — Eita, me desculpa! Eu não sabia que você estava dando aula. — Ela colocou a mala no chão.

Meg abraçou a irmã mais velha.

— O que você está fazendo aqui?

— Eu te disse que voltaria em janeiro, lembra? Só não sabia quando. Acabei com um dia extra em Detroit, então resolvi dirigir até aqui.

— Ainda tenho algumas aulas e depois...

— Ah, não se preocupe comigo. Quero dar uma olhada em algumas daquelas caixas de fotos do sótão, levar algumas fotos do papai comigo.

Meg se esquecera completamente dos planos de Rachel.

— Eu trouxe as caixas aqui para baixo — Meg disse. Ela e Hanna começaram o processo de olhar fotos antigas para montarem álbuns, e ela já preenchera alguns com fotos de sua vida com Jimmy. Mas ela não fizera nada com as fotos do pai e não queria que Rachel levasse fotos sem ela as ver antes. — Espera eu terminar de dar aula, aí podemos olhar as fotos juntas.

— Eu sei o que estou procurando — Rachel respondeu. — Continue. Não ligue para mim.

— Mas...

Rachel gesticulou na direção de Chloe.

— Prossiga. Eu não quis interromper. Onde estão?

— No saguão, mas...

Rachel fez "tsc-tsc".

— Caixas no saguão? Nossa mãe ficaria furiosa.

— Por que a mãe de vocês ficaria furiosa? — Chloe perguntou, enrolando uma de suas trancinhas no dedo.

— Porque era uma velha malvada que não gostava de ninguém bagunçando a casa dela — Rachel respondeu.

Meg tentou calar Rachel com uma expressão facial.

Chloe olhou para as meias.

— É por isso que eu tenho que tirar os sapatos?

— Você ainda faz eles tirarem os sapatos? — Rachel perguntou com escárnio.

Meg levantou os ombros.

— É hábito.

— De hoje em diante, fique com os sapatos no pé, menina — Rachel disse.

Chloe olhou para Meg com dúvida.

— Você pode, se quiser — Meg disse baixinho.

Assim que Rachel pegou a bolsa e foi para a escada, seu telefone tocou.

— Ah, oi, Beckinha! — Rachel disse, a voz dela ecoando pelo corredor.

"Becka!" Meg estava tentando falar com ela por telefone a semana toda.

— Não, não... Posso falar — Rachel disse. — Adivinha onde estou. — A voz de Rachel sumiu enquanto ela subia as escadas, com seus saltos fazendo barulho no piso de madeira.

Meg limpou a garganta e apontou para um compasso específico.

— Vamos tentar de novo, Chloe — ela disse, a voz soando-lhe artificial. — Aqui, vamos contar juntas.

— Terminou com os baixinhos? — Rachel perguntou quando Meg entrou na cozinha pouco depois das seis. Meg fez que sim com a cabeça e se sentou à mesa com um suspiro exausto. Rachel continuou abrindo e fechando os armários. — Tem alguma coisa para beber aqui?

Com "alguma coisa para beber", Rachel se referia a algo alcoólico. Preferencialmente, algo bastante alcoólico.

— Não — Meg respondeu.

— Onde está o estoque que a mãe tinha para fazer companhia?

— Já era.

— Já era, tipo, ela bebeu tudo?

— Já era, tipo, me livrei dele.

Rachel fingiu ser esfaqueada no coração.

— Sua filisteia! — Ela pegou as chaves. — Vamos. Vamos comer fora. Você não tem nada aqui.

— Desculpa… Eu estava doente.

Se Rachel ligou para essa informação, não comentou.

— Ou melhor, talvez você deva dirigir — ela disse com um sorrisinho.

Meg não estava disposta a dirigir. E certamente não conseguiria aguentar um dos restaurantes tailandeses apimentados favoritos de Rachel. Ela lentamente massageou as têmporas.

— Não posso, Rachel.

— Por que não?

— Eu te falei, eu estava doente. Ainda me sinto fraca. Tudo o que consigo fazer agora é cuidar do meu calendário de aulas. Me desculpe. Se você quiser comprar comida e trazer, ótimo. Se não, podemos fazer queijo quente, ou rabanada, ou algo assim.

Rachel colocou as mãos nos quadris exatamente como a mãe delas fazia nas raras ocasiões em que Meg tentava se impor.

— Tá bom, então. Eu vou comprar comida e você pode ficar com seu queijo quente. — Rachel pegou o casaco. — E, aliás, o que é aquele desenho pendurado na porta do quarto da mãe?

Meg ficara tão acostumada a ver o desenho na porta fechada do quarto, que quase não percebia mais: um desenho de Deus Pastor com cicatrizes nas mãos segurando um cordeirinho. Ela o havia pendurado lá depois da revelação de que o pai delas cometera suicídio naquele quarto, uma revelação que Rachel ainda se recusava a acreditar.

— É Jesus e um cordeirinho — Meg respondeu.

Rachel revirou os olhos.

— Sim, eu sei. O que está fazendo na porta?

— Só um lembrete do cuidado de Deus por mim, depois de tudo o que veio à tona no último outono sobre...

— Ah, por favor. Becka disse que você ficou toda religiosa. Me poupe.

Com um movimento desdenhoso de mão, ela saiu de casa.

Inspira. Respiração curta. *Emanuel*.

Expira. Tosse. *Tu estás comigo*.

Então, lágrimas. Um dilúvio de lágrimas.

O pão de trigo tostava na frigideira quente, e o cheddar branco vazava e derretia ao redor das bordas.

— Eu realmente não entendo por que você está tão aflita — Rachel disse. — Becka está namorando um homem mais velho. E daí? Ela está feliz.

Meg deslizou a espátula por debaixo do sanduíche e o virou. De acordo com Rachel, ela e Becka estavam tendo conversas frequentes pelo telefone nas últimas semanas, com Becka abrindo o coração sobre como a mãe dela "só critica" e estava sendo "doida" e "difícil" quanto ao seu relacionamento com Simon.

Rachel pegou mais uma garfada de macarrão e vegetais apimentados do prato.

— Ela tem 21 anos. Velha o bastante para tomar as próprias decisões sobre o que ela quer. E ela quer ficar com Simon. Ele parece um cara legal.

— *Pff*. Você não conheceu ele. — Meg diminuiu o fogo.

— Becka disse que você nem deu uma chance para ele.

"Dar uma chance para ele"? Para quê? Para ele cativá-la com seu intelecto? Para ele convencê-la de que tudo bem ele dormir com a filha dela?

— Você vai afastá-la se continuar sendo tão puritana com isso — Rachel continuou. — Você vai ter que aceitar, Meg. E seria legal se você pudesse ficar feliz por ela.

Não. Ela não aceitaria — jamais aceitaria — e não ficaria feliz por ela. Rachel não era mãe. Ela não entendia. Ela podia ser a "tia descolada". Ela sempre teve o luxo de ser a tia descolada. E, se Becka estava tendo com Rachel o apoio e afirmação que queria, então...

Os olhos de Meg arderam de novo. Ela checou a parte de baixo — dourada — e deslizou o sanduíche para um prato.

— Becka não vai aguentar você sendo tão estraga-prazeres com isso. Não vai. Então, é o seguinte: Simon convidou Becka para ficar com ele no verão. Ele está trabalhando num romance e estará viajando para Paris, indo e voltando, e quer que Becka vá com ele.

Mesmo conseguindo segurar o prato, o sanduíche acabou caindo no chão. Ela se abaixou rapidamente para pegá-lo e limpou a sujeira invisível sobre a pia.

— Ela e eu já conversamos sobre os detalhes — Rachel continuou. — Tenho o conteúdo de um site que ela pode ajudar a desenvolver para alguns clientes, e vou pagar para ela um salário de meio período. Então, você não precisa se preocupar com implicações financeiras.

"Implicações financeiras?"

Como ela ousa...

Como eles ousam...

Com o coração acelerado, Meg se virou de costas para a irmã, o calor da urticária subindo pelo pescoço.

Sem fôlego.

Sem fôlego.

— Ela está planejando voltar no outono para terminar o último ano...

Mais palavras. Rachel disse muitas, muitas palavras: "Muito bom para ela." "Se encontrar." "Abrir as asas." "Orgulhosa por lutar pelo que ela quer." "Não precisa da aprovação de ninguém."

Incapaz de escutar mais palavras, Meg interrompeu com um "Acho que é melhor você ir embora" sussurrado.

Rachel não escutou. Ela ainda estava jorrando detalhes sobre como esse verão funcionaria, sobre como ela estava animada pela sobrinha, sobre como era uma oportunidade de ouro para Becka viajar e viver a cultura europeia.

Meg conseguiu juntar fôlego e disse com mais força:

— Eu disse que acho melhor você ir embora.

Rachel parou no meio da frase, com o garfo no ar e a boca aberta.

— O que você disse?

— Eu disse que quero que você saia.

— Você só pode estar brincando.

Meg mordeu os lábios e balançou a cabeça.

Rachel se inclinou nas pernas da cadeira, um hábito que sempre atraíra a repreensão da mãe.

Emanuel.

Tu estás comigo.

— E, se tiver fotos que você já tirou das caixas — Meg continuou, o olhar fixo nas clavículas de Rachel —, me devolva, para eu tirar cópias. Depois te mando as originais.

Rachel desdenhou.

— As fotos são minhas e faço o que quiser com elas.

— Não — Meg respondeu, surpresa pela firmeza do próprio tom. — Nossa mãe deixou a casa e tudo nela para mim.

Depois de um momento eterno de silêncio atordoante, Rachel se levantou da mesa, chutou a cadeira com a bota e liberou uma torrente vulgar de epítetos contra Meg e contra a mãe delas.

— Becka estava certa — Rachel disse depois de exaurir todas as outras acusações. Ela pegou a bolsa do balcão. — Você é maluca. — Abrindo o zíper com raiva, jogou as fotos sobre Meg e subiu as escadas para pegar sua mala. — Você vai perder sua filha! — ela gritou sobre o ombro. Meg se abraçou contra a mesa da cozinha.

Ela já perdera.

PARTE DOIS

CRUZAMENTOS E FRONTEIRAS

Passando pelo vale de Baca,
fazem dele um manancial;
a primeira chuva o cobre de bênçãos.
Salmo 84:6

5.

HANNA

A estrada duplicada para a costa serpenteava pela floresta densa, frequentemente se tornando um túnel em que a luz solar não penetrava. Do banco de trás do Subaru dos pais, Hanna se lembrava das viagens de carro nas quais ela devorava livros de Laura Ingalls Wilder e mistérios de Nancy Drew em contente silêncio, e sua mãe ficava impressionada por ela nunca ficar enjoada.

— Eu me pergunto como as pessoas por aqui fazem compras e vão ao médico — Jane disse. — É lindo, mas tão remoto. Eu não gostaria disso.

Um trem de carga da Southern Pacific carregando madeira passou por eles.

— Aposto que não entregam pizza por aqui — Hugh respondeu.

Enquanto seus pais continuavam conversas sobre pessoas que ela nunca conhecera, Hanna continuou lendo. O caderno diário de Nathan continha alguns versos de Eclesiastes 3 e uma oração para ela discernir o "tempo de ficar calado e tempo de falar".

"Estou orando pela dádiva da presença encarnada com seus pais, Hanna; que você seja capacitada a encontrá-los onde eles estão e a amá-los como eles são, sem exigir mais nada. Que a sua alma encontre descanso nisso."

Presença encarnada.

Talvez fosse por isso que ela estava se sentindo agitada.

No meio do lazer deles — assistindo a filmes, visitando lojas de antiguidades, jogando Yahtzee e Scrabble, e agora viajando para a costa para ver baleias —, Hanna esteve monitorando constantemente, esperando por quaisquer aberturas para começar uma conversa significativa com um deles ou com os dois. Mas, embora eles falassem bastante sobre a vida presente dela (Nathan, o tempo sabático, a volta dela para Westminster, a iminente peregrinação na Terra Santa), e embora se falassem bastante sobre a vida em família deles (viagens que fizeram, velhos amigos de escola e vizinhos, aniversários e feriados), as conversas jamais chegavam às lutas que os moldaram ou os segredos que eles guardaram.

"Tempo de ficar calado e tempo de falar."

Ela fixou o olhar na parte de trás da cabeça de seu pai. O cabelo que era escuro estava ficando fino e acinzentado. Ele percebeu o olhar dela pelo retrovisor.

— Você se lembra de quando fomos ver baleias na Califórnia? — ele perguntou.

— Eu me lembro de estar em um barco, mas não me lembro de nenhuma baleia.

Ele riu.

— Isso, não vimos nenhuma. Devemos ter mais sorte hoje. O rapaz no telefone disse que é o pico da migração delas até Baja. — Ele olhou de novo para Hanna pelo retrovisor. — Já te contei sobre o taxista que peguei em Baja?

— Me relembre.

— Eu estava lá em uma viagem de vendas, e esse cara me pega e dirige comigo pela cidade toda com um papagaio empoleirado no ombro. Eu sabia espanhol o suficiente para entender algumas das palavras que o pássaro estava dizendo, e ele tinha um vocabulário bem elaborado, devo dizer.

— Hugh, não foi nessa viagem que você comeu em um food truck e acabou doente?

— Sim. Tacos de peixe. Nunca fiquei tão doente na vida.

Hanna se perguntou quantas vezes sua mãe já escutara aquela história ao longo dos anos. Ainda assim, ela a escutava com atenção, encantada, enquanto o marido a contava de novo com detalhes vívidos e ela franzia a testa enrugada, como se ainda sofresse desconforto abdominal quase quarenta anos depois.

Adoração. Esse era o olhar nos olhos da mãe. O estresse e o trauma que eles suportaram como marido e mulher — quer tenham conversado sobre isso, quer o tenham deixado implícito — não diminuíram a afeição deles um pelo outro. O amor deles era sincero.

"Perdoe-lhes", o Espírito Santo sussurrou. As palavras surpreenderam Hanna completamente.

— Hugh, Hanna, olhem!

A costa, áspera, rochosa, vasta e selvagem, estava à vista.

Quando o garçom serviu o almoço deles no restaurante no topo de uma falésia, eles já tinham visto dúzias de esguichos.

— Quando você vir a cauda — Hugh disse —, esse é o sinal de que elas vão mergulhar fundo.

Hanna estava prestes a comentar sobre a beleza dessa metáfora, quando ele apontou pela janela.

— Olha! Ali!

Hanna rapidamente seguiu o dedo dele e viu a mancha escura assim que estava sumindo.

— Você topa um passeio de barco, Hanna? — ele perguntou.

— Claro... Se eles estiverem saindo. — Algumas das excursões matutinas foram canceladas devido ao mar revolto.

Ele mergulhou um camarão ao coco no molho de laranja e gengibre.

— E você, Janinha?

— Acho que vou esperar vocês dois no centro de observação.

— Eu trouxe um remédio para enjoo, querida.

— Eu sei, mas acho que vou ficar melhor assistindo daqui de dentro. Vocês dois podem ir e se divertir. Isso me deixaria feliz. Muito feliz.

Hanna observou seu pai estender a mão sobre a mesa para pegar a mão da mãe dela e beijá-la.

E o Espírito sussurrou de novo. "Cancele a dívida deles."

Não minimizar. Não negar. Não ignorar. Não desculpar. Não justificar.

Nomear a dívida. E cancelá-la.

Outra cauda no horizonte. E outra. "Um abismo chama outro abismo." De novo e de novo, Hanna escutava o chamado das profundezas. Não pelos pais dela. Por ela mesma. Fixou os olhos no horizonte e mergulhou.

Segunda-feira, 12 de janeiro, 17h

Mamãe, papai e eu estamos na praia em Depoe Bay. Encontrei uma rocha meio coberta onde posso sentar, escrever e assistir ao pôr do sol. O vento está frio e úmido, mas eu não podia perder a oportunidade de assistir ao Pacífico ficando dourado. O cheiro do sal no ar, as ondas quebrando nas rochas, o sino de uma boia à distância, o barulho das gaivotas. Tão lindo.

Mamãe e papai estão andando de mãos dadas, procurando pedras. Ele já encontrou uma no formato de coração e a presenteou. Eles estão felizes. Contentes. É um presente eu observá-los simplesmente desfrutando da companhia um do outro.

Papai e eu saímos numa excursão hoje à tarde e vimos uma baleia-cinzenta de perto o bastante para enxergar os mexilhões nas costas dela e ouvi-la respirar. Nós ficamos lado a lado no barco, ele me abraçando e eu reclinando a cabeça no ombro dele enquanto continha as lágrimas. Eu estava simplesmente tão tocada pela maravilha e grandeza de tudo. Lágrimas caem no papel agora que estou relembrando. Não consigo absorver todo esse presente. A cauda se levantou enquanto assistíamos, e a baleia desapareceu.

Mergulhando profundamente.

Foi isso que o Senhor me convidou a fazer hoje. A abrir mão. Abrir mão do meu desejo de que meus pais mergulhem em profundezas onde não acho que eles consigam navegar. Abrir mão da minha necessidade de eles saberem e entenderem. Me ajuda a abrir mão, Senhor.

Eis o que sei: eles não tinham a intenção de me ferir. Fizeram o melhor que podiam. Isso não significa que eu passe por cima da dor e diga que é boa. Não foi boa. Eles se esconderem, seja por vergonha, seja por medo, orgulho ou qualquer coisa que os tenha motivado a guardar segredo, não foi bom e causou danos. Isso me impactou. Profundamente. Isso fraturou nossa família de formas que só estou começando a ver agora. Mas não preciso que eles vejam isso para que eu lhes perdoe.

Hoje, vi que eu queria que eles pagassem a dívida deles tendo uma conversa sobre o que aconteceu. Senhor, me ajuda a absolvê-los. Eles não me devem nada. E não vou tentar manipular nada deles. Posso nomear a dívida e confiar que Deus redima a dor. Seja qual for a aparência dessa redenção.

Eu o digo de novo enquanto os observo pegando pedrinhas das piscinas da maré. Papai, eu te perdoo. Mamãe, eu te perdoo. Em nome do Deus que me perdoou.

E talvez... Talvez essa seja a obra que o Senhor queria completar em mim enquanto estou aqui. Talvez fosse isso que eu devia ver. Que eu devia fazer. Talvez esse fosse o próximo passo que eu precisava dar. Abrir mão.

Ele está abraçando-na, e juntos estão assistindo ao Sol se pôr. E agora ele se virou e está acenando para mim, me chamando para me juntar a eles.

MEG

Depois de uma noite de insônia, a primeira coisa que Meg fez na terça-feira de manhã foi dirigir até a Igreja Kingsbury Community. O escritório estava aberto e a copiadora cuspia papel ritmicamente.

— Posso ajudar? — uma das administradoras perguntou.

— O pastor Dave está aqui?

— Sim, mas está em uma reunião agora. Você gostaria de marcar um horário para falar com ele? — Ela olhou para o computador. — Posso abrir a agenda dele.

— Não, não, tudo bem. — Meg levou a mão ao colarinho da gola rolê. — Eu só estava me perguntando... Tudo bem se eu passar um tempo orando aqui?

A mulher pareceu surpresa.

— Claro! Mas acho que o aquecedor não está ligado no santuário.

— Não tem problema. Vou achar um canto quieto. Só queria que alguém soubesse que estou aqui.

— Fique à vontade. O templo está bem quieto hoje.

— Obrigada. Muito obrigada. — Meg colocou as mãos nos bolsos do casaco, desceu as escadas para a ala das crianças e ligou o interruptor no corredor, trazendo as lâmpadas fluorescentes à vida com um zumbido. Em algum lugar, em uma dessas salas...

Ela olhou para dentro de salas consecutivas até encontrar, na metade do corredor, um mural de crianças correndo ao redor de Jesus, com um espaço para uma criança no colo dele.

"Minha alma é como..."

Meg olhou ao redor da sala para as minicadeiras de plástico vermelhas e amarelas, para as paredes pintadas com versículos bíblicos, para os alegres bonequinhos de palitos presos nos murais com tachinhas.

"Minha alma é como... uma criancinha assustada e triste que precisa ser segurada por um tempo."

Ela pegou um quadrado do tatame de uma pilha no canto e sentou de pernas cruzadas diante do mural, até conseguir ver o próprio reflexo aninhado sobre o peito de Jesus. Os pés de galinha e rugas criavam uma incongruência entre o rosto de meia-idade e o corpo de uma criança. Amparada no olhar inabalável e compassivo dele, Meg entregou suas lágrimas e seu fôlego inconstante como uma oração.

— Meg!

Meg soltou a maçaneta da porta da saída para o estacionamento e se virou.

— Pastor Dave!

— Sue disse que alguém estava procurando por mim. Você achou um lugar bom para orar?

— Ah, eu... Sim. Obrigada. Desci as escadas para uma das salas infantis, aquela com o mural.

— Eu amo aquele mural — ele disse.

— Minha filha também, quando era pequena. — Meg ficou mexendo nas luvas.

— Como está sua filha? Não nos encontramos desde sua viagem.

— Ela está — "partindo meu coração", Meg respondeu silenciosamente — se divertindo bastante em Londres. É uma cidade linda!

— Pois é, né? Sandy e eu fomos lá alguns anos atrás. Muita coisa para ver.

— Sim. — Meg evitou olhar nos olhos do pastor.

— Estou feliz que você pôde ir lá e ficar com ela — ele disse. — É difícil quando nossos filhos voam para fora do ninho, não é? As pessoas dizem que a fase do ninho vazio é ótima, mas tenho saudade dos meus meninos.

— Sim — Meg respondeu. — Tenho muita saudade dela. — "De todas as formas possíveis."

O peito dela doía.

— Posso fazer alguma coisa por você, Meg? Qualquer coisa? — Meg já vira um olhar similar de preocupação pastoral frequentemente aparecer no rosto de Hanna.

"Não", seu cérebro respondeu. "Nada." Mas sua alma falava alto, com lágrimas.

Dave apontou para o escritório dele.

— Meu próximo compromisso foi cancelado — ele disse. — Vamos entrar um pouco?

— Tudo bem — ela disse e o seguiu.

Querido Jesus,

Eu não esperava derramar minha tristeza sobre Becka para o pastor Dave, mas ele escutou com compaixão, e sou grata por isso. Eu tinha esquecido que ele e Sandy passaram por uma dor assim com um dos filhos alguns anos atrás, com uso de drogas. É um presente saber que não estou sozinha, que outros pais também já agonizaram de todas as formas por filhos perdidos.

Falamos um bom tempo sobre aguardar com esperança, e ele me deu alguns salmos de lamento para orar, que também foram úteis para ele. Afirmou que lhe dão palavras quando ele não tem nenhuma.

Acho que não tenho nenhuma palavra nova para te entregar sobre Becka, Senhor. Talvez esteja tudo bem eu continuar orando as mesmas. Me ajuda a confiar em ti, Jesus. E a resgata. Por favor.

Com amor,

Meg

HANNA

Quando o número de Nancy apareceu pela terceira vez no identificador de chamadas de Hanna na terça-feira, ela pediu licença da mesa de jantar.

— É Nancy de novo. Deve ter alguma coisa acontecendo em Westminster. É melhor eu atender.

— Vou comer a sua torta — seu pai brincou.

Hanna fez um gesto de "Estou de olho em você" e atendeu o telefone.

— E aí, Nancy!

— Oi, Hanna... Tem um minuto? — A voz de Nancy estava apertada.

— Claro. O que foi? — Hanna subiu para o quarto de hóspedes e se sentou na poltrona florida perto da janela. Heather ligaria se acontecesse algo com a casa. Ela esperava que não fosse outro falecimento na congregação ou...

— Eu vi Sally De Graaf-Haan no estudo bíblico hoje de manhã.

Aaahh. Ela deveria ter contado a Nancy sobre Nathan, deveria ter dado a ela a cortesia de...

— Eu gostaria que você tivesse falado para mim que estava saindo da cidade, Hanna. Acabei de falar com um dos vizinhos pelo telefone, e ele disse que ficaria de olho no chalé para nós, especialmente com o mau tempo chegando. Os canos podem congelar. Tivemos um trabalhão alguns anos atrás quando não fechamos tudo durante o inverno. Aí ele mencionou que não tem visto muito o seu carro no último mês e se perguntou se talvez você teria se mudado. E Sally disse que viu você com alguém no aeroporto... Ela presumiu que fosse romântico, pela maneira como estavam sentados juntos. E sinto muito, mas você sabe como rumores começam, então preciso perguntar: você está ficando com um homem em Kingsbury?

— O quê? Não! Claro que não!

— Porque, quando Sally disse que te viu com alguém, eu honestamente não achei nada de mais. Imaginei que você teria me contado se tivesse conhecido alguém. Mas aí, quando o vizinho disse que você não estava muito por lá, comecei a juntar dois e dois e...

"Achou que dava cinco!", Hanna protestou internamente. Depois de todos os anos de amizade, Nancy pensava tão pouco de sua integridade pessoal?

— Conheci uma mulher no grupo da jornada sagrada que mora em Kingsbury — Hanna explicou usando sua voz pastoral treinada e paciente — e nos tornamos boas amigas. Ela estava fora da cidade em dezembro e eu fiquei na casa dela algumas noites. Me desculpe. Não pensei em te falar sobre isso.

Ela não deveria ter que defender isso diante de ninguém, não deveria ter que prestar contas de onde estava.

— Ah, tudo bem — Nancy respondeu. — Desculpa eu perguntar. Você me conhece — uma risada aerada, curta e constrangedora —, não gosto de comer pelas beiradas. — Ela pausou. Hanna sabia o que vinha em seguida. — E o homem com quem você estava...

— É um amigo. Um amigo muito querido. Nós nos conhecemos anos atrás no seminário, e ele mora em Kingsbury. Aconteceu de nos encontramos no centro Nova Esperança e nos reconectamos. Como amigos. — Talvez, se Nancy não tivesse pulado para aquela conclusão ridícula e julgadora, Hanna poderia contar a verdade. Mas não agora. Não depois disso.

— Ah, erro meu — Nancy disse. — Acho que eu estava esperando que Sally estivesse certa sobre essa parte. Ela contou que você parecia bem, parecia feliz, e que ele era legal.

— Ele é legal. Como falei, um amigo próximo. Talvez você possa, por mim, ajudar a suprimir quaisquer rumores. — Mesmo enquanto dizia isso, sentia a dor de sua traição. "Desculpe", ela disse silenciosamente. Para Deus. Para Nathan. "Desculpe."

— Pode deixar — Nancy disse. — Me perdoe. Com certeza, te ofendi.

"Sim, ofendeu. Profundamente." Mas Hanna não o disse alto. Em vez disso, forçou uma risada.

— Ah, não... Não fez mal algum. Fico feliz de termos esclarecido tudo.

Nancy passou para perguntas educadas sobre o tempo sabático de Hanna; Hanna fez perguntas educadas sobre Westminster. Depois de alguns minutos de conversa educada e superficial, elas deram tchau.

Hanna jogou o celular na cama. Era exatamente o que temia, exatamente por isso que queria manter sua vida privada. Ela pegou o telefone de novo e ligou para Nathan.

— Ela pensou *o quê*?! — Nathan exclamou, rindo.

— Não é engraçado.

— É hilário, porque é absolutamente absurdo. Ela te conhece há quanto tempo?

— O marido dela, Doug, estava no comitê de sucessão pastoral que me chamou. Então, sim, bastante tempo. — Hanna suspirou. — E agora os rumores já estão voando, e vá saber quem está dizendo o que para quem. E eu sinto muito. Eu não deveria ter mentido para ela sobre nosso relacionamento. Mas eu estava tão chocada, tão ofendida, que não quis abrir meu coração para ela.

— Você lhe disse que ficou chateada?

— Não.

— Por que não?

— Porque não faço isso.

— Eu sei. Nova disciplina espiritual, Shep: diga a verdade para ela. Diga que ela te machucou, te ofendeu. Não permita que uma suposição estúpida da parte dela crie um afastamento entre vocês. Não vale a pena.

Uma batida leve na porta aberta dela.

— Espera um pouco — ela disse para Nathan.

"Está tudo bem?", seu pai gesticulou com a boca. Ela respondeu com um joinha. Ele segurou um prato de sobremesa com uma fatia de torta e fez uma mímica, como se fosse respirar sobre ela. Hanna riu.

— Você lambeu minha torta? — ela perguntou.

— O quê? — Nathan perguntou.

— Perdão, Nate. Eu estava falando com meu pai. Ele está ameaçando comer minha fatia de torta de maçã.

— É o Homem Cata-Vento? — o pai dela perguntou.

— O seu pai me chamou de Homem Cata-Vento?

— Sim, pai; sim, Nate. Aqui, vocês dois gostariam de conversar? — O rosto dela corou assim que percebeu com que isso parecia. — Só para dar oi — ela adicionou rapidamente. Antes que Nathan pudesse responder, ela trocou o telefone pelo prato e pegou uma grande garfada de torta. Seu pai sentou-se na beira da cama.

Enquanto escutava a conversa de um lado só ("Ouvi muitas coisas boas sobre você, Nathan! Sim, ela é muito especial. Certo! Certo. Sim... Um bom tempo juntos. Fomos ver baleias ontem, ela te contou?"), Hanna se lembrava das outras vezes em que ele sentara na beira da cama dela. Quando menina, ela sabia que, se o papai se sentasse na beira da cama, ele provavelmente ia contar para ela que se mudariam de novo. "Você vai gostar de Colorado! Você vai amar a Califórnia! Espere até ver o Arizona! Eu sei que você vai fazer vários novos amigos." E ela só concordava com a cabeça e dizia: "Tudo bem." Ele a abraçava e dizia: "Essa é minha garota. Eu sei que sempre posso contar com você."

O olhar dela parou sobre o ursinho marrom, seu primeiro confidente. Aquele ursinho havia recebido horas de tristeza derramada, todas as coisas que Hanna nunca dissera em voz alta para mais ninguém, até dizer para Meg. Para Nate.

"Abra mão. De novo."

— Com quem ele está falando? — sua mãe perguntou diante da porta.

Hanna engoliu uma garfada de torta.

— Com Nate.

— Aaahh, deixa eu falar com ele, Hugh. — Ela balançou os dedos em direção ao telefone.

Hanna sorriu. Sua mãe havia esperado anos por um momento como esse. Nunca houvera um baile de boas-vindas ou de formatura. Nenhum namorado na faculdade. Nenhum "alguém especial" sobre quem conversar tomando café.

— Aqui, Janinha quer dar um oi... Certo... Aham, sim, claro. Muito bom falar contigo! Sim, eu também. Espero que sim... Bem, vou passar para Janinha.

— Nathan! — ela disse o nome dele como se o conhecesse havia anos. — Nossa, estou tããão feliz por falar com você!

Hanna observou seu pai se levantar da cama. Com os olhos cheios de afeição, ele tocou o queixo dela e se inclinou para beijar-lhe a bochecha. Depois, sem dizer nada, ele pegou o prato vazio dela e saiu do quarto.

MARA

Mara rolou na cama para bater no alarme, fazendo Bailey se agitar aos seus pés. Ela se levantou apoiando-se nos cotovelos e olhou para o invasor. Brian não o colocara na casinha. De novo.

— Desce! Desce! — Com um bocejo, Bailey rolou de lado, mostrando a barriga para ela acariciar. — Não pense que vai me vencer com sua fofura. Não vai funcionar. — Ele balançou a cauda antes de pular da cama e sair pelo corredor.

Ela olhou pela janela para os quinze centímetros de neve fresca presa às árvores. Embora fosse mais rápido checar a caixa de entrada do e-mail ou das mensagens no celular, Mara preferiu o suspense de assistir à lista de escolas fechadas passando na parte de baixo da tela da televisão.

Quando era pequena, Mara esperava com expectativa pelos dias de neve, sabendo que, quando sua mãe tinha que trabalhar, a Nana vinha e ficava em casa com as agulhas de tricô na mão, e Mara se sentava aos seus pés, lia palavras em livros com orelhas enquanto a Nana tricotava criações que se tornavam meias, chapéus e até suéteres. Depois que a Nana morrera, dias com neve perderam o charme. A partir daí, Mara passava longos dias na fábrica, tentando ser invisível no canto da sala de descanso cheia de fumaça, enquanto escutava os colegas de sua mãe fofocando sobre com quem os chefes estavam dormindo — e percebendo que, às vezes, a mulher sobre quem estavam sussurrando era a mãe dela.

Condado de Allegan. Condado de Barry. Condado de Calhoun. Condado de Eaton. Condado de Hopewell.

Vamos lá. A... B... C... E... H... Escola Pública de Kingsbury.

Droga. Os meninos ficariam em casa.

O serviço de limpeza dos vizinhos já estava tirando a neve da saída da garagem. 45 segundos e pronto. Não havia chance de ela conseguir limpar a dela, não com a rigidez persistente no corpo depois da queda. Ela teria que persuadir Kevin a fazer essa limpeza. Depois que ela o deixasse dormir o quanto quisesse. Tom sempre limpava com o limpador de neve, o qual, como ela descobrira recentemente, ele levara consigo para Cleveland, embora fosse morar em um apartamento. Ela havia dito umas palavras feias sobre ele enquanto usava a pá naquele dia. Ela as murmurou de novo.

Bailey latiu do andar de baixo. Mara vestiu o roupão e mancou pelo corredor até o quarto de Brian.

— Brian, seu cachorro precisa passear.

Brian puxou o edredom por cima da cabeça.

— Brian.

Sem resposta.

Ela se arrastou até a cama e puxou pelo canto do cobertor.

— Anda. Levanta. É você quem queria um cachorro.

Ele jogou o braço na direção dela; ela se esquivou a tempo. Bailey latiu de novo.

Ela se afastou um pouco mais e puxou os cobertores.

— Agora. Eu não vou limpar outra bagunça na cozinha.

Brian murmurou alguma coisa.

— Se você não está interessado em cuidar dele, posso ligar para o abrigo sem problema algum.

Silêncio. Nenhum movimento. E então Brian chutou o lençol.

— Tá bom. Tô indo.

Ótimo. Por um instante, ela teve medo de que ele fosse duvidar do seu blefe.

— Por que Brian não tem que ajudar? — Kevin reclamou.

“Porque você é o mais obediente dos dois”, Mara disse silenciosamente. “Porque eu sei que tenho mais chance de fazer você cooperar.”

— Chame Brian para te ajudar. Tudo bem por mim. Ou os dois podem revezar. Você limpa hoje e ele limpa da próxima vez. Vocês resolvem.

— Beleza — Kevin disse enquanto pegava as botas. — Ele tem que limpar da próxima vez. E espero que seja uma nevasca.

— Não esquece de limpar a varanda e o passeio!

Ele bateu a porta da garagem atrás de si.

Mara tirou um assado da geladeira e o colocou em uma panela elétrica com algumas batatas, cenouras e um sachê de sopa de cebola. Ela ia fazer de sobremesa os biscoitinhos de manteiga de amendoim com chocolate, os favoritos de Kevin. Para fazer as pazes.

Procurou na despensa pelo pacote de gotas de chocolate que comprara. Nem sinal. Os meninos provavelmente já o devoraram. Tudo bem. Sem biscoitinhos de manteiga de amendoim com chocolate. Só cookies de manteiga de amendoim.

— Mãe! — Kevin chamou da entrada.

— Só um minuto! — Ela pegou o pote de manteiga de amendoim cremosa do armário e o abriu. Vazio. Qual deles havia colocado um pote vazio de manteiga de amendoim de volta no armário?

— Mãe! — Mais enfático, desta vez.

— Que foi, Kevin? — Ela esfregou as mãos nas calças e foi até a porta da frente.

Ele estava segurando uma sacola de supermercado amarrada com um nó e um bilhete preso com uma liga de borracha.

— Isso estava do lado da porta — ele disse.

Ela leu a nota sem assinatura: "Pegue a sujeira do seu cachorro ou receba uma multa!"

Sentiu o corpo todo esquentando. Não precisava olhar dentro da sacola para saber o que era. Quem deixara aquilo na entrada provavelmente estava assistindo de uma janela, esperando uma reação visível. Dane-se. Ela não daria satisfação alguma. Não hoje. Sem olhar em volta para nenhuma das casas próximas, devolveu a sacola para Kevin.

— Você poderia colocar isso na lixeira, por favor, Kevin? — ela disse e fechou a porta, segurando o bilhete com a mão tremendo.

— Brian!

Sons de tiros de videogame do porão.

— Brian! — Ela não ia se esforçar para descer e subir as escadas. — Sobe aqui agora!

Depois de um longo minuto, a parte de trás da cabeça ruiva dele apareceu no pé das escadas. Ainda estava usando o controle do videogame.

— Eu falei para subir aqui. Agora.

Ele arremessou o controle e subiu os degraus com passos pesados. Quando ele chegou ao topo, ela segurou o bilhete diante do rosto dele.

— Isto estava junto de uma sacolinha de cocô de cachorro na porta da frente.

Sem resposta.

— Você deixou Bailey fazer cocô no jardim de alguém e não limpou?

— Não.

Ela balançou o bilhete diante dele de novo.

— Então, por que alguém deixaria isto na nossa porta?

Ele deu de ombros.

— Certo. — Ela amassou o bilhete na mão. — Chega de videogame por hoje.

— Eu falei que não fui eu!

— Bem, alguém está mentindo.

— E, claro, tem que ser eu. É sempre eu. — Ele passou por ela sem se desviar. — Eu te odeio — disse entredentes e então subiu as escadas, entrou no quarto e fechou a porta atrás de si.

Ai, Deus.

Apoiando-se no encosto de uma poltrona próxima, ela olhou pela janela, para Kevin, despreocupadamente jogando neve com a pá.

O que devo fazer?

Não houve resposta.

HANNA

Hanna desceu do carro dos pais e olhou para a fila de viajantes dentro do terminal do aeroporto. Pessoas com moletons verde-esmeralda iguais estavam passando pelo check-in. Um grupo de igreja, talvez. Ou uma reunião familiar.

— Rápido demais, Hanna. Sua visita passou rápido demais.

— Rápido demais, mãe. Obrigada por uma ótima semana.

— Te amo, princesa — o pai dela disse com os olhos brilhando. — Obrigado por vir aqui.

Hanna mordeu os lábios. Ela detestava dar adeus. Sempre o detestara.

— Te amo, mãe. Te amo, pai. Obrigada por tudo.

Ele arrastou a mala para o meio-fio.

— Ligue quando chegar lá. — A voz dele falhou. Hanna o vira chorar uma vez. Anos atrás. — E fale para Nathan cuidar bem da minha menina.

Ela enrolou os braços no pescoço dele, inspirou a fragrância do seu perfume e beijou-lhe a bochecha úmida.

— Vou falar, pai.

Quinta-feira, 15 de janeiro, 15h

Primeira parte completa. Cheguei em segurança a Salt Lake City depois de um voo turbulento e uma aterrissagem que me fez orar até que as rodas tocassem no chão. Eu não gosto de voar.

Foi uma boa visita, mas ainda estou processando toda a conversa que não aconteceu. Mesmo depois daquele momento na orla, quando ouvi Deus me convidando a abrir mão e perdoar a minha mãe e meu pai pela dor que eles causaram sem exigir que soubessem e reconhecessem isso, ainda fiquei esperando uma oportunidade de mergulhar fundo com eles. Ela nunca apareceu. E preciso aceitar isso. Talvez tenha sido suficiente que tenhamos passado tempo juntos, relaxado e desfrutado da presença uns dos outros. Que isso seja suficiente, Senhor. Eu fui até lá esperando mais — mesmo tendo dito que ficaria bem se conseguisse menos. Estou decepcionada. Então, te entrego isso, também.

Fiquei orando o tempo todo aquele versículo de Eclesiastes sobre o tempo de ficar calado e o tempo de falar. Ontem, liguei de volta para Nancy e disse-lhe que fiquei ofendida pelo que ela presumiu de mim. Ela pediu desculpas — de novo — e me agradeceu por ser honesta com ela. Eu deveria ter seguido em frente e contado a ela a verdade sobre Nate, mas não estou pronta para nossa história estar circulando por Westminster. Ainda não. Senhor, me ajuda a adentrar tudo o que tens em mente para Nate e para mim. Sem medo.

Nate me mandou um e-mail com algumas perguntas e exercícios de oração que ele às vezes dá aos alunos quando pedem ajuda com discernimento, então estou pensando sobre eles nos últimos dias. Um dos exercícios envolve usar a imaginação:

Imagine que um amigo vem a você com a sua situação específica e suas decisões. Que perguntas você faria? Você convidaria seu amigo a prestar atenção em quê?

Imagine que você está prestes a morrer e está pensando sobre esse momento específico. Que decisão você gostaria de ter tomado?

Imagine que você está diante do trono de Jesus ao fim da sua vida, apresentando essa decisão específica como uma oferta. Que decisão te daria mais prazer e alegria ao ofertar para ele?

Eu sei qual decisão me causou dor nos últimos meses. Foi a decisão que tomei de me afastar de Nate tantos anos atrás. Presumi que a fidelidade a Jesus significava dizer não para um relacionamento com ele. E, embora eu possa ser grata por ele ter acabado criando um filho maravilhoso por causa do caminho que tomou, eu me pego pensando o que poderia ter acontecido se eu tivesse dito sim para o amor dele lá atrás. Se tivéssemos nos casado, teríamos tido um filho juntos? Talvez eu tivesse sido capaz de conceber. De ser mãe. Mas esses pensamentos não me levam a lugar algum. Sei disso.

Se uma amiga viesse a mim perguntando sobre minhas próprias circunstâncias, eu gostaria de saber sobre as motivações dela para voltar e permanecer em Westminster. Culpa? Obrigação? Um sentimento de responsabilidade? Ou alegria e um sentimento renovado de serviço ao povo de Deus lá?

Ah. Nossa. Acabei de perceber algo enquanto escrevia. Aquela imagem de eu estar segurando minha mãe no meu colo, do meu pai me dando a responsabilidade de cuidar dela e do fardo que isso se tornou... Eu transpus essa imagem para Deus, não foi? Presumi que o Pai Celeste me havia dado a responsabilidade de segurar o povo dele no meu colo, que Deus estava contando comigo para cuidar deles. Assim como meu pai, quando viajava e deixava as palavras "Estou contando com você, Hanna". Foi assim para mim no ministério, eu me sentindo como se Deus tivesse confiado a mim que eu mantivesse as coisas funcionando para ele, como se eu fosse a serva que ele podia confiar que seria fiel enquanto ele estivesse "viajando". E, embora haja ensinamentos importantes nas Escrituras sobre sermos mordomos fiéis da propriedade de Deus e pastores atentos ao rebanho, assumi a responsabilidade de um caminho nada saudável, motivado pelo medo.

Isso é péssimo, Senhor. Senti a pressão de ser responsável, de ser hipervigilante, porque presumi que tu estavas contando comigo, e vivi com medo de te decepcionar, de algo dar errado porque eu não estava prestando atenção suficiente. Acho que nunca fiz essa conexão antes, de como a imagem do meu pai impactou minha imagem de ti a respeito da responsabilidade que eu pensei que o Senhor havia colocado sobre mim.

Me perdoa, Senhor. Me perdoa pela minha imagem errada de ti. E continua a me libertar de qualquer impulso de carregar o mundo nas costas. Eu NÃO SOU o Messias. Já abdiquei desse papel.

O versículo bíblico de Nate no meu caderno hoje é Salmo 116:7:

Ó MINHA ALMA, RETORNA À TUA SERENIDADE, POIS O SENHOR TEM SIDO BOM.

Sim, Senhor. Tu tens sido bom. Tu és bom. Obrigada.

MARA

— Mas o que raios aconteceu com você? — a Srta. Jada perguntou.

Mara, sozinha e ocupada cortando cenouras e aipo na cozinha do Nova Estrada, se esquecera de que seus hematomas espalhados ainda estavam visíveis sempre que ela levantava as mangas.

— Caí no gelo.

A Srta. Jada pegou o braço dela.

— Deixa eu ver.

Mara levantou o restante da manga da túnica folgada.

A Srta. Jada olhou para ela com suspeita.

— Eu estava passeando com o cachorro de Brian e escorreguei. Poderia ter sido pior. Dei sorte de não ter quebrado nada. — Mara se virou e levantou a parte de trás do suéter para mostrar um mosaico de cores que estava sumindo lentamente.

A Srta. Jada assobiou.

— Nos conhecemos há tempo de mais para fazermos joguinhos, Mara. Você está falando a verdade?

— Sim, prometo. — Ela esfregou os olhos com a manga antes de pegar um talo de aipo decapitado.

— Você tem muito mais coisa acontecendo do que passear com o cachorro, Mara. Eu sei que tem. Quer conversar? Ou está cansada de falar sobre isso?

Incrível como a Srta. Jada não estava cansada de escutar sobre isso. O abuso. A violência. A dor no coração. Dia após dia, ano após ano, a Srta. Jada escutava história atrás de história. Ela não ficaria chocada ou escandalizada, com certeza. E Mara estava cansada de falar sobre isso consigo mesma, cansada de andar em círculos sobre os vizinhos, Brian, Tom e o interminável monólogo interno. Ela nem sabia como orar sobre isso, o que a deixava com vergonha de voltar a ver Katherine para ter orientação espiritual. Mesmo que ela soubesse que isso era bobeira. E com Dawn ainda viajando...

— Estou muito estressada com meu filho de treze anos agora. E estressada com os vizinhos. E com algo que aconteceu com Tom anos atrás, uma porcaria que eu enterrei bem fundo, que veio à superfície, que eu sei que é importante e que eu não posso ignorar, mas não tenho certeza do que fazer com isso.

Enquanto Mara narrava a história, ela viu tudo se desenrolando de novo: Tom saqueando-a no escuro, tomando o que queria e depois levantando a cueca e saindo, deixando-a a choramingar na cama enquanto descia as escadas para assistir à televisão. E aí Kevin começou a chorar do berço dele, então ela cobriu o corpo nu com um lençol e foi até o fim do corredor para acalmá-lo.

Brian fora concebido pela violência no quarto. Kevin fora concebido por uma enganação em um quarto de hotel. Nenhum dos dois fora concebido em amor.

— Então, viu? — Mara disse. — Eu recebi o que merecia. — Ela pegou a faca de novo e continuou cortando.

— Oh, querida. — A Srta. Jada colocou a mão sobre o antebraço de Mara. — Querida, escuta. Jesus já levou tudo o que merecíamos.

Durante o restante da conversa delas, a Srta. Jada não disse para Mara nada que ela já não tivesse escutado centenas de vezes do pastor Jeff, de Dawn e de Katherine. "Não há condenação." Mara já escutara Romanos 8:1 tantas vezes, que já memorizara: "Portanto, agora já não há condenação alguma para os que estão em Cristo Jesus." Então, por que ela conseguia acreditar nisso?

— Você ainda está toda presa em punições e justiça — a Srta. Jada disse. — Eu vou orar para Deus te libertar desse jogo de vergonha e culpa de uma vez por todas. A vida cristã não é "Você me deve, você paga". Essas regras já passaram. Agora é "Você deve, Jesus pagou". Você é uma nova criação em Cristo, Mara. As coisas velhas já passaram! E surgiram coisas novas.

A Srta. Jada não deu nenhum conselho específico sobre como lidar com Brian, mas insistiu que Mara precisava da opinião da terapeuta sobre como processar e orar sobre ressentimentos subconscientes contra ele.

— E pratique o perdão — ela disse. — Pratique de novo e de novo. Com seus filhos, seus vizinhos e com Tom. Mesmo quando não tiver vontade, perdoe. Quando realmente vemos o tamanho das dívidas que Jesus pagou por nós, acredite, fica mais fácil perdoar as dívidas que outras pessoas têm conosco.

Em teoria, Mara sabia que isso era verdade. Em teoria.

— Já escreveu aquela carta de perdão para sua mãe? — ela perguntou para Meg, pelo telefone, mais tarde naquela noite.

— Ainda não — Meg respondeu com um suspiro. — Ainda não tive energia... física ou emocional.

— É, te entendo. — Mara não conseguia se imaginar escrevendo uma carta de perdão para Tom. Seria difícil o bastante escrever uma para o vizinho anônimo. Ela quase esperava que ele tentasse a gracinha do cocô de cachorro de novo para dar a ela a oportunidade de um confronto. Ela acariciou Bailey, cuja cabeça estava apoiada sobre seu pé, e o bafo morno dele estava sobre seus dedos. — Quando Hanna chega?

— Tarde — Meg respondeu. — Bem tarde. Nathan vai buscá-la e depois trazê-la para cá. Ele veio ontem de manhã para limpar a saída da minha garagem e disse que Hanna deu instruções para isso antes de viajar. Eu não conseguiria limpar aquilo. Era uma neve molhada e pesada.

Era mesmo. Kevin fizera um trabalho tão malfeito, que Mara teve que sair para completar o serviço. E depois os limpadores de neve passaram ruidosamente pela vizinhança e jogaram mais neve na saída da garagem, e, quando ela tentou sair com o carro, a roda de trás ficou presa em um monte de neve, e ela teve que implorar para Kevin sair e ajudar a tirá-la de lá...

— Foi legal ele fazer isso por você — Mara disse —, e legal Hanna ter combinado isso.

...e vários vizinhos passaram por ela sem sequer lhe acenar enquanto ela estava tentando escavar a roda com a pá, e, quando ela terminou, estava tão dolorida, que mal conseguia se mover e não tinha mais energia para ir ao mercado comprar nada, então pediu uma pizza, mas eles trouxeram errado, e ela só percebeu o erro quando o entregador já tinha ido embora, e Brian deu um chilique porque ele odeia pizza vegetariana...

— Eu sei — Meg disse. — Eu sou muito grata.

... e aí ele gritou que queria ir morar com o pai, e ela quase gritou "Tá bom, então!", mas, em vez disso, respondeu "Pegue uma tigela de cereal se não for comer a pizza", e ele foi para o quarto e bateu a porta, e Kevin levou Bailey para passear porque sabia que ela não conseguiria.

Ela não aguentava mais. Nem um pouco.

— Você ainda parece bem rouca, Meg. Ainda se sentindo mal? — Mara decidiu não compartilhar o fardo das preocupações sobre Brian com Meg. Meg já tinha preocupações próprias suficientes.

— Não consigo me livrar da tosse — Meg respondeu. — Hanna me alertou que ia me arrastar para o médico se eu ainda estivesse tossindo quando ela voltasse. Então, acho que vou ligar lá amanhã e marcar uma consulta. E aí, pode apostar, vou marcar a consulta e, do nada, vou ficar boa, e vai ser uma perda de tempo do médico.

— Sim, já aconteceu comigo — Mara disse. Ela realmente precisava ligar para o escritório de Dawn e marcar uma sessão. Não que qualquer coisa fosse se resolver antes de ela ir até lá, mas aí ela poderia dizer para Charissa que ligara diversas vezes para perguntar como ela estava, que marcara algo.

Ela ligaria para o escritório logo de manhã. Talvez.

HANNA

Hanna e Meg se sentaram juntas à mesa da cozinha na sexta-feira de manhã cedinho, Meg enrolada no roupão e com a pele pálida. Se ela não estivesse com pneumonia, Hanna ficaria chocada.

— Se o médico não puder te atender hoje — Hanna disse —, vou te levar para a emergência.

Meg concordou e inalou o vapor da sua xícara de chá de limão com mel.

— E eu gostaria que você tivesse me ligado para falar sobre Rachel — Hanna acrescentou. Embora Meg parecesse cansada demais para ficar com raiva, Hanna estava furiosa. O que Becka menos precisava era de uma aliada para apoiá-la.

— Eu não quis te incomodar — Meg disse.

— Não é um incômodo. Você é como uma irmã para mim. Você sabe disso. Poderia ter me ligado. A qualquer momento. Lembre-se disso. Por favor.

— Obrigada.

O gavião que estava sobrevoando o quintal de Meg em voltas indiferentes pelos últimos minutos pousou no topo de um poste, estoico e imperturbável, enquanto uma horda de corvos circulava e gralhava.

— Eles estão agitados — Meg disse.

— A união faz a força, eu acho — Hanna disse.

— O gavião invadiu o espaço deles. Eles vão se juntar, tentar intimidá-lo. Dá para ver isso especialmente na primavera, quando estão tentando proteger seus ninhos. Até alguns dos pássaros menores vão para cima dos predadores.

Gralhas. Mergulhos de bico. Nada intimidava o gavião. Talvez ele acabasse ficando entediado. Conforme mais corvos se juntavam à batalha, a cacofonia aumentava. Ainda sem reação. E então, com um sutil arco de cabeça e uma batida de asa, o gavião mergulhou para a terra coberta de neve com as garras estendidas para pegar um coelho encolhido ao lado de uma pilha de lenha.

— Não! — Meg gritou, levantando-se com um pulo. — Não! — No ar, o coelho se remexeu e se soltou, caindo. O gavião voltou a voar em círculos.

Antes que Hanna pudesse segurar a manga dela, Meg saiu pela porta de trás e desceu os degraus, vestida com roupão e mocassins, tropeçando até o meio do gramado, onde o coelho estava encolhido. Hanna colocou as botas e o casaco com pressa e disparou atrás dela, a neve quase nos joelhos. Meg se abaixou ao lado do pequeno corpo sem vida; lágrimas escorriam por suas bochechas.

O gavião empoleirou-se de novo no topo do poste, observando a cena com indiferença fingida.

— Eles podem morrer de medo — Meg choramingou.

— Eu sei — Hanna disse. — Eu sei. Sinto muito.

As mãos de Meg pairaram por cima do coelho, como se ela fosse acariciá-lo ou pegá-lo.

— Vamos — Hanna disse o mais gentilmente possível. — Vamos voltar lá para dentro.

— Eu deveria tirá-lo de lá. Enterrá-lo.

— Tudo bem. Eu vou voltar mais tarde.

Hanna colocou o braço ao redor da cintura de Meg e a guiou de volta para casa, onde Meg cedeu à sua ordem para trocar as roupas molhadas. Quando Hanna olhou pela janela de novo, tanto o gavião quanto o coelho haviam sumido.

MEG

Bronquite aguda, o médico disse depois de auscultar com o estetoscópio. Embora Meg tivesse antecipado uma dose de antibióticos para destruir uma infecção, o médico a liberou sem uma receita, mas com instruções para descansar e ficar hidratada. Ela esperava não ter espalhado a infecção para os alunos ou amigos. Especialmente Charissa. Ela teria que cancelar todas as aulas, e os pais não ficariam felizes com isso, não com o recital de primavera e testes assomando no horizonte.

— Você não vai se livrar de mim tão fácil — Hanna disse quando Meg tentou persuadi-la a voltar para o chalé. — Eu te falei. Tenho anos de imunidade adquirida. Não estou preocupada. Você já estava sob o risco de pegar alguma coisa por causa de todo o estresse na Inglaterra. E todo o estresse essa semana não ajudou.

"Com certeza", Meg pensou.

— Nate vai trazer uma poltrona para você mais tarde — Hanna disse. — Ele tem uma poltrona reclinável extra no porão deles e disse que não a usa. E você precisa de um lugar confortável para sentar e descansar. Podemos mover alguns móveis na sala de música ou no saguão. Você escolhe.

Ficar sentada no saguão por várias horas só a deixaria deprimida. Embora fosse formal, a sala de música tinha um pouco mais do espírito dela depois de todos os anos de aulas dadas ali.

— É muito gentil da parte dele. Obrigada.

Meg olhou pela janela para os rastros na neve, no lugar onde ela se ajoelhara. Não conseguia esquecer a imagem do gavião e do coelho lutando no ar. "Supera isso!", a voz de Rachel ordenava em sua cabeça. "É só a natureza."

Seus olhos ardiam. Ela fizera uma oração de criança naquele momento da luta — "Por favor, Deus! Salva o coelho!" — e, quando o coelho se libertara, ela teve um momento de esperança de que a oração tivesse sido respondida. Depois, a decepção foi mais severa.

"É só um coelho", Rachel a havia repreendido.

Mas não era só um coelho.

Era uma parábola. Uma parábola sobre predadores e presas. Uma parábola sobre a incapacidade de intervir. Uma parábola sobre o reino que não chegara e a angústia dela com o atraso.

"Você é sensível demais", a voz de sua mãe a repreendia. "Você precisa de uma pele mais grossa. Como você vai sobreviver no mundo real?"

"Não vai ser fácil", Meg pensou. Ela tentou se acalmar e aquietar a alma, mas tudo o que conseguia eram respirações curtas. Sua mente voltava à mesma pergunta com que ela lutara na Inglaterra quando orava com Isaías 11: o que significava confiar em Deus com a vinda do seu reino, quando parecia que os vulneráveis sempre sofriam e os predadores sempre ganhavam? Talvez, algum dia, o coelho e o gavião viveriam juntos em paz, como o lobo e o cordeiro, a serpente e a criança. Mas, hoje, a promessa não significava muito para ela.

Ela pegou o computador na mesa e abriu a caixa de entrada do e-mail. "Finalmente!" Uma resposta de Becka.

> De: Becka Crane
> Para: Meg Crane
> Data: sexta-feira, 16 de janeiro, 17h07
> Assunto: Resposta: Tentando falar com você, por favor, responda
>
> *Mãe,*
>
> *Sim, eu recebi suas mensagens. Não acredito que você expulsou a tia Rachel de casa. Isso só prova meu ponto sobre como você está sendo totalmente irracional sobre Simon e mim. Até você conseguir se acalmar e ter uma conversa adulta sobre meus planos para o verão, eu acho que é melhor não nos comunicarmos. Está somente chateando nós duas.*
>
> *Eu te amo, mas não consigo lidar com você agora.*
>
> *Becka*

Meg fechou a caixa de entrada.

— Alguma coisa de Becka? — Hanna perguntou. Meg confirmou. Hanna sentou-se ao seu lado à mesa e cobriu a mão de Meg com a sua. Se ela orou, foi em silêncio.

Já Meg, ela estava sem palavras.

6.

CHARISSA

— Charissa! Exatamente quem eu queria ver!

Ao som da voz da Dra. Elise Gardiner, o estômago de Charissa se revirou. Seu ego ainda estava sofrendo com as dores residuais. Virando-se, ela cumprimentou a professora que lhe dera uma nota pouco acima da média na matéria sobre Milton depois que ela havia perdido a apresentação final.

— Você tem um minuto? — a Dra. Gardiner perguntou.

— Claro. — A aula seguinte só começava dali a uma hora. Ela seguiu a Dra. Gardiner pelo corredor até seu escritório, onde, algumas semanas atrás, Charissa implorara em vão pelo caso dela.

A Dra. Gardiner gesticulou para uma cadeira. Talvez tivesse mudado de ideia durante o recesso de Natal. Talvez, enfim, o corpo docente tivesse organizado algo especial para Charissa poder fazer a apresentação final.

— Aconteceu algo inesperado, Charissa, e estamos tentando pensar em uma solução viável. — A Dra. Gardiner alinhou uma pilha de papéis na escrivaninha pequena. — Um dos nossos professores assistentes de uma turma de escrita para calouros teve uma emergência médica e vai precisar ficar afastado.

Charissa levantou as sobrancelhas. Normalmente, o moinho de rumores dos estudantes de pós-graduação era uma máquina bem lubrificada. Contudo, ela não ouvira nada sobre isso naquela manhã no campus.

— Isso significa que estamos com dificuldade de achar um substituto, e a coordenação do departamento pensou se você estaria disposta a assumir a vaga. Seria duas vezes por semana, terça-feira e quinta-feira, à tarde.

Depois de tomar o tempo para piscar, Charissa disse:

— Com certeza! Estou disponível e me sinto honrada. — Que oportunidade de ouro! Ela mal conseguia acreditar. E então se lembrou de que seu presente vinha ao custo da dor de outra pessoa. Ela provavelmente deveria reconhecer isso. — Espero que ele ou ela se recupere logo, que tudo fique bem — ela disse. Também lhe veio à mente que ela deveria fazer uma oração rápida e silenciosa pela pessoa, o que ela fez, antes de sondar por mais detalhes sobre o que teria que fazer. Escrita para calouros não seria difícil de lecionar. Ela poderia passar pelas próprias anotações de aula de alguns anos atrás, revisar o programa do curso, passar o olho por alguns livros. Mesmo que não estivesse completamente preparada, poderia enrolar um pouco na primeira aula. Sem problema. Sem problema algum.

— Eu já começo amanhã, Dra. Gardiner?

— Não, eu posso rearranjar minha agenda para lecionar nesta semana e dar mais um tempo para você se acomodar. Mas eu gostaria que você estivesse lá amanhã para conhecer os alunos e ter uma noção do programa. Sua turma tem uns doze matriculados, e você pode coordenar o compartilhamento de anotações de aula com os outros líderes de turma.

— Com prazer. — Charissa se perguntou quantos outros alunos de pós-graduação foram convidados antes dela e se sua rival acadêmica de longa data, Amber Dykstra, estava indisponível. Mas não importava. Não era Amber que estaria lecionando, certo? E Charissa teria bastante oportunidade de provar seu valor na sala de aula. — Estou muito grata pelo voto de confiança, Dra. Gardiner. Obrigada. Não vou te decepcionar.

— Eu que agradeço, Charissa. Você nos livrou de uma enrascada considerável. — Ela fez uma pausa. — E você está se sentindo bem? Não acha que isso vai te cansar, ser demais para você?

— Estou me sentindo ótima, obrigada. Já passei do primeiro trimestre agora e está tudo bem. Esse tipo de trabalho vai me dar energia. Sei que vai.

A Dra. Gardiner concordou.

— Falou como alguém que conhece o próprio chamado. Fico feliz de ouvir isso.

Com o programa e livros em mãos, Charissa flutuou pelo corredor para sua próxima aula, sussurrando orações de gratidão.

John aumentou o aquecedor enquanto esperava no carro do lado de fora da biblioteca da Universidade de Kingsbury. No crepúsculo, ele conseguia ver Charissa perto da entrada, com a boina branca de tricô iluminada por um poste e as mãos animadas em uma conversa.

Por debaixo das camadas de roupas de inverno, Charissa conseguia esconder quaisquer sinais visíveis de gravidez, mostrando apenas a sutil curvatura da barriga na privacidade do apartamento. Diariamente, ela monitorava seu peso, lamentando que estivesse "quase grande demais" para suas roupas. John ameaçou adulterar a balança.

Ela não seria uma daquelas mulheres que fazem diários sobre a "jornada da gravidez", publicando fotos semanalmente no Facebook. Talvez, algum dia, ele conseguisse persuadi-la a posar para uma única foto.

"Dr. Allen." Era com quem ela estava falando. Ele acabara de ficar sob a luz para apertar a mão dela, e John reconheceu seu perfil.

Talvez John sugerisse que Charissa pedisse o conselho do Dr. Allen sobre o mais recente conflito deles, sobre qual igreja frequentar. Ela parecia respeitar a opinião dele em assuntos espirituais.

"É só falar para ela que ela tem que honrar sua autoridade espiritual como cabeça da casa", Tim lhe dissera durante o almoço, rapidamente acrescentando: "Tô brincando!", quando John lhe deu um olhar de "Você só pode estar doido".

— Desculpa! — ela disse quando sentou no banco do passageiro. — Esbarrei com o Dr. Allen.

— Tá tudo bem?

— Sim. Só combinando os detalhes para uma coisa.

John a esperou colocar o cinto antes de acelerar.

— Você nunca vai acreditar no que aconteceu comigo hoje — ela disse.

— O quê?

— A Dra. Gardiner me pediu para lecionar em uma turma de escrita para calouros.

— Sério?

— Eu sei. Ainda não acredito. As aulas começam amanhã.

— Quê?

— Um dos professores assistentes ficou doente ou algo assim, então ela perguntou se eu poderia assumir a vaga.

— Você já disse sim?

Ela o encarou como se ele tivesse feito uma pergunta idiota.

— Eles precisavam de uma resposta imediatamente. Estavam sem opções.

Ele bufou.

— Para que isso? — ela perguntou.

— Precisa perguntar?

— Ahn... Sim! Porque eu acabei de te contar algo incrível que aconteceu e achei que você ficaria feliz por mim.

Ele balançou a cabeça lentamente.

— Temos que achar um jeito diferente para seguir com isso.

Ela se virou para ele.

— Você está bravo porque eu não pedi sua *permissão*?

— Não, estou bravo porque não passou pela sua cabeça conversar comigo sobre algo assim antes de aceitar! Nós já temos coisas de mais nas mãos, não acha? A mudança, o bebê e as matérias que você já tem? Você está abrindo mão de quê?

Silêncio. Braços cruzados sobre o peito. Um olhar gélido para a frente.

— É. Foi o que pensei — ele disse. Ligou a seta para a esquerda. — Divirta-se com isso.

Charissa fechou a porta do carro com o quadril quando chegaram ao apartamento. A voz de John ecoava na cabeça dela: "Temos que achar um jeito diferente para seguir com isso."

Tipo qual? Ela ser a "esposa obediente"?

O que ela deveria ter feito? Ter dito à Dra. Gardiner que esperasse até ela falar com o marido e ameaçar a chance dela de fazer exatamente o que sonhara por anos?

Não.

Se ela conseguisse provar o próprio valor na sala de aula, talvez, *talvez* considerasse se afastar por um semestre quando o bebê nascesse. E depois, quando ela começasse o processo da dissertação, poderia lidar com as coisas de casa. Várias mulheres faziam isso. A Dra. Gardiner o havia feito. Com gêmeos. Não precisava ser um ou outro. Charissa ia demonstrar que poderia ser ambos e mais. Não importava o que o marido e a sogra dela dissessem.

Eles entraram no apartamento em uma nuvem de silêncio irritadiço. John jogou o casaco sobre o sofá e abriu o congelador, inspecionando o conteúdo e removendo uma porção única de massa congelada antes de fechar a porta de novo.

— Você vai jantar isso?

Em resposta, ele jogou o pote no micro-ondas e pressionou com força os números no painel.

Beleza. Ela e o bebê iam comer um sanduíche de presunto sem mostarda. E um pedaço de queijo. Ela desenrolou o pacote de pão de aveia.

— Eu consigo, John.

Ele assistiu ao temporizador do micro-ondas.

— Eu consigo. O programa do curso já está montado e eu posso compartilhar as anotações com os líderes de outras turmas. Não vou ter que preparar muita coisa.

O temporizador apitou. Ele abriu a porta com força.

— Este é o melhor momento possível para eu fazer isso: antes de o bebê nascer. Não vou estar nem com sete meses quando o semestre terminar. Várias mulheres trabalham até quase o dia do nascimento.

Ele tirou a proteção de papelão, mexeu e colocou de volta no micro-ondas, com os braços cruzados sobre o peito enquanto esperava.

— O que você quer que eu faça? Que eu mande um e-mail para a Dra. Gardiner e diga que não posso? — Isso seria lindo. "Querida Dra. Gardiner, meu marido não apoia que eu lecione este semestre. Espero que possam encontrar outra pessoa."

John não olhou para ela quando disse:

— Estou cansado de me sentir como se você não me levasse em consideração. Para nada. Como se tivéssemos tido este casamento enorme, pronunciado nossos votos, e aí você voltou a viver como antes de nos casarmos: só pensando em si mesma. — O micro-ondas apitou. Ele colocou o pacote sobre um prato e começou a comer em pé.

Ela montou duas fatias de presunto em uma única fatia de pão e a dobrou no meio.

— Eu não consigo fazer mais nada além do que estou fazendo — ele disse. — Não consigo. E agora você vai ficar ainda mais indisponível. Logo agora, quando estamos nos preparando para a mudança. — Ele soprou a massa para esfriar. — Não é apenas a preparação da aula, Charissa. É toda a energia emocional e mental que você precisa para dar aula. E os trabalhos para avaliar. E eu te conheço. Você não vai ficar satisfeita usando as anotações de outras pessoas. Você vai querer escrever as suas próprias aulas.

Ele tinha um bom argumento.

— Tá bem — ela cedeu. — Você está certo. Me desculpe. Eu não pensei sobre isso. Fiquei animada com a honra de terem me chamado. Eu deveria ter te ligado antes de me comprometer.

Ele colocou o prato sobre a mesa.

— Eu não teria dito que não, Cacá. Eu sei o quanto isso é importante para você. Mas isso não afeta só você. Afeta a mim. A nós. E, depois que o bebê nascer, esse tipo de coisa afeta nosso filho. Temos que ter conversas juntos. Temos que praticar isso agora. Tá bom?

— Tá bom.

— E você precisa comer mais do que meio sanduíche.

— Tá bom. — Ela descascou uma banana.

— E eu falo sério, Charissa. Realmente preciso que pensemos sobre nossa igreja. Não vou fazer a coisa de igreja do papai e igreja da mamãe como fizemos ontem. A Primeira Igreja sempre vai ser a sua igreja. A igreja da sua família. Eu preciso de um lugar onde eu possa crescer, onde possa me conectar a um pastor e ter apoio. Eu preciso disso. Você tem seu grupo, suas amigas. Até o Dr. Allen. Eu não tenho ninguém falando na minha vida agora, ninguém me encorajando espiritualmente. Exceto Tim. E preciso de mais do que isso. Não consigo me tornar o marido e pai que quero ser sem algum suporte. Preciso de mentores. Então, por favor. Pelo menos visite algumas igrejas comigo, pode ser? Não precisa ser a igreja de Tim. Só algum lugar que encontrarmos juntos.

Ela olhou para o rosto honesto dele e disse:

— Pode ser.

MARA

Mara não culpava Charissa por ser cautelosa ("Odeio perder o encontro do grupo, mas não posso me arriscar a ficar doente agora... Me desculpem!"), mas ela estava decepcionada que as quatro não conseguiriam estar juntas para orarem e conversarem. Embora Meg ainda estivesse lutando contra a bronquite, Mara não ia perder a oportunidade de se encontrarem. Sem chance. Com todos os vírus da alma pairando ao seu redor, ela suspeitava que corria mais risco de ficar doente espiritualmente do que pegar a tosse de Meg.

— Se você tiver certeza de que a Meg está disposta — Mara disse a Hanna pelo telefone —, então eu vou aí. Preciso de uma injeção espiritual no meu braço agora.

Quando as três se juntaram ao redor da mesa de jantar de Meg na sexta-feira à noite, Mara entregou-lhes uma cópia do exercício de oração.

— Eu não tinha certeza do que escolher, mas esse aqui me pegou. Provavelmente por ser o que estou tentando trabalhar nos últimos meses. E, agora que estou com ainda mais porcaria acontecendo, sinto como se tivesse que continuar voltando para o amor de Deus, de novo e de novo. Não importa o quanto eu pratique o hábito de tentar saber que sou eu a quem Jesus ama, continuo me esquecendo.

— Estou com você — Hanna disse. — Acho que isso leva a vida inteira praticando.

Mara olhou para o papel.

— Vamos acender a vela de Cristo primeiro — Hanna disse. — E depois talvez possamos tirar uns minutos de silêncio. Tudo bem?

Mara concordou e acendeu um fósforo, e então tentou acalmar e aquietar a alma no colo de Deus.

MEDITAÇÃO EM ROMANOS 8:31—39

CONFIANÇA NO AMOR DE DEUS

Aquiete-se na presença de Deus. Convide o Espírito Santo para trazer a Palavra de Deus à vida. Então, leia o texto de Romanos 8:31—39 em voz alta algumas vezes.

> "Portanto, que poderemos dizer diante dessas coisas? Se Deus é por nós, quem será contra nós? Aquele que não poupou nem o próprio Filho, mas, pelo contrário, o entregou por todos nós, como não nos dará também com ele todas as coisas? Quem trará alguma acusação contra os escolhidos de Deus? É Deus quem os justifica; quem os condenará? Cristo Jesus é quem morreu, ou, pelo contrário, quem ressuscitou dentre os mortos, o qual está à direita de Deus e também intercede por nós. Quem nos separará do amor de Cristo? Será tribulação, ou angústia, ou perseguição, ou fome, ou privação, ou perigo, ou espada? Como está escrito: Por amor de ti somos entregues à morte todos os dias; fomos considerados como ovelhas para o matadouro. Mas em todas essas coisas somos mais que vencedores, por meio daquele que nos amou. Pois tenho certeza de que nem morte, nem vida, nem anjos, nem autoridades celestiais, nem coisas do presente nem do futuro, nem poderes, nem altura, nem profundidade, nem qualquer outra criatura poderá nos separar do amor de Deus, que está em Cristo Jesus, nosso Senhor."

Para reflexão pessoal (45—60 minutos)

1. "Portanto, que poderemos dizer diante dessas coisas?" Pense sobre a altura e a profundidade, o comprimento e a largura do amor de Deus revelado para você na vida, morte e ressurreição de Jesus Cristo. O que você quer dizer para Deus sobre essas coisas? Oferte a Deus em oração palavras de louvor, agradecimentos, confusão, dúvida ou desejo.

2. "Se Deus é por nós, quem será contra nós? Quem trará alguma acusação contra os escolhidos de Deus? Quem os condenará? Quem nos separará do amor de Cristo?" Nomeie para Deus as pessoas que fizeram você duvidar do amor dele: pessoas que se opuseram a você, te acusaram, te condenaram, te rejeitaram, ou que dificultaram que você se aproximasse de Deus com confiança no amor dele. Peça ao Espírito que traga essas pessoas à sua mente. Existe alguém a que você precise perdoar?
3. "É Deus quem os justifica. Cristo Jesus é quem morreu, ou, pelo contrário, quem ressuscitou dentre os mortos, o qual está à direita de Deus e também intercede por nós." Há alguma coisa pela qual você precisa buscar perdão? Alguma coisa pela qual você precise se perdoar? Para cada acusação levantada contra você, declare: "É Deus quem me justifica."
4. "Aquele que não poupou nem o próprio Filho, mas, pelo contrário, o entregou por todos nós, como não nos dará também com ele todas as coisas?" Nomeie para Deus as vezes ou as circunstâncias em que pareceu que ele estava retendo o bem de você. O que fez você duvidar da confiabilidade e generosidade de Deus? Há alguma decepção ou ressentimento que você precise expressar honestamente para Deus?
5. "Será tribulação, ou angústia, ou perseguição, ou fome, ou privação, ou perigo, ou espada?" Nomeie para Deus os momentos de tribulação, sofrimento, angústia, escassez ou perigo que fizeram você duvidar do amor de Deus ou se sentir separado desse amor. Há alguma coisa que você precise lamentar diante de Deus?
6. Apresente as suas experiências pessoais a Deus em oração: "Pois tenho certeza de que nem [essa pessoa], nem [aquela pessoa], nem [esse momento de escassez], nem [essa experiência de sofrimento e tristeza]... Nada poderá nos separar

do amor de Deus, que está em Cristo Jesus, nosso Senhor." Depois, responda à pergunta de novo: "Portanto, que poderei dizer diante dessas coisas?"

Para reflexão em grupo (45—60 minutos)

1. O que mais chamou a sua atenção durante o tempo de reflexão pessoal?
2. Como o grupo pode orar por você?

Mesmo uma hora para orar e processar essas perguntas não parecia tempo suficiente. Mara poderia passar semanas — meses, provavelmente —, e ainda não chegaria ao fim das circunstâncias e pessoas que a fizeram duvidar do amor de Deus. E, quanto às pessoas que poderiam "acusá-la", elas poderiam fazer fila atrás de Brian. "Eu te odeio!", Brian gritou na cabeça dela. "Você sempre está me culpando por tudo!"

Era verdade. Ela era rápida para pensar o pior dele porque, ao longo dos anos, ele havia dado bons motivos para ela não confiar nele. Sequer passou pela cabeça dela que ele estivesse falando a verdade sobre o cocô do cachorro? E se o vizinho anônimo tivesse encontrado dejetos no quintal e meramente presumido que era do cachorro deles?

Mas Brian estava bravo por ter que passear com Bailey naquela manhã e provavelmente se esquecera de levar uma sacola. E um vizinho provavelmente o observara da janela, esperando para ver o que ele faria. A sequência de eventos apontava para a culpa de Brian.

E houve também aquela noite que ela acordara e o encontrara no quarto dela, a noite em que a memória da concepção dele havia voltado à superfície. "O que você achou que eu estava fazendo, sua doida? Eu só estava procurando meu cachorro!" Ela fora rápida em presumir uma motivação sinistra, porque ele se tornara um valentão. Igual ao pai.

Ela precisaria falar com Dawn sobre como progredir com ele. Ela não sabia o que fazer. Mesmo assim, outra semana se passara e ela ainda não havia ligado para marcar uma sessão. Sem desculpas. Só estava evitando.

Ela olhou para as perguntas de novo. "Quem nos separará do amor de Cristo?" Por mais que fosse difícil acreditar, não seria Brian. Nem Tom. Nem os vizinhos. Nem ninguém que já tivesse deixado sua vida miserável ao rejeitá-la e condená-la. Ninguém poderia separá-la do amor de Cristo. Ninguém.

Pelo menos, Jeremy não a acusava de nada. Apesar de todos os erros dela com ele, apesar de todas as dificuldades que Jeremy vivera quando criança e adolescente, ele havia crescido para se tornar um filho leal e dedicado. Um dos melhores presentes de Deus na vida dela.

Diferentemente de Kevin e Brian, Jeremy fora concebido em amor. Ou, pelo menos, o pai dele havia alegado que amava Mara. E Mara o amava. Ou pensava que amava. Mas Bruce não a amava o suficiente para deixar a esposa. E, quando a esposa dele descobrira sobre Mara e Jeremy, o inferno viera à tona.

Tess. Esse era o nome da esposa.

E essa era a segunda vez que o nome dela vinha à mente nos últimos meses. Meg começou a escrever no caderno. Hanna estava sentada com os olhos fechados. Mara encarou a página diante de si.

Ai, Deus. Ela já pensara nisso antes?

Quem trará alguma acusação contra...?

Ai, meu Deus.

Requerente: Tess Gerald.

Ré: Mara Payne.

Acusação: roubar um marido.

E um filho.

MEG

Hanna e Mara estavam certas. Meg sentia como se fosse precisar de uma vida inteira para praticar o hábito de ponderar o amor de Deus. E ela precisaria de mais do que apenas uma noite para orar sobre tudo aquilo, não apenas pela vergonha e pelas acusações às quais estava continuamente sujeita na própria mente, mas pelo rancor que guardava contra outros.

"Quem os condenará?" Não havia condenação contra ela da parte de Deus. Ela sabia disso. Mas da parte de Rachel e Becka: doida, religiosa, crítica. Da sua mãe: fraca, nada resiliente, sensível demais. E de si mesma: medrosa, egoísta, um fracasso. As vozes de condenação constantemente gritavam na sua cabeça.

E também havia as acusações que ela tinha contra outros. "Havia alguém que ela precisasse perdoar?" Quando ela se imaginou escrevendo o nome de Simon no caderno, quase passou mal. Era necessária energia de mais para processar as acusações contra ele. A mesma coisa com Rachel. A ferida estava recente demais. E, quando ela pensou em pronunciar as acusações contra Becka, seu peito doeu.

Ela escreveu o nome da mãe: Ruth Fowler. Talvez pudesse começar o processo de nomear as dores a fim de perdoar nomeando as formas como sua mãe a fizera duvidar do amor de Deus. Talvez esse fosse o primeiro passo para escrever uma longa carta de perdão, a carta que ela dissera a si mesma que escreveria. Duas semanas se passaram desde a última reunião do grupo, e ela não escrevera nem "Para minha mãe" ainda.

Ao lado do nome da mãe, ela listou algumas palavras: fria. Crítica. Impossível de agradar. Distante. Severa.

Ela precisava citar exemplos, apresentar evidências?

Inspiração com um arquejo dolorido. *Emanuel.*

Expiração lenta e falhada. *Tu estás comigo.*

Ela poderia começar com a noite em que Jimmy morrera.

A Sra. Anderson viera buscá-la no hospital, porque ela não havia conseguido falar com a própria mãe. E depois, quando sua mãe finalmente chegara em casa, não houve palavras de conforto. Nenhuma lágrima. Nenhum abraço. "O corpo", sua mãe dissera, referindo-se a Jimmy, "você fez os preparativos para o corpo?"

"Respira", Meg ordenou para si.

Respira.

Talvez ela devesse seguir para quando sua mãe morrera.

Meg havia ficado de vigília por semanas, saindo do seu emprego administrativo a fim de estar completamente disponível para a mãe nos últimos dias de sua batalha contra o câncer de ovário. Mesmo depois que elas passaram para os cuidados paliativos, Meg recusava-se a descansar, determinada a prover qualquer tipo de conforto que a mãe dela pudesse precisar.

Meg mordeu o lábio, com a caneta pairando sobre o papel.

Ela se recusara a descansar, esperando receber qualquer tipo de conforto que sua mãe pudesse lhe dar. Mas não houve nada. Nenhuma palavra de afirmação. Nenhuma palavra de gratidão. Nenhuma palavra de resposta a qualquer uma das numerosas declarações de amor de Meg. *Súplicas* por amor.

"Quem dificultou que você se aproximasse de Deus com confiança no amor dele?"

"Uma mãe que não dizia que me amava", Meg escreveu.

Nem uma única vez.

Jamais.

Pesar ressuscitado cortou sua garganta como cacos de vidro estilhaçado. Ela não estava pronta para perdoar isso.

Ainda não.

Talvez nunca estivesse.

HANNA

"Você não é a pastora delas", a voz dentro da cabeça de Hanna a relembrava. Não uma terapeuta, uma assistente social, nem uma orientadora espiritual. Mas uma amiga. Uma irmã. Uma companheira na jornada. Uma ouvinte que ora. E uma pessoa que discerne o tempo de ficar calada e o tempo de falar.

Mara pegou a caixa de lenços sobre a mesa.

— Tom roubou Brian de mim. Eu roubei Kevin dele. Todos os meus filhos foram roubados. Até Jeremy. Eu o roubei em adultério. Como é que nunca pensei sobre isso antes? É como se tudo o que eu via fosse minha própria dor, meu próprio sofrimento. Como se eu fosse a única vítima de tudo o que aconteceu com o pai dele. — Ela assoou o nariz em uma explosão longa e ruidosa. — E agora, o que devo fazer? Estou escrevendo essas cartas de "Eu te perdoo" pelos últimos meses, tentando abrir mão da minha amargura contra todas aquelas meninas que me perturbavam, e agora percebi que a carta que preciso escrever é uma de "Por favor, me perdoe" para a mulher de quem roubei o marido.

— Você acha que precisa mandar essa carta para ela de verdade? — Meg perguntou. — Ou poderia só escrever a carta, entre você e Deus?

"Boa pergunta", Hanna pensou.

— Não sei — Mara respondeu. — Jeremy fez toda a coisa dos doze passos. Eu sei que tem algo lá sobre fazer as pazes, contanto que você não machuque ninguém ao fazer isso. Ele fez muito isso alguns anos atrás. — Ela assoou o nariz de novo. — Nem sei se Tess ainda está viva. Acho que eu poderia procurar no Facebook ou online. Foi assim que descobri o obituário de Bruce, o pai de Jeremy: procurando na internet.

— Então, talvez esse seja o primeiro passo — Meg disse. — Mas não sei. Parece algo que você deveria conversar com sua terapeuta.

Mara concordou.

— Desculpa, meninas. Eu sou uma bagunça. Uma bagunça completa.

Meg apoiou a mão no ombro dela.

— Esse foi um exercício difícil, mas estou feliz que o tenha escolhido, Mara. Vi algumas coisas que eu precisava ver, coisas pelas quais precisava orar. Obrigada.

Hanna se perguntou se Meg compartilharia essas coisas livremente depois que Mara terminasse de falar sobre a própria descoberta. Poderia ser mais fácil falar sobre as descobertas dela agora, à luz da história de Mara.

— Eu me sinto tão estúpida — Mara continuou. — E cega. Outra acusação contra mim para adicionar à longa lista: adúltera.

Hanna estava prestes a relembrar Mara de que não havia condenação em Cristo, de que essa era uma oportunidade para ela ver a profundidade do amor de Jesus de novo, para ela receber misericórdia, compaixão e perdão, quando Mara disse com um suspiro:

— Eu sei o esquema. Juro. Sei o que minha terapeuta diria. Já ouvi várias vezes... que nós vemos as coisas quando estamos prontos para vê-las, certo? Toda a coisa da "luz iluminando a escuridão". Eu entendo. Juro. E sei de toda a coisa de "não haver condenação" também. Sei disso aqui — ela disse tocando na testa —, mas por que não consigo trazer isso para *cá*? — Ela bateu no peito. — A maior distância do mundo, né? A distância entre a mente e o coração. — Mara fechou os olhos e se inclinou para a frente, sobre os cotovelos, com a testa apoiada sobre as palmas.

"Tempo para ficar calada", Hanna pensou. E deixar o Espírito agir.

CHARISSA

Charissa chegou 45 minutos mais cedo à sua sala de aula na terça-feira à tarde, a mesma sala onde ela se havia sentado para as matérias de escrita para calouros — matérias mais avançadas, não essa para alunos gerais na qual lecionaria. Era hora: o momento com que ela sonhara desde menininha, juntando as crianças da vizinhança ao redor do quadro negro para brincar de escolinha. Ela sempre era a professora.

Um quadro branco estava no lugar do quadro que o Dr. Bauer usara. Ela ainda conseguia ver a mancha de giz nos cardigãs gola V escuros e calças de brim aveludado dele e escutar sua voz grave e monótona recitando Shakespeare. Ele se aposentara no segundo ano dela, abrindo espaço para o mais dinâmico e popular Dr. Allen, o qual, lembrou com um sorriso, havia mandado para ela um e-mail muito gentil naquela manhã, dizendo que estaria orando por ela enquanto lecionava sua primeira aula. E John levantou mais cedo naquela manhã para fazer as panquecas especiais de gotas de chocolate para o desjejum. Sua mãe ligou para dizer como estava orgulhosa. "Mostra para eles quem manda", seu pai disse quando pegou o outro telefone. "Encontre sua posição de poder na sala e lecione de lá. Afirme sua autoridade primeiro — sem gracinhas. Ganhe o respeito deles e depois você pode pegar leve."

Ela escolheu um pincel vermelho da gaveta da escrivaninha e escreveu seu nome no quadro branco em letras grandes: Professora Charissa Sinclair.

Pensando bem, ela não era tecnicamente uma professora ainda, e alguém poderia objetar o uso do título. Ela pegou o apagador do suporte de metal no canto do quadro e removeu "Professora". Mas ainda dava para ver as linhas vermelhas. Ela esfregou com mais força e deu um passo para trás para inspecionar. Ainda visíveis. Olhou as gavetas, procurando uma garrafinha de limpador. Nada. Lambeu a ponta do dedo e esfregou de novo. Quase nada melhor. Escreveu "Instrutora" onde estava "Professora".

Mas agora parecia que ela tinha escrito "Instrutora" errado.

Talvez outra sala tivesse uma garrafinha de limpador. Ela procurou em salas vazias ao longo do corredor até encontrar uma. Então, borrifou o quadro e começou de novo.

Instrutora: Charissa Sinclair.

Mas, aí, do que os alunos a chamariam? Sra. Sinclair? Ela ainda pensava na sogra quando alguém a chamava assim. Borrifou o quadro de novo e o limpou. Talvez o pincel preto fosse melhor que o vermelho. O vermelho gritava "Tentando exercer autoridade", enquanto o preto era mais contido.

Ela escreveu no quadro com o pincel preto. Instrutora: Charissa Goodman Sinclair.

Mas, aí, do que os alunos a chamariam? Sra. Goodman-Sinclair? Ela deveria ter perguntado a opinião da Dra. Gardiner. Como os outros alunos de pós-graduação se chamavam? Primeiros nomes, provavelmente. Ela não conseguia se lembrar de como a Dra. Gardiner a apresentara no primeiro dia de aula.

— Meu nome é Charissa Goodman Sinclair — ela disse quando se apresentou de novo para os alunos vinte minutos mais tarde. — Vocês podem me chamar de Srta. Sinclair.

Alguns dos alunos no fundo sussurraram uns para os outros. Um deles riu.

Eles pareciam tão jovens. Ela provavelmente parecia jovem para eles também. Não deveria ter arrumado o cabelo com um rabo de cavalo jovial. Na próxima aula, faria algo mais sofisticado. Um coque chique, talvez.

— A Dra. Gardiner já lhes deu o panorama da matéria e o programa, então não vou passar por isso de novo. Se tiverem perguntas, vocês podem falar comigo depois da aula ou mandar um e-mail. — Ela escreveu seu e-mail no quadro, abaixo do nome, surpresa pelo tremor da mão. As letras ficaram tremidas?

"Faça as borboletas voarem em ordem", sua mãe frequentemente dizia.

"Encontre sua posição de poder e a mantenha", seu pai acrescentava.

Ela endireitou os ombros, plantou as mãos no púlpito e olhou para as anotações de aula que havia preparado. Já que a Dra. Gardiner não passara tempo suficiente ressaltando a importância de aprender a escrever bem, Charissa decidiu começar daí. Alguns dos alunos precisariam ser relembrados de que essa matéria obrigatória tinha valor para suas vidas, não importando qual carreira escolhessem.

— Esta é uma matéria sobre o estudo da retórica escrita — ela disse. — Retórica é uma arte ancestral que tem suas raízes no período clássico. O termo "retórica" vem do grego *rhetor*, de onde derivamos a palavra "orador". Nas palavras de Catão e Quintiliano...

Um celular tocou. Ela fingiu não escutar.

— ...um orador, no melhor sentido, é "o bom homem falando bem". Ou, no nosso caso, a boa *mulher*. — Grilos. Nem sequer uma risadinha de qualquer uma das alunas. Ela tossiu na mão. — A saúde das democracias grega e romana dependia de retórica excelente: bons líderes discutindo bem a fim de...

Outro toque de celular do fundo, no canto. Ela levantou o olhar das anotações.

— Pessoal, por favor, desliguem seus celulares. — Alguns estudantes os pegaram de suas mochilas para obedecerem; outros os deixaram sobre a mesa. — ...bons líderes discutindo bem a fim de persuadirem em favor do bem comum. Hoje em dia, também precisamos de pessoas com habilidades para liderarem em uma sociedade complexa. Isso significa ser capaz de escrever bem. Nesta matéria, vocês vão aprender como perguntar, analisar e argumentar com lógica e habilidade. Esta matéria...

De alguém no fundo, ao canto, um bocejo exagerado, seguido de algumas risadas.

— ...esta matéria não trata de escrever em um blog, no Twitter ou se expressar de maneira criativa. Trata de usar pesquisa e análise e de escrever claramente. Habilidade excelente de escrita é essencial para o sucesso na faculdade. Além disso, escrita excelente vai lhes dar uma vantagem no mercado de trabalho. Pesquisas mostram que profissionais passam cerca de 44%... — Pela visão periférica, ela viu vários alunos mexendo no celular. Parou de falar e os encarou, esperando-os notar. Um cutucou o outro, que colocou o celular de volta sobre a mesa. — Guardem os celulares — Charissa disse. — Desligados e guardados. E, começando na próxima aula, nada de notebooks. — Um gemido coletivo surgiu diante desse ataque decisivo contra a navegação na internet. — Vocês podem trazer cadernos e canetas e fazer as coisas do jeito antigo. — Ela olhou de volta para as anotações. — ...profissionais passam cerca de 44% do seu tempo escrevendo. Pessoas que escrevem bem avançam mais rapidamente no seu trabalho do que os outros. Então, independentemente de qual curso vocês sejam ou qual carreira esteja diante de vocês, escrever bem e persuasivamente é uma habilidade essencial.

— O programa não fala nada sobre não permitir notebook na aula! — um dos alunos disse do fundo. — Eu anoto minhas coisas nele.

— Eu não escrevi o programa. Considere isso um adendo.

— Considere isso paranoia — ele disse para outro aluno próximo. Rebeldezinho.

Ela olhou para as fotos impressas ao lado do nome de cada estudante. Justin Caldwell. Ela se perguntou se ele seria parente de Cameron Caldwell, que se formara no mesmo ano que Charissa e John em Kingsbury. Também um rebelde. John se lembraria dele.

Os alunos pareciam tão educados e engajados com a Dra. Gardiner, respondendo com avidez e interesse sempre que ela apresentava perguntas. Porém, ao fim da primeira meia hora do voo independente de Charissa, estava óbvio que a maioria deles a considerava uma professora substituta indigna de respeito. "Levante os ombros", a voz da mãe a instruiu. E o pai acrescentou: "Mostre quem manda."

HANNA

— Eu te peguei no meio de algo? — Nathan perguntou quando Hanna atendeu o telefone.

— Não, nada que não possa esperar. — Ela ativou o enxágue extra na máquina de Meg.

— Preciso de um favor — ele disse.

— Claro. O que é?

— Jake esqueceu a mochila de roupas em casa, e eu tenho uma reunião que absolutamente não posso perder. Normalmente, eu o deixaria lidar com as consequências, mas...

— Não, tudo bem, Nate. Fico feliz de fazer isso por ele. — Mais do que feliz, na verdade. Esse favor não somente era uma maneira tangível de servir Jake, o tipo de coisa que uma mãe (ou madrasta) faria, mas Nathan pedir ajuda com algo assim parecia uma fronteira íntima sendo cruzada. — A que horas ele precisa?

— Às 15h, se possível. O treino é logo depois da escola.

— Posso passar na sua casa agora.

— Tem certeza?

— Positivo. Tem alguma chave reserva em algum lugar?

— Debaixo do grande vaso de flor vazio no quintal da frente. Ele disse que a mochila está no quarto dele, provavelmente sobre a cama.

— Tudo bem. Estou indo.

— Obrigado, Hanna. Agradeço de verdade.

Ela deixou um bilhete para Meg, que caíra no sono sob o cobertor de flanela na poltrona que Nathan lhe trouxera. Reclinada, Meg era capaz de descansar por períodos maiores sem acessos de tosse, mas estava pálida e perdera peso. Hanna observara muitos casos de depressão ao longo dos anos para se perguntar se tinha algo a ver com a letargia de Meg. Talvez fosse hora de uma conversa gentil sobre procurar alguma ajuda.

A neve noturna reabasteceu as pilhas de sujeira ao longo das calçadas, e a luz desobstruída do Sol brilhava da tela impecável e revelava a lama do inverno em seu carro. Hanna pegou os óculos de sol no porta-luvas. Depois que ela saísse da escola de Jake, entraria na longa fila de carros no lava-rápido.

— Oi, Chaucer. — Na sua gaiolinha na cozinha, Chaucer abanou a cauda. Nate não dera nenhuma instrução sobre deixá-lo sair. Hanna tirou as botas na porta da frente e mandou uma mensagem para ele. "Não o deixe sair. Ele vai ficar bem", ele respondeu. Ela pediu desculpas enquanto colocava os dedos pela grade para acariciar a cabeça dourada de Chaucer. — Seu pai falou para esperar. — Chaucer olhou para ela como se entendesse e se deitou de novo.

Hanna nunca subira as escadas e não tinha certeza de qual quarto era o de Jake. Diretamente diante do topo das escadas, havia um pequeno escritório recheado de livros e acessórios náuticos nas prateleiras e na escrivaninha, não muito diferente do escritório de Nate no campus. Ao lado do escritório e também diante do quintal da frente, era o quarto de Nate. Ela parou na soleira. Paredes cinza-escuro e móveis de madeira escura, uma cesta com uma pilha de roupas dobradas ao lado da porta corrediça do armário, e uma cama *queen* coberta com um edredom xadrez azul e marrom. Ela não ia cruzar esse limiar e entrar no santuário dele.

Não ia.

Exceto para olhar mais de perto a foto no porta-retrato sobre a mesa de cabeceira.

Era uma foto deles dois em pé, juntos, fora da capela do seminário, sorrindo, jovens, cheios de vida, o braço dele sobre os ombros dela, as mãos dela de dedos cruzados. Ela não se lembrava de ter tirado essa foto, nem de sequer ter visto uma foto que teria sido tirada antes de ela desprezar os avanços românticos dele e fugir para outra faculdade do outro lado do país.

Ele a havia guardado. Por dezessete anos.

Ela tocou o rosto relaxado e sem rugas dele e comparou o próprio reflexo sobreposto sobre o vidro com a garota honesta olhando de volta para ela.

Graças a Deus que Nate a reconhecera no pátio do Nova Esperança naquele dia em outubro. Graças a Deus.

Ela colocou a foto de volta no lugar, alinhando o ângulo com o pó sobre a mesa de cabeceira. Eles deveriam tirar uma foto nova, algo que ela pudesse mandar para os pais. Pediria para Jake da próxima vez que os três estivessem juntos.

A porta de Jake do outro lado do corredor estava aberta. O quarto dele era uma amálgama caótica, mas cativante, entre a infância e a adolescência: um pôster do Scooby-Doo ao lado de um grafite e artes de skates; alguns bonequinhos de Lego Star Wars ao lado de troféus de beisebol na estante de livros; um ursinho de pelúcia desgastado monitorando a cena lá da estante de cima. Sobre sua cama amarrotada estava a mochila de roupas com um bilhete preso à alça: "Hanna, olhe lá fora."

Confusa, ela pegou a mochila e foi até o peitoril para abrir a cortina.

Lá embaixo, claramente visível no quintal, uma mensagem feita com neve fresca: "Casa comigo?"

E, ao lado do ponto de interrogação, o homem que ela amava — o homem que ela sempre amara — estava ajoelhado e fitando o rosto dela na janela.

Terça-feira, 27 de janeiro, 23h

Nate e eu estamos noivos. Mal consigo acreditar. Estou sentada aqui na casa de Meg só olhando para a aliança na minha mão direita e pensando sobre o momento em que Nate a colocou no meu dedo. Nós dois choramos. Eu escrevi meu sim com minhas pegadas, mas estava tão atordoada, que escrevi o S de trás para a frente. E isso nos fez rir e chorar mais.

Ele pediu desculpa pelo subterfúgio, mas disse que tinha quase certeza de que eu estaria disposta a ajudar Jake assim de supetão. Assim que eu disse que estava indo, ele pisoteou as letras na neve e então se escondeu ao lado da cabana no quintal até saber que eu estava na casa. "Te falei que eu tinha uma reunião que não poderia perder", ele disse. Estou muito feliz que não soltei Chaucer sem perguntar antes. Teria arruinado o plano inteiro!

Minha mãe ficou tão animada quando liguei para ela agora há pouco. Ela disse que ela e meu pai suspeitavam que as coisas aconteceriam rápido e queria saber a data que marcamos. Não marcamos nada. Essa é a parte que ainda não está clara. Nate e eu conversamos sobre isso um tempão hoje. Ele disse que não queria esperar para me pedir, porque sabia que ele estava pronto para tomar o próximo passo no relacionamento e sentiu que eu estava também. Agora, é a questão do tempo. Qual a duração do noivado? Sem data definida? Isso parece difícil demais.

Agora que é real, agora que cruzamos essa barreira juntos, preciso ter uma conversa honesta com Westminster. Ou, pelo menos, com Steve. Não tenho ideia de como o ministério vai ser para mim depois de junho. Eu sei que, uma hora, estarei servindo como uma mulher casada, não como uma solteira. E isso trará mudanças significativas à maneira como tenho servido há quinze anos. Agora vejo como Deus esteve me preparando para isso ao longo dos últimos meses, me dando um desejo por um caminho diferente, por um ritmo diferente. Não sei como vai ser esse ritmo. Mas vou resolver isso com meu marido, Nate.

Senhor, isso parece abundante demais. Bondoso demais. Como se o Senhor tivesse me "feito completa" e me dado "todas as coisas". Não sei como agradecer. Eu me sinto como se estivesse sentada sob um cálice transbordante e não tivesse a capacidade de receber tudo isso.

Então, Senhor, aumenta meu cálice para receber tua plenitude, a fim de que tudo o que eu oferecer para outros venha da abundância que recebi.

Meg chorou de alegria quando eu voltei e mostrei minha aliança. Mara e Charissa já estão conversando sobre planos para o chá de panela. Ainda não contei para Nancy. Acho que quero conversar com Steve antes.

Não acredito que estou noiva.

Acabei de perceber: Nate e eu vamos para a Terra Santa andar nos passos de Jesus como um casal de noivos! Nós três estaremos lá juntos como uma "quase" família. Perguntei para ele como Jake se sentia sobre tudo isso. Ele disse que foi Jake quem ajudou a pensar na ideia de usar sua mochila como ferramenta do estratagema. Isso me deixa tão feliz. Tão incrivelmente feliz.

Meu cálice transborda, Senhor. Meu cálice transborda.

MARA

Tess Gerald não estava no Facebook. Pelo menos, não com esse nome. Havia uma Tess Gerald em Ohio, mas não perto de Dayton, onde Jeremy nascera. O que ela deveria fazer? Mandar uma carta e ver se era a mulher certa?

— Não é minha função te aconselhar sobre isso — a Srta. Jada disse quando Mara lhe contou o que viera à luz durante seu exercício de oração. — O que sua terapeuta disse?

Mara esvaziou uns enroladinhos de um saco e os colocou em uma travessa.

— Ela ainda está viajando. — Era incomum Dawn viajar por tanto tempo. A recepcionista havia dito que ela ficaria fora por mais algumas semanas, por causa de uma "emergência familiar". Sem mais detalhes. Mara havia marcado uma sessão para o fim de fevereiro. Com tudo o que estava acontecendo, parecia muito longe. Mas emergências familiares não podiam ser evitadas, com certeza. — Eu achei que estaria trabalhando a coisa do perdão com Tom, Brian ou os vizinhos, como você estava falando semana passada. Em vez disso, essa coisa da Tess apareceu.

— Bem, só posso te contar o que fazemos aqui no programa — a Srta. Jada disse. — Às vezes, peço para as pessoas escreverem cartas para si mesmas, só para começar. E depois, se parecer correto enviar alguma carta, peço que usem um endereço seguro de remetente. Não o daqui, se eles estiverem morando aqui. Mas, às vezes, o endereço da igreja, se o pastor disser que tudo bem. Ou alguns deles enviam uma carta sem o endereço. Ou um e-mail. Depende do que parecer seguro. O que é sábio. E isso é diferente para cada pessoa. Converse sobre isso com as pessoas em quem você confia. Ore por isso.

Enquanto Mara começava a enxaguar alfaces, a Srta. Jada experimentou a sopa de tomate na panela no fogão e expressou sua aprovação.

— Eu estive pensando em outra coisa, Mara, e queria falar com você sobre isso.

Mara olhou sobre o ombro, com as mãos ainda sob a torneira.

— Estive observando você por aqui, como trata os hóspedes com respeito e os faz se sentirem bem-vindos. Como você serve as mesas, como você cozinha. Você cozinha muito bem! Você faz acontecer com os ingredientes que temos, os faz render, sabe? Você trabalha bem, Mara. Muito bem. Então, fiquei pensando, especialmente com o que você está passando com Tom e tudo mais, eu concluí: e se você viesse trabalhar aqui? Meio período, para começar, só para ver como funcionaria. Precisamos de uma ajuda de meio período por aqui há um tempinho. E você se encaixa bem. Muito bem.

"Um trabalho?" Mara fechou a torneira e colocou a alface em um grande escorredor de metal.

— Não podemos pagar muito... Você sabe como é por aqui... Mas pense sobre isso e me avise, tá bom?

— Eu posso dizer sim agora? — ela exclamou, resistindo ao impulso de abraçar a Srta. Jada.

— Se você tiver certeza de que não precisa de mais tempo para...

— Eu só preciso fazer um telefonema — Mara disse. — Prometi para o meu filho e nora que cuidaria da minha neta para eles quando Abby voltasse ao trabalho. Vou falar com eles e te aviso, tá bom?

— Fechado. — A Srta. Jada deu mais uma mexida na panela em fogo baixo e saiu da cozinha cantarolando.

Assim que Mara pegou os meninos da escola, ligou para o apartamento de Jeremy, assustada por ele atender no segundo toque. Ela esperava que Abby atendesse.

— Oi, Jeremy! O que está fazendo em casa?

— Saí do trabalho mais cedo.

— Tá tudo bem?

Um suspiro longo.

— Um dos trabalhos com o qual deveríamos lidar pelas próximas semanas deu errado. Era grande.

— Oh, querido. Sinto muito. — Jeremy já trabalhava com construções havia tempo o bastante para seguir o fluxo da imprevisibilidade do emprego, especialmente durante o inverno. Mas agora, com um bebê... — Vocês vão ficar bem?

— Por enquanto, sim. Tenho alguns serviços pequenos para fazer no mês que vem. Mas, se você souber de alguém precisando de um faz-tudo...

— Vou ficar de olho. Talvez o Nova Estrada tenha alguns projetos. Vou perguntar para a Srta. Jada. Tem certeza de que vocês vão ficar bem?

— Vamos dar um jeito — ele disse. — Abby e eu estávamos conversando sobre isso e, já que não tenho nada para fazer nos próximos dias, vamos para Ohio ver os pais dela.

Mara mudou de posição no sofá. Se houvesse algo que ela pudesse fazer...

— Abby já sabe com certeza como vai ser o horário dela no hospital, se ela vai ficar de noite ou...

— Não sabe ainda.

— Eu estava só pensando, porque eu estava no Nova Estrada hoje e a Srta. Jada me ofereceu um trabalho de meio período, e...

— Aceita!

— Não, digo, com certeza dá para eu trabalhar de acordo com a escala de Abby, e cuidar de Madeleine é minha prioridade número um, você sabe disso. Só me perguntei se já tem algo definido, só isso.

— Nada definido. Não sabemos quando vai estar. Tudo está no ar.

Escutar o estresse na voz dele fazia o coração dela doer. Quem disse que as preocupações de uma mãe param quando os filhos crescem mentiu.

— Posso te ligar mais tarde, mãe?

— Claro. — Ela deu um tapinha na almofada do sofá. Bailey subiu e aconchegou o focinho frio em sua mão. — E se eu for aí e cuidar de Madeleine um pouco? Para dar um descanso para vocês.

— Agora não, tá bem?

— Eu pago uma noite de encontro para vocês. Você leva a Abby para jantar, ver um filme, algo assim.

— Talvez outra hora.

— Mas deixe eu fazer algo para ajudar, Jeremy. Talvez eu possa...

— Preciso mesmo ir, mãe. Te ligo mais tarde, tá?

— Tá bem.

Ela achou que precisava aprender a sutil arte de reconhecer quando ajudar se tornava uma interferência.

— Meu pai disse para você ligar para ele — Kevin falou da porta da cozinha assim que ela desligou o telefone.

E essa agora?

— Tudo bem. Obrigada, Kevin.

— Tipo, agora.

Um surto de adrenalina.

— Ele disse por quê?

— Não. — Ele abriu um pacote de salgadinho. — Mas parecia bravo.

Ela acariciou o pelo de Bailey com afagos longos e deliberados. Talvez Brian estivesse contando histórias de terror sobre como ela era uma mãe péssima.

— Tudo bem, vou ligar para ele. — Kevin esperou no corredor.

— Daqui a pouco, Kevin. Estou fazendo outras coisas agora.

Como se preocupar com Jeremy. E se o trabalho não melhorasse logo? E aí? Eles não conseguiriam sobreviver só com o trabalho de Abby, conseguiriam? Talvez os pais de Abby pudessem ajudá-los financeiramente. Ela poderia mandar um e-mail para Ellen e se certificar de que eles sabiam o que estava acontecendo. Mas isso não era da conta dela, afinal de contas, era? E ela não deveria se arriscar a fazer algo que pudesse ofender.

Já que se preocupar não a levaria a lugar algum, ela se levantou do sofá para pensar no que poderia fazer em vez de ligar para Tom. Já estava com uma lasanha no forno e já guardara as roupas dos meninos. Olhou para Bailey, esperando que ele choramingasse e exigisse um passeio. Em vez disso, ele se levantou, se esticou e se jogou no lugar onde ela estava sentada. Ela já esperava isso.

Talvez pudesse ligar para Charissa e perguntar sobre seu primeiro dia de aula. Ou ligar para Hanna e falar dos planos para o chá de panela. Ou ligar para Meg e saber se ela estava se sentindo melhor. Ou escrever a carta para Tess.

Ou ligar para Tom e acabar logo com isso.

Ela sussurrou uma oração por ajuda e discou o número. Ele atendeu antes do fim da primeira chamada. A questão não era Brian. Era o colchão. Ela tinha se esquecido do colchão. Ele acabara de ver a fatura do cartão de crédito.

Ela segurou o telefone longe da orelha e então percebeu que Kevin, que estava enrolando perto da despensa, podia ouvir cada palavra. Ela gesticulou para ele sair.

Se ela achava que podia comprar qualquer porcaria que quisesse, então ela ia ver o que era bom para a tosse! E ele se certificaria de que ela jamais faria isso de novo. Entendeu?

Ela se estabilizou contra a pia da cozinha.

Entendeu, [palavrão]?

Ela entendeu.

Ela. Entendeu. Cada. Palavra?

"Sim."

Com um palavrão final, ele desligou. Ela disse um também.

— Vamos ter que nos mudar? — Kevin perguntou.

— Não sei.

— Vamos ter que ir para o Nova Estrada?

— O quê?

— Se o meu pai não te der dinheiro, aí não teremos uma casa, certo?

Foi por isso que ele ficou por perto, tentando escutar.

— Não, Kevin. Não. Não é assim que funciona. — Ela imediatamente se arrependeu de todos os comentários impensados e ressentidos sobre "Se o seu pai conseguir o que quer...". Kevin provavelmente estava se preocupando desde que Jeremy falara de morar no Nova Estrada. — Seu pai vai ter que pagar certa quantia de dinheiro todo mês para ter certeza de que você e Brian sejam bem cuidados e tenham tudo de que precisam.

— Sim, mas Brian quer ir morar com meu pai.

— Eu sei. — Ela se perguntou o que mais Brian lhe havia contado.

— Então, ele vai?

Do jeito que Kevin falava, Brian estaria ganhando algum tipo de grande prêmio. Ela suspirou.

— Seu pai e eu vamos resolver isso com nossos advogados. — Bailey rolou de lado e bocejou. Kevin coçou um ponto nas costas dele que fez uma de suas patas traseiras tremer. — E você, Kevin? Quer ficar com seu pai também?

Ele deu de ombros.

— Não quero me mudar.

Não era exatamente uma grande expressão de desejo de morar com ela.

— Não posso prometer que não vamos ter que nos mudar — ela disse. — Vamos ter que esperar para ver. Mas não ficaremos sem casa. Tá bom?

Mas nem um colchão novo e um cachorrinho aninhado ao lado dela conseguiram acalmá-la naquela noite.

7.

MEG

Duas semanas depois de ser diagnosticada com bronquite, Meg, por insistência de Hanna, estava sentada no consultório médico de novo, usando camisola de hospital e tentando respirar fundo para ele auscultar com o estetoscópio. Mas cada inspiração profunda machucava o seu peito e lhe causava um acesso de tosse.

— Você ainda está com um chiado considerável — ele disse, tirando o estetoscópio dos ouvidos e sentando-se de novo. Arrastou o banquinho até o computador. — Vou pedir um exame de raios X do tórax, só para ver se tem mais alguma coisa acontecendo.

— Eles vão ligar para marcar — Meg disse quando Hanna voltou para a casa mais tarde. — No começo da semana que vem, eu acho. — Com o fim de semana já chegando, era o mais cedo que ela poderia esperar. Enquanto isso, tinha a receita para um supressor de tosse à base de codeína. Talvez isso a apagasse e ela conseguisse dormir por mais de uma hora seguida, sem acordar.

Hanna pendurou as chaves na cozinha e tirou o casaco.

— Você falou alguma coisa para ele sobre estar se sentindo deprimida?

Não. Ela não dissera nada sobre isso.

— Acho que só estou cansada. Desgastada. Vou ficar bem quando me sentir melhor.

Hanna franziu as sobrancelhas.

— De verdade. Além disso... Há tantas coisas felizes para eu pensar agora. — Meg apontou para o balcão da cozinha.

— Comprei uma revista de noivas enquanto estava fora; pensei que você poderia se divertir olhando as fotos.

— Obrigada! — Hanna sorriu. — Acho que Mara ligou três vezes nos últimos dias, cada vez com uma ideia diferente para o chá de panelas.

— Eu sei. Ela está tão animada. Quer ter certeza de que teremos algo especial para você antes de você ir para Israel.

— Temos bastante tempo até lá — Hanna respondeu. Ela se sentou à mesa com a revista, enquanto Meg enchia mais um copo de suco de laranja. — Olha esses vestidos! — Hanna levantou uma página para Meg ver. — Não quero nada tão chique assim. Eu disse para Nate que já presidi casamentos de mais ao longo dos anos e já atingi minha cota de noivas doidas. Vamos fazer coisas simples. Pequenas.

— Pensaram sobre a data?

— Não, pior que não. Nate não está colocando pressão nisso. Ele sabe que eu preciso pensar bem nas coisas com a igreja. E ainda não falei com Steve. Ele está fora a semana toda. — Ela virou outra página e mostrou para Meg algumas fotos de bolos. — Olha isso! Quem gasta esse tanto de dinheiro? Estou pensando em um bolo de padaria.

— Sério?

Hanna riu.

— Não acho que minha mãe vá me deixar fazer isso. Ela tem um monte de ideias sobre como a festa deveria ser. E tenho que descobrir uma forma de incluí-la sem comprometer as coisas que Nate e eu achamos importantes.

Meg passou pelo problema oposto: uma mãe que não poderia ter se importado menos com os preparativos do casamento. Ela e Jim pagaram pelo próprio casamento. Meg encontrara o molde para um vestido e a Sra. Anderson a ajudara a costurá-lo. Meg encontrara a receita de um bolo e a Sra. Anderson a ajudara a decorá-lo. Até seu buquê tinha vindo das flores perenes do jardim da Sra. Anderson. Nenhum pai a acompanhara até o altar para entregá-la. A Sra. Anderson, a mãe de Meg, Rachel e algumas amigas da escola preencheram duas fileiras de cadeiras do lado da noiva.

Não importava. Tudo o que importava era estar lá no altar com Jimmy, fitar seus olhos brilhantes e dizer os votos dela — e chorar de alegria enquanto ele dizia as próprias. "A garota mais linda do mundo inteiro", Jimmy havia dito quando levantara o véu para beijá-la. "E você é minha."

— Vocês vão se casar em Chicago? — Meg perguntou.

Hanna fechou a revista.

— Eu estive pensando nisso. Acho que não. Acabaria virando algo grande demais. E aí, se você tenta fazer algo pequeno, tem o problema de membros da igreja ficarem ofendidos se não forem convidados. Então, acho que vai ser aqui. Não na igreja de Nate, porque ele teria o mesmo problema de convidar pouca gente, mas talvez no Nova Esperança. Katherine é uma parte tão significativa das nossas vidas, que estamos pensando em pedir para ela fazer a cerimônia.

— Ah, que ideia maravilhosa!

— Eu sei que significaria muito para nós dois se ela aceitasse. — Hanna segurou as mãos de Meg por cima da mesa. — E significaria muito para mim se você fosse minha madrinha.

Meg ficou tão surpresa, que mal conseguia responder.

— Sério?

— Eu sempre quis uma irmã — Hanna disse com os olhos se enchendo de emoção. — Por anos, sonhei em ter uma... Não que eu não ame meu irmão, mas não é a mesma coisa. Já tive boas amigas no ministério, ótimas colegas, mas nunca tive alguém como você, Meg. Essa é a verdade. Você é a irmã que eu sempre quis. E seria muito especial ter você comigo no dia. Seja quando for.

— Estarei lá — Meg respondeu enquanto as lágrimas de ambas se juntavam no momento que elas se abraçaram como irmãs.

De: Meg Crane
Para: Rachel Fowler
Data: sexta-feira, 30 de janeiro, 22h32
Assunto: Por favor, me ligue

Oi, Rachel,

Eu tirei as cópias das fotos que você escolheu e vou te mandar as originais. Também achei outras que pensei que você fosse gostar. Vou mandá-las também. Há algumas fotos de nós duas com o papai. Parece que estávamos juntos na praia. Não sei quem tirou as fotos, já que você me disse uma vez que a nossa mãe não ia junto nesses passeios.

Sei que você está brava comigo, mas eu gostaria de falar com você. Sei que você sabe que Becka não está atendendo minhas ligações. Sei que não tenho qualquer controle sobre o que vocês duas planejam juntas, mas adoraria que você tentasse entender por que eu estou tão chateada. Mesmo que possamos não chegar a um acordo sobre o que é melhor para minha filha, quero que você saiba que eu te amo e quero descobrir uma forma de vivermos como irmãs.

Por favor, me ligue.

Com amor, Meg

Para: Becka Crane
Assunto: pensando em você

Eu só queria te mandar uma mensagem para dizer que te amo e que estou pensando em você. Adoraria falar com você alguma hora. Não precisamos falar sobre Simon. Eu só queria escutar como você está e o que está aprendendo.

Eu estive bem doente nas últimas semanas. O médico me diagnosticou com bronquite, mas ele vai pedir um exame de raios X para ter certeza de que não virou pneumonia e

Meg apertou o botão de deletar. Becka a acusaria de tentar manipulá-la para responder. Ela fechou o computador e abriu o diário de orações com todas as anotações da Inglaterra registrando suas tentativas de praticar a oração de exame. Fazia semanas desde que ela tentara revisitar o dia com Jesus em oração. Na maior parte dos dias, requeria energia de mais pensar sobre as formas como ela percebera a presença ou sentira a ocultação de Deus. E, ultimamente, até fazer uma oração com a respiração era doloroso demais. Talvez outra carta de oração a ajudasse a processar tudo o que estava amontoado dentro dela e a focar o amor de Deus. Ela mudou de posição na poltrona e começou a escrever.

Querido Jesus,

Às vezes, estou ciente do teu amor, e a tua presença é óbvia para mim, como o presente que Hanna me deu hoje: não apenas me pedir para ser sua madrinha, mas dizer que sou a irmã que ela nunca teve. Isso foi um presente lindo para mim. Mas aí, no momento que comemoro esse presente de amor, me lembro do meu pesar com Rachel e de tudo que está quebrado entre nós. Não consigo consertar as coisas com ela. Não posso forçá-la a falar comigo. E não seria honesto eu pedir desculpas para ela. Não estou arrependida de ter pedido para ela sair da minha casa. Mas estou arrependida do dano que isso causou. Ou talvez não restasse tanto para ser danificado, para começo de conversa. E isso me deixa muito triste, também.

E o que posso falar sobre Becka que eu já não tenha falado para ti uma centena de vezes? Hanna me deu um cartão com a Oração da Serenidade. *Eu não sabia que existia uma versão mais longa. Por favor, recebe isso como minha oferta para ti, Senhor. É aí onde quero que meu coração esteja, mesmo que eu não esteja lá ainda. E não sei como chegar lá.*

"Que o Senhor nos conceda graça para aceitar com Serenidade as coisas que não podem ser mudadas,

Coragem para mudar as coisas que devem ser mudadas, e a Sabedoria para distinguir uma da outra. Vivendo um dia de cada vez, desfrutando um momento de cada vez, aceitando as dificuldades como um caminho para a paz, recebendo, como Jesus, este mundo pecaminoso como ele é, não como eu gostaria que ele fosse, confiando que tu consertarás todas as coisas, se eu me render à tua vontade, para que eu seja razoavelmente feliz nesta vida e supremamente feliz contigo na próxima. Amém."

Acho que eu poderia fazer essa oração todos os dias pelo resto da minha vida, e ainda não chegaria ao fim dela. Mas, por favor, Senhor, hoje à noite eu quero, pelo menos, começar. Senhor, me ajuda a me render à tua vontade e a confiar que tu consertarás todas as coisas, mesmo que nada aconteça da forma como quero. Por favor, me torna corajosa, sábia e serena. Como tu. Por favor, me ajuda a receber os presentes que me dás a cada dia sem me preocupar com o amanhã. Por favor, me ajuda a confiar em ti. Se as dificuldades são um caminho para te conhecer melhor, então, por favor, me dá olhos para ver como toda essa dor com Becka e Rachel agora pode me fazer mais como tu. E continua me relembrando, por favor, de que nenhuma dificuldade, provação ou relacionamento quebrado tem o poder de me separar de ti e do teu amor. Jamais.

Com todo o meu amor,

Meg

CHARISSA

Charissa se sentou ao lado de John no culto na igreja de Emily, com as mãos sobre o colo. O Dr. Allen e Hanna estavam sentados várias fileiras à frente, o braço dele ao redor do ombro dela. Ela não sabia que o Dr. Allen congregava na igreja de Emily. Ela se perguntou se eles se conheciam.

O pastor, Neil Brooks, que, em suas roupas casuais, poderia ser confundido com qualquer leigo na congregação, era um pregador suficientemente decente: não tão eloquente e erudito quando o reverendo Hildenberg, mas direto e bíblico. Ela conseguia ver que John gostava dele. Ele estava concordando com a cabeça e anotando, assentindo silenciosamente sempre que o pastor Neil fazia uma observação particularmente esclarecedora sobre o texto de Efésios.

E, quando Neil contou histórias sensíveis da própria vida e fé, John se inclinou para a frente, extasiado. O reverendo Hildenberg nunca contava histórias pessoais. Ele se atinha ao texto, adicionando eventos atuais ou exemplos literários, se servissem para explicar melhor seu argumento.

— Esse sermão foi incrível — John disse depois da bênção e do louvor de encerramento, uma música cujo refrão ele repetiu de novo e de novo. Se não fosse pelas referências a Jesus, a letra poderia ser confundida com uma música de amor das mais tocadas nas rádios.

Charissa olhou para a porta traseira do santuário, mas o pastor não estava lá para cumprimentar os presentes enquanto saíam. Em vez disso, ele estava perto do altar, debaixo da grande cruz de madeira, orando por quem ia até lá com suas necessidades, juntamente com presbíteros, que estavam ungindo pessoas com óleo.

— O que você achou? — John perguntou com voz ávida e cheia de expectativa.

— É, foi tranquilo. — Ela pegou a bolsa de debaixo da cadeira.

— Tranquilo?

— Foi bom, John. Foi bom. Só não estou acostumada.

— Eu sei, mas isso não quer dizer que seja ruim.

— Eu não disse que era ruim. Eu disse que é diferente do que eu estou acostumada. — Os vitrais, os hinários, as leituras e as orações responsivas, o coral em túnicas cantando hinos da galeria, o pregador com o robe por trás de um púlpito de madeira esculpida... A vida inteira de congregação na Primeira Igreja a moldara mais do que ela percebera. Tinha a sensação de que ela e John teriam dificuldades para concordar sobre onde congregariam.

— Charissa! — Ela se virou ao som da voz de Hanna e retribuiu seu abraço. — Eu não sabia que vocês congregavam aqui!

— Não congregamos — Charissa respondeu. — Digo, estamos visitando hoje. Eu não sabia que era a igreja do Dr. Allen.

— Essa coisa do mundo pequeno do oeste de Michigan — Hanna disse, sorrindo.

John se inclinou para a frente e deu um abraço nela.

— Parabéns!

Hanna estendeu a mão direita e mostrou o pequeno diamante sobre o anel dourado, refletindo luz.

— Eu ainda não acredito — Hanna disse —, ainda parece ser bom demais para ser verdade. E eu não sei se estaríamos juntos sem sua esposa. — Ela se virou para Charissa. — Eu nunca vou poder te agradecer o bastante por desobedecer minha ordem direta para não contar ao seu professor que você me conhecia.

Charissa riu e estendeu a mão para cumprimentar o Dr. Allen quando ele se juntou ao grupo.

— Como foi sua primeira semana de aula? — ele perguntou.

Até onde ela sabia, Charissa estava confiante de que dera ouro aos alunos. Para alguns deles, porém, a sabedoria dela era como as proverbiais pérolas jogadas aos porcos.

— Eu tinha me esquecido de como os calouros podem ser inquietos.

— Eles podem ser desafiadores, com certeza. Se eu puder te ajudar com algo, me avise.

“Não deixe esses jovens te intimidarem”, a voz do pai dela disse. “Aproveite toda oportunidade possível para demonstrar sua autoridade.”

Eles iam receber um teste surpresa na terça-feira.

— Vocês vão ficar para a formação espiritual? — o Dr. Allen perguntou.

— Nós não pens...

— Claro! — John exclamou.

— Ótimo! — o Dr. Allen respondeu. — Estamos estudando e orando com o Sermão do Monte nas últimas semanas, mas vocês vão poder participar, sem problemas.

— É bom — Hanna disse. — Às vezes, é como uma cirurgia cardíaca de tórax aberto sem anestesia, mas é bom.

Charissa sorriu sem graça. Parecia uma conversa ou aula com o Dr. Allen.

Antes que ela pudesse responder, John pegou a mão da esposa e respondeu:

— Nos mostre o caminho, que vamos para lá.

— Estou tão feliz que estejam aqui! — Emily disse quando viu Charissa em pé, ao lado da mesa de petiscos na sala do andar debaixo. — Você deveria ter me falado que vinham! Eu não sabia que vocês estavam visitando outras igrejas.

Charissa odiava essa expressão. Ela não tinha desejo algum de se tornar uma turista vulgar de bens religiosos.

— Estamos só explorando — ela respondeu, olhando em volta para as mesas arrumadas para discussões em grupos pequenos. Ela esperava que não lhe pedissem que compartilhasse nada pessoal nessas mesas. Ela tinha o próprio grupo em que podia compartilhar os detalhes íntimos de sua vida com Deus; não precisava de outro. E isso a relembrou: era a vez dela de escolher um exercício para sexta-feira. Tinha esquecido. Entre lecionar e o negócio da casa ser fechado em apenas oito dias...

— Você está bonita — Emily disse com o olhar descendo para a cintura de Charissa. — Não acredito que você ainda não está usando roupas de grávida.

Charissa arrumou a saia.

— Cinturas com elástico são minhas amigas. Elas e suéteres largos.

— Bem, para mim também — Emily respondeu, mostrando seu suéter largo de pescador, que não adiantava muito para disfarçar os quilinhos extras. — Mas, se eu estivesse grávida, gostaria de mostrar.

Mais uma diferença entre elas.

— Oi, Emily — John disse quando se aproximou com uma caneca de café na mão. — Há quanto tempo. — Ele a beijou na bochecha.

— É, tempo de mais. Parabéns por tudo, pela casa, pelo bebê...

Charissa fingiu que precisava amarrar os cadarços. Desde a escola, Emily media o próprio progresso na vida comparando-o com o de Charissa, dificultando que Charissa falasse livremente sobre os presentes e bênçãos dela sem que Emily se sentisse negligenciada. Agora adultas, os riscos eram mais altos do que notas em fichamentos de livros e pares para bailes na escola. Era Emily quem sempre sonhara em ter uma casa, um marido e cinco filhos, enquanto Charissa só falava sobre ser professora. E agora, até esse sonho se tornou realidade mais cedo do que o esperado, bem na época em que ela estava tentando fazer as pazes com o desvio causado pela gravidez e maternidade.

Os métodos misteriosos de Deus.

Para terminar logo o relato de Emily sobre o último episódio dos seus encontros desastrosos, Charissa mudou de assunto.

— Obrigada de novo por repassar as suas anotações para nosso grupo.

— Estou feliz que as estejam usando. Quais exercícios de oração vocês já fizeram?

— Aquele dos Salmos sobre a criança desmamada, e eu não pude ir à última reunião.

— Eu não sei o que faria sem meu grupo. Preciso daquele tempo juntas, só orando com a Palavra. É sempre incrível o que vem à luz quando você dá tempo e espaço para Deus, não é?

"Sim", Charissa pensou. E ela estava dando a Deus pouquíssimo tempo ultimamente, com as tantas outras preocupações urgentes.

Ela seguiu Emily até uma mesa próxima ao fundo da sala, sem ter certeza se seria confortada ou confrontada pela Palavra.

Provavelmente, confrontada. Ela se sentou ao lado de John e se preparou para um chute bem-aplicado e purgativo do Espírito de Deus.

— Lembrem-se: o que estamos estudando juntos é o convite para uma vida cruciforme, para pensarmos sobre os lugares onde estamos sendo moldados à conformidade com Cristo, enquanto abraçamos o chamado para morrermos para nós mesmos. Esse é o caminho estreito — disse o facilitador enquanto se preparavam para estudar o texto do Sermão do Monte.

Charissa estava inquieta em sua cadeira e evitava contato visual com John. "Cruciforme" não era uma palavra que ela já escutara antes, mesmo que estivesse sendo desafiada durante os últimos meses a abraçar tal chamado. Era uma longa estrada que estava adiante dela.

O líder leu Mateus 5:38–42 algumas vezes, convidando o grupo a "escutar com os ouvidos do coração". Assim como Katherine Rhodes fazia no Retiro Nova Esperança. Lentamente, com espaço para oração silenciosa. Charissa ficou com os olhos fechados, concentrada em uma palavra ou frase que chamasse sua atenção e evocasse reflexão.

> **OUVISTES QUE FOI DITO: OLHO POR OLHO E DENTE POR DENTE. EU, PORÉM, VOS DIGO: NÃO RESISTAIS AO HOMEM MAU; MAS A QUALQUER QUE TE BATER NA FACE DIREITA, OFERECE-LHE TAMBÉM A OUTRA; E AO QUE QUISER LEVAR-TE AO TRIBUNAL, E TIRAR-TE A TÚNICA, DEIXA QUE LEVE TAMBÉM A CAPA; E, SE ALGUÉM TE OBRIGAR A CAMINHAR MIL PASSOS, VAI COM ELE DOIS MIL. DÁ A QUEM TE PEDIR E NÃO VOLTES AS COSTAS A QUEM TE PEDIR EMPRESTADO.**

"Ouvistes que foi dito... Eu, porém, vos digo." Foi isso que chamou a atenção de Charissa cada vez que ela escutava a passagem.

Ela se lembrou de que tais palavras não estavam somente nesse trecho, mas espalhadas por todo o sermão de Jesus. Repetidamente, Jesus fazia referência ao que fora ensinado, recebido e crido como sabedoria e retidão, só para revirar tudo de ponta-cabeça. "O reino de cabeça para baixo", alguém comentou quando começaram o tempo de discussão. Essa declaração era o suficiente para deixar um fariseu cuidadoso e seguidor de regras tonto e desorientado.

"Ouvistes o que foi dito..."

Charissa internalizara muitas instruções sobre o que era o mais importante para ter uma vida "fiel" e moralmente reta. Ela passara anos marcando as caixinhas certas de sua vida espiritual sem pensar muito sobre morrer para si mesma ao se estender em amor para outros.

"Eu, porém, vos digo..."

Essa é a Voz que a estava incomodando pelos últimos meses. "Eu, porém, vos digo..."

A verdade era que ela raramente se colocava na inconveniência de dar passos extras pelas pessoas mais próximas dela, quanto mais por alguém que de fato se opusesse a ela. Talvez devesse começar a praticar a vida cruciforme regularmente ao tentar se doar num amor maior por John. "Faça isso por mim, pode ser?", ele dissera de novo naquela manhã, quando ela quase quebrou a promessa de ir ao culto com ele. "Por favor." Quando ela sugeriu que eles visitassem a igreja de Emily em vez da de Tim, não fazia ideia de que John gostaria de lá tanto assim.

Pelos próximos 45 minutos, John interagiu com pessoas ao redor da mesa como se fossem velhos amigos, e ele estava completamente vidrado quando falou a respeito do que havia percebido sobre o chamado de Jesus.

— Foi esse o tipo de coisa que você fez no Nova Esperança? — ele perguntou quando estavam voltando para casa. — Ler a Bíblia lentamente daquele jeito e depois conversar sobre ela?

— Sim. Às vezes.

— E esse é o tipo de coisa que você faz no seu grupo dos Calçados Confortáveis? Vocês conversam honestamente sobre suas vidas com Deus?

— Sim.

Ele assentiu.

— É isso que estou procurando, Cacá — ele respondeu enquanto aumentava o descongelador do para-brisa. — É isso que eu quero.

Ela suspeitava que não voltaria à Primeira Igreja tão cedo.

HANNA

Tendo noivado havia menos de uma semana, Hanna estava tentada a cancelar a ideia de um casamento completo com a família e amigos e a aceitar a sugestão de Nathan de se casarem na Terra Santa. "Sinto muito", Meg disse quando voltou do culto. "Eu não estava pensando quando contei para Mara como eu estava animada por ser sua madrinha de honra. E acho que isso afetou todo tipo de complexo de rejeição dela."

Hanna passou uma hora inteira ao telefone com Mara no domingo à tarde, mas pouco adiantou para acalmar-lhe os sentimentos feridos e para reafirmar que, sim, Hanna pretendia convidá-la para ser madrinha, assim como a Charissa, e só não tivera a oportunidade de perguntar ainda. E, não, ela não estava chamando só por pena.

Honestamente! Como que mulheres de meia-idade podiam voltar a ter dez anos de idade com tanta rapidez?

E Mara não era a única a ficar chateada com a escolha de Hanna. "Quer dizer que você não vai chamar Sadie para ser sua madrinha de honra?", a mãe dela perguntou, incrédula. Embora Hanna gostasse da cunhada, elas duas tinham pouco contato pessoal. "Mas e Joey? Ele vai ser um padrinho, não vai?"

Hanna nem pensara em incluir Joey. Nathan tinha os próprios amigos para convidar e ficar ao lado dele, e ela não planejara pedir-lhe que encaixasse seu irmão.

— Eu faço o que você quiser — Nathan disse pelo telefone naquela noite.

Hanna mexeu na aliança.

— Nós ainda nem definimos uma data, e eu já estou exausta.

— Bem, minha oferta ainda está de pé. Escapamos de todo o drama. Só você, eu e Jake, com Katherine para celebrar a cerimônia. Pense nisso. Estaremos em Caná no quinto dia.

Hanna riu.

— Você já pensou em tudo, né?

— Talvez...

— Minha mãe ficaria devastada. Ela desistiu anos atrás da esperança de que eu fosse me casar, e agora não posso me casar longe dela. Talvez possamos chamar minhas sobrinhas para jogarem as pétalas. É uma forma de incluir Joe e Sadie sem aumentar demais a festa de casamento.

Uma festa para um casamento que ainda nem tinha data. E o relógio do seu tempo sabático estava correndo, seu retorno para Chicago estava se aproximando e ela ainda não tinha descoberto o que fazer em longo prazo em Westminster.

Senhor, socorro.

Socorro.

Domingo, 1º de fevereiro, 22h30

Desde que encerrei o telefonema com Nate, estive pensando sobre os versículos que estudamos na formação espiritual depois do culto hoje de manhã: Mateus 5:38-42. É uma passagem difícil para eu refletir, com tudo o que estou tentando processar nos últimos meses sobre não ser uma pastora messiânica, sobre não assumir responsabilidade de mais pelos outros, sobre intercalar isso com ritmos de descanso e operar com fronteiras. E aí sou confrontada por Jesus, dizendo: "Dá a quem te pedir e não voltes as costas a quem te pedir emprestado."

O que faço com isso, Senhor? Parece que foi assim que passei os quinze anos no ministério: dando minha camisa com a capa, caminhando não apenas dois mil passos, mas dezenas de milhares de passos extras até eu estar tão exausta, que nem sabia mais quem eu era.

Perguntei a Nate sobre isso e, do jeito *Nate*, ele respondeu com uma pergunta: "Por que você fez todas essas coisas?"

Alguns meses atrás, eu teria uma resposta fácil: para ser fiel a Deus. Mas estou pensando sobre a pergunta dele há uma hora, e a resposta honesta que encontrei é que fiz isso porque estava com medo — voltando àqueles medos basilares de não ser uma serva fiel o bastante, de não agradar a Deus, de algo errado acontecer se eu não estivesse sempre "servindo" e sendo responsável. Não acho de verdade que eu tenha dado amor e compaixão. Odeio admitir isso. Sendo honesta, acho que me entreguei sacrificialmente, mas não porque eu estava morrendo para mim mesma a fim de seguir os passos de Jesus, mas porque eu queria que as pessoas de Westminster notassem e aprovassem meus sacrifícios.

Credo, Senhor.

Volto ao mesmo tema de novo: servir por medo ou ofertar por amor. E, se eu estou cada vez mais me convertendo à abundância, então tudo o que oferto aos outros vem de outro lugar. Posso alegremente dar uma túnica, sabendo que terei o que preciso. Ou posso alegremente andar outros mil passos revigorada, porque estou sendo constantemente reabastecida.

Mudança de paradigma. Mesmas ações, mas fluindo de outra fonte e motivação. E isso muda tudo.

Senhor, continua me mostrando o que significa seguir os teus passos. Eu vou ter muita coisa para compartilhar com Katherine quando a vir na sexta-feira.

Sei uma coisa sobre o casamento, seja quando for: eu disse para Nate que quero estar descalça na cerimônia, como um sinal de estar em terra santa, ofertando nosso sim um para o outro e para Deus. Nas tuas mãos, Senhor, todos os planos, pessoas, preparações e reflexões.

Hineni. Eis-me aqui.

MARA

Mara roía as unhas enquanto esperava para passar pelo caixa com um carrinho cheio de compras.

Escolhida. Agraciada. Grávida com o Filho de Deus. Alguém que carrega Cristo para o mundo. Como ela podia ter viajado tão longe na compreensão e visão de si mesma como "a pessoa que Jesus ama", somente para ser jogada em uma crise de inveja insegura por não ter sido escolhida como madrinha de honra de Hanna?

Ela voltou a ter nove anos ao telefone com Meg, tentando não chorar na carteira da escola quando descobriu que era a única menina na sala que não fora convidada para a festa de aniversário de Kristie Van Buren.

Um gatilho, Dawn chamaria, um gatilho associado a uma vida inteira de rejeição. E levaria um longo tempo para praticar o hábito de viver em uma narrativa diferente, Dawn diria.

Ela pegou um divisor para as compras e começou a colocar comida congelada sobre a esteira.

Hanna tinha todo o direito de escolher quem quisesse, e, se ela escolheu Meg em vez de qualquer uma das amigas em Chicago, então ela e Meg tinham forjado um tipo de conexão especial contra a qual Mara não poderia competir. Ela deveria estar feliz só por Hanna tê-la convidado.

"Jesus, me ajuda."

Ela teria muito para conversar com Dawn.

— Como você está hoje? — a atendente perguntou baixo.

— Bem. E você?

— Bem... Obrigada por perguntar. — Ela pesou um cacho de bananas e apertou alguns números no teclado. — Encontrou tudo o que queria?

Mara riu.

— Mais que isso. — Ela assistiu aos itens passando. Não importava o quanto ela tentasse se ater à lista, sempre acabava comprando mais por impulso.

— Sacola de papel ou de plástico? — o adolescente empacotador perguntou.

— Pode ser plástico. — Mara pegou da bolsa a carteira e um bolo de cupons presos por um clipe de papel, determinada a ignorar o suspiro audível da mulher atrás dela na fila.

A atendente escaneou cada cupom.

— O total é 186,81 reais.

Mara passou o cartão na maquininha. Ela esperava que não tivesse forçado Hanna a escolhê-la. Apesar da insistência de Hanna de que não era isso, talvez ela tivesse se sentido culpada a ponto de convidá-la. Talvez ela só estivesse sendo legal, certificando-se de que Mara não se sentisse excluída. Do mesmo jeito que ela havia visto Jesus por muito tempo, pensando que ele a escolhera para segui-la porque ela estava sobrando. Ela trabalhou duro para mudar o pensamento a esse respeito.

— Você poderia passar o cartão para mim de novo? — a atendente perguntou.

Mara se certificou de que o cartão estava do lado certo e passou de novo. Pelo menos, ela não se sentiu ameaçada e com inveja quando Jeremy disse que ele e Abby estavam levando Madeleine para Ohio a fim de ver Ellen, que ela já vira como uma avó rival. Progresso. Dawn provavelmente diria que isso era um progresso significativo.

— Você tem outro cartão que possa usar? — a atendente perguntou. — Esse não está passando.

O rosto de Mara corou.

— Nossa. Perdão. Claro. — Ela enfiou o cartão Visa na carteira e pegou o MasterCard. Passou, esperou e...

A atendente franziu a testa e balançou a cabeça.

— Esse também não funcionou? — Mara perguntou com o estômago revirando.

— Não.

A mulher atrás dela murmurou algo.

— Aqui... Vamos tentar este. — Ela passou o cartão de débito.

Não funcionou.

Ai, meu Deus.

Tom.

Mara olhou para as sacolas carregadas no carrinho e tentou se acalmar.

— Eu sinto muito. Algo deve ter acontecido com o banco. Eu... eu vou ter que ir e ligar para ver se algo foi roubado ou...

Sabotado.

Ai, meu Deus.

E agora?

A atendente apontou para todas as compras não pagas.

— Então, tudo isso...?

— Eu sinto muito — Mara murmurou. Com as mãos tremendo, ela fechou o zíper da bolsa, se espremeu entre o carrinho e o balcão, saiu do mercado e foi para o carro, de cabeça baixa.

"Essa conta foi encerrada."

Mara ligou para cada um dos cartões de crédito, somente para escutar a mesma coisa repetidamente, sem qualquer explicação.

— Você tinha alguma coisa no seu próprio nome? — Charissa perguntou quando Mara lhe ligou, em pânico.

— Não... Nada! Eram todos cartões na conta de Tom. — Como ela pôde ter sido tão tola? — Eu nunca tive um emprego, então sempre tive cartões no nome de Tom. Meu crédito foi desaprovado anos atrás, e eu nunca pensei em fazer qualquer coisa sobre isso. E agora? O que eu vou fazer? Ele fechou até nossa conta de débito!

— Vou ligar para o meu pai e ver o que ele diz.

Mara socou a cama. Se ela não tivesse comprado um colchão novo pela conta de Tom, isso jamais teria acontecido. Essa era a vingança dele, a declaração de controle.

Ai, meu Deus.

— O que tem para o jantar? — Kevin perguntou da porta.

— Cereal — ela respondeu e começou a chorar.

CHARISSA

Charissa esperava que seu pai pudesse lhe dar conselhos específicos de graça, a fim de ela repassar para Mara. Em vez disso, ele disse para Charissa que Mara deveria procurar seu advogado. "Mas Tom podia fazer isso? Simplesmente fechar todas as contas?", Charissa perguntou.

"Se eram contas dele, sim."

"Mas e a pensão dos filhos? Ele não deveria pagar para ela mensalmente, mesmo antes que o divórcio fosse definitivo?"

"Diga para ela conversar com o advogado dela", ele disse. Como ela não sabia nada sobre o acordo de custódia temporária deles, ele não poderia falar sobre os detalhes.

— O que está acontecendo? — John perguntou quando ela desligou o telefone.

Ela fechou o computador.

— Sabe quando fui com Mara comprar um colchão novo algumas semanas atrás?

Ele assentiu.

— Bom, Tom deu um chilique completo quando viu a conta. E agora ele fechou todas as contas de crédito e de débito deles. Ela está sem nada. Absolutamente nada. Sem ter como comprar até comida agora.

John jogou de lado o controle do videogame.

— Isso não tá certo! Ele não pode simplesmente deixá-la sem qualquer forma de cuidar de si mesma e dos meninos, e...

— Eu sei. Meu pai disse que ela precisa entrar em contato com o advogado imediatamente. Mas isso custa dinheiro. — Ela passou por uma montanha de caixas empacotadas e pegou o casaco do armário.

— Aonde você vai?

— Fazer compras.

Ele olhou para o relógio.

— Agora?

— Agora.

— Mas e a palestra de amanhã, que estava te preocupando?

— Ela pode esperar.

John deu um sorriso que iluminou todo o rosto e disse:

— Eu acabei de ganhar um bônus no trabalho. Compre para ela tudo de que precisar.

Fazer compras nunca fora tão divertido. Nunca. Charissa encheu um carrinho com tudo o que ela imaginava que poderia ser útil para Mara pelas próximas semanas: papel higiênico, papel-toalha, produtos de limpeza, pacotes de peitos de frango, quilos de carne moída, vegetais congelados, massas, cereais, sopa, vegetais frescos, queijo, iogurte, pão e café. Quase trezentos reais depois, ela descarregou as primeiras sacolas no alpendre de Mara. Um cachorro latiu, a luz do alpendre acendeu e a porta da frente se abriu.

— Mas que... — Mara levou um susto.

— Sou eu! — Charissa disse, segurando uma sacola plástica. — Pensei em fazer uma pequena entrega.

Mara estava congelada. Sem palavras.

— Desculpa te surpreender assim... Eu deveria ter te ligado primeiro.

— Não... Não, tá tudo bem! Eu achei que talvez você fosse um vizinho quando escutei o barulho... Entra, entra! — Mara deu uma olhada furtiva pela rua, então pegou algumas sacolas e olhou dentro delas, com a visão ficando embaçada. — O que é tudo isso?

— Algumas compras para você e para os meninos. — Charissa desviou do cachorrinho latindo e pulando em círculos aos seus pés.

— Bailey, para! — Mara ordenou. Bailey continuou latindo. — Kevin! Venha cá, por favor! Pegue Bailey para mim!

Kevin pegou Bailey pela coleira e devolveu o cumprimento de Charissa.

— Não acredito! — Mara disse depois de colocar as sacolas no carpete para poder abraçar Charissa com os dois braços. — Você é um anjo! Um anjo de verdade!

Charissa sorriu. Ela já fora chamada de várias coisas na vida, mas nunca de anjo.

— Tem mais no carro.

— Mais? — As lágrimas estavam correndo pelas bochechas de Mara. — Kevin, aqui, leve Bailey para o porão, por favor? E ajude a Sra. Sinclair a pegar as outras sacolas do carro dela. — Mara começou a levar as sacolas para a cozinha, para guardar as compras. Kevin arrastou Bailey pela coleira e fechou a porta do porão antes que o cachorro pudesse escapar de novo.

— Obrigada, Kevin — Charissa disse enquanto ele a seguia até o carro.

— Aham. — Ele ficou em silêncio enquanto pegava as sacolas do porta-malas.

— Espero que eu tenha pegado coisas de que você goste. Eu não sabia que tipo de petiscos comprar para vocês.

Kevin parecia confuso.

— Você comprou tudo isso para nós?

Evidentemente, Mara não contara o que Tom havia feito. Por mais que fosse tentador, Charissa decidiu não contar para Kevin como o pai dele era aproveitador.

— Sua mãe teve um dia difícil, então estou ajudando. — Ela pegou a última sacola e fechou o porta-malas. Talvez Kevin contasse para Tom sobre a entrega das compras, e Tom saberia que o plano dele fracassou.

— Hanna vai te encontrar no banco amanhã, quando você abrir sua própria conta — Charissa anunciou para Mara enquanto carregava as sacolas para a cozinha. Kevin começou a colocar as compras nas prateleiras da despensa.

— Eu não tenho dinheiro para...

— Tem, sim. Nós já acertamos isso. Você tem dinheiro suficiente agora para abrir uma conta... Não! Não discuta. — Ela balançou a mão para Mara, a fim de cortar-lhe a objeção pronta. — E, assim que você marcar sua reunião com seu advogado, Hanna vai com você. Tom precisará começar a depositar todo o recurso da pensão na sua nova conta. E vamos fazer tudo o que pudermos para te ajudar a seguir em frente. Todos nós. John e eu, Hanna e Nathan, Meg. — A cabeça de Kevin apareceu por detrás da porta do armário, e Charissa sabia que ele estava prestando muita atenção. Ótimo. — Tom foi longe demais, Mara. Ele mexeu com todas nós quando mexeu com você. E ele cutucou uma caixa de marimbondos, pode acreditar. Eu nunca tinha ouvido Meg com raiva. Você deveria ter escutado ela no telefone quando liguei para contar o que tinha acontecido. Esqueça o Clube dos Calçados Confortáveis. Agora, é o Clube dos Coturnos Confortáveis.

Mara riu, o corpo todo tremendo com uma combinação de gargalhadas fortes e soluços de gratidão. Ela abraçou Charissa de novo e a balançou para a frente e para trás.

— Eu não acredito nisso. Não acredito que vocês, todos vocês, fariam isso por mim. Por nós. Obrigada. Obrigada! Eu nunca poderei agradecer o bastante. Nunca.

No caminho de volta para casa uma hora depois, Charissa fez a própria oração de gratidão para Deus. Caminhar esses mil passos a mais nunca fora tão revigorante. Nunca.

8.

HANNA

— Eu saquei mais cem dólares para ela — Meg disse, entregando a Hanna um envelope do banco. — E posso sacar mais se ela precisar. Ele não vai se safar dessa.

— Eu espero mesmo que não — Hanna respondeu. — Mara deixou uma mensagem para o advogado dela. Eu espero que ela tenha uma resposta dele logo. — Hanna guardou o envelope na bolsa. — E, falando em receber resposta, você já deveria ter recebido alguma notícia daquele raio X torácico. Estou surpresa que não ligaram ainda.

Meg levantou os ombros e se afundou na poltrona.

— Me faz esse favor, tá bem? — Hanna disse. — Ligue para o consultório do médico e encha a paciência deles. Você precisa fazer isso logo.

— Tá bem, fechado. — Meg puxou a alavanca e se inclinou para a frente com os pés levantados. — Eu ligo para o médico e você liga para Steve.

Hanna olhou para o relógio. Ela só precisava encontrar Mara no banco dali a uma hora. Com sorte, conseguiria falar com Steve antes de a reunião de equipe de terça-feira de manhã começar. Deixando Meg na sala de música para fazer a ligação dela, Hanna foi para a cozinha e discou o número de Westminster.

— Bom dia! Obrigada por ligar para Westminster. Aqui é Heather.

Heather? Por que a estagiária estava atendendo o telefone do escritório? Por um momento, Hanna pensou em não se identificar. Mas aí seria constrangedor quando Heather inevitavelmente perguntasse quem era.

— Oi, Heather, é Hanna. — Sem resposta. — Hanna Shepley.

— Ah, oi, Hanna! Desculpe... Não reconheci sua voz! Como você está? — Ela era tão... tão... alegre.

— Ótima, obrigada! — Outro momento de decisão: ela deveria começar uma conversa sobre como estava indo seu trabalho ou deveria pedir para falar com Steve sem puxar papo? — Então, como você está? Tudo indo bem? — Hanna perguntou.

— Incrível! Absolutamente incrível. Eu não acredito no tanto que já aprendi! A igreja é maravilhosa. Completamente maravilhosa. E tudo tem sido ótimo na sua casa. Sem problema algum!

— Estou muito feliz — Hanna respondeu. Ela estava, né? Pensou um momento sobre isso. Sim, ela estava. Na maior parte. Ainda com uma pontadinha de insegurança por ser substituída tão facilmente, mas feliz, na maior parte. — Steve já está aí?

— Acho que sim, mas estamos nos preparando para a reunião da equipe.

"Eu sei disso", Hanna disse silenciosamente. "Eu participei de reuniões de equipe por quinze anos, lembra?" Em voz alta, ela disse:

— Vai ser rápido. Você pode me passar para o escritório dele?

— Tudo bem, espera. — Ainda alegre. — Ótimo falar com você, Hanna!

— Com você também, Heather. Obrigada.

Ela olhou para o peitoril da janela, onde os dois bulbos de *amaryllis* que estavam em vasos adjacentes haviam brotado talos prestes a florescer: vermelho para Hanna e branco para Meg, as flores invernais delas. O quanto já tinha acontecido desde que elas plantaram aqueles bulbos antes do Natal, antes de...

— Aqui é Steve.

Hanna se endireitou na cadeira. Pelo som da voz dele, Heather não havia dito quem estava ligando.

— Oi, Steve, é Hanna. Shepley.

— Hanna! Desculpa eu não ter atendido sua ligação semana passada. Eu estava fora, em uma conferência, e quando voltei tinha uma pilha de mensagens.

— Sem problema! Eu sei que você está se preparando para a reunião, então vou ser sucinta, e talvez possamos marcar outro horário para uma conversa mais detalhada.

— Tudo bem.

— Eu sei como funciona o telefone sem fio, então talvez você tenha escutado algo sobre isso, mas, em outubro, eu me reconectei com um antigo amigo do seminário... Uma história doida de mundo pequeno.

Ele riu.

— Ouvi rumores, os quais foram rapidamente descreditados, a propósito. Não se preocupe.

— Então... — Ela olhou para a aliança. — Acontece que há muito mais história do que eu contei algumas semanas atrás... — Ela trocou o telefone para a outra orelha — Semana passada, Nathan me pediu para casar com ele... E eu disse sim.

Silêncio atordoado, e então:

— Hanna! Uau!

Era a vez dela de rir.

— Sim. Uau!

— Parabéns!

— Obrigada. Muito obrigada. — Ela queria poder ver a expressão facial dele, ver se havia algo além de entusiasmo sincero em sua resposta. — Ainda não marcamos uma data... Obviamente, muita coisa depende do que acontecerá depois que eu voltar para Chicago, e aí podemos pensar em estratégias de longo prazo, se esperamos uns dois anos ou... — A voz dela sumiu em um silêncio vago.

— Imagino que seu noivo more em Michigan — ele disse depois de alguns momentos.

"Seu noivo." Essa palavra ainda soava tão estranha, tão improvável nos ouvidos dela.

— Em Kingsbury, sim.

— Aham.

Ela conseguia escutar as engrenagens na cabeça dele.

— Foi tudo muito repentino — Hanna continuou —, e ainda nem contei para Nancy. Honestamente, não estou pronta para as notícias ficarem públicas em Westminster, mas queria pelo menos te contar o que está acontecendo, Steve, para você ser o primeiro a saber.

— Agradeço por isso — ele respondeu antes de outra pausa constrangedora. — Estou feliz por você, Hanna. Muito feliz por você.

Aham. E aparentemente estava sentindo outra coisa que não estava contando. Ela deveria ter dirigido até Chicago e conversado pessoalmente. Talvez devesse ir para lá nos próximos dias, só para conferir as coisas.

— Eu sei que tem muito mais coisas para nós conversarmos — Hanna disse — e eu não quero te atrasar para a reunião. Eu só queria ligar, sabe, e te informar sobre o que está acontecendo por aqui, com todas as reviravoltas inesperadas. Essa me pegou completamente de surpresa.

— Deus costuma fazer isso — Steve respondeu.

Mais silêncio.

— Eu posso ir aí esta semana, Steve, e conversar mais com você se isso ajudar a...

— Não, não. Isso não é necessário.

Ela não estava convencida pelo tom enigmático dele.

— Talvez eu te ligue outro dia, então?

— E se eu te ligar, Hanna? Talvez no começo da semana que vem? — Ela conseguia ouvi-lo remexendo alguns papéis. — Eu vou te mandar um e-mail com dias e horários que caberiam na minha agenda, e aí marcamos algo. Tudo bem por você?

— Claro. Ótimo. Obrigada, Steve. Obrigada por manter as notícias confidenciais por enquanto.

— Certo.

— E diga oi para todo mundo por mim!

— Farei isso.

Meg apareceu à porta quando Hanna deu tchau e desligou o telefone, e perguntou:

— Tá tudo bem?

— Não tenho certeza. — Hanna apoiou o queixo nas mãos, pensativa.

Meg se sentou diante dela, com a pele pálida sob a luz, e as clavículas salientes acima da gola do moletom de Londres.

— O que o médico disse? — Hanna perguntou.

Meg apertou a mão contra o peito.

— Parece que o pedido se perdeu, de alguma forma. Eles estão procurando.

— Nossa, Meg! Isso não é nada bom. E se eu for com você para a emergência quando eu terminar no banco com Mara?

Meg balançou a cabeça.

— Não sei se meu seguro cobre isso. Acho que é melhor eu só esperar pelo encaminhamento. — Ela se dobrou quando uma crise de tosse atacou, e contorceu o rosto de dor. Talvez tivesse rachado alguma costela nas semanas anteriores.

— Eu não estou gostando nem um pouquinho do som dessa tosse. — Hanna se levantou para pegar um copo de água para Meg. — Se eles não ligarem de volta até o almoço, acho que você não deveria esperar. Você está lutando contra isso há mais de um mês, e está piorando.

Meg pegou o copo e bebeu lentamente.

— Vou ficar bem — ela respondeu, tentando limpar a garganta. — Mas e Steve? O que ele disse?

Ao relatar a conversa, Hanna a fez parecer ainda mais peculiar. Ela não tinha certeza de como caracterizar a resposta dele. Claramente, as notícias pegaram Steve de surpresa, em especial porque ele ouvira rumores que foram agressivamente desbaratados, provavelmente por Nancy e por insistência de Hanna.

Aquele encontro no aeroporto com Sally parecia fazer tanto tempo. Talvez ela devesse ter deixado os rumores correrem. Se soubesse na época que ficaria noiva em uma semana, poderia não ter feito nada contra eles. Agora, ela estava na posição constrangedora de desdizer sua negação não apenas para a congregação como um todo, mas para Nancy. Sua determinação para proteger a privacidade só complicou a situação.

— Então, ele não aprovou? — Meg perguntou com uma expressão mista de choque e indignação. — Ele não ficou feliz com a notícia?

— Não é que ele não estivesse feliz ou não aprovasse; ele estava cauteloso. O que quer que estivesse na cabeça dele, não estava pronto para compartilhar comigo.

— Talvez ele estivesse se perguntando se você vai voltar ou não.

— Eu deveria ter assegurado a ele que sim. — Uma negligência óbvia, que provavelmente valia um e-mail. — O problema é que não sei quanto tempo vou ficar depois que eu voltar. É essa a parte sobre a qual não consigo ter certeza, não importa o quanto eu ore sobre isso.

Meg tossiu sobre o cotovelo de novo.

— Talvez Katherine te dê algumas ideias quando você for vê-la.

Verdade. Provavelmente, era um presente ela não falar com Steve de novo antes da orientação espiritual com Katherine. Hanna pegou as chaves.

— Quer que eu traga algo para você?

— Não, obrigada. Só mande um abraço para Mara por mim, diga-lhe que estou orando por ela.

— Pode deixar. E eu estou te dando um prazo até meio-dia. Se eles não marcarem um raio X para você hoje, eu vou te levar para o hospital. Sem discussão.

Concordando mansamente, Meg voltou para a poltrona e se enrolou no cobertor de flanela. Quando Hanna saiu quinze minutos depois, Meg estava dormindo com a boca ligeiramente aberta e o telefone sobre o colo.

MEG

Meg andava pela multidão com dificuldade, com medo de perdê-lo de vista. Jimmy estava sempre olhando para trás para ter certeza de que ela estava atrás dele, mas ela não conseguia alcançar sua mão esticada. Havia pessoas de mais na frente.

Ela tentou abrir caminho a cotoveladas.

— Vamos, Meg! — ele disse. — Continue vindo!

— Não vá embora! — ela gritou. — Por favor, não vá embora! — Tentou correr atrás dele, mas suas pernas não se mexiam, e ele desapareceu no meio da multidão. — Não me deixe! Por favor! — Eles estavam em uma estação de trem, ela podia escutar o apito do trem, o trem estava saindo, e Jimmy já estava a bordo. Ela podia ver o rosto dele na janela e tentou correr para pegar o trem, mas não conseguiu, e ele se foi. De novo.

Ela acordou ofegante e com as pernas tremendo. O apito do trem local diário estava sumindo com a distância. Ela secou as lágrimas dos olhos. Às vezes, quando as condições do tempo estavam exatas, ela conseguia até escutar o barulho do trem e o tilintar dos sinos da intercessão da linha. Quando menininha, ela se deitava na cama à noite e escutava esses sons, imaginando as pessoas a bordo e os lugares aonde estavam viajando. Uma vez, quando ela e Jimmy eram adolescentes e as casas deles ficavam a alguns quilômetros de distância, ambos escutaram o som do apito do trem enquanto conversavam pelo telefone tarde da noite e souberam que aquilo era, de alguma forma, um prenúncio significativo e místico do futuro deles juntos, de que eles estavam juntos por um cordão invisível que trilhava a escuridão.

Ela sonhara com Jimmy frequentemente nas últimas semanas, algo sem dúvidas ligado ao fato de ela ter organizado as fotos, bem como à ansiedade com Becka. Entre os sonhos agridoces e saudosos com Jimmy e os pesadelos crônicos e alarmantes com a filha deles, o sono de Meg, quando ela conseguia dormir, era inquieto e atormentado.

E, ainda assim, ela dormia profundo o bastante, evidentemente, para não escutar o telefone tocar: perdera a ligação do consultório médico meia hora atrás. Ela escutou a mensagem. "Ela poderia ir imediatamente para o departamento de radiologia do St. Luke?" Dobrou o cobertor e o colocou sobre a cadeira. Sim, ela poderia. "Obrigada, Senhor." Mandou uma mensagem para Hanna com a notícia de que não precisaria ir para a emergência e se apressou para o hospital.

Meg jamais esteve em uma sala de espera tão lotada. Ela queria ter comprado uma máscara para cobrir o nariz e a boca. Toda vez que ela tossia, alguém a olhava criticamente e se afastava. Em todas as entradas e nas paredes dos corredores, pôsteres alertavam sobre a temporada de gripe e instruía os visitantes a lavarem as mãos. Ela se perguntou que tipo de raio X os outros pacientes fariam.

— Margaret? — a técnica chamou da porta. Meg levou um tempo para perceber que era ela sendo chamada. Colocou a Bíblia na bolsa e seguiu a moça pelo corredor. Dez minutos depois, vestindo um avental de hospital, ela estava de pé, pressionada contra uma placa fria e lisa, com o queixo levantado e os ombros inclinados para a frente. — Eu preciso que você inspire o mais fundo que conseguir e segure, tudo bem? — a técnica disse antes de sair de vista.

Meg tentou inspirar, mas começou a tossir.

— Desculpe — ela disse.

— Tudo bem. — A técnica a ajudou a se reposicionar contra a chapa e sumiu de novo. — Respire fundo.

Meg inspirou e segurou, com a dor atravessando o peito.

— Pode soltar.

Meg se virou para o lado para tossir de novo.

— Mais um, tudo bem? Desta vez, de lado. Ombro esquerdo aqui, mãos acima da cabeça nessa barra aqui... Ótimo. — Ela voltou à cabine de proteção. — Mais uma vez, respire fundo e segure... Isso. Solte.

Meg relaxou.

A técnica ficou mais alguns momentos na cabine antes de aparecer de novo.

— Certo, temos tudo de que precisamos. O radiologista vai dar uma olhada e mandar o relatório para o seu médico. Você tem alguma pergunta?

Meg pensou por um momento e disse:

— Isso vai mostrar uma costela rachada, certo? Ou pneumonia, ou pleurisia? — De acordo com a pesquisa dela na internet, essas coisas podiam ser causas comuns de dores no peito.

— Vai dar para ver bastante coisa — ela respondeu.

Hanna recebeu Meg à porta quando ela chegou.

— Como foi?

— Tudo bem — Meg respondeu. — Eles conseguiram me encaixar entre várias outras pessoas, então sou grata por isso. Parece que o médico vai ligar nos próximos dias com os resultados.

— Fico feliz que eles finalmente te chamaram — Hanna disse.

— Eu também. — Meg tirou o casaco e as botas. — E Mara? Como foi lá no banco?

— Ótimo. Ela ficou estupefata com o dinheiro, dizendo que não acreditava que tinha amigos que a ajudariam daquele jeito, e conseguiu abrir a conta. O advogado dela ligou bem quando estávamos terminando. Ele disse que vai entrar em contrato com o advogado de Tom e se certificar de que os depósitos sejam feitos devidamente. Então, acho que ela está aliviada com tudo.

— Que ótimo — Meg respondeu, aconchegando-se na poltrona. — Te digo uma coisa: eu nunca realmente odiei ninguém, mas, desde Simon e Tom... Bem, não posso dizer que não sonhei com eles recebendo o que merecem.

— Eu sei. Estou com você nessa. Talvez eu tenha algumas cartas de perdão para escrever.

Meg se esquecera desse exercício. Ela ainda não tinha a energia emocional, física, mental ou espiritual para trabalhar com quaisquer questões de perdão. Talvez, quando ela estivesse se sentindo mais forte, tentasse escrever algumas cartas. Também marcaria uma reunião com Katherine assim que ela tivesse certeza de que não estava mais contagiosa com bronquite ou pneumonia.

— Que tal algo para comer? — Hanna perguntou. — Posso descongelar um pouco da canja que Mara trouxe para você.

Até sopa parecia demais. Fosse qual fosse o vírus ou infecção que destruíra o corpo dela, também eliminara o apetite.

— Talvez mais tarde.

— Você precisa comer algo, Meg. Não posso te ver definhando. Que tal um queijo quente? Ou um milk-shake? Posso ir comprar um sorvete. Você me diz o que parece bom, e eu vou comprar para você.

— Você soou como Jimmy — Meg disse, sorrindo. Ele costumava ficar ao redor dela sempre que ela pegava o mais leve dos resfriados. Ela se esquecera disso sobre ele, uma das muitas coisas de que se esquecera. — Realmente não estou com fome agora. Porém mais tarde. Vou comer algo mais tarde. Prometo. — Agora, ela queria dormir. E talvez sonhasse com Jimmy de novo.

CHARISSA

O teste surpresa de terça-feira, planejado como uma forma de Charissa exercer autoridade e envergonhar alguns alunos para terem melhores hábitos de estudo, resultou, ao contrário, em uma repreensão da Dra. Gardiner. "Por favor, atenha-se ao programa conforme apresentado", ela escreveu em um e-mail. "Você é livre para adaptar as palestras e temas de redação conforme achar melhor, mas, para ser uma matéria justa com todos os estudantes, os instrutores devem aplicar apenas os testes programados previamente. Me avise se tiver quaisquer dúvidas."

Rebeldes. Justin Caldwell e seu bando provavelmente marcharam direto para a sala da Dra. Gardiner, depois da aula, para reclamar.

Tudo bem. Ela não ia dar nota nos testes. Mas eles revelaram exatamente o que ela suspeitava: metade da turma não se importara de ler nada. Como ela avaliaria se eles estavam lendo os textos obrigatórios, se não pudesse surpreendê-los periodicamente com testes? O Dr. Bauer gostava bastante de testes surpresa nas turmas de calouros de literatura e nas matérias de escrita, e Charissa desfrutava da oportunidade regular de demonstrar seu esmero.

— Nem todo mundo lê cada palavra, que nem você — John disse quando ela o buscou no trabalho pouco depois das cinco. — Você vai poder averiguar isso pelas redações, não vai?

Ela esquadrinharia cada uma das redações com um agressivo filtro contra plágio, e, se pegasse um aluno colando (ela esperava pegar um), marcharia com ele para a coordenação do departamento. O programa falava de tolerância zero. Ela teria tolerância zero.

— Mal posso esperar para passar minha caneta vermelha por eles — ela disse.

John levantou as sobrancelhas.

— Você tá me assustando.

Ela riu.

— Pelas redações, não pelos alunos!

— Você ainda tá me assustando. Não vire uma daquelas professoras sádicas aterrorizantes.

— Tá bom. Reformulando: eu estou desejosa de ver se os alunos assimilaram bem o que eu tenho ensinado. Pronto. Melhorou?

— Me lembre de nunca te desagradar na sala de aula, Sra. Sinclair.

Ela não o corrigiu. John não gostaria da instrução dela aos alunos para a chamarem de senhorita. Ele não entenderia o desejo dela de se distanciar da mãe dele, que, louvavelmente, estava guardando as próprias opiniões para si pelas últimas semanas. Ou talvez John estivesse escondendo as conversas. Ela não perguntou.

Ela desacelerou para deixar outro carro entrar na faixa.

— A corretora ligou agora há pouco — John disse — e perguntou se estaríamos interessados em adiantar o fechamento para sexta-feira.

— Sim! Com certeza! Você falou para ela que sim? — Se eles pudessem fechar na sexta-feira, poderiam começar a pintar os quartos e levar as caixas no fim de semana.

— Sim. Às 15h.

— Isso é ótimo, John!

— Eu sei. Tim e uns rapazes do trabalho disseram que podem ajudar. Eu acho de verdade que podemos fazer tudo com um caminhão só. Pode levar algumas viagens, mas dá.

Talvez, em vez do grupo dos Calçados Confortáveis se encontrar para um dos exercícios de oração na sexta-feira à noite, elas pudessem se encontrar na casa para abençoá-la. Hanna estava entusiasmada sobre liderar algo assim. Mas, se Meg ainda estivesse doente...

— Qual o problema? — John perguntou, interpretando corretamente a testa franzida dela.

— Eu prometi para Meg que ela poderia visitar a casa antes de levarmos qualquer coisa para lá, lembra? Para ela ter a chance de ver a casa vazia, de estar lá para orar, para pensar sobre Jimmy... O que ela precisar fazer. Mas, se ela ainda estiver contagiosa...

— Vai ficar tudo bem, Cacá. Vamos fazer um estoque de desinfetante. Você pode usar uma máscara. Nós vamos borrifar tudo depois que ela sair.

— Eu sou paranoica com ficar doente.

— Eu sei. Mas, se ela aceitar ir, então acho que é muito importante dar-lhe essa chance.

John estava certo. Ela não podia desfazer essa oferta, não sem ferir severamente os sentimentos de Meg.

— Vou convidar todas elas para irem às 19h na sexta-feira — ela disse.

Três dias. Em três dias, eles iam ter as chaves da primeira casa juntos. Ela sentiu uma palpitação súbita no estômago. Animação, talvez. Levou a mão direita do volante para o abdome. Ou talvez, só talvez, ela tivesse sentido o bebê deles se mexer pela primeira vez. No semáforo, ela se virou e olhou para John.

— Que foi? — ele perguntou.

— Eu te amo — ela disse e o beijou.

MEG

Sim, ela definitivamente estaria bem o bastante para ir à sua antiga casa na sexta-feira. Sem chance de perder a oportunidade de andar pelo espaço que ela e Jimmy amaram juntos, de tocar nas maçanetas antigas de novo, de abrir os armários, de sentar diante da lareira, de ficar diante da pia da cozinha e olhar pela janela para o quintal, onde ainda estava a roseira deles.

— Estarei lá — Meg disse, com o celular encaixado entre ombro e bochecha, medindo o xarope contra tosse. — Muito obrigada mesmo, Charissa. Você não faz ideia do que isso significa para mim. E eu vou usar uma daquelas máscaras ou algo assim, se ainda estiver tossindo.

Charissa riu.

— Me desculpa por eu ser tão medrosa.

— Não! Eu entendo. Eu era do mesmo jeito quando estava grávida de Becka. — Meg vivera com medo de fazer algo que prejudicasse o bebê deles e seguira as orientações médicas de forma obsessiva, até mesmo corajosamente instigando uma discussão com a mãe quando lhe pedira que não fumasse perto dela enquanto ela estivesse grávida. Sua mãe dera um chilique, desdenhando como Meg era ridícula e superprotetora. Mas, quando sua melhor amiga morreu de câncer de pulmão alguns meses depois, ela parou de fumar. Imediatamente.

Meg sentia como se alguém estivesse sentado sobre o peito dela toda vez que tentava respirar. Esperava que o médico pudesse receitar-lhe algum tipo de antibiótico para ajudar.

— Aqui, Charissa, eu vou passar o telefone para Hanna, a fim de vocês conversarem sobre os detalhes da reunião. Te vejo sexta-feira!

Hanna pegou o celular e anotou sobre a mesa algumas ideias enquanto ela e Charissa planejavam um breve culto de oração.

Alguns amigos do colégio ajudaram Jimmy e Meg na mudança, quando eles começaram alugando a casa na rua Evergreen. Mas eles não marcaram a transição de inquilinos para proprietários de nenhuma forma significativa. Porém, agora que estava pensando nisso, depois que assinaram os papéis e voltaram para casa, Jimmy insistiu em pegá-la no colo e carregá-la pela soleira da porta. E eles comemoraram com milk-shakes de morango feitos no liquidificador que Rachel lhes dera como presente de casamento.

Talvez ela conseguisse tomar um milk-shake. Hanna se oferecera de novo para ir ao mercado comprar sorvete.

— Tudo pronto? — ela perguntou quando Hanna desligou o telefone.

— Tudo pronto. Decidimos que vamos fazer o culto de consagração da casa em vez de um dos exercícios de oração, e aí vamos começar a nos reunir na casa deles a cada duas semanas, para entrarmos no ritmo juntas de novo.

— Perfeito. — Meg abriu um armário da cozinha e pegou o liquidificador.

— Isso significa que você vai aceitar minha oferta? — Hanna perguntou.

— Sim. Tudo bem por você?

— Claro! Que sabor de sorvete?

Meg passou os dedos pelos botões na base.

— Que tal de morango?

Elas tomaram os milk-shakes diante da lareira no saguão e conversaram sobre planos para o casamento, enquanto a neve se acomodava nas árvores.

— Aonde você gostaria de ir para a lua-de-mel? — Meg perguntou. — Se pudesse escolher qualquer lugar e se dinheiro não fosse problema?

— Ah, não sei... Europa, talvez. Escócia ou Inglaterra. Eu adoraria conhecer Londres um dia.

— Londres é maravilhosa. Mesmo com tudo o que aconteceu com Becka, estou muito feliz por ter visitado lá. É tanta história. — Meg olhou para o globo de neve acima da lareira, uma lembrancinha especial da viagem.

— Aonde você e Jimmy foram para a lua-de-mel?

— Ilha Mackinac.

— Ah! Ouvi dizer que é linda. — Hanna colocou os pés por debaixo das pernas quando mudou de posição no sofá.

— É, sim. É como voltar no tempo. Até tem o cheiro mais lento, sons mais lentos, só com o pocotó dos cavalos e carruagens.

— Sem carros?

— Sem carros. Só cavalos e bicicletas. E várias lojas de chocolate. — Ela ainda conseguia se lembrar do porteiro de cartola que os recebera quando a carruagem deles chegara ao Grand Hotel, e do casaco dele, que combinava com os gerânios escarlates nos vasos perto da entrada. Jimmy a ajudara a descer da carruagem, e ela segurara o braço dele quando entraram no saguão. "Bem-vindos, Sr. e Sra. Crane." Nenhum dos dois jamais estivera em um hotel chique antes, e eles ficaram estupefatos com a elegância e um pouco intimidados durante o primeiro jantar formal de vários pratos. Mas, já no segundo dia, entraram no ritmo relaxados. — Se você tiver a chance de visitar a ilha algum dia, vale a pena visitar o Grand Hotel. Nós amamos lá. Tomamos chá na varanda todos os dias, com uma vista incrível da água.

— As cadeiras de balanço brancas, né? Já vi fotos. É icônico.

Meg e Jimmy andaram quilômetros pela orla, de mãos dadas. Eles passearam em jardins, jogaram croqué e andaram de bicicleta. Até alugaram uma carruagem para um passeio ao redor da ilha, rindo das tentativas de Jimmy de impedir que o cavalo parasse a cada três passos para pastar. Jimmy fizera amizade naquele dia com um homem que estava limpando esterco de cavalos da estrada, um homem que, com a fala lenta e um sorriso infantil e torto, informara que era um poeta e que escrevera um livro que as livrarias locais tinham no estoque. "Sério? Parabéns!", Jimmy havia dito. Naquela tarde, Jimmy comprara o livro e procurara o homem para pedir um autógrafo. Eddie. Eddie alguma coisa. Eddie não poderia ter ficado mais maravilhado.

— Talvez devêssemos fazer uma viagem — Meg disse. — Acho que as balsas voltam a operar em maio.

— Eu adoraria! Vamos planejar.

Se Becka mudasse de ideia sobre Paris, ou melhor, se Becka e Simon terminassem e ela voltasse para casa no verão, talvez quisesse ir com elas para ver onde seus pais passaram a lua-de-mel.

Hanna colocou mais lenha na lareira. Meg observou as chamas primeiro mordiscarem os cantos do pedaço de lenha, antes de o devorarem com um surto de energia revigorada. Era disso que ela precisava: um surto de energia revigorada. Estava decepcionada que o médico não tivesse ligado. Mas, se a multidão no hospital servia de indicativo, várias pessoas doentes estavam esperando telefonemas.

— Se importa se eu ler? — Hanna perguntou, ajustando-se no sofá de novo.

Meg fez que não. Até conversas agradáveis exauriam suas forças.

Quando Hanna abriu o livro sobre peregrinações na Terra Santa, o rosto dela relaxou com um sorriso contente. Por mais que Meg desejasse ver os lugares onde Jesus andara, seus medos a impediriam de fazer tal viagem. Ela teria de ter essa experiência somente através das fotos e histórias de Hanna.

Talvez Hanna fizesse essa viagem para a Terra Santa como esposa de Nathan.

Meg não mencionaria essa possibilidade para ela. "Cedo demais!", Hanna provavelmente diria. Ela parecia ter definido na mente que voltaria para Chicago em junho, não para empacotar as coisas para a mudança, mas para servir na congregação de novo, pelo menos por um tempo.

Meg estava feliz que ela e Jimmy não esperaram demais para casar: só três meses de noivado. Quando se encontra o amor da sua vida...

Seu telefone tocou, assustando-a. Ela se inclinou e olhou o número: "número privado". Um vendedor, talvez. Segundo toque, terceiro toque.

— Quer que eu atenda para você? — Hanna perguntou.

— Não, tudo bem. Ele pode deixar uma mensagem.

Ela voltou a olhar para o fogo, esperando o bipe da sua máquina arcaica de recados.

— Aqui é o Dr. Carlson, ligando para...

Meg pegou o telefone, atrapalhando-se enquanto tentava encontrar o botão certo para apertar.

— Alô?

— Falo com Margaret?

— Sim. Oi, Dr. Carlson. Obrigada por ligar. — Ela não esperava que ele ligasse à noite.

Hanna colocou o livro sobre o colo.

— Sim... Bem... Eu recebi o relatório do radiologista, e uma coisa suspeita apareceu no seu raio X.

"Suspeita?" Que tipo de palavra era "suspeita"? Uma costela rachada não seria suspeita. Nem pneumonia. Ou pleurisia. Ela apertou a mão contra o peito.

— Eu gostaria que você viesse amanhã de manhãzinha para uma ressonância magnética dos seus pulmões. No mesmo lugar aonde você foi hoje.

— O que você quer dizer com "suspeita"? Tipo câncer? — Impossível. Ela jamais fumara na vida. Só teve um resfriado que virou bronquite. Ela havia pegado alguma coisa no avião, seu sistema imunológico estava enfraquecido, e o vírus piorara. Uma pessoa não desenvolvia um câncer com um resfriado. Impossível.

— Estamos analisando algumas possibilidades agora — ele respondeu —, mas não tenho como lhe afirmar até eu olhar o outro exame.

Ele não negou o câncer. Ele não eliminou a possibilidade. *Ai, meu Deus.* O chão estava girando; os ouvidos dela zumbiam; sua visão estava embaçada.

— Você consegue vir aqui às 7h?

— Sete? Sim. Sete. Tá bom.

— E eu vou ligar de volta assim que receber os resultados, tá bem? Sei que é muito difícil esperar...

Os olhos dela estavam ardendo.

— Tudo bem. Obrigada, Dr. Carlson.

Ela fixou o olhar no telefone em sua mão e só se lembrou de colocar no gancho quando ele fez um bipe.

Hanna foi para perto do sofá.

— Meg? O que ele disse? — Um tremor na voz de Hanna. Um tremor assustado.

Sem fôlego.

Sem palavras.

E então, um nó na garganta de Meg e um choro que cresceu para um grito. Hanna a segurou quando ela se inclinou para a frente e a abraçou enquanto ela chorava.

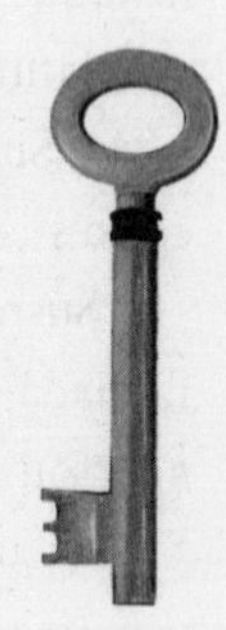

PARTE TRÊS

TERRA SANTA

Vão sempre aumentando a força;
cada um deles comparece perante Deus em Sião.

Salmos 84:7

9.

HANNA

O escritório do oncologista estava decorado com cores calmantes: azul-pervinca, verde-sálvia, marrom-acinzentado e tons pastel. Sempre que a porta se abria, Hanna podia escutar a fonte respingando no saguão do hospital, onde uma cascata de água caía, cercada por esculturas e canteiros de flores. Quem projetara o hospital tinha em mente possíveis pacientes e familiares traumatizados ao criar espaços aconchegantes, com cadeiras por trás de canteiros de pedra da altura da cintura, cheios de plantas tropicais e árvores; espaços parcialmente isolados para conversas particulares e colapsos emocionais discretos.

— Pode me dar algumas moedas para a fonte? — uma menininha pediu para o pai quando eles passaram pela porta. Quando criança, Hanna pedira para o próprio pai a mesma coisa várias vezes. "Feche os olhos e faça um desejo", ele dizia. Ela apertava os olhos, fazia um desejo e jogava a moeda, e então os abria rapidamente para ver a moeda se assentar no fundo de cerâmica ou de concreto.

Ela fechou os olhos. Embora a ressonância magnética tivesse confirmado os piores medos delas, talvez tivessem descoberto cedo. *Senhor, por favor.* Não um desejo. Só um pedido desesperado. *Por favor.*

Ela abriu os olhos e olhou pelo corredor por trás da mesa da recepção. Meg estava lá havia um bom tempo.

Na sala de espera, uma mulher de trinta e poucos anos com um lenço florido na cabeça estava conversando com a amiga sobre a vida normal, incidental, cotidiana, enquanto estavam sentadas juntas em um canto, colocando peças em um grande quebra-cabeças.

Hanna seria essa amiga para Meg. Ela já tinha passado várias horas em centros oncológicos, sentada ao lado de membros da Westminster enquanto recebiam quimioterapia através de gotas intravenosas. Ela havia rido, chorado e orado com eles. Ela os consolara quando perderam o cabelo e comemorara com eles quando cruzavam a linha de chegada e recebiam as boas notícias de que o câncer estava em remissão.

Mas ela nunca se sentara ao lado de uma amiga durante a jornada do câncer. Ela formulou a estratégia enquanto esperava. Primeiro, ajudaria Meg a montar uma vaquinha para contribuições. Organizaria refeições e convocaria intercessores. Iria com ela quando fosse comprar uma peruca ou lenços para a cabeça. Quando fosse a hora, talvez até raspasse a própria cabeça em sinal de solidariedade. Traria garrafas térmicas cheias de chá para as sessões de tratamento. Seguraria a mão de Meg e oraria com ela e por ela, e elas fariam uma festa quando os tratamentos acabassem. Meg seria uma sobrevivente.

Por favor, Jesus. Por favor.

Meg apareceu do outro lado da barreira de vidro, os ombros baixos diante do balcão de saída, e um enfermeiro tinha a mão sobre as costas dela. Ele disse algo, e Meg assentiu.

Hanna se levantou para recebê-la quando ela entrasse na sala de espera. Meg balançou a cabeça, mas não falou. Hanna abriu a porta para ela e a seguiu para o saguão.

Por favor, Senhor. Por favor.

De olhos fechados e lábios apertados, Meg se agitou num choro abafado debaixo das folhas estáticas de uma palmeira.

— Vem — Hanna murmurou, abraçando-a. — Vamos até ali sentar um pouco. — Meg cedeu e seguiu Hanna, que segurava sua mão, e então se jogou em uma cadeira ao lado de uma parede, com o peito contra os joelhos, balançando-se.

Sem palavras. Não havia palavras para dizer.

Jesus, por favor.

Meg enxugou os dois olhos com as costas das mãos e segurou o rosto com os punhos.

— Eu vou fazer mais exames para ver se é só nos pulmões.

Hanna acariciou a parte de trás do cabelo de Meg.

— E uma biópsia, para ver que tipo de tratamento eu posso... — Meg se encolheu de novo, com a cabeça entre os joelhos.

Hanna puxou a cadeira dela para mais perto, a fim de abraçar Meg enquanto ela chorava. Como alguém que nunca fumou um cigarro na vida acabava com câncer de pulmão? Câncer de pulmão era o único câncer que Hanna conseguia pensar com algum tipo de censura associada. "Ela tem câncer de pulmão? Ah, deve ser fumante."

Meg se endireitou e enxugou o nariz com a parte de trás da manga.

— Eu preciso fazer alguns exames.

— Eu vou com você — Hanna disse, levantando-se.

— Não... Tudo bem. Fique aqui. Eu volto quando terminar.

— Tem certeza?

Meg passou os dedos pelo cabelo. Os lindos cachos loiros.

— Tenho.

Hanna a observou andar lentamente ao redor da fonte e para os elevadores. Os passos dela estavam alterados pela perda de peso. Por que ela não notou antes? Deveria ter pressionado mais para a primeira consulta com o médico, deveria ter reconhecido os sinais de que Meg estava sofrendo com algo além de bronquite, deveria ter insistido que Meg ligasse e tentasse tirar o raio X mais cedo.

Meu Deus, por favor.

Por favor.

Ela pegou um lencinho da bolsa e assoou o nariz.

— Quais as notícias? — Nate perguntou quando atendeu o telefone no primeiro toque. Ela amava a urgência na voz dele.

— Vão fazer mais exames.

— Checando para ver se espalhou?

— Isso.

Um suspiro pesado.

— O que posso fazer, Shep?

Os olhos de Hanna ardiam.

— Orar. Orar com força.

— Vamos orar agora — ele respondeu.

Ela se apoiou na quina do canteiro de concreto, fechou os olhos e o escutou fazer um apelo emocionado para o Pai.

— Tem que haver alguma coisa que possamos fazer por ela — Mara disse ao telefone mais tarde, naquela noite. — Ela está no clima para visitas?

— Ela já está na cama. Está exausta.

— Bem, já entrei em contato com todos os grupos de oração que consegui lembrar. Até mandei um e-mail para a mãe de Abby, para espalhar o pedido na igreja dela em Ohio. E eu falei com a Srta. Jada no Nova Estrada. Toda Kingsbury vai estar orando.

Westminster também. Hanna mandou um e-mail para Nancy, pedindo que avisasse aos guerreiros de oração de lá. Ela também disse a Nancy que, por causa do diagnóstico de Meg, provavelmente não passaria muito tempo no chalé, não até elas terem mais informações sobre o tratamento. Ela não ia deixar Meg sozinha. Nathan ligou para a igreja de Meg, a fim de avisar ao seu amigo Dave, e Dave prometeu espalhar o pedido imediatamente, não apenas por oração, mas também organizando a ajuda com refeições.

— E quanto a Becka? — Mara perguntou. — Meg ligou para ela?

— Ainda não. — Hanna abriu a torneira e encheu um copo com água para gotejar em cada *amaryllis*.

— Eu falei com Charissa agora há pouco. Ela parecia bem abalada. Ainda queremos fazer a consagração da casa amanhã, né?

— Até onde sei, sim. Eles já remarcaram a biópsia e exames dela para segunda-feira. Estão trabalhando rápido. Muito rápido.

— Com a experiência que Hanna teve com outros pacientes de câncer, ela estava chocada com a rapidez com que Meg estava recebendo tratamento. Pelo menos nisso havia misericórdia.

— Bem, se você pensar em algo que eu possa fazer, absolutamente qualquer coisa, me avisa, Hanna. Por favor. Vou continuar orando.

— Obrigada, Mara. Eu já vi Deus fazer coisas incríveis. Estou contando com o Senhor para fazer algo incrível por Meg.

Quinta-feira, 5 de fevereiro, 21h

Atordoada, Senhor. Completamente atordoada. Eu não sei o que dizer para ti, exceto "Socorro", "Por favor" e "Tem misericórdia da minha irmã".

Cancelei minha reunião de orientação espiritual com Katherine amanhã. Sem chance de eu deixar Meg sozinha aqui na casa, mesmo que por noventa minutos. Katherine pareceu abalada quando contei as notícias. Eu disse que ia mantê-la atualizada quando recebêssemos mais informações.

Nate veio aqui com flores para Meg. E para mim. Para as amadas de Deus, ele disse.

O que digo, Senhor?

Sê Deus. Não sejas menos do que quem és. Perfeito em amor. Perfeito em poder. Por favor.

Romanos 8 me vem à mente para orar:

QUEM NOS SEPARARÁ DO AMOR DE CRISTO? SERÁ TRIBULAÇÃO, OU ANGÚSTIA, OU PERSEGUIÇÃO, OU FOME, OU PRIVAÇÃO, OU PERIGO, OU ESPADA? COMO ESTÁ ESCRITO: POR AMOR DE TI SOMOS ENTREGUES À MORTE TODOS OS DIAS; FOMOS CONSIDERADOS COMO OVELHAS PARA O MATADOURO.

Sim, Senhor. É isso que parece. Que a tribulação, a angústia e o perigo nos fazem como ovelhas para o matadouro. Mas tu dizes o contrário.

MAS EM TODAS ESSAS COISAS SOMOS MAIS QUE VENCEDORES, POR MEIO DAQUELE QUE NOS AMOU. POIS TENHO CERTEZA DE QUE NEM MORTE, NEM VIDA, NEM ANJOS, NEM AUTORIDADES CELESTIAIS, NEM COISAS DO PRESENTE NEM DO FUTURO, NEM PODERES, NEM ALTURA, NEM PROFUNDIDADE, NEM QUALQUER OUTRA CRIATURA PODERÁ NOS SEPARAR DO AMOR DE DEUS, QUE ESTÁ EM CRISTO JESUS, NOSSO SENHOR.

Tenho certeza de que esse câncer não será capaz de separar Meg do teu amor por ela. Tenho certeza de que nada, nem nosso medo ou tristeza, nada no presente ou no futuro pode nos separar do teu amor. E estou orando para que tu nos capacites para sermos mais que vencedores por meio de ti, o Deus que nos amou. Tu já nos deste essa certeza antes, Senhor. Dá-nos essa certeza de novo.

CHARISSA

"Se existisse algum tipo de remédio espiritual rápido para o egoísmo...", Charissa pensou. Alguma disciplina espiritual que ela pudesse praticar que desse um golpe fatal no egoísmo dela de uma vez por todas. Em vez disso, confessou de novo que era autocentrada.

Ela não era supersticiosa. Nem um pouco. Mesmo assim, resistiu à ideia de Meg, recentemente diagnosticada com câncer, perambular pela casa deles na primeira noite depois da aquisição. Já seria uma visita cheia de emoções, e Charissa se preparou para ser paciente e dar a Meg todo o tempo de que ela precisasse nos quartos vazios. Mas agora todo o pesar de Meg por tudo o que ela perdera com Jimmy estaria exponencialmente multiplicado. Charissa nunca conviveu com alguém com câncer e não sabia como lidar com isso.

— Não é contagioso — John retrucou quando ela tentou expressar os sentimentos durante o trajeto até o fechamento do contrato da casa, na sexta-feira à tarde.

— Eu sei que não! E não me dê um sermão sobre eu estar sendo egoísta... Eu sei disso também. Só estou dizendo que queria que a consagração da nossa casa fosse uma coisa alegre, uma comemoração! E agora sinto como se ela fosse completamente apagada pelas perdas de Meg. E eu me sinto culpada por me sentir assim, tá bem? Sei que é feio, mas é a verdade.

— Ela pode nem estar disposta a ir. É terrível pelo que ela está passando. Eu sinto muito por ela. — John pausou. —Que droga. Muito chato.

Charissa sentia muito também. E se sentia impotente. Mara pediu-lhe que orasse para Deus curar Meg milagrosamente, mas Charissa era pragmática demais para isso. Ou talvez ela simplesmente não tivesse fé suficiente.

Ela não gostava, mas era verdade. "Desculpa", ela disse silenciosamente. Não tinha certeza se estava pedindo desculpa para Meg ou para Deus.

— Escutou, bebê? — John balançou um chaveiro na frente do abdome de Charissa enquanto saíam do cartório uma hora depois. — Esse é o som da nossa nova casa. — Ele puxou Charissa para seus braços. — Como você quer comemorar?

— Nada de pizza, tá bem? Não quero azia mais tarde.

— Imaginei que você diria isso. Que tal comprarmos algo no mercado para cozinharmos na nossa nova cozinha?

— Dá trabalho de mais.

— Eu esperava que você dissesse isso. — Ele brilhou com seu sorriso de garoto.

Ela o esquadrinhou.

— O que você está planejando?

— Vem ver — ele respondeu, pegando-a pela mão e levando-a para o carro.

Alguém já tinha limpado a neve da entrada da garagem e do passeio. Diante da porta da frente, estava uma cesta forrada com celofane vermelho, cheia de maçãs, laranjas, peras, chocolates e uma vela. "Parabéns pela casa nova!", estava escrito no cartão, assinado pela corretora.

— Dá para acreditar?! — John exclamou. — É nossa!

Charissa colocou a mão sobre a barriga enquanto passavam juntos pela soleira da porta. John apertou um interruptor.

— Ah, que bom. Instalaram as luzes a tempo. Eu estava preocupado se a gente precisaria usar lanternas hoje à noite.

Ela o beijou.

— Obrigada por cuidar de todos os detalhes, John, por se certificar de que tudo ficasse pronto. Fico muito grata, de verdade. E nós deveríamos ligar para os seus pais e agradecer a eles.

— Daqui a pouco. — Ele a pegou pela mão e a levou para diante da lareira. — Sente-se aqui, tá bem? E feche os olhos.

Ela se sentou na borda baixa de pedra e fechou os olhos.

— O que você está tramando?

— É surpresa.

Normalmente, ela detestava surpresas. Mas fechou os olhos. Alegremente.

— Sem espiar, tá?

— Tá. — A porta da frente se abriu com um rangido. Ele saiu, depois voltou com barulho de sacolas.

— Não olha. — Ele saiu e entrou mais algumas vezes e fechou o porta-malas do carro.

— Agora? — ela perguntou quando ele entrou em casa de novo.

— Ainda não.

Ela colocou os cotovelos sobre os joelhos e cobriu os olhos com as mãos para não abri-los. Mais barulhos de sacolas.

— John? — Ela o escutou riscando um fósforo.

— Beleza. Abra os olhos.

No meio da sala, estava uma toalha de piquenique quadriculada, arrumada para dois, com pratos de papel e taças de plástico, uma garrafa de cidra de maçã gaseificada ao lado de uma cesta com sanduíches. Ele acendeu uma vela em um pote de vidro como decoração central.

— Bem-vinda à sua casa, Charissa Sinclair.

Os olhos dela se encheram de lágrimas. Não era justo. Não era justo mesmo. Todos os presentes, todas as bênçãos, todo o amor extravagante e a provisão. Que direito ela tinha de ser tão feliz enquanto outros sofriam tanto? Por que a vida deveria ser tão fácil para ela enquanto outros lutavam tanto? E como ela e John podiam comemorar com alegria e gratidão incontidas enquanto Meg, que já sonhara os próprios sonhos neste mesmíssimo lugar com o marido que ela adorava, estava sendo devastada por tristeza e sofrimento de novo?

Charissa se inclinou para a frente e abraçou John.

— Podemos orar? — ela perguntou quando o soltou. — Podemos orar juntos por Meg?

Assentindo, John segurou-lhe as mãos e inclinou a cabeça com a dela.

MEG

Charissa e John cumprimentaram Meg na entrada da garagem com abraços sinceros e solidários.

— Pensamos em resolver algumas coisas enquanto você está aqui, para te dar privacidade — Charissa disse —, mas, se você preferir que fiquemos, nós ficamos com alegria.

Hanna fizera a mesma oferta. "Ela queria companhia? Ela estava disposta a dirigir sozinha? Ela tinha certeza?"

Sim, Meg tinha certeza. Ela tinha uma chance de estar na casa sozinha para dizer adeus, e a aproveitaria ao máximo. Uma semana atrás, ela não poderia ter imaginado a nova angústia que aprofundaria a agudeza da visita. Mas estava determinada a estar lá. Especialmente agora.

— Obrigada, mas ficarei bem sozinha — ela respondeu para Charissa.

— Você quer ligar ou mandar uma mensagem quando terminar? Não tem pressa nenhuma. As outras só vêm às 19h, então leve o tempo que precisar.

— Que tal daqui a uma hora? — Meg perguntou. Ela havia trazido o diário, a câmera e a Bíblia.

— Tudo bem. Voltaremos em uma hora. — Charissa a abraçou de novo. — Estamos orando por você, Meg.

— Obrigada.

Enquanto saíam, Meg continuou na entrada da garagem, olhando a casa. Só a cor mudara durante os 21 anos desde que ela saíra. Agora, um amarelo pálido, mas o chalé deles fora um azul-escuro. Ela e Jimmy o pintaram juntos depois de semanas discutindo e debatendo sobre o tom. No fim das contas, ele admitira relutantemente que ela estava certa. Ele podia ser muito teimoso. Como a filha deles.

Ela precisava decidir sobre quando ligar para Becka com as notícias. Mas não precisava decidir agora.

Mordendo o lábio, subiu os degraus do alpendre. Ela não lembrava da última vez em que entrara e saíra da casa. A memória que estava permanentemente enraizada como a última vez foi a noite em que a Sra. Anderson a trouxera do hospital, quando Jimmy havia falecido. Mas ela não ia pensar sobre essa noite. Ia pensar sobre todas as outras noites, todas as outras noites comuns nas quais ela entrou em casa como a esposa de Jimmy, todas os momentos comuns — e os extraordinários — em que eles dois chegavam em casa depois de resolverem coisas juntos, ou do trabalho, ou de uma saída, os momentos comuns que formavam o tecido de vidas comuns e extraordinárias.

Ela se perguntou se teria algum momento ordinário de novo.

Seu peito doía.

Girando a maçaneta com a mão sem luva, empurrou a porta, que abriu rangendo, como sempre foi, e olhou lá dentro.

As casas sempre retinham certo cheiro? Ou talvez fosse a imaginação dela. Talvez estivesse imaginando que a casa estivesse com o mesmo cheiro que ela sentia quando ela e Jimmy voltavam depois de férias de uma semana. Nada identificável ou desagradável. Somente o cheiro de casa. Mesmo agora, todos esses anos depois. Ela ligou o interruptor ao lado da porta da frente, a sensação ainda familiar aos seus dedos, e uma luminária central, que eles compraram juntos em uma loja local de materiais de construção que fechara anos atrás, a recebeu. Ela estava em casa.

Meu Deus.

Fechou a porta atrás de si e se ajoelhou ao lado da lareira.

Ela estava em casa.

Querido Jesus,

Achei que, se tentasse escrever para ti de dentro da minha casa antiga, talvez eu fosse capaz de começar a processar todas as palavras e sentimentos que estão embaralhados dentro de mim. Não fui capaz de orar muito nos últimos dias. A menos que tu contes as minhas lágrimas, e eu acho que contas.

Eu estava olhando alguns dos salmos de lamento que o pastor Dave me passou. Não sabia que havia tantas palavras nos salmos que se encaixassem perfeitamente no meu coração agora. Aqui está minha oração do Salmo 6: "Senhor, tem compaixão de mim, porque sou fraco; cura-me, Senhor, porque meus ossos estão abalados. Meu ser está muito perturbado; mas tu, SENHOR, até quando?".

Eu me sinto assim: fraca, abalada e perturbada, e nem sei como desenvolver um pensamento até o final. Como Davi. Eu me pergunto o que ele ia escrever depois de "mas tu, Senhor". O que eu escreveria? Acho que eu escreveria: "Meu ser está muito perturbado; mas tu, Senhor, pareces distante." E quando escuto a pergunta "até quando?", ela me parece diferente agora. Não mais até quando tenho que esperar por ti, mas até quando estarei viva? Quantos dias? Tu me curarás, Senhor? Tu virás ao meu socorro e me restaurarás?

Estou aterrorizada. Minha alma está assolada pelo pavor. E eu "estou cansada do meu gemido; toda noite faço nadar em lágrimas a minha cama, inundo com elas o meu leito". É exatamente isso que está acontecendo. Não sei se tu me salvarás de acordo com teu amor inabalável. Não sei. E não sei como ser corajosa agora.

Katherine uma vez me sugeriu orar com Isaías 43 e colocar meu nome lá. Talvez eu devesse começar a praticar isso de novo. Talvez precise tentar memorizar essa passagem. Nunca fui boa em memorizar versículos bíblicos.

"Mas agora, assim diz o SENHOR *que te criou, ó Meg, e que te formou, ó Meg: Não temas, porque eu te salvei. Chamei-te pelo teu nome; tu és minha. Quando passares pelas águas, eu serei contigo; quando passares pelos rios, eles não te farão submergir; quando passares pelo fogo, não te queimarás, nem a chama arderá em ti."*

Às vezes, sinto como se não conseguisse respirar, como se estivesse me afogando. Física e espiritualmente. Então, por favor, me ajuda a confiar que tu estás comigo enquanto atravesso as águas. Eu sei que a quimioterapia é terrível, que ela vai ser como fogo consumindo e queimando meu corpo. Então, me ajuda a confiar que tu estás comigo enquanto eu andar por esse fogo também.

"Estou te segurando, florzinha. Vai lá." Eu me lembro de meu pai dizendo isso na praia quando eu era pequena e estava com medo. É isso que preciso ouvir de ti, Senhor. Que tu estás comigo. Que estou segura. Que o Senhor está me protegendo. Independentemente de qualquer coisa. Por favor. Estou implorando. Não me soltes. Por favor. Porque eu estou assustada e em choque, assim como estava na noite em que voltei para esta casa sem Jimmy.

Acabei de ler minha última carta para ti. A Oração da Serenidade. *Eu disse que, se as dificuldades eram um caminho para te conhecer melhor, então eu queria ver como toda a dor com Becka e Rachel poderia me fazer mais como tu. Eu não fazia ideia do que iria me atingir. Agora, o "Vivendo um dia de cada vez, desfrutando um momento de cada vez" ganhou um significado completamente novo. Eu mal consigo respirar agora.*

Jesus, me ajuda a viver essa oração. Me faz ser corajosa. Por favor. Nada pode me separar do teu amor. Me ajuda a acreditar nisso. Por favor.

Com todo o meu amor,

A tua Meg.

Meg terminou de escrever em seu diário, enxugou os olhos e fechou a Bíblia. Ainda tinha tempo para tirar algumas fotos antes de Charissa e John voltarem. Ela queria ter como gravar os sons. Seus pés descalços rangendo sobre o chão de linóleo da cozinha, o barulho do armário fechando, o rangido do assoalho do quarto, os sons a transportaram 21 anos para o passado e a fizeram pensar que Jimmy apareceria a qualquer momento e a chamaria pelo nome.

Quando a porta da frente se abriu, Meg estava de pé diante da pia da cozinha, olhando para o quintal coberto de neve, onde ainda estava o caramanchão que Jimmy lhe construíra no primeiro aniversário de casamento deles. Sob a luz da lua cheia, ela conseguia ver as treliças e o banquinho onde eles frequentemente se sentavam juntos. Ela se perguntou se as rosas que ele plantara ainda floresciam.

— Como você está? — John perguntou gentilmente.

Ela se virou para ele. Ele era jovem. Tão jovem. Mas já era mais velho do que Jimmy, quando este falecera.

— Os armários ainda estão com os mesmos revestimentos que colocamos.

— Sério? — Charissa respondeu com o nariz torcido.

Meg riu, a primeira vez que ria em vários dias, e apertou a mão contra o peito para tentar evitar outro acesso de tosse.

— Meio nojento, né? — Meg brincou.

— Quer levar um pedaço com você? — John perguntou.

— Talvez um pedacinho.

John tirou um canivete do bolso, abriu um dos armários e arrancou uma tira para ela.

— Obrigada. — Meg colocou na bolsa. — Estranhas as memórias que continuam voltando. — Ela apontou para fora da janela. — Mal posso esperar para ver que flores ainda florescem lá, se há rosas no caramanchão. — E então lhe veio à mente com força: a incerteza se ela viveria para ver outro verão.

Charissa estendeu os braços e abraçou Meg com um presente de tenra comunhão mais alto do que palavras.

MARA

Mara estava cutucando uma cutícula. Por que ela não pensara em comprar um presente de casa nova? Hanna comprara flores; Meg trouxera uma plaquinha com alguns versículos bíblicos. Mesmo com tudo o que estava acontecendo com a vida dela, Meg se lembrara de levar um presente.

Não que Mara tivesse dinheiro para comprar um presente agora, mas, depois de tudo o que Charissa e John fizeram para ajudá-la com as compras (eles também provavelmente ajudaram na contribuição com os fundos para abrir a sua conta), o mínimo que ela poderia ter feito era escrever um cartão. Ela era uma péssima amiga.

— Eu pensei em começarmos aqui e lermos um pouco da Bíblia — Hanna disse apontando para a lareira —, e depois podemos andar para cada cômodo e fazermos orações para a paz de Deus aqui morar. Que tal?

Todas concordaram.

— E vamos orar juntas por Meg também — Charissa disse — depois que terminarmos de andar pela casa.

Mara escutou Hanna começar com uma bênção que o pastor Jeff frequentemente dizia ao fim dos cultos: "O Senhor te abençoe e te guarde; o Senhor faça resplandecer o seu rosto sobre ti e tenha misericórdia de ti; o Senhor levante sobre ti o seu rosto e te dê a paz."

"Sim, Senhor", Mara orou silenciosamente. "E, por favor, não deixe coisas ruins acontecerem com eles como o que aconteceu com Meg e Jimmy."

Ela se perguntou se alguma das outras estava pensando sobre isso enquanto oravam pela proteção e paz de Deus. Esse era o tipo de coisa que Mara nunca entenderia. Nunca.

Como quando elas pararam para orar no segundo quarto, o quarto que seria o do bebê, e acabaram orando pela gravidez de Charissa e para que a criança ficasse bem e saudável, e os olhos de Meg estavam jorrando lágrimas (ela abriu os olhos durante a oração e viu), e Mara tentou adivinhar o que Meg estava pensando naquele momento, que ela e Jimmy também oraram durante a gravidez dela e esperavam trazer o bebê para casa, para aquele exato quarto, mas nunca tiveram a chance, porque terríveis acidentes acontem neste mundo e a alegria pode ser transformada no pior pesadelo possível em um piscar de olhos, não importando o quanto você ore, ou o quanto confie em Deus, ou o quanto esteja convencido do amor de Deus.

E ela nunca entenderia isso. Nunca.

Como raios Meg era capaz de andar com elas e orar? Mara suspeitava que, se estivesse no lugar de Meg, estaria sugando todo o oxigênio do cômodo com seu pranto hiperventilante, fazendo tudo se resumir a ela mesma e a sua dor.

Hanna parecia estar à beira das lágrimas também. Como pastores conseguiam? Como iam e voltavam constantemente entre os altos e baixos de todo mundo? E quando eram eles quem estavam sofrendo? E aí? Como eles lidavam com isso? Mantinham para si mesmos, ela supôs. Levantavam a cabeça e lidavam com isso, porque todo mundo estava contando com eles para serem os fortes, para terem o tipo de fé que inspirava todos os outros a confiarem em Deus também.

Meia hora depois, elas se juntaram ao redor de Meg para orar por cura. Mara ficou atrás dela, com as duas mãos sobre seus ombros magros, e com as próprias lágrimas caindo quentes e salgadas sobre os lábios. Quando foi a sua vez de falar, ela gaguejou, confiando em Hanna para fazer as orações movedoras de montanhas e confiantes que salvariam aquela amiga.

CHARISSA

Nada estava indo como planejado. Nada. Por que ela estava surpresa? Charissa estava no meio da nova sala de jantar deles no sábado de manhã, com a camiseta manchada com tinta amarelo-manteiga.

— Por que você quis tentar arrancar o carpete sem perguntar para mim antes?

John levantou os ombros.

— Meg disse que o assoalho estava bom quando eles saíram.

— Isso foi há vinte anos! Eu juro, John, você é impulsivo que nem uma criancinha. E agora estamos com um problemão.

— Não é tão ruim assim. — Ele se inclinou para tocar na tábua do assoalho. — Foi você quem quis poder trazer móveis neste fim de semana. Eu não queria colocar por cima do carpete e depois ter que tirar de novo.

Ela enxaguou o rolo de tinta na pia da cozinha e abriu outra janela para ventilar, mesmo estando -6°C lá fora.

— Bem, não poderemos trazer móveis para dentro agora.

— Não seja boba. Vai caber no quarto do bebê ou na garagem até terminarmos com o assoalho aqui.

— E quanto isso vai custar? — ela perguntou, sobre o ombro.

— Vou ligar para o meu pai e descobrir.

— Eu não quero que eles deem mais dinheiro, John. Eles já ajudaram o bastante.

— Não vou pedir dinheiro. Vou pedir o conselho dele sobre como lixar e envernizar o assoalho.

Perrengue chique. Ela sabia. Mas ainda estava irritada.

— Mara disse que o filho dela, Jeremy, estava procurando serviços. Talvez ele esteja disposto a fazer isso. Nós já temos o bastante com que lidar, tentando pintar e trazer as coisas. — Com as mãos sobre o quadril, ela chutou o rolo de carpete que John arrancara. Pelo menos, eles não tinham de sair do apartamento até o fim do mês. Isso lhes dava algum tempo.

John pegou a mão dela.

— Me desculpe, amor. Eu deveria ter perguntado antes. Você está certa. Eu fui com muita sede ao pote. Mas isso vai ficar lindo depois do conserto. Olha só.

Ele estava certo. O piso de madeira ia ficar muito melhor do que o carpete felpudo desgastado.

— Só não tome mais decisões unilaterais, tá bom? Eu te conheço. Vou chegar algum dia e ver todos os armários da cozinha desmontados. — Não que ela se importasse de ver esse projeto específico de remodelagem terminado mais cedo do que o esperado. Escutar Meg falar sobre Jimmy instalar os armários deixou Charissa mais desejosa por um novo começo.

Ela não deveria se sentir assim. Não deveria. Mas ter Meg na casa para a cerimônia de consagração foi mais difícil do que Charissa imaginava. Uma sombra de luto caiu sobre cada cômodo. Não apenas por causa de a vida de Jimmy ter acabado tragicamente cedo, mas por causa de a vida de Meg estar potencialmente se esvaindo. Sim, Charissa fizera as orações em voz alta por Meg, tentando seguir a orientação de Hanna. Ela se juntou às outras para pedir a Deus que a curasse. Mas esperava que sua falta de fé não fizesse com que Deus deixasse de abençoá-la. Ela realmente não sabia como a oração funciona. No entanto, depois que o grupo saiu, ela sentiu que precisava purificar a casa de novo. Pintar todos os cômodos o mais rápido possível parecia ser a forma mais fácil. Um novo começo. A casa precisava desesperadamente de um novo começo.

— Você tem o número de Jeremy? — John perguntou.

Ela pegou da bolsa o papel com a anotação de Mara e o entregou para ele. Eles receberam um dinheiro no fechamento do contrato para cobrir custos com reparos da casa. Era melhor, então, usá-lo ajudando o filho de uma amiga.

Charissa estava pintando a sala de estar cedo naquela noite, quando uma picape com um abafador barulhento chegou à entrada da garagem. Olhando pela janela, ela viu um homem negro e alto andando em direção ao alpendre. Ela pensou em se agachar por debaixo dos peitoris para evitar ser vista, mas isso era ridículo. Não havia persianas nem cortinas nas janelas, e, com a luz acesa ao redor dela, talvez estivesse obviamente visível da entrada da garagem, pintando a parede. Ela chamou John.

— Tem alguém na porta! — John saiu do banheiro, esfregando as mãos molhadas nas calças. — Não vamos comprar nada — ela disse com a voz mais baixa para o homem não ouvir. Talvez eles devessem fazer o orçamento de sistemas de segurança.

John abriu a porta da frente.

— Oi.

— Oi — o homem respondeu.

Houve uma pausa constrangedora enquanto John esperava escutar o que o homem queria.

— Você me ligou sobre um serviço? — o homem disse.

Charissa olhou para a nuca de John. "Que serviço?"

— Eu sou Jeremy Payne... Filho de Mara.

— Jeremy! — John exclamou. — Claro! Desculpe... Entre!

— Sei que cheguei cedo, mas tive outra avaliação não muito longe daqui e...

— Não, sem problema.

Enquanto Jeremy limpava as botas no capacho da frente, John se afastou alguns passos e encarou Charissa com um olhar confuso. Charissa levantou os ombros. Mara jamais mencionara ter um filho negro. Embora Charissa tivesse visto algumas fotos de Madeleine, presumira que todas as características étnicas distintas tivessem vindo da esposa de Jeremy. Ela descansou o pincel sobre o jornal no chão. Seria melhor não mencionar sua estupidez para Mara.

— Jeremy, oi! Eu sou Charissa. Bem-vindo! — O tom gentil dela pareceu compensar demais?

Jeremy olhou para ela como se pudesse ler mentes. Ou talvez Mara tivesse contado para ele sobre a aspereza inicial dela no grupo da jornada sagrada, sobre como Charissa fora julgadora e condenadora com Mara. Talvez ela fosse exatamente quem ele esperava, uma menina privilegiada, mimada e...

— Minha mãe me falou muito sobre você — ele disse com os lábios se abrindo em um sorriso caloroso, mostrando o espaço entre os dentes.

— Ai, não! — Charissa riu, esperando parecer tranquila.

— Não, falou bem! Só coisa boa. Prazer em conhecer vocês. Obrigado por me chamarem. — Ele tirou as botas, o dedão visível pela meia desgastada, e observou a casa com um olhar treinado e avaliativo. — Minha mulher adoraria esta casa. De quando é? Tipo começo dos anos 20?

— 1924 — John respondeu.

Jeremy assobiou.

— Vai ficar linda quando vocês terminarem. — Ele se abaixou para tocar o assoalho. — Estão pensando em quê? Reparo e acabamento?

— O que você diz? — John respondeu. — Eu nunca mexi com piso de madeira antes. E eu não deveria ter tirado o carpete sem checar antes. Foi mal.

— É... Abby ficaria chateada se eu fizesse isso.

— Viu? — Charissa deu um leve cutucão nas costelas de John. — Não sou só eu.

Enquanto Charissa continuava a pintura, John ajudou Jeremy a medir o cômodo, os dois conversando como velhos amigos sobre projetos de remodelagem, trabalho e vida com um bebê. Quando Jeremy fez seu orçamento ("Bem mais barato do que eu esperava, cara. Tem certeza?", John disse), John já o tinha convidado para tomar uma cerveja algum dia.

— E você e Abby poderiam ir conosco para a igreja algum dia — John disse. — É uma igreja ótima.

Ele não estava falando sobre a Primeira Igreja. Estava falando sobre a igreja de Emily. Do Dr. Allen. Ao escutá-lo falar efusivamente sobre tudo o que era inspirador e maravilhoso sobre a Igreja do Peregrino, Charissa sabia que ela era agora, indiscutivelmente, a "igreja de John".

— Acho que minha mãe está esperando que a gente comece a ir com ela — Jeremy disse —, mas não sei se isso vai funcionar. Abby quer encontrar nossa própria igreja... Não que ela não ame minha mãe, mas nós precisamos de espaço para explorar, descobrir o que acreditamos sem nos sentirmos pressionados, sabe? Minha mãe pode ser um pouco...

Charissa colocou o pincel na bacia de tinta e se alongou, com as mãos sobre a lombar, esperando-o encontrar um adjetivo. Meses atrás, quando ela conhecera Mara, poderia ter dado vários.

— Ela tem boas intenções— Jeremy disse. — Tem, sim. Um coração de ouro. Ajudaria qualquer pessoa, a qualquer hora. — Ele pausou, os olhos castanhos tornando-se impossivelmente verdes sob a luminária central quando olhou para Charissa. — Minha mãe me contou o que você fez por ela. Obrigado.

Ela ia responder "Não esquenta, não foi nada de mais", mas, pelo tom de voz e expressão facial de Jeremy, claramente foi de mais que alguém tivesse gastado tempo para amar e cuidar da mãe dele. Que mulher sortuda por ter um filho que a adorava.

— Não há de quê — ela disse, sentindo o rosto esquentar. Ainda bem que sua pele morena não ruborizava com emoções. — Ficamos felizes em ajudar.

Enquanto John discutia detalhes do projeto com Jeremy, Charissa tentou se lembrar de qualquer coisa que Mara tivesse contado sobre a história dele. Evidentemente, ela não prestara atenção suficiente. Tudo de que se lembrava era que Jeremy era um filho ilegítimo e que ele e Mara moraram no Nova Estrada por um tempo quando Jeremy era pequeno. E agora ele era marido, pai e pedreiro que precisava conseguir alguns trabalhos extras. Talvez ela e John pudessem contratá-lo para outro serviço que precisasse ser feito. Isso poderia ajudar a diminuir o estresse da mãe dele.

— Eu posso começar o serviço amanhã — Jeremy estava dizendo. — Não deve demorar muito; não é muito para consertar. Mas vocês não vão poder pisar no assoalho por alguns dias, até secar.

Alguns dias? Ela deu um olhar de reprovação para John.

— Tudo bem — John respondeu. — Podemos usar a porta da cozinha para trazermos as caixas. E vamos esperar pelos móveis até semana que vem. Vai dar certo.

Charissa esperava estar dormindo na casa até o fim da semana, mesmo que a cama estivesse rodeada por caixas.

— Tudo bem. — Ela cedeu.

Jeremy estralou os dedos.

— Eu gostaria de encontrar uma forma de agradecer a vocês pelo que fizeram pela minha mãe, então que tal vocês comprarem os materiais e eu faço o serviço de graça?

— Sem chance, cara — John respondeu. — Obrigado pela oferta generosa, mas sem chance.

— Então, escolham outro serviço. Minha mãe não precisa saber. — Ele olhou para o teto, para as fitas adesivas azuis. — Que tal se eu ajudar com a pintura? Podemos dar uma segunda demão aqui rapidinho.

— Ah, não, não podemos aceitar isso — Charissa disse, mesmo que as costas dela a estivessem matando.

O olhar de Jeremy demonstrava alguma suspeita. Ou era julgamento? Talvez ele estivesse presumindo algo sobre a recusa dela de deixá-lo pintar a casa sem ser pago por isso.

— Vocês que sabem — Jeremy disse —, mas é tranquilo por mim.

John não hesitou:

— Isso seria uma ajuda enorme. Obrigado.

Jeremy ainda estava olhando para Charissa, esperando a confirmação dela. Apesar da insistência do vendedor de que a tinta látex era segura para mulheres grávidas, talvez ela não estivesse sendo prudente. Mesmo com as janelas abertas, o cheiro a deixava tonta.

— Se você tem certeza... Eu não quero impor nada — ela disse.

— Seria um prazer. — Jeremy dobrou as mangas, revelando tatuagens nos dois braços morenos e musculosos. — Vou ligar para Abby e dizer para ela que chegarei em casa em algumas horas.

— Obrigada — Charissa respondeu. — É muito gentil da sua parte. — Ela arrumou o rabo de cavalo. — Que tal se eu for comprar pizza? John tem essa pizzaria favorita dele que faz uma pizza gordurosa.

— Armazém da Pizza? — Jeremy perguntou. — Eu amo essa pizza! Abby odeia.

— Cara! Toca aqui!

Quando Charissa saiu dez minutos mais tarde, eles estavam pintando as paredes e falando sobre fé e igreja. Na manhã seguinte, Charissa e John cumprimentaram Jeremy, Abby e a bebê Madeleine na entrada da Igreja do Peregrino e os apresentaram para Emily, Dr. Allen e Hanna.

— Você já viu um bebê mais lindo? — Charissa perguntou quando ela e John se deitaram na cama no apartamento, naquela noite.

— Só o nosso — ele respondeu e a beijou.

MEG

De: Meg Crane
Para: Becka Crane
Data: Sábado, 7 de fevereiro, 6h35
Assunto: Por favor, me ligue

Querida Becka,

Eu sei que você não quer conversar comigo agora, mas eu realmente preciso que você me ligue. Recebi uma notícia que gostaria de compartilhar com você, e não quero mandar mensagem ou deixar no seu correio de voz. Por favor, me ligue.

Eu te amo.

Sua mãe.

Toda vez que o telefone tocava no fim de semana, Meg o pegava rapidamente, com o desespero aumentando a cada ligação que não era de Becka.

— Você ainda não teve sinal dela? — Hanna perguntou quando voltou do culto no domingo.

— Nada.

— Isso não está certo, Meg. Desculpe eu dizer isso da sua filha, mas estou a ponto de estrangulá-la.

Meg passara as últimas 24 horas inventando desculpas para ela não ter ligado. Talvez o celular estivesse sem bateria. Talvez ela estivesse em outra cidade com Simon.

— Talvez seja melhor assim, para esperar até eu saber mais.

— O que mais você precisa saber? Seu mundo inteiro foi abalado. Becka precisa saber — Hanna disse.

— Mas talvez não seja justo eu ligar para ela e contar que estou com câncer se eu não falar mais nada sobre o tratamento ou o prognóstico. — Meg pegou o copo de água morna e tomou um gole lento, mexendo a água pela boca antes de engolir um pouquinho de cada vez.

Pensando melhor, e se acontecesse algo de errado com a biópsia da manhã seguinte? Meg nunca passara por um procedimento cirúrgico nem recebera sedativos antes. Talvez ela devesse tentar mais uma vez.

Discou o número de Becka e escutou chamar, desligando quando a voz de Becka pediu que ela deixasse uma mensagem depois do bipe. Quando saiu para o hospital com Hanna cedinho na segunda-feira, depois de uma noite de sono cheia de acessos de tosse, ela ainda não recebera nada da filha. "Nada me separará do teu amor, Senhor", ela orou. E tentou acreditar.

HANNA

Mesmo com todos os anos de experiência em salas de espera de hospital, Hanna estava agitada pelo estresse palpável de pessoas tentando se distrair com conversas deliberadamente banais, enquanto o apresentador do programa na televisão entrevistava um especialista doméstico sobre a melhor maneira de tirar o acúmulo de cal de pias de aço inoxidável. Hanna saiu da sala de espera na esperança de encontrar um canto quieto e escondido, mas acabou parando na loja de presentes perto da fonte do saguão.

A loja atendia a uma vasta variedade de perfis psicológicos dos pacientes de câncer: camisetas irreverentes, cartões calmantes e inspiradores, joias, itens de spa de luxo. Hanna girou o suporte de cartões, procurando algo que transmitisse conforto.

— Você gostaria de uma sacola de presente? — a atendente perguntou para uma mulher no balcão.

Hanna se posicionou por trás do suporte, a fim de assistir à transação sem ser vista. A mulher, cuja juba de cabelo castanho era digna de comercial de xampu, estava comprando um lenço para o cabelo.

— Não, obrigada — a mulher respondeu, ficando visivelmente irritada ao passar o cartão.

A atendente provavelmente revivia essa cena incontáveis vezes ao longo da semana.

Hanna esperou até a mulher sair antes de levar sua compra para o balcão.

— O seu trabalho é difícil — ela comentou baixinho.

— Pois é. Alguns dias são piores que outros. — Ela passou o cartão. — Ontem, uma menininha entrou na loja com um homem mais velho, provavelmente o avô dela, e foi direto para aquela estante, com os ursinhos de pelúcia. — Hanna olhou para trás, para dúzias de ursinhos, cada um com um laço colorido preso ao pelo. — E aí ela puxou o avô pela mão e perguntou: "Que cor de câncer é o da mamãe?" Ela foi para casa com um do laço rosa. E, sério, fiquei abalada pelo resto do dia.

É.

Com o cartão na mão, Hanna fez uma oração silenciosa pela atendente, e então encontrou um canto escondido onde ela conseguia escutar o barulho da água caindo.

Segunda-feira, 9 de fevereiro, 9h45

Estou sentada aqui em um cantinho escondido, orando e pensando naquela imagem de colocar crianças sobre o colo de Jesus e pedir a bênção dele. Comecei a me imaginar levando Meg para Jesus, e o vi abraçá-la contra o peito, acariciar os lindos cachos dela e acalmá-la com seu amor. Subitamente, Meg o puxou pela barba para trazer o rosto dele mais para perto do dela, e sussurrou-lhe algo no ouvido. Ele concordou e olhou para a frente. Direto para mim. Meg sorriu largamente, desceu do colo dele, veio e me segurou pela mão, me levou até ele, e nós duas nos sentamos em seu colo, uma em cada joelho, e Meg disse: "Fala para ele onde dói, Hanna."

E eu comecei a chorar.

Às vezes, nosso corpo está tão cheio de dores, que não fazemos ideia de qual seja a fonte. Ou talvez o que sentimos seja uma dor referida, como pessoas que sentem dores nos ombros quando estão tendo um ataque cardíaco. Eu acho que é a mesma coisa com dores da alma. Às vezes, a dor é tão profunda, que não sabemos sua fonte. Talvez seja suficiente dizer para Jesus "Estou com dor", sem saber onde dói, por que dói ou sequer quando começou a doer.

Jesus, estou com dor. Dor pela minha amiga. Dor pelas menininhas cujas mamães estão com câncer, pelas mães que estão batalhando pelas próprias vidas e por todos os que sofrem com elas na tristeza. Estou com dor.

Se eu olhar profundamente nos teus olhos, se eu realmente tiver coragem de fazer contato visual contigo e permitir que me segures em teu olhar amoroso, o que posso ver são tuas lágrimas.

Eu estive pedindo para tu receberes minha tristeza. Minhas lágrimas. Mas eu consigo receber as tuas?

JESUS CHOROU.

Uma vez, escutei um pastor explicar esse versículo da história de Lázaro como Jesus chorando por raiva e decepção com o luto de Maria e de Marta. O irmão delas estava na sepultura porque Jesus não viera quando elas o chamaram, e, agora que Jesus estava lá, elas não criam que ele tinha o poder de reverter a morte. Então, o pregador disse, Jesus chorara de raiva pela falta de fé dos amigos.

Fui para casa e chorei por todas as pessoas que saíram da igreja aquele dia convencidas de que Deus estava ainda mais decepcionado e bravo com elas do que imaginavam. Chorei por quem havia ido para casa pensando que Deus julga com condenação as suas tristezas, por quem fora para casa e se certificara de que a sepultura onde enterraram as dores e decepções ainda estava firmemente selada.

JESUS CHOROU.

Sabes o que essas palavras significam para mim? Essas palavras significam que, apesar de Jesus saber o final da história, apesar de ele estar a momentos de tirar Lázaro da sepultura, ele ainda estava tão comovido pela dor dos amigos, que chorou com eles e por eles. Ele não lhes ordenou que parassem de chorar, não lhes disse que se recompusessem e abrissem a sepultura. Não, ele chorou com eles. Ele compartilhou da dor deles.

Não é essa a essência da compaixão? Sofrer com alguém? Jesus, homem de dores, familiarizado com o luto, revela um Deus compassivo, sofredor e amoroso, que fica comovido pela nossa dor.

Jesus chorou.

Jesus chora.

Me ajuda a receber tuas lágrimas de compaixão por nós, Senhor, enquanto esperamos para ver o que farás.

MARA

Mara chegou ao hospital pouco antes do meio-dia, carregando uma bolsa de pano com um xale de oração vermelho que uma mulher de sua igreja já tricotara para Meg.

— Quais as notícias? — ela perguntou para Hanna enquanto se levantava de um assento na sala de espera para abraçá-la. Ela estava com grandes olheiras escuras sob os olhos.

— Ainda nada — Hanna respondeu. — O procedimento deve ter demorado mais do que esperavam. Achei que teria alguma atualização a esta altura, mas não houve nada.

Mara se sentou em uma cadeira com um suspiro pesado. Esperar era uma droga.

— Você comeu algo? — Mara perguntou.

— Não, não tive tempo de sair, caso alguém viesse falar comigo.

— Quer que eu compre alguma coisa para você?

— Não, obrigada, tô bem.

Mara olhou pela sala, para todas as pessoas que estavam esperando notícias. Hospitais davam tremeliques nela.

— Que tal um café? — Ela apontou para a máquina no canto.

— Não, obrigada.

Mara se levantou e comprou um café para si, colocou dois cubinhos de açúcar e um pouco de creme. Ela estava mexendo com a colherzinha vermelha, girando e girando, quando um médico saiu e se sentou diante de Hanna.

Relutante a se intrometer, Mara continuou girando a colherzinha vermelha e tentando ler lábios. Quanto mais o médico falava, mais a expressão de Hanna ficava sombria. Algo estava errado. Algo estava muito errado. O médico se levantou. Hanna se levantou. Eles apertaram as mãos.

Assim que o médico saiu, Mara foi até Hanna.

— Hanna, o que houve?

Hanna estava com o olhar fixo na parede, os olhos inexpressivos.

— Hanna?

— Um dos pulmões dela...

Mara estava girando nos dedos uma bolinha do colar e o apertou com força, lutando contra o impulso de passar a mão diante do rosto de Hanna enquanto corriam os segundos.

Hanna virou o olhar vazio para Mara.

— Um dos pulmões dela colapsou durante o procedimento.

Meu Deus. O que isso significava?

— Eles colocaram um tubo no tórax dela, a estabilizaram — Hanna disse com um tremor na voz. — Vão ter que mantê-la aqui por alguns dias.

— Mas e a...

— Sem resultado da biópsia ainda. Chegará hoje à tarde. — Hanna afundou na cadeira com as mãos pressionadas contra a testa e os olhos fechados.

Mara girou e girou a colherzinha no copinho de isopor, o colocou ao lado de uma revista de noivas e pôs a mão na bolsa de pano.

— Eu trouxe algo para Meg. É um xale de oração. Uma das meninas da nossa igreja tricotou para ela.

Hanna abriu os olhos.

— É lindo — ela disse, tocando suavemente a lã. — Sei que vai significar muito para ela.

Mara pediria um para Hanna também. Parecia que ela precisava ser embalada em orações.

— Posso pegar alguma coisa para você? Um lanche? Almoço? Alguma coisa?

— Não. Mas obrigada. Nathan vai chegar daqui a pouco e vai esperar comigo.

Mara dobrou o xale, colocou de volta na bolsa e pôs o presente ao lado dos pés de Hanna. Ela não precisaria ficar se Nathan estava vindo. Só ficaria segurando vela. Ela olhou para o relógio. Poderia ir para casa e fazer faxina. Ou adiantar o jantar. Ou usar um pouco da comida que Charissa lhe dera e fazer algumas refeições que Hanna pudesse congelar. Ou poderia passar no Nova Estrada e falar com a Srta. Jada sobre começar a trabalhar na semana que vem. Ou ligar para Charissa, a fim de ver se ela precisava de ajuda para levar caixas. Ou para desencaixotar coisas.

Ou talvez ela ligasse para Abby e perguntasse se ela precisava de uma soneca ou algo assim. No caminho para o estacionamento, vinte minutos depois, Mara ligou para eles.

— Como está minha neta favorita? — ela perguntou.

— Não está ótima. Eu não consigo acostumá-la a uma rotina, por mais que eu tente. Ela acorda a cada poucas horas.

Madeleine começou a chorar; Abby tentou acalmá-la; Mara falou por cima do barulho.

— Deixa eu ir aí agora, Abby. Cuido dela enquanto você dorme. Ou toma um banho mais longo. Ou qualquer coisa que você precise fazer.

Uma pausa, e então:

— Você viria mesmo?

— Com certeza absoluta. Chego em quinze minutos. — Segurar um bebê, até mesmo um bebê chorando, era exatamente do que ela precisava para acalmar e aquietar a alma no colo de Deus.

MEG

Bipes. Sons. Dor. Tubos. Vozes. Dor. Névoa. Luz. Presença. Palavras.

Meg tentou focar. "Nível de dor?"

Sim. Dor.

"Número para a dor, em uma escala de um a dez, dez sendo alto?"

Dez.

Mais palavras do estranho, e então uma voz que ela reconheceu e uma mão gentil acariciando seu cabelo.

— Estou aqui — Hanna disse.

Meg fechou os olhos e dormiu.

Onde ela estava? Uma sala. Uma sala de espera. Não. Um quarto de hospital. Estava coberta com um lençol, havia algo em seu nariz, havia uma agulha em sua mão e algo desconfortável ao seu lado. Ela tentou se mexer, mas não conseguia levantar a cabeça. Havia vozes no canto do quarto, vozes que ela reconhecia.

— Ei — Hanna disse, levantando-se da cadeira.

Meg tentou falar, mas a garganta e os lábios estavam secos demais. Ela balbuciou "Água".

— Vão te trazer algumas lascas de gelo — Hanna disse, apertando um botão perto da maca — e te reacostumar aos poucos. Mas eu disse para eles que vou trazer um milk-shake de morango para você mais tarde.

Meg assentiu, fazendo uma careta de dor quando tentou mexer a cabeça sobre o travesseiro.

— Aguenta aí. A enfermeira vai voltar daqui a pouco. Eles estão por aqui, monitorando você.

Meg balbuciou "Tá bom".

Outra pessoa se aproximou e ficou do outro lado da maca.

— Você tem várias pessoas orando por você, querida — a voz disse. Meg virou a cabeça. O cabelo grisalho de Katherine caía em ondas suaves ao redor do rosto. Fitando os olhos da conselheira amada, Meg relaxou na presença de adultos que saberiam o que fazer.

Quando o médico chegou com os resultados da biópsia e dos exames, perguntou quem estava visitando Meg. Hanna, Nathan e Katherine se apresentaram com apertos de mão antes de ele se aproximar da maca. Seu rosto era muito simpático, a voz gentil, e, quando ele usava palavras grandes como "metástase", também usava palavras pequenas para explicar o que significavam. Ele não usou a palavra "quimioterapia" na explicação, então Meg a usou na pergunta dela.

— O seu câncer está muito espalhado — ele respondeu. — E, infelizmente, está crescendo rápido. Com esse tipo de progressão avançada, quimioterapia não é muito eficiente.

Ela piscou ao vê-lo ficando borrado.

Desde o diagnóstico, Meg passara horas tentando se antecipar mental e espiritualmente para os rigores do tratamento, pesquisando efeitos colaterais, preparando-se para a fraqueza, náusea e perda de cabelo. Mas ela jamais imaginara que seu câncer seria tão severo, que estaria tão espalhado, que estivesse além das tentativas de cura. "Terminal." Essa era a palavra que ela estava procurando enquanto tentava absorver esse último impacto. Estava com um câncer que crescia e se espalhava rapidamente, o tipo de câncer que era demais até para quimioterapia. Ela tinha câncer terminal.

Procurou fundo por mais fôlego para conseguir falar.

— Quanto tempo?

Ele pausou. Hanna foi para o outro lado da maca e segurou a mão que não estava com agulhas. Ela conseguia sentir a pulsação de Hanna.

— Três meses, talvez quatro.

Um suspiro audível de Hanna. Ou era dela própria?

Ela estava flutuando fora do corpo, assistindo a uma mulher loira em uma maca, conversando com um médico, em um filme. Deveria haver música tocando. Uma trilha sonora assombrosa e melancólica acompanhando a entrega de tais notícias.

Deveria ter música. Um filme sempre tinha música.

Lágrimas quentes queimaram suas bochechas, e ela fechou os olhos de novo.

HANNA

9 de fevereiro, 21h30

O pessoal do hospital me trouxe um cobertor e um travesseiro para eu ficar aqui hoje à noite. Não quero que Meg fique sozinha. Katherine ficou bastante tempo conosco. Fico muito grata por ela ter vindo. Sua presença foi um bálsamo para Meg. Para todos nós. Ela trouxe uma cruz de madeira pequena consigo, algo que Meg pode segurar para orações sem palavras. Ela deu uma para mim também. Não soltei a minha pelas últimas horas. Meg caiu no sono com a dela.

Desde que Katherine e Nate saíram, escutei uma frase na minha cabeça repetidamente: “Este é o Cordeiro de Deus.” É João Batista mostrando Jesus para os seus próprios discípulos em João 1: “Este é o Cordeiro de Deus, que tira o pecado do mundo.” Fiquei pensando nisso, me perguntando o que isso tinha a ver com minha angústia por Meg. Simplesmente não parecia me dar conforto algum. E então escutei um sussurro: “Você queria que esse versículo dissesse outra coisa. O que você gostaria que ele dissesse?”

Imediatamente, eu soube: “Este é o Cordeiro de Deus, que tira a dor do mundo.” E eu chorei. Um dia, tu dizes. Um dia tu secarás toda lágrima e levarás embora todo luto, choro e dor. Um dia, tu farás tudo novo. Um dia. Mas, agora, tu me chamas para fixar meus olhos no Cordeiro de Deus, que sofreu, morreu e tirou os pecados do mundo. Agora, tu me chamas para fixar os olhos na cruz de Jesus Cristo e contemplar teu amor ali. Por Meg. Por mim. Pelo mundo.

Mesmo quando eu fixo meus olhos nela, escuto minha própria alma irritada, achando que não é o bastante. Quero que tu acabes com a dor agora. Quero que reveles tua glória agora. Quero que cures minha amiga. Que faças o que os médicos dizem ser impossível e a faças melhorar.

Então, o que estou dizendo? Que só vou ficar satisfeita se tu revelares tua glória como eu quero? O que estou dizendo? Que a tua salvação não é suficiente? Que a ressurreição não é suficiente? Que a promessa da plenitude do reino não é suficiente? É isso que estou dizendo?

Acho que é isso que estou dizendo, Senhor.

Eu não estou pronta para soltar a borda das tuas roupas ainda. Estou pronta para bater na tua porta até que meus dedos estejam machucados e sangrando. Vou levantar minha voz e gritar pela tua misericórdia até que finalmente te vires e digas: "O que queres que eu te faça?"

E eu digo: cura minha amiga amada. Minha irmã. Por teu amor. Por favor.

CHARISSA

Desde que recebera a ligação de Mara sobre o prognóstico de Meg, Charissa estava incapaz de terminar qualquer trabalho de revisão com as palestras. Enquanto John e Jeremy trabalhavam juntos na casa, Charissa estava sozinha no apartamento, folheando o caderno de orações de Emily, procurando algo para confortá-la. "Minha alma é como uma criança confusa, tentando entender coisas que são grandes e elevadas demais para mim. Socorro", ela escreveu em seu diário.

Seus olhos pararam sobre um exercício enquanto ela folheava as páginas. "Meditação no Salmo 90:12: *Memento Mori*, Lembre-se da Sua Morte: 'Ensina-nos a contar nossos dias para que alcancemos um coração sábio.'"

Com um nó na garganta, Charissa leu as instruções para reflexão e oração: "Imagine que você só tenha mais algumas semanas de vida. Como você viveria seus dias restantes? Escreva uma elegia sincera para si mesmo. Que tipo de pessoa você se tornou? O que você quer que digam sobre você quando morrer? Que mudanças você pode fazer com a ajuda do Espírito? Em que áreas Jesus está te convidando a morrer para si mesmo para viver com ele?"

Ao fim da página, havia um versículo de Gálatas 2:20 para meditação:

> **JÁ ESTOU CRUCIFICADO COM CRISTO. PORTANTO, NÃO SOU MAIS EU QUEM VIVE, MAS É CRISTO QUEM VIVE EM MIM. E ESSA VIDA QUE VIVO AGORA NO CORPO, VIVO PELA FÉ NO FILHO DE DEUS, QUE ME AMOU E SE ENTREGOU POR MIM.**

Charissa decidiu que usaria as anotações de palestra que lhe foram dadas. Elas eram suficientes. Mas ela daria aos alunos uma tarefa de escrita diferente. A Dra. Gardiner havia dito que temas de redações estavam à sua livre escolha. Ela usaria essa liberdade.

Abriu um novo documento intitulado *Se eu tivesse apenas quarenta dias* e começou a digitar.

— Mas o programa disse que deveríamos escrever uma análise de *The Road Not Taken* — Ben DeWitt, um de seus alunos mais dedicados, provavelmente já começara a escrever o trabalho dele, para ser entregue quinta-feira. Isso explicaria o tom irritado.

— Sinta-se livre para incorporar suas interpretações do poema de Frost ao seu trabalho — Charissa respondeu, tentando ignorar o bebê apertando sua bexiga. Ela olhou para o relógio na parede: mais 45 minutos. Talvez pedisse aos estudantes que formassem pequenos grupos de discussão. — Sugiro que você combine temas do poema com a sua redação de reflexão.

— Então, é para a gente usar o poema ou não? — Justin perguntou do assento de costume dele no canto. Ela desistira de pedir que ele tirasse os pés da carteira.

— Vocês podem usar o poema, se quiserem. Mas quero que o foco de vocês esteja nas escolhas que fazemos sobre como usamos o tempo que nos foi dado e como a consciência da nossa mortalidade impacta essas escolhas. Imaginem: vocês têm mais quarenta dias de vida. O que significa "contar os dias", como o salmista fala, e vivê-los plenamente? Não precisa ser uma redação longa, só mil palavras. Eu estou interessada em como vocês desenvolvem o tema, como usam os detalhes para reforçarem seus argumentos, sejam eles quais forem.

Justin provavelmente escreveria algo raso, divertido e hedonista. Infelizmente, ele escrevia bem, e estava tirando notas melhores do que ela esperava ou desejava.

— Desenvolvam suas ideias descrevendo por que estão fazendo essas escolhas, o que seria necessário para fazê-las, quem estaria envolvido... Esse tipo de coisa. Também reflitam se esse exercício faz vocês questionarem suas escolhas no passado ou se talvez os faça reconsiderar escolhas para o futuro. Pensem sobre isso atentamente.

Orem. Era essa a palavra que ela queria dizer, mas não disse. Ela não sabia bem por quê.

— Sobre o que você escreveria? — ela perguntou para John no caminho para o apartamento, à noite, para pegarem mais caixas.

Ele levantou os ombros.

— Não tenho certeza se eu faria qualquer coisa diferente. Deixar meu emprego, talvez, para passar mais tempo com você. Fazer várias ligações, visitar pessoas que amo, esse tipo de coisa. E você?

— Não sei. — Quarenta dias estavam longe de ser tempo suficiente para deixar no mundo a marca que ela sempre pensara que deixaria. E ela não estava contente com o anonimato, por mais que odiasse o orgulho espreitando por trás desse descontentamento.

— Eu estive pensando sobre isso, sobre o que as pessoas diriam no meu funeral, e acho que não gosto.

— Como assim?

— O que elas diriam, John? Que eu tirava boas notas? Que eu era alguém com muito potencial para grandes conquistas? Isso parece tão vazio. Mas foi para isso que eu vivi minha vida. Honra e reconhecimento. Minha própria glória. E quarenta dias não seriam o suficiente para mudar isso. Nem de longe.

Sua mente foi até a sogra, que era o tipo de pessoa que as outras elogiavam pelo amor à família e à comunidade, pelas formas como ela se aplicava em tentar fazer diferença nas vidas dos outros. Com todos os seus erros, Judi Sinclair não era egoísta. Charissa a admirava por isso. De verdade. Quanto mais via o próprio egoísmo, mais admirava a generosidade e o altruísmo dos outros. Talvez o intrometimento de Judi com a casa, o bebê e planos futuros vinha mais do desejo dela de demonstrar amor do que controle. Talvez.

Charissa pegou o celular.

— Vai ligar para quem? — John perguntou.

— Para sua mãe.

Ele levantou as sobrancelhas.

— Acabei de perceber que não falei com ela desde que fechamos a compra da casa. E quero agradecer a ela pessoalmente.

— Ela pode reclamar sobre seus planos para depois que o bebê nascer — John avisou.

— Eu sei. Mas acho que posso agradecer a ela por isso também.

Ele levantou as sobrancelhas mais alto.

— Nem todo mundo tem opções — Charissa disse. — Como Jeremy e Abby. — Jeremy e Abby expressaram a decepção por Abby ter de voltar ao trabalho. — Mesmo que nós façamos escolhas diferentes do que sua mãe está esperando, pelo menos temos a liberdade de escolher, certo? E sou grata por isso. Eu deveria dizer para ela.

Porque a vida é curta demais para guardar rancor.

Curta demais.

10.

MEG

Terça-feira à tarde, Meg começou a se preocupar pela segurança de Becka. Talvez ela não tivesse retornado os e-mails, ligações e mensagens com "Por favor, me ligue" porque havia algo terrivelmente errado.

— Você teria recebido uma mensagem de uma das amigas dela — Hanna a confortou. — Ou da faculdade. Ou de Rachel.

Hanna estava certa. Se algo tivesse acontecido com Becka, Meg saberia a essa altura.

Ela olhou para a entrada da agulha em sua mão. Quando é que sua mão havia passado a parecer papel crepom? Ela se sentia tão frágil quanto uma asa de borboleta.

— Você vai ter que dar a notícia para ela por e-mail, Meg. Ou deixar uma mensagem de áudio. Eu sei que não é o que você queria, mas ela não te deixou nenhuma outra opção.

"Certo", Meg pensou. A única outra opção seria uma mensagem de texto, e ela não conseguia imaginar uma forma pior de dar tais notícias.

— A não ser... — Hanna pausou. — E se eu tentar? Ela não vai reconhecer meu número. Talvez atenda.

Meg fez uma careta.

— Desculpa! Foi uma péssima ideia.

— Não, você está certa — Meg respondeu. — Vale a pena tentar. Obrigada. — Ela olhou para a mesinha da maca, mentalmente colocando Becka no colo de Jesus antes de dizer o número.

Hanna sentou na cadeira de vinil, com os cotovelos sobre os joelhos e o telefone contra o ouvido. "Está chamando", ela fez com a boca. Meg puxou a gola. Ela não sabia se estava com calor ou com frio.

— Posso falar com Becka Crane, por favor? — Hanna disse.

Alguém atendeu. *Ai, meu Deus.*

— Oi, Becka. — Hanna se sentou de novo na cadeira, para Meg poder ver o seu rosto enquanto ela falava. — Meu nome é Hanna Shepley; eu sou uma amiga da sua mãe e estou ligando porque... Não, não é isso. — A voz dela aumentou ligeiramente. — Não... Não foi por isso que... — Hanna franziu as sobrancelhas e virou o rosto ligeiramente da direção de Meg. — Estou ligando porque sua mãe estava tentando falar com você. Ela está muito doente e... — Hanna parou de repente com os lábios apertados. Normalmente, Hanna tinha firme controle sobre suas expressões faciais. Não agora. — Você quer que eu te dê os detalhes, Becka, ou quer que eu passe o telefone para sua mãe?

Meg apertou mais a cruz de madeira de Katherine durante outro abismo de silêncio que se abriu e ameaçou engoli-la inteira. *Jesus. Por favor.*

Com a mão livre, Hanna segurou a parte de trás do pescoço.

— Sua mãe está com câncer, Becka. Uma forma muito agressiva de câncer. — Mais silêncio. E então: — Tá bem. Espere. — Ela se levantou e entregou o telefone para Meg.

Meg tentou falar, mas não encontrou a voz.

— Mamãe?

— Becka... — Duas sílabas. Isso era tudo o que ela conseguia.

— Mamãe, você está aí?

Meg engoliu lágrimas, esquecendo-se de que Becka não conseguia vê-la balançando a cabeça. Ela devolveu o telefone para Hanna e apertou a cruz contra o peito, assistindo às agulhas em suas veias bombeando fluidos para seu corpo.

— Becka, é Hanna de novo. Sua mãe está tentando falar com você, mas está com dificuldade de encontrar as palavras, então eu vou te dar alguns detalhes, e depois você pode ligar daqui a pouco no celular dela, tudo bem?

Meg escutou Hanna narrar a história de outra mulher: câncer agressivo, avançado demais para quimioterapia, médicos dando três a quatro meses de vida. Hanna era a pastora agora, consolando uma menina que evidentemente se desintegrou em histeria a 6 mil quilômetros dali.

Emanuel.

Tu estás conosco.

— Vamos fazer assim — Hanna estava falando —, você salva meu número e pode me ligar quando quiser, tudo bem? Qualquer hora. Eu sei que sua mãe quer muito falar com você, Becka. Ela está bem agora. De verdade. Eles a estabilizaram e estão cuidando muito bem dela. Muito bem mesmo. E eles acham que ela vai poder ir para casa daqui a alguns dias... Não, eu sei. Podemos resolver tudo isso, tá bom? Eu sei... Tá bem.

Meg pediu o telefone de novo.

— Aqui, vou passar para sua mãe só por um minuto, tudo bem?

Meg inspirou tão fundo quanto conseguia.

— Eu te amo, Becka. Eu te amo tanto.

— Mamãe? — Becka estava chorando, engolindo ar em soluços. — Mamãe, eu sinto muito! Eu sinto muito... Eu não sabia, mamãe...

Ela queria poder acalmar e aquietar a filha contra o peito. Em vez disso, elas choraram suas lágrimas salgadas juntas, com o vasto oceano entre elas se encolhendo enquanto derramavam os lutos no mesmo cálice de tristezas e arrependimentos.

HANNA

Quando um número desconhecido apareceu no telefone de Hanna, ela e Nathan estavam sentados no saguão do hospital, bebendo o *chai* que ele trouxera do Starbucks. Assim que Hanna atendeu o telefone, uma mulher se identificando como Rachel Fowler perguntou se aquilo era uma pegadinha. "Câncer de pulmão?" Sua irmã nunca fumara na vida. Como sua irmã poderia ter câncer de pulmão?

Hanna respondeu que não sabia. Mas não, não era uma pegadinha. Ela queria que fosse. Ela queria desesperadamente que tudo aquilo fosse um grande engano.

Mais um presente de despedida da mãe delas, Rachel disse. Tinha de ser culpa da mãe delas. Não havia outra explicação. Todos os anos como fumante passiva... Talvez ela devesse fazer algum tipo de exame, para ter certeza de que não tinha isso também.

Hanna disse que poderia ser uma boa ideia.

Se Rachel perguntou como a irmã estava, se ela expressou qualquer arrependimento ou tristeza, Hanna não conseguia se lembrar depois que desligou o telefone. Ela prometeu deixar Rachel atualizada com os detalhes, e, sim, achava que Meg gostaria de uma visita quando estivesse de volta em casa.

— Foi isso — Hanna disse para Nathan. — Isso foi tudo o que ela disse.

Nathan balançou a cabeça lentamente.

— Famílias — ele murmurou.

Ela também contou-lhe sobre a ligação para Becka, como mal fora capaz de controlar a raiva na frente de Meg. "Ela te colocou para ligar para mim?", Becka exclamou. "Eu disse para ela que não quero conversar. Não acredito que ela tentou me enganar usando uma amiga para ligar!"

Enquanto isso, no fundo, a voz de um homem com sotaque ordenava: "Desliga o telefone, Rebecka. Só desliga o telefone."

Hanna estava com medo de que Becka obedecesse antes de conseguir dar a notícia.

— Você acha que ela vai vir visitar? — Nathan perguntou.

— Ela quer. Assim que possível.

Ele colocou o copo sobre a mesinha coberta de revistas e segurou as mãos dela, brincando com sua aliança.

— Nenhuma faculdade diria que ela não pode. É emergência familiar.

— Eu sei. Eu disse que poderíamos resolver isso. Ela e Meg provavelmente falaram sobre isso depois que eu saí do quarto, mas não perguntei. Meg está completamente exausta. E Becka tem meu número. Eu disse para ela me ligar quando quisesse.

— É uma estrada difícil, Shep. Para todos. — Ele beijou o dedo anelar dela, deixando os lábios pressionados contra sua pele. Ela descansou a cabeça sobre o peito dele, acalmada pelo som das batidas do coração dele em sua cabeça.

Ele a puxou para mais perto.

"Imagine que você está no fim da vida", estava escrito nas instruções do exercício de discernimento. "Quando você olha para esse momento específico, que decisão você gostaria de ter tomado?" Ela estava pensando sobre essa pergunta o dia todo.

— Nate?

— Hm?

— E se não esperássemos? Para nos casarmos, digo.

Ele se inclinou para trás na cadeira, a fim de olhar diretamente nos olhos dela. Mas ele não respondeu.

— Digo, estive pensando sobre como sabemos o que queremos, né? Queremos ficar juntos. Acredito que Deus nos aproximou. Então, por que esperarmos com um noivado longo? Por que não nos casarmos logo? — Ela teve dificuldade de ler a expressão nos olhos dele.

— Está pensando nisso por causa de Meg? — ele perguntou. — Porque você espera que ela consiga estar no casamento ou...

— Não, não só isso, embora queira que ela esteja conosco. Eu sei o quanto isso significa para ela. Para mim. Mas mais do que isso. Não é o casamento, Nate. É nossa vida juntos. A questão é começarmos nossa vida juntos.

— Mas e Westminster? Você já falou com Steve?

— Não. — Talvez Nate não quisesse se casar tão rápido assim. Talvez quisesse que eles esperassem alguns anos, até Jake ficar mais velho. — Deixa pra lá. Ideia ruim — ela disse, cruzou os dedos e olhou para baixo.

— Não, Hanna. — Ele levantou o queixo dela e a beijou. — Não. É uma ótima ideia! Eu só estou surpreso. Nem fazia ideia de que você estava considerando essa possibilidade. Nenhuma. Isso é mesmo o que você quer?

— Eu quero estar com você — ela respondeu. — É isso que eu sei agora. E não faço ideia do que isso vai significar para Chicago. Talvez eu possa diminuir minhas horas para meio período ou algo assim, ficar indo e voltando por um tempo. Mas não quero esperar mais do que precisamos. Quero ser sua esposa.

Ele a abraçou de novo.

— Eu te amo, Hanna — ele sussurrou. — Mais do que dá para dizer. E você me fez o homem mais feliz do mundo. Do mundo inteiro.

Os dois continuaram no saguão do hospital, conversando sobre possibilidades e orando sobre os próximos passos até o horário de visita acabar. Hanna voltou para o quarto de Meg, silenciosamente arrumou o sofá com cobertor e travesseiro, e pressionou os lábios sobre a testa da sua amiga, que já estava dormindo e cuja mão esquerda segurava a cruz de madeira sobre o peito.

Terça-feira, 10 de fevereiro, 21h

Eu não esperava ultrapassar outra barreira hoje, mas ficou subitamente tão claro. Senhor, se eu corri na tua frente, me desculpa. Mas eu continuo pensando sobre estar diante de ti um dia, falando sobre esse momento específico, e estou convencida de que a melhor oferta que posso te entregar agora é meu sim com todo o coração para os presentes de amor que me deste. E tu me deste a vida com Nate. Eu sou minha melhor versão quando estou com ele. Ele revela o teu coração para mim. E, se eu creio que tu nos chamaste para sermos um, então por que esperar mais?

Nate vai falar com Jake hoje à noite para se certificar de que Jake não tem problema com nós agilizarmos as coisas. Eu não quero um casamento chique. Acho que tudo pode ser planejado durante as próximas semanas. Eu disse para Nate que deveríamos contar a viagem à Terra Santa como nossa lua-de-mel, mas ele respondeu que quer planejar outra coisa para nós, mesmo que seja algo local. Jake vai estar na Flórida com amigos durante as férias de primavera, então pode ser um bom intervalo para comemorarmos juntos.

Nate e eu conversamos um bocado sobre os tempos *chronos* e *kairos* hoje à noite. Nós não temos controle algum sobre o *chronos*. O tempo passa. Mas o relógio contando as horas da vida de Meg me deu novos olhos para ver os momentos *kairos*, as oportunidades de viver a vida ao máximo, de estar totalmente atenta à presença de Deus e aos convites que ele dá a cada momento, de vislumbrar as sarças queimando no meio das nossas rotinas diárias e prestar atenção, de tirar nossos calçados e adorar porque o Altíssimo está próximo. Porque cada centímetro quadrado do chão aqui é sagrado, se tivermos olhos para ver. Então, nos dá olhos para ver e corações que respondam a isso. E, hoje à noite, eu digo de novo: *hineni*. Eis-me aqui.

Não perdi as esperanças de que tu farás o que os médicos dizem ser impossível. Não perdi as esperanças de que Meg tem mais *chronos* do que eles acreditam. Mas, quer tenhamos décadas, quer anos, meses, semanas, dias ou horas, nos ajuda a vivermos no tempo *kairos*, celebrando teus bons e generosos presentes em meio à tristeza, à confusão, ao sofrimento e à dor. Me mostra como estar ao lado da minha amiga enquanto ela anda pelo vale da sombra. Nos pastoreia gentilmente. E te aproxima de Becka também. Faz algo extraordinário, Senhor. Por favor.

Eu tenho vários telefonemas para fazer amanhã. Sei que as pessoas ficarão surpresas, especialmente em Chicago. Senhor, por favor, me mostra o que tu queres a respeito do meu ministério lá. Me mostra como ser fiel com tudo o que tu me pedes para fazer. Tu tens o meu sim, Senhor. E em breve Nate e eu estaremos de pés descalços diante de ti, na presença de pessoas que amamos, e vamos ofertar nosso sim para ti e um para o outro. Em solo sagrado.

— Você não está fazendo isso por minha causa, está? — Meg perguntou na manhã seguinte, quando Hanna contou as novidades.

Hanna pegou a mão de Meg, a que não estava com tubos enfiados, e acariciou gentilmente sobre as veias proeminentes.

— Não, ainda estou contando que você esteja conosco por um bom tempo.

Meg fixou o olhar sobre os ladrilhos do teto.

— Eu estive pensando muito sobre isso — ela disse com a voz um pouco mais alta que um sussurro —, sobre como teria sido se eu tivesse tido tempo com Jimmy. Estive pensando sobre como seria um presente se tivessem me dito que tínhamos mais alguns dias juntos, em vez de ele partir em um instante, sem chance de dizer adeus.

Quando as lágrimas começaram a rolar pelo rosto de Meg, Hanna pegou um lencinho e gentilmente lhe secou as bochechas.

— Não sei quanto tempo tenho — Meg continuou — ou o que vai acontecer com Becka, se vou viver para ver alguma mudança nela, mas eu sei de uma coisa: não tenho tempo para sentir pena de mim mesma. Já passei dias de mais sentindo pena de mim mesma, Hanna. Passei tempo de mais da minha vida com medo. Parece que recebi um presente. Uma chance de ser corajosa. De fazer a diferença, de alguma forma, mesmo que não seja algo grande. Sem ilusões de grandeza. Não há nada de heroico em mim, na minha vida. Nada. Mas talvez Deus possa me ajudar a morrer bem. — Ela apertou os lábios e pegou a cruz de madeira sobre a mesinha, rodando-a na mão até segurá-la com conforto.

— Estou orando para Deus te ajudar a viver — Hanna disse.

Os lábios de Meg relaxaram e formaram um meio sorriso.

— Isso também.

Depois que Hanna tomou um banho quente e luxuoso na casa de Meg, ela fez as ligações para Nate, para Katherine e para seus pais.

— Você tem certeza? — sua mãe perguntou quando Hanna contou a decisão deles. — Por que a pressa?

"Porque a vida é curta e o tempo é precioso", ela respondeu silenciosamente. Em voz alta, respondeu:

— Porque eu reencontrei o amor da minha vida e não vou esperar mais tempo do que preciso.

Sua mãe riu.

— Essa é uma boa resposta. Então, quando vai ser?

— Primeiro de março.

— Primeiro de março! Mas é o...

— Eu sei. Bela maneira de passar meu aniversário, né? — Hanna jamais poderia ter sonhado que se casaria no mesmo dia que completasse quarenta anos, e não conseguia pensar numa forma mais maravilhosa de comemorar. "Vai deixar fácil para eu lembrar, né?", Nate brincara quando ela havia sugerido a data.

— Mas isso é daqui a menos de três semanas! E é... Espera, deixa eu olhar o calendário... É domingo! Você vai se casar em um domingo?!

— Sim. Vamos fazer uma cerimônia no fim da tarde, no retiro do qual te falei, e Katherine vai celebrar a cerimônia para nós. E vai ser pequena. Bem pequena. Só alguns amigos mais próximos e familiares lá. E vai ter bolo e café depois. Nada chique.

— Mas Hanna...

— É isso que eu quero, mãe. De verdade. Vamos ter um lindo culto de louvor, vamos pronunciar nossos votos e vamos começar nossa vida juntos. — Em menos de três semanas. Em. Menos. De. Três. Semanas.

Sua mãe suspirou. Hanna sabia que ela não sonhava isso para a única filha. Mas ela não era mais uma noiva de vinte e poucos anos com a cabeça cheia de sonhos.

— Você me conhece — Hanna disse. — Eu nunca fui de gostar de festas espalhafatosas.

— Não, eu sei. Eu tinha que te convencer para fazer qualquer tipo de festa de aniversário para você quando pequena. Você nem gostava de ir às festas dos outros.

Hanna riu.

— Que criança estranha.

— Uma criança linda — sua mãe respondeu baixinho, e havia algo que Hanna não conseguia identificar na voz dela, algo melancólico, algo que fez os olhos de Hanna se encherem de lágrimas sem entender por quê. — Eu sempre quis apenas que você fosse feliz, Hanna.

— Eu sou, mãe. — Ela era. Era mesmo. Se a alegria e a tristeza podiam correr em pistas paralelas com a presença de Deus sendo revelada em ambas, então ela era feliz. Daquela forma do cálice transbordante. Ela era.

MARA

Kevin estava sentado sobre o balcão da cozinha depois do treino de basquete, balançando as pernas, os calcanhares batendo levemente contra os armários. Relutante em fazê-lo descer e vê-lo desaparecer para o quarto ou para o porão, Mara o deixou ficar lá, aproveitando um raro momento de comunicação polissilábica com ele.

— Aí o treinador Conrad suspendeu Scottie por começar uma briga e deu dez dias de serviço comunitário para ele, aí eu disse que ele deveria ajudar no Nova Estrada porque as crianças lá são bem legais e ele acharia legal. — Kevin pegou outro cookie de gotas de chocolate. — Tá gostoso, mãe. Obrigado.

Ele poderia terminar de derretê-la com um sopro.

— De nada. Agradeça à Sra. Sinclair da próxima vez que a vir. Foi ela quem trouxe todos os ingredientes. — Assim que ela disse as palavras, arrependeu-se. Talvez não devesse relembrar Kevin de que o dinheiro estava curto. Ela não sabia como encontrar o equilíbrio entre ser honesta e causar ansiedade. Abriu a torneira de água quente e enxaguou a forma.

— Meu pai te pagou?

— Sim. — Naquela manhã, graças a Deus. Ela nunca ficara mais aliviada de receber um cheque. Nunca. O advogado de Tom devia ter informado a ele as consequências de não se submeter ao acordo de custódia temporária. — Vamos ficar bem, Kev. — "Contanto que seu pai continue pagando o que deve", ela adicionou silenciosamente. — E eu te falei sobre meu novo emprego, né?

Ele assentiu.

— Você vai começar a receber por tudo o que faz lá?

— Não é muito, mas sim. — Ela ainda não tinha certeza se poderia confiar que Kevin não transmitiria informações para Tom. Mas o que importava? O advogado dela a assegurara de que o pouco dinheiro que ela ganharia no Nova Estrada não impactaria o acordo deles significativamente. Agora que Jeremy estava desesperado para encontrar trabalho enquanto os negócios da empresa estavam lentos, ela certamente não aceitaria dinheiro por cuidar de Madeleine.

Era muito gentil Charissa e John darem um projeto para Jeremy. Charissa já ligara para dizer que trabalho incrível Jeremy havia feito. Não que Mara estivesse surpresa. Ele trabalhava com afinco. Era uma pena ele não conseguir ensinar para Brian uma coisa ou outra. Ela pegou a toalha xadrez verde, colocada sobre a alça do forno.

Kevin parou de balançar as pernas.

— Se eu te contar uma coisa, promete não ficar brava?

Mara conseguia ver o reflexo dele no forno. Ela também via o seu próprio. Lembrando-se do exercício de oração que Dawn lhe dera antes do Natal, ela respirou fundo e disse silenciosamente: "Sou eu quem Jesus ama."

— Prometo.

— Meu pai tem uma namorada nova.

Claro que tinha. Tom provavelmente teve várias namoradas durante o casamento deles.

— E ela tá grávida.

Mara se virou boquiaberta.

— Não fica brava comigo por te contar, tá bom?

— Kevin, eu não tô brava...

— E não conta para o meu pai que eu te contei, tá bom?

— Kevin, eu...

— Ele vai ficar muito bravo comigo se descobrir que você sabe.

Ela e Kevin já passaram por essa situação, e ela não podia jogar esse jogo de novo. Isso provavelmente era informação que o advogado dela precisaria saber.

— Como você sabe que ela está grávida?

— Eu vi.

— Aqui em Kingsbury?

— Aham.

— Quando?

— No fim de semana.

— Ela estava com vocês durante a visita do seu pai?

— Ela jantou com a gente.

Não parecia que Tom estivesse preocupado em manter segredo.

— E ela tem, tipo, três outros filhos — Kevin continuou.

— Os filhos dela foram também?

— Aham.

Por mais que ela quisesse, decidiu não interrogar o filho de quinze anos sobre quem era o pai do bebê.

— Não parece ser muito segredo se seu pai apresentou vocês para ela e os filhos.

Kevin levantou os ombros e pegou outro cookie.

Mara estava surpresa com como ela estava calma. Um tipo estranho, quase sinistro, de calma.

— Você não está brava?

— Não. — Ele poderia falar isso para o pai, e Tom poderia engolir isso. Ela pendurou a toalha úmida sobre a porta do forno, falou silenciosamente de novo com o próprio reflexo, e então perguntou: — E aí, como ela é, essa namorada?

Mara escutou com satisfação crescente enquanto Kevin a descrevia. Nem era tão bonita, ele disse, com aquele penteado bagunçado e um monte de maquiagem, que ela provavelmente achava que a faziam ficar bonita, mas ela só ficava tosca. E os filhos dela eram pestes. Ele conseguia ver que seu pai também achava que eram pestes, mesmo que não dissesse. Ele só ficou lá sentado à mesa, com o braço em volta de Tiffany, e tentou ignorar o que eles estavam fazendo. Mas seu olho estava fazendo aquela coisa de piscar, que sempre acontecia quando estava bravo.

Mara sabia exatamente que coisa de piscar era isso de que ele estava falando.

— Eles têm quantos anos?

— Não sei. Pequenos. Entre três e cinco anos, por aí. Superelétricos.

— O que Brian achou? — Ela ficou surpresa que Kevin tivesse demorado esse tempo todo para mencionar a namorada, e estava chocada que Brian não tivesse deixado escapar. Ela se apoiou no balcão, de frente para ele.

— Ele ficou bravo. Era para o meu pai levar a gente naquele lugar de videogames para o jantar. Aí ele disse que os planos tinham mudado, e acabamos num restaurante de panquecas com eles.

Certo. Brian ficaria furioso com isso. Ela provavelmente poderia se aproveitar da situação, embora não soubesse como. Isso era bom. Isso era muito bom.

— E... Tiffany, você disse? Ela mora em Kingsbury?

— Aham, mas eu ouvi ela dizer algo para o meu pai sobre Cleveland, e ele fez esse movimento com o cotovelo para tentar fazer ela parar de falar, e ela olhou para ele, tipo, "Que foi?", e aí ele apontou para mim com a cabeça porque sabia que eu estava escutando, mesmo que eu estivesse fingindo que não estava, e ela disse "Tanto faz" e cortou as panquecas dos filhos.

— Você acha que ela está planejando se mudar para Cleveland?

— Talvez.

Interessante. Muito interessante.

— Mas não fala para ele que eu te contei isso, tá bom? — Sem esperar pela resposta, ele pulou do balcão e desapareceu escada acima.

Quando a campainha tocou meia hora depois, Mara atendeu, pensando que seria Jeremy no caminho de casa depois de um serviço. Bailey latiu e correu ao redor dos pés dela, quase a fazendo tropeçar.

— Eu juro, cachorro, você vai me matar um dia. — Ela destrancou a porta e a abriu. — Hanna!

— Desculpe chegar sem avisar, mas eu estava passando por aqui... Estou voltando para o hospital... E pensei em passar aqui.

Mara sentiu uma pontada de culpa. Ela quase passou um dia inteiro sem pensar em Meg uma única vez. Era uma amiga péssima. Péssima.

— Vamos, entra! — Mara disse. — Eu faço chá para a gente. — Ela pegou Bailey no colo, Hanna acariciou a cabeça dele e tirou os sapatos.

— Não posso ficar muito tempo — Hanna respondeu. — Mas eu queria te atualizar de algumas coisas.

Mara tinha várias atualizações também. Ela mal podia esperar para contar para Hanna o que descobrira com Kevin. Mas primeiro Meg.

— Como ela está? — Mara perguntou.

Hanna a seguiu para a sala de estar e se sentou na beira do sofá.

— Ela está até bem, na verdade. Acham que vão mandá-la para casa amanhã. Ela vai ficar mais feliz na própria cama.

— Que bom. E quanto ao... — Mara não conseguia usar um pronome pessoal nem a palavra com "c".

— Ainda pedindo um milagre para Deus — Hanna respondeu.

Certo. Mara tentaria se juntar a ela nisso.

— Certeza que não quer que eu traga chá?

— Não, obrigada. Eu preciso ir daqui a pouco. Mas tenho novidades.

Os olhos de Hanna estavam brilhando e o rosto, relaxado. Não eram novidades sobre Meg.

— Que novidades?

— Sobre o casamento.

— Amiga! Você marcou a data?

— Primeiro de março.

Mara olhou para ela.

— Do ano que vem?

— Deste ano.

— Primeiro de março agora? Tipo, daqui a duas semanas?

— Quase três. E sim.

— Tá falando sério?

— Totalmente.

— Você é doida?

Hanna riu.

— Provavelmente.

— Mas e a sua igreja? Você não vai voltar em junho?

— Ainda não resolvemos essa parte, mas vamos resolver. Vamos dar um jeito.

— Cara, eu não esperava por essa!

— Nem eu — Hanna disse, com uma sombra muito suave escurecendo seu sorriso.

Mara entendeu.

— Então... O que posso fazer para ajudar?

Para início de conversa, ela não ia deixar Hanna comprar um bolo qualquer. Ela mesma faria um bolo de duas camadas e pegaria instruções em uma revista sobre como decorá-lo. Hanna estava de acordo com isso? Estava. E Hanna tinha certeza de que não queria um bufê? Porque Mara poderia conseguir fazer algo sem problema. Sim, Hanna tinha certeza? Eles só queriam bolo. E as fotografias? Abby tirava fotos muito boas. Hanna queria que ela perguntasse? Não, o cunhado de Nathan era fotógrafo, e ele poderia tirar todas as fotos.

— Parece que você já resolveu bastante coisa — Mara comentou.

— Posso estar sendo ingênua, mas acho que consigo montar tudo com alguma facilidade. Só preciso encontrar um vestido.

Bailey pulou no sofá e se deitou ao lado de Mara, com a cabeça sobre seu colo.

— E nós? — Mara perguntou com um sorrisinho. — Que modelo de cortina você quer que eu vista?

— Nate e eu conversamos sobre isso, e não vamos fazer essa coisa toda de vestidos combinando. Não sei o que Meg vai querer usar, então faz mais sentido só escolher uma cor e deixar vocês escolherem o vestido que quiserem.

— Sério?

— Sim. Estou pensando em azul. Qualquer tom.

— E os sapatos?

— Eu vou estar descalça.

Mara pensou por um momento.

— Então o restante de nós tem que usar calçados confortáveis. Calçados confortáveis combinando.

Hanna riu.

— Perfeito! Amei! Posso te colocar como responsável por escolhê-los?

— Pode apostar, amiga.

Hanna olhou para o relógio.

— Tenho que voltar para o hospital — ela disse.

Oh.

Não houve oportunidade de contar para ela a novidade sobre Tom. Mara empurrou Bailey do colo e se levantou para abraçar Hanna. Sua história poderia esperar por outro momento.

HANNA

Hanna tinha mais uma ligação para fazer, uma ligação que ela adiara o dia inteiro. De um canto escondido do saguão do hospital, ela ligou para o número de Westminster.

— Oi, Annie — ela disse quando a recepcionista atendeu. — Hanna Shepley aqui, tentando falar com Steve. Ele está no escritório? — Annie achava que sim, então repassou a ligação.

Steve pediu desculpas, disse que estava entulhado com crises no ministério na última semana e não tivera a chance de lhe mandar um e-mail. Ela garantiu que estava tudo bem, pois também teve uma semana ocupada com uma amiga recebendo um diagnóstico de câncer, e estava passando bastante tempo no hospital. Ele respondeu que sentia muito por ouvir isso.

"É, bem, isso a atingiu com força", ela disse. Essas notícias a impactaram de formas que ela não esperava.

— E meu noivo e eu tomamos uma decisão — ela acrescentou. Como essa palavra ainda soava peculiar, e como ela não tinha prática em dizê-la. E em breve seria substituída pela palavra ainda mais impressionante: marido. — Eu sei que isso vai ser uma surpresa para muita gente — ela continuou —, mas nós decidimos prosseguir com o casamento, sem esperar.

Houve silêncio do outro lado da linha, e, durante esse silêncio, Hanna viajou no tempo de volta até agosto, que agora parecia outra vida, quando Steve entrara no escritório dela e lhe dissera que os diáconos tinham "tomado uma decisão", da qual ele sabia que ela não ia gostar. Mas era para o seu bem, ele havia dito. Esperava que ela recebesse isso como um presente, ele havia dito. Só dê nove meses a Deus, ele havia dito. Ela já dera seis e estava maravilhada pelo que Deus fizera. Pasma, perplexa e grata. Muito grata.

— Daqui a quanto tempo? — Steve perguntou.

— Três semanas. — Ela decidiu quebrar com leveza o silêncio constrangedor que se aproximava. — É culpa sua! — exclamou.

— Foi você que insistiu que eu aceitasse o tempo sabático, e você sabe que eu não queria. Mas, se você não tivesse me exilado, eu jamais teria sido reunida com Nathan. Você disse que o tempo de folga seria um presente para mim. Você só não fazia ideia do tamanho do presente.

Ele riu.

— Certo. Acho que é culpa minha. Estou feliz por você, Hanna. Só estou surpreso. Chocado, na verdade. Você e eu somos colegas há muito tempo, e eu nunca vi você tomar decisões rápido assim. Não sei como reagir.

— Eu sei. Acredite, eu sei. Também não sei como reagir. Exceto que sei que Nathan e eu devemos ficar juntos, e tudo o que está acontecendo com minha amiga agora me fez perceber como a vida é curta, como temos que aproveitar ao máximo os dias que nos foram dados. E Nathan e eu estamos comprometidos a fazer isso juntos, a servir juntos a Deus. E não sei o que isso significa quanto a eu voltar para Westminster no longo prazo, Steve. Certamente não vou te deixar na mão, não depois de tudo o que a congregação me deu.

— Mas Nathan está disposto a se mudar para Chicago?

— Ele tem um filho adolescente. E eu não vou pedir para ele se mudar enquanto Jake estiver em casa. Então, depende de mim: montar um cronograma, talvez ir e voltar, ou algo assim.

Silêncio. Ela queria poder ver a expressão facial dele.

— E se eu voltar em tempo integral em junho — ela sugeriu — e, a partir daí, talvez passar gradualmente para algo mais meio período? — Esse tipo de arranjo poderia funcionar. Pessoas faziam tais coisas funcionarem. Ela poderia fazer funcionar. Ela e Nate poderiam fazer funcionar. Se a igreja conseguisse fazer funcionar.

— Eu posso levar isso para os presbíteros — Steve respondeu depois de outra longa pausa. — Mas preciso te dizer que está tendo bastante agitação por aqui. Deus está fazendo várias coisas novas e estamos animados. Vamos precisar de pessoal que esteja com o ministério, de todo o coração.

"Pessoal como Heather", Hanna pensou. Jovem. Animada. De todo o coração.

— Acho que a pergunta que eu te faria, Hanna, é: você ainda se sente chamada ao ministério aqui? Ou Deus está abrindo portas para algo diferente?

Ela não sabia. Mas subitamente teve a sensação de que, se ela se abstivesse, Westminster poderia não "ficar na mão", afinal. Talvez fosse isso que estava nas entrelinhas. Talvez Steve quisesse que ela soubesse que Deus estava abrindo portas a algo diferente para *eles*. E, se ela não estivesse disposta a voltar para o ministério ainda mais comprometida e apaixonada do que antes, então talvez não fosse para ela voltar.

"Ninguém pode substituir nossa Hanna!", disse a voz do seu pai. "Ninguém tem uma ética de trabalho melhor do que Hanna."

Ele estava errado.

— Hanna?

— Oi? — Ela não ia chorar ao telefone. Não ia.

— É isso que eu não quero, Hanna: não quero que você volte só porque se sente obrigada. Isso não vai ser bom para ninguém. Quando te demos o tempo sabático, demos como um presente.

Ela olhou para a fonte do saguão, onde uma menininha jogou uma moeda e estendeu a mão para a mãe, pedindo outra, com o rosto cheio de expectativa. Hanna se acalmou com um suspiro silencioso.

— Eu sempre planejei voltar, Steve. Planejei voltar e trabalhar a partir do fruto que Deus tem feito crescer em mim. O Senhor tem trabalhado muito em mim. E eu planejei voltar depois de ser podada para colocar em prática todos os novos ritmos da minha vida com Deus, para ajudar outros a vislumbrarem o amor dele de outras formas. Era isso que eu estava planejando, Steve. Foi isso que planejei.

— Eu sei. E esse é um bom final para uma boa história. Mas é a sua história, Hanna?

O olhar dela correu para a entrada dos elevadores, onde Mara e Charissa estavam em pé, de braços dados, esperando para subirem para o quarto de Meg. Elas obviamente não a viram naquele canto escondido. Enquanto via as portas do elevador se fecharem atrás delas, ela soube. Ela soube a resposta para a pergunta de Steve.

— Minha vida é aqui — ela respondeu, segurando o dedo anelar. — É aqui.

Quinta-feira, 12 de fevereiro, 7h

Não dormi bem. Por mais que eu saiba que tomei a decisão certa — que essa é a decisão à qual todos esses meses têm me levado —, ainda fico ruim do estômago toda vez que penso em escrever uma carta de resignação.

Steve disse que vai conversar com os presbíteros sobre o processo, mas ele não acha que tenham objeções quanto a eu terminar o tempo sabático mais cedo. Talvez a igreja possa pagar meu salário e benefícios por mais um mês e então fechar a conta. Ele me assegurou de que não haverá ressentimentos, que ele não tem ressentimentos de nada, que está maravilhado com o que o Senhor abriu para mim e que deseja o melhor para mim. Até disse que esperava que eu os deixasse fazer um chá de panela ou uma festa como forma de celebrar nossa nova vida juntos e me agradecer por tudo o que eu dei a eles ao longo dos anos.

Quando eu disse que me sentia culpada por todo o dinheiro que a igreja investiu no meu descanso, ele me respondeu que considerasse isso como seis meses de férias acumuladas ao longo de quinze anos. Acho que é uma forma de ver as coisas. Acho que não me sinto tão culpada quando penso assim.

Mas eu não esperava que tudo acabasse tão subitamente. Achei que encontraríamos uma forma de fazer a transição aos poucos. Steve está certo. Eu nunca fui alguém que agia rápido.

Exceto quando fugi de Nate, anos atrás. Fico muito mais confortável com a lentidão. Sempre tomei passos muito cuidadosos e prudentes.

E agora estou cheia de medo. E se não surgirem oportunidades de ministério em Kingsbury? E se meus dias de pastora tiverem acabado? E aí?

Não posso voltar atrás agora. Não posso ligar para Steve e dizer: "Espera! Mudei de ideia." Porque isso significaria mudar de ideia sobre Nate. E eu não posso fazer isso. Não quero fazer isso.

Talvez eu quisesse que Steve dissesse: "Sabe de uma coisa? Você é tão valiosa para nós, que faremos absolutamente qualquer coisa que pudermos para isso funcionar. Você quer trabalhar meio período? Sem problema. Só queremos que você fique."

Não foi isso que ele disse. E, se eu for honesta, tenho de admitir que isso foi um grande golpe contra meu ego. Me deixou perguntando o quanto eu era valiosa, para início de conversa. Achei que eu tivesse alcançado um lugar de descanso, sabendo que não era indispensável no ministério. Mas, agora que vejo o quanto eu, na verdade, sou substituível, isso dói. E eu me pego pensando: eles queriam que eu voltasse? Ou tinham a esperança de que eu não voltasse? Quanto tempo demorou até alguém sugerir que Heather poderia facilmente assumir minha posição e (me dói falar disso) ser até mais frutífera no ministério do que eu era? Estou vendo o quanto meu orgulho está embrulhado nisso tudo, e não gosto disso.

Acabou de me ocorrer. Vender minha casa. Pelos últimos seis meses, eu tenho vivido como convidada no chalé de Nancy e na casa de Meg. De repente, me bateu o desejo de dirigir para Chicago e estar na minha casa. Mas a estagiária está lá. E no meu escritório. E eu vou me mudar para a casa de Nate. E jamais vou ter meu próprio espaço de novo.

Deus, me ajuda. Eu escrevo estas palavras e percebo que vou ter de morrer várias vezes para viver nessa próxima fase da vida. Vou precisar morrer como uma mulher solteira para viver como uma casada. Isso parece tão egoísta e melodramático quando escrevo assim. Mas é verdade. E fui eu quem agilizou as coisas. No que eu estava pensando?

Me ajuda, Senhor. Socorro.

Acabei de olhar de novo a oração de entrega de Wesley. "Eu não sou mais meu, mas teu." Não sou mais minha. Não estou dizendo isso apenas para ti, Senhor. Eu prometi dizer isso para Nate também, agora. Não sou mais minha. Mas tua. E dele. Ainda nem comecei a ver a profundidade do que significa dizer que não sou minha, que eu pertenço a outra pessoa. Me ajuda, Deus.

Outra fala me chama a atenção: "Eu, livre e sinceramente, rendo todas as coisas à tua vontade e à tua disposição." Disposição. Eu posso realmente render todas as coisas à tua disposição? Meu chamado, meu ministério, minha casa, minhas coisas, e confiar em ti para me dar tudo de que necessito se tu descartares tudo o que já tive?

Deus, me ajuda. Eu quero, livre e sinceramente, render todas as coisas. Eu quero. Mas minha alma está dividida.

Então, acho que é isso que oferto a ti. Meu medo e meu desejo. Toma, Senhor. Recebe. E me ajuda a receber e soltar todas as coisas com mãos abertas. Por favor. "Tu és minha, e eu sou teu." Me permite encontrar descanso, alegria e paz nisso. E me faz ter descanso, alegria e paz em ofertar esse mesmo voto a Nate.

Sinto como se tivesse pulado de um penhasco rumo ao desconhecido e não tivesse como voltar. Estou em queda livre agora, esperando meu paraquedas abrir. Esperando que meu paraquedas abra. Esperando que seja um salto com guia.

Me ajuda a confiar em ti, Senhor. Por favor.

MARA

Tendo descoberto o prazer de estar ao ar livre antes de os limpadores de neve atrapalharem o silêncio abafado e antes de pegadas estragarem a neve recém-caída, Mara se levantou cedo para levar Bailey para passear. Lanterna na mão, celular e sacolas plásticas no bolso do casaco, ela caminhou atrás dele enquanto ele puxava a coleira, arrastando-a pela rua sem saída, até a rua de acesso da quadra e até o parque, onde balanços rangiam em correntes agitadas pelo vento, e um espirobol tinia contra sua trave. Ela empurrara seus meninos naqueles balanços. Ela se sentara naquele banco, observando-os competir e discutir sobre quem balançava mais alto, quem conseguia socar a bola mais forte e mais rápido. Ela frequentemente gritara com Kevin para tomar cuidado, para não acertar a cabeça de Brian.

Ela bateu na bola ao redor da trave enquanto Bailey cheirava um arbusto. Não dormira bem. Quanto mais Mara pensava sobre as notícias de Kevin, com mais raiva ela ficava. Tom realmente achava que os meninos não contariam para ela que jantaram com uma namorada e os filhos dela? Ele achava que tinha esse tipo de controle sobre eles, de mantê-los calados, ou ele queria que Mara descobrisse? Kevin não havia dito se Tom realmente o mandara guardar segredo. Tom certamente estava planejando algo.

O que ele estava querendo fazer, apresentando seus filhos para uma namorada quando o divórcio ainda não era definitivo? E como ele ousava jogar jogos financeiros com ela, jogos que poderiam afetar seus filhos, enquanto ele brincava com uma mulher com três filhos e um quarto a caminho? E de quem era esse bebê, afinal? Se Kevin havia dito que Tiffany "parecia grávida", então ela estava com pelo menos alguns meses, o que significava que, se fosse de Tom, ele estaria com ela havia um tempo. Não que *isso* fosse um choque. Ela sempre presumira que ele tinha outras mulheres por fora, mas nunca o pegara.

Ela ficou acordada até tarde fazendo pesquisas sobre leis na internet. Embora Michigan fosse um estado de "divórcio sem culpado", um dos sites dizia que a culpa poderia ser levada em consideração na determinação de pensões e divisão de propriedades, "se o comportamento levou à dissolução do matrimônio" ou se a conduta foi "flagrante sob as circunstâncias". Tom havia feito várias coisas "flagrantes", mas nada que ela pudesse provar. E ela não poderia alegar honestamente que essa piranha, fosse quem fosse, tivesse levado ao colapso do casamento. Mesmo assim, se pudesse usar isso contra Tom de alguma forma, se conseguisse encontrar uma forma de puni-lo, de se certificar de que ela e os meninos ficariam financeiramente seguros, até confortáveis, então ela a usaria. Ela o derrotaria. E ele se arrependeria de ter mexido com ela.

Ela acertou a bola com mais força e mais rápido, observando-a se enrolar na trave, abaixando a cabeça até a corda ficar completamente enrolada. Então, assistiu à bola, cativa e suspensa, lentamente se desenrolar de novo.

— Vamos, Bailey — ela disse, puxando a coleira. Talvez devesse usar o saco de pancadas dos meninos no porão como terapia.

Se ao menos ela não precisasse esperar mais duas semanas para falar com Dawn! Como ela se lembraria de tudo sobre que precisava conversar? Em primeiro lugar, ela provavelmente deveria anotar as coisas, por mais que não gostasse de diários.

Andou com Bailey ladeira acima. Agora que estava pensando sobre isso, Brian estava muito quieto nos últimos dias. Sem discutir, sem bater portas, sem interação alguma. Mesmo se ela tentasse falar com ele e espremer informações sobre como ele se sentia sobre o pai e a namorada, não funcionaria. Brian nunca contava nada para ela nem mesmo quando ele era pequeno. Bem, ele contara uma vez, quando estava no jardim de infância ou no primeiro ano. Ele gostava de uma menininha chamada Zoe e, quando ele contara para Mara que queria casar com ela, Mara rira e dissera que menininhos não podiam casar com menininhas. E, pensando nisso, ela já o vira chorar depois disso? Ele tinha achado que ela estava rindo dele, caçoando dele. E ele nunca dissera nada para ela sobre paixonites ou menininhas de novo. Ou sobre qualquer coisa, na verdade.

Dawn a relembraria de se perdoar e de orar por ele. Katherine a relembraria de ficar de olho para ver Deus aparecer no meio da porcaria de sua vida familiar. Exceto que Katherine não diria "porcaria".

Como ela se esquecera rápido de tudo o que refletira sobre Jesus nascer no meio da bagunça, sobre Jesus nascer nela, sobre ela ser escolhida, amada e agraciada para carregar a Cristo. Ela sofria de falhas de memória quando era para se lembrar de descobertas importantes sobre sua vida com Deus. Realmente precisava anotar as coisas. Como Meg. Como Hanna. Ela não achava que Charissa era muito de escrever diários também, mas Charissa é jovem, inteligente e consegue se lembrar das coisas.

E, pensando em escrever (Bailey parou de caminhar, finalmente tendo encontrado um lugar adequado para fazer suas necessidades), ela realmente precisava escrever aquela carta para Tess e acabar logo com isso. Ainda não tinha certeza se enviaria a carta quando terminasse, mas precisava escrever a carta para poder seguir em frente. Bailey levantou a pata, marcando o território na neve. Mara se inclinou e pegou o cocô com a sacola. Bailey abanou o rabo para ela. Pelo menos, alguém era grato por ela limpar as bagunças.

— Vamos, cachorrinho. Vamos para casa — ela disse.

Com os meninos ainda dormindo (era mais um dia de neve), Mara preparou uma xícara de chocolate quente sem marshmallows para si, tirou uma folha de um bloco de papel amarelo e começou a escrever.

Querida Tess,

Trinta anos atrás, roubei de você algo precioso. Eu estava tão apaixonada pelo seu marido e tão apaixonada pelo nosso bebê, que nunca pensei sobre o que tomei de você. Você tinha todo o direito de ficar brava quando descobriu. E eu quero que você saiba que estou arrependida pelo que fiz. Não posso dizer que estou arrependida pelo que veio disso. Meu filho Jeremy é um dos melhores presentes da minha vida, e eu não o trocaria por nada. Mas, mesmo que Deus tenha redimido o que fiz, foi errado e eu sinto muito pela dor que te causei. Por favor, me perdoe.

Atenciosamente,

Mara

Ela leu a carta quatro vezes, dobrou o papel em três e o selou em um envelope. O que tinha a perder? Talvez fosse covardia não assinar o sobrenome ou não colocar o endereço de remetente. Mas ela não sabia como Tess reagiria. E, como a Srta. Jada dissera, tinha de ser cuidadosa e segura com esse tipo de coisa. Então, ela enviaria a carta e deixaria o restante com Deus. E, ela esperava, isso seria um presente para Tess.

Olhou para o bloco de papel amarelo de novo. "Derrama a sujeira", uma voz falou em sua cabeça. "Derrama a sujeira."

Beleza. Ela ia derramar.

Tom,

Eu te odeio. Eu te abomino e te detesto. Se eu conseguisse pensar em uma palavra pior, eu a usaria. Eu odeio o que você fez comigo. Você me estuprou. Você roubou um filho de mim. Eu te odeio. Essa sou eu te dizendo aonde ir. Eu quero que você sofra. Quero que você pague por tudo o que fez. Se eu pudesse fazer algo para te destruir, eu faria. Espero que tudo o que fez volte para você. Tudo.

Mara

Um dos meninos fez barulho no andar de cima. Ela se inclinou para a frente e colocou o papel no triturador ao lado da escrivaninha, sentindo prazer ao assistir às palavras desaparecendo com o zumbido. Talvez isso fosse tão terapêutico quanto um saco de pancadas. Ela arrancou outra folha do bloco.

Tom,

Eu queria nunca ter casado com você. Fui uma idiota por tentar te prender. Uma idiota estúpida por ficar grávida para que você se casasse comigo e resgatasse Jeremy e a mim. Eu me arrependo disso.

Kevin cambaleou descendo as escadas e bocejando, com o cabelo espetado.

— Oi, Kevinho — ela disse, virando o papel na escrivaninha. — Posso fazer seu café da manhã?

Bailey trotou até ele. Kevin se ajoelhou e acariciou-lhe o peito. Bailey pulou, com as patas sobre os ombros inclinados de Kevin, e lambeu seu rosto.

— Não, deixa comigo.

Enquanto Kevin procurava cereal na cozinha, Mara virou a carta de novo e a leu. Se ela não tivesse...

— Mãe?

— Sim?

— Você vai ao Nova Estrada hoje?

— Sim, vou ajudar com o almoço. Por quê?

— Scottie disse que a mãe dele já falou com a Srta. Jada e ele vai lá hoje para cumprir algumas horas, e perguntou se eu queria ir também. Eu poderia mostrar o lugar para ele e tal.

— Você teria que ir comigo às onze. Eu não posso ficar indo e voltando.

— Tudo bem — ele respondeu.

"Tudo bem?"

— E eu vou precisar de ajuda com a saída da garagem.

— É a vez de Brian.

Ela suspirou.

— Resolva com ele, então.

— Por que você não pode falar com ele? — Kevin disse com um choro na voz.

Era um bom argumento. Ela precisava parar de ter medo da raiva de Brian. Era isso que Dawn provavelmente diria. "Beleza." Ela daria outra hora para ele dormir e então o acordaria. Quando Kevin desapareceu na cozinha, ela olhou para o papel de novo. Outra folha para o triturador, mais outra arrancada do bloco.

Tom,

Eu queria nunca ter casado com você. Fui uma idiota por tentar te prender ficando grávida com Kevin. Mas, embora me arrependa do que fiz, não me arrependo de Kevin. Eu amo meu filho. Sou grata pela vida dele. Sou grata por Deus ter redimido o que eu fiz. Sou grata porque Deus me perdoou. Eu me perdoo.

Eu não perdoo você.

Mara

Ela escutou o zumbido do triturador de novo. Pelo menos, via a própria resistência. Ambas Dawn e Katherine diriam que isso foi um progresso. Provavelmente, progresso bastante por um dia.

CHARISSA

Charissa estava sentada atrás de uma escrivaninha em uma sala de aula vazia, debruçada sobre as redações "Se eu tivesse apenas quarenta dias" que os alunos entregaram online. Previsivelmente, Justin Caldwell escrevera sobre gastar todo o dinheiro dele em um carro de luxo e levar os amigos para Las Vegas, para uma última curtição. Mas o hedonista escrevia com pompa. Ela tinha de dar esse crédito a ele. Muitas das redações dos estudantes, embora tivessem conteúdo honesto, consciente e até comovente sobre miríades de tristezas e arrependimentos, mal receberiam nota para passar no quesito de gramática básica. Ela teria de levá-los de volta ao livro de escrita básica de novo. E o que ela deveria fazer com Ben DeWitt? Ele ignorara completamente suas instruções, escolhendo entregar uma análise excelente do poema de Frost, juntamente com uma nota de explicação: ele seguira as instruções do programa da matéria e terminara o trabalho mais cedo. Não tivera tempo de escrever de novo.

Rebeldezinho.

— Sra. Sinclair?

Charissa levantou o olhar para ver o rosto hesitante de uma aluna que nunca falara na aula.

— Oi, Sidney.

— Estou interrompendo?

— Não, pode entrar. O que posso fazer por você?

— Eu sinto muito, mas preciso pedir por uma extensão no prazo da minha redação.

Charissa, em todos os anos dela em sala de aula, jamais pedira uma extensão em um prazo. Esses calouros teriam de aprender do jeito difícil, como gerenciar o tempo e criar uma margem para circunstâncias imprevistas. Ela não tinha muita paciência para...

— Minha mãe ligou ontem para me contar que está com câncer de mama, e eu fiquei acordada a noite toda chorando, e minha colega de quarto disse que eu deveria falar com você sobre entregar meu trabalho mais tarde, e eu sinto muito que não esteja pronto, mas estou muito assustada pela minha mãe e fico pensando sobre essa coisa de "se só tivermos quarenta dias" porque, agora, e se for real, sabe? E sou só eu e minha mãe... Ela não tem ninguém com ela agora... E minha colega disse que eu deveria viajar para casa e ficar com ela, mas eu não sei o que fazer e...

Em algum lugar em Londres, uma menina não muito mais velha que Sidney provavelmente estava se sentindo igualmente inquieta.

— Eu sinto muito, Sidney. — Charissa pegou um pacote de lencinhos da bolsa e ofereceu para a aluna. — Não se preocupe com seu trabalho, tá bem? Só pense em um jeito de voltar para casa. O que eu posso fazer para ajudar?

Parecia que não muito. Exceto escutar. Ter compaixão. Encorajar. Orar.

— Posso te dar um abraço? — Sidney perguntou quando Charissa terminou de orar por ela. Sidney molhou o ombro de Charissa com as lágrimas e saiu da sala quando o restante da turma entrou.

Arrumando as anotações de aula no púlpito, Charissa respirou fundo e tentou se recompor.

MEG

Fevereiro nunca parecera tão deslumbrante para Meg: a grama salpicada de neve, brilhando sob a luz do sol, e os ramos roxos arqueados de framboesas pretas selvagens enroladas como uma borda de treliça ao redor de um bosque de bétulas. As poças congeladas próximas à saída do hospital foram jateadas com pinceladas delicadas, como vidro esculpido antigo. Ela se inclinou para apertar a superfície levemente. A água se moveu abaixo e ela agradeceu a Deus por esse vislumbre específico de beleza.

Hanna abriu a porta do passageiro e a esperou sentar no banco.

— Você está bem? — Hanna perguntou.

— Sim.

— Cuidado com os dedos.

Meg moveu a mão para o colo, com a cruz de madeira encaixada na palma. Hanna fechou a porta.

— Becka ligou para meu telefone enquanto eu estava pegando o carro — Hanna disse enquanto saía da área de entrada de pacientes. — A sua bateria deve ter acabado. Eu disse para ela que você chegaria em casa em cerca de vinte minutos, e aí ela vai te ligar de novo.

— Tá bem.

— Ela disse que está combinando com os professores para conseguir uma folga e acha que consegue chegar aqui semana que vem. Ela está tão feliz sobre vir para casa para te ver. Disse que todos estão sendo muito gentis, muito compreensivos. — A voz de Hanna falhou enquanto falava, revelando o que ela estava sendo incapaz de dizer em voz alta. Embora Hanna continuasse a falar sobre a fé e a habilidade de Deus para curar, Meg sabia que a amiga estava sofrendo para aceitar a probabilidade de um resultado diferente.

A visita de alta do médico foi deprimente. Eles continuariam a monitorá-la, certificando-se de que ela estivesse confortável, fazendo tudo o que pudessem para diminuir a sua dor. Eles falaram com ela sobre opções de cuidados paliativos se ela precisasse. Ela provavelmente precisaria.

— Eu preciso te perguntar uma coisa, Hanna, e peço desculpas se te deixar desconfortável. Só preciso saber, preciso ter certeza de colocar tudo em ordem.

Hanna olhou como se soubesse o que estava por vir.

— Eu vou me encontrar com um advogado na segunda-feira, me certificar de que meu testamento está atualizado. Não quero nenhum heroísmo aqui, Hanna. E eu preciso de alguém em quem confio para se certificar de que tudo seja cuidado. Posso te indicar como testamenteira? Por tudo?

— Claro.

— Eu já falei para Becka que não quero que ela saia da faculdade. Vamos ter nossa visita juntas, e então quero que ela termine o semestre. É uma oportunidade única na vida ela estudar em Londres. Eu não quero que minha doença interfira nisso. — Mas ela não se importaria se Becka desfizesse os planos de passar o verão em Paris com Simon. À luz de tudo o que estava acontecendo, talvez Becka estivesse disposta a vir direto para casa quando o semestre acabasse no fim de abril. — A mesma coisa vale para você, Hanna, com os seus planos. Sua lua-de-mel, sua viagem para a Terra Santa, tudo. Não quero que você mude nada por mim.

Hanna não respondeu.

— Me prometa, Hanna.

Ainda nada.

— Eu tenho várias pessoas se oferecendo para ajudar, mais gente do que consigo administrar. Isso é importante para mim, Hanna. Então, me prometa. Por favor.

— Eu prometo — Hanna murmurou, com os olhos fixados na pista.

Meg continuou corajosamente.

— Vou falar com o pastor Dave sobre um culto, só algo pequeno na minha igreja. Sem muitas pessoas, sem velório, sem recepção ou nada assim. Só um pequeno culto com alguns dos meus versículos e hinos favoritos. Eu não quero que você tenha o fardo de planejar isso, tá bom? Vou cuidar disso com Dave.

Hanna concordou com a cabeça.

— E eu vou comprar um vestido com você, Hanna. Você vai ser a noiva mais linda.

Com os ombros pesados, Hanna entrou no estacionamento vazio de uma igreja, onde as duas ficaram e choraram por finais e começos.

Pronto. Ela conseguiu. Levou vários rascunhos, mas Meg finalmente conseguiu compor um e-mail para todos os pais de seus alunos, relatando seu prognóstico e expressando a tristeza por estar incapaz de continuar o trabalho como professora de piano. Depois de pensar muito sobre isso por vários dias, ela decidiu que não queria que seus pequeninos a vissem deteriorando-se. Era melhor parar com as aulas agora.

> *"Foi uma honra compartilhar a música com seus filhos. Eles me deram enorme alegria. Por favor, comuniquem minhas notícias para eles da forma que parecer melhor a vocês. E, por favor, digam-lhes que tenho muito orgulho deles. Espero que eles continuem explorando as riquezas da música com um dos excelentes professores que listei abaixo. Minha gratidão sincera por me darem o privilégio de trabalhar com eles."*

Meg fechou o notebook e arrumou o xale de oração de Mara sobre os ombros, quando Hanna entrou na sala carregando os dois potes de *amaryllis*, as flores desabrochando com vigor.

— Nossas flores no inverno — Hanna disse, colocando-as sobre a mesa, ao lado de Meg.

Meg tocou o talo verde e macio.

— Elas parecem cata-ventos, não parecem? — ela comentou.

— Verdade! Parecem mesmo! Estou surpresa por não ter visto isso antes. Vou ter que dizer para Nate. — Hanna tocou levemente as pétalas das flores vermelhas. — Posso trazer alguma coisa para você?

Meg pegou sua Bíblia.

— Não. Vou só ler um pouco.

Hanna apertou gentilmente o ombro dela.

— Então vou fazer mais algumas ligações.

Em uma das várias visitas dela ao hospital, Katherine sugerira que Meg passasse tempo meditando nos últimos dias de Jesus.

— Use sua imaginação maravilhosa e vívida e se coloque lá como um dos amados amigos dele ao pé da cruz, e veja o que vem à vida — Katherine dissera.

Meg nunca passara muito tempo lendo as histórias da morte de Jesus. Tristes demais. Cruéis demais. Horripilantes demais. Perturbadoras demais. Ela preferia pular para as histórias da Páscoa. Da ressurreição. Mas talvez Katherine estivesse certa: talvez pensar sobre a morte de Jesus desse a Meg esperança e coragem enquanto ela completava as últimas voltas da vida.

— Fique atenta ao amor dele — Katherine dissera.

"Fique atenta ao amor dele."

Sussurrando uma oração pedindo coragem, Meg abriu a Bíblia no final do Evangelho de João 19:23-27. Ela ficaria atenta a alguns dos amigos mais queridos de Jesus. E tentaria não recuar.

TENDO CRUCIFICADO JESUS, OS SOLDADOS PEGARAM AS SUAS ROUPAS E AS REPARTIRAM EM QUATRO PARTES, UMA PARA CADA SOLDADO. PEGARAM TAMBÉM A TÚNICA, QUE NÃO TINHA COSTURA, UMA SÓ PEÇA DE ALTO A BAIXO. POR ISSO, DISSERAM UNS AOS OUTROS: NÃO A RASGUEMOS, MAS TIREMOS SORTES, PARA VER DE QUEM SERÁ; PARA QUE SE CUMPRISSE A ESCRITURA,

QUE DIZ: REPARTIRAM ENTRE SI AS MINHAS ROUPAS E TIRARAM SORTES. E ASSIM FIZERAM OS SOLDADOS. EM PÉ, JUNTO À CRUZ DE JESUS, ESTAVAM SUA MÃE, A IRMÃ DE SUA MÃE, A MULHER DE CLOPAS, CHAMADA MARIA, E MARIA MADALENA. VENDO ALI SUA MÃE, E AO LADO DELA O DISCÍPULO A QUEM ELE AMAVA, JESUS DISSE À SUA MÃE: MULHER, AÍ ESTÁ O TEU FILHO. ENTÃO DISSE AO DISCÍPULO: AÍ ESTÁ TUA MÃE. E, A PARTIR DAQUELE MOMENTO, O DISCÍPULO MANTEVE-A SOB SEUS CUIDADOS.

Como eles *ousavam*?

Como eles ousavam rir, caçoar e fazer piadas grosseiras enquanto ele estava pendurado lá, procurando fôlego? Como os soldados ousavam fazer o joguinho deles e dividir-lhe as roupas enquanto ele estava pendurado, nu, ferido e perfurado? Uma peça de roupa era mais valiosa do que a vida de um homem?

— Era? — Meg gritou para os soldados.

Eles riram mais. O vencedor do sorteio pegou a roupa, se levantou e posou para os seus comparsas, que aplaudiram e assobiaram. Uma das mulheres em pé diante da cruz se virou, com o rosto marcado por tristeza indescritível. Quando ela viu Meg, chamou-a para perto.

— Ninguém pode fazer nada para parar isso? — Meg perguntou.

— Fique de vigília conosco — a mulher respondeu e colocou o braço ao redor da cintura de Meg.

Meg olhou para cima. O corpo dele estava lacerado e coberto de vergões. Ele sangrava pelas mãos, pelos pés, pela cabeça. Sua respiração era trabalhosa, e os olhos estavam fechados.

Jesus.

Ele olhou para baixo. Os olhos dele brilharam quando a reconheceram, e os lábios dele se curvaram em um sorriso muito suave, como se dissesse: “Eu sabia que você viria.”

Oh, Jesus.

Meg segurou-lhe os pés perfurados e os banhou com lágrimas.

11.

HANNA

Hanna olhou para a Bíblia aberta sobre o colo de Meg. Talvez também devesse passar um tempo orando com as narrativas da crucificação.

— Jesus tinha poder para impedir aquilo — Meg estava dizendo. — Foi isso que vi. Ele tinha poder para impedir, mas não impediu. Ele permitiu que tirassem tudo dele. Tudo! As roupas, a dignidade, a vida. Ele não se apegou a nada. Nada. E, quando falou com a mãe dele... — Meg colocou mão sobre o coração. — Lá estava ele, lutando para respirar, agonizando de dor, e ele tirou um tempo para cuidar da sua mãe, para ter certeza de que ela ficaria bem. Eu chorei com isso. E aí foi como se eu fosse Maria, sentindo a dor de uma mãe... Como deve ter sido insuportável para ela. Isso foi poderoso, Hanna. Muito poderoso. Assim como Katherine disse. Eu vi o amor. Eu vi a profundidade do amor dele. E não tenho palavras para descrever como é lindo. Sem palavras.

Ela pegou outro lencinho e gentilmente assoou o nariz.

— Isso me fez pensar sobre Becka — Meg continuou. — Sobre querer confiá-la a alguém que vai cuidar dela. Não tenho nenhum controle sobre o que ela faz enquanto estou aqui, ou depois que eu me for. E preciso continuar voltando-a para Deus. Eu sei disso. Mas eu estava pensando... — Ela pegou a mão de Hanna. — Estava pensando se eu poderia te pedir para cuidar dela, mesmo que seja só orando por ela ou estando disponível se ela precisar de qualquer coisa. Não sei se ela estaria aberta para isso, mas só por precaução...

— Sim, claro que eu cuido dela — Hanna respondeu.

Meg agradeceu e fechou os olhos.

Quando seu peito começou a inflar e desinflar no ritmo gentil do sono, Hanna foi de fininho para a cozinha, encheu a chaleira e tentou aquietar e acalmar a alma. Meg não soube, mas Becka ligara para Hanna de novo enquanto Meg estava orando, e Hanna ainda não tinha certeza de como lidar com isso.

— Simon se ofereceu para vir comigo — Becka dissera.

Ela precisou de cada partícula de contenção pastoral para não gritar a sua incredulidade pelo telefone.

— Ele sempre quis ver Chicago, então ele disse que poderia voar comigo para Kingsbury na terça-feira, se certificaria de que eu chegaria aí em segurança e tudo, e aí ele pegaria o trem para Chicago por alguns dias, enquanto estou com minha mãe.

— Becka, você sabe como sua mãe se sente sobre ele, e eu não acho que...

— Ela nem precisa vê-lo! Ele só está vindo para me apoiar, para ter certeza de que estou bem.

Que legal da parte dele.

— Nós nem precisamos dizer para ela que ele está nos Estados Unidos — Becka disse com certo tom na voz.

Hanna não tinha qualquer controle sobre o que um homem crescido fazia com o tempo e dinheiro dele, e, se eles dois já sabiam que Simon não seria bem-vindo perto de Meg, o que ela poderia fazer para impedi-los de virem juntos?

Senhor, socorro.

A água ferveu e Hanna a colocou na xícara, observando o saquinho de chá inchar. Ela não deveria esconder isso de Meg, deveria? Meg sabia que Becka e Simon estavam juntos; de alguma forma estranha, talvez ela se sentisse um pouco aliviada por saber que alguém estava viajando com sua filha. Especialmente na viagem de volta para Londres, depois das emoções intensas de...

Hanna não conseguia dizer as palavras nem para si mesma. Ela mexeu o saquinho para lá e para cá, com a colherzinha batendo contra a cerâmica.

Ela estava vivendo em negação ou em fé? Às vezes, era muito difícil diferenciar as duas. Nos últimos dias, Meg se movera para um lugar de paz e serenidade. Sim, ela tinha medo e tristeza, os quais expressava livremente, mas, na maior parte do tempo, estava confrontando de frente o prognóstico, com um desejo de buscar a face de Deus em meio às lágrimas e ao terror. Ela estava sendo corajosa, muito corajosa quanto a...

Hanna secou os olhos.

...dizer adeus.

Sexta-feira, 13 de fevereiro, 17h

Meg recebeu as notícias sobre Simon melhor do que eu esperava. Talvez ela não estivesse surpresa. Ela disse que só quer concentrar sua energia em criar memórias felizes com Becka. Senhor, prepara as duas para o tempo juntas. Que seja tudo como tu desejas que seja. Por favor.

Nate e eu nos encontramos com Katherine hoje, a fim de nos planejarmos para a cerimônia do nosso casamento. Katherine nos incentivou a falarmos abertamente um para o outro sobre medos e lutas, a nomearmos honestamente as mortes para que possamos também nomear os pontos de ressurreição e nova vida. Ela falou do desequilíbrio desse processo enquanto morremos para coisas velhas e vivemos para as novas, como leva tempo para nos ajustarmos, e até mesmo mudanças boas e lindas envolvem o luto pelo que fica para trás. Para Nate e Jake, é a vida deles juntos, só os dois. Para mim, é minha independência, meu ministério e meu lugar só para mim. Uma conversa boa e honesta. Nate entende meu senso de perda, mesmo enquanto me alegro pela nossa vida juntos.

Nós pedimos que ela pregasse uma homilia curta sobre o casamento em Caná, o texto que me deu um empurrão no último outono e me ajudou a superar minha decepção e raiva contra Deus. Isso que é uma obra redentora do Espírito. Estou tão grata, Senhor. É maravilhoso pensar que teremos uma oportunidade de visitar Caná, agora como marido e mulher. E eu não consigo absorver tudo isso, Senhor. Tanta coisa acontecendo agora.

Depois que terminamos de planejar a cerimônia, fiquei para a orientação espiritual. É sempre um tempo tão frutífero processar em oração o que Deus está fazendo na minha vida. Quando contei para Katherine como estou lutando com os finais agora, ela sugeriu que eu orasse com algumas dessas cenas em que Jesus está dando adeus aos seus amigos. Então, estive lendo essas histórias nas últimas horas e percebendo como Jesus, sabendo que a hora dele estava próxima, tirou tempo para estar com seus amigos, para entregar últimas palavras, para compartilhar refeições, para ajudá-los a se lembrarem dele ao dar-lhes formas tangíveis para praticarem em comunidade a presença e o amor dele. Eu estive vendo com um olhar novo que Jesus não era estoico sobre a própria dor. Ele foi capaz de falar sobre a sua alma estar perturbada. Ele convidou o círculo próximo de amigos para vigiarem e orarem com ele, para lhe fazerem companhia em sua tristeza íntima, enquanto ele derramava suas orações angustiadas para o Pai, enquanto suava sangue no jardim, implorando a Deus por outra forma.

Mas a história que mais chamou minha atenção esta tarde e me fez chorar não foi a crucificação, mas a ascensão. Uma história sobre abrir mão e viver em uma nova realidade. Enquanto eu lia os últimos versículos do Evangelho de Lucas, eu estava lá com os discípulos, dando adeus: "Então os levou até Betânia e, levantando as mãos, os abençoou. E aconteceu que, enquanto os abençoava, afastou-se deles; e foi elevado ao céu."

O que me chamou a atenção foi que, enquanto ele ainda os estava abençoando, foi elevado e desapareceu. Acho que eu não o teria deixado ir naquele momento. Acho que eu teria tentado segurá-lo. Teria tentado segurá-lo para ficar com ele mais tempo. Acho que eu gostaria de ter mais uma palavra, mais um presente, mais uma explicação sobre quem ele é e o que tudo isso significa.

Será que eu conseguiria receber tua bênção e te deixar ir, Senhor, mesmo enquanto tu ainda estavas pronunciando as palavras de bênção? Eu não sei.

E quando chegar a hora — se chegar a hora —, serei capaz de deixar Meg ir e confiar na tua ressurreição?

E, quando eu voltar para Chicago para pegar minhas coisas em casa e no escritório, serei capaz de abrir mão e dizer adeus com esperança?

Penso em Maria Madalena, reconhecendo Jesus ressurreto no jardim quando ele disse o nome dela. Jesus lhe disse: "Não me segures." Talvez essa seja uma palavra de Páscoa para mim: não segurar. Se não abrirmos mão do que já foi, não pode haver ascensão para uma nova vida. Então, não segure o que já foi nem o que é, mas sempre esteja disposta a abrir mão.

Preciso orar um pouco mais sobre isso, Senhor.

Eu falei para Katherine sobre este versículo: "Eis o Cordeiro de Deus, que tira o pecado do mundo", e como eu queria que ele dissesse outra coisa. Ela notou a palavra "eis": a ideia de contemplar, uma palavra e uma ideia que têm sido importantes para mim nos últimos meses. Ela sugeriu que eu encontre formas de contemplar a cruz como a evidência mais profunda do amor de Deus e então pratique o hábito de contemplar uma sepultura vazia. Para desacelerar e realmente guardar tudo isso no coração, enquanto ando por essa estrada com Meg. Com Nate. Com Westminster. Senhor, que toda morte me faça crescer para receber a completude, a alegria e a maravilha da tua vida e tua ressurreição, mesmo em meio às lágrimas.

Hineni, Senhor. Eis-me aqui, contemplando-te. Contempla a mim.

MARA

Mara passeou pela casa, admirando o trabalho de Jeremy. O piso de madeira fora polido a ponto de brilhar.

— E ele fez boa parte da pintura, também — Charissa disse, apontando para as paredes azul-marinho na sala de estar. Sem manchas nos rodapés ou no teto.

— Eu poderia me sentar aqui e só ficar olhando para a cor — Mara disse —, e seria como férias no Caribe.

Charissa sorriu.

— Eu normalmente sou uma garota de preto e branco ou bege, mas John me convenceu a me aventurar. E estou gostando.

— É lindo. Muito obrigada por dar para Jeremy um trabalho para fazer. Eu sei que ele e Abby agradecem.

— Espera até você ver a cozinha! Jeremy nos convenceu de que os armários estavam em condições muito boas e só precisavam de uma revigorada. Ele fez um trabalho excelente e nos poupou um bom dinheiro. Somos muito gratos. Parece um espaço completamente diferente! E ele e John são melhores amigos agora. Você deveria ouvi-los falando sobre os próximos projetos que eles poderiam fazer. Fico sempre lembrando John de que estamos economizando, mas acho que ele não escuta. — Charissa olhou pela janela da frente. — Ah! Aí está o caminhão.

Mara seguiu o olhar dela para o caminhão dando ré na entrada da garagem.

— O que posso fazer para ajudar? Você precisa atentar para não ficar levantando coisas.

— Não, eu sei. Prometi para John que não faria força. Minhas costas estão me matando a semana toda.

Por baixo da camiseta de Charissa, uma leve elevação estava visível. Com a altura dela, mal pareceria grávida aos nove meses. Mara, por outro lado, sentiu-se como uma baleia beluga em cada uma de suas gravidezes, e Tom não ajudava, constantemente caçoando do seu tamanho. O pai de Jeremy fora mais gentil. Um pouco. Quase nada.

— Assim que eles entrarem com uma cadeira, você precisa se sentar e dizer onde colocar — Mara disse.

Charissa riu.

— Eu sou boa nisso.

A porta da frente se abriu.

— Oi, Mara! — John disse com um aceno. — Cacá, você quer que a gente comece a descarregar as coisas, ou você tem uma estratégia específica?

— Só comecem trazendo as coisas maiores, e vamos colocá-las no lugar primeiro — ela respondeu. — Acho que as outras caixas estão identificadas. — Respondendo com uma continência de brincadeira, John desceu as escadas da frente e começou a direcionar um esquadrão de amigos que vieram para ajudar. Mara se perguntou quem, além de Jeremy, viria para ajudá-la, se ela e os meninos precisassem se mudar. Nathan e Hanna, provavelmente. E talvez algumas pessoas da igreja. Ela frequentemente via anúncios no mural para oportunidades de serviço.

Por mais que ela estivesse feliz por saber que Jeremy, Abby e Madeleine foram para a igreja de Charissa e John, não conseguia evitar sentir uma pontada de rejeição por sua igreja. "Não é que a gente não goste", Jeremy havia dito, "mas queremos um lugar para explorarmos aquilo em que acreditamos sem sentirmos como se estivéssemos te decepcionando ou algo assim. Só isso." Ela sonhara estar adorando ao lado de Jeremy e de Abby. Ela se imaginara levando Madeleine à escola dominical e às programações para crianças. Mesmo assim, ela deveria estar grata por eles quererem ir à igreja. Talvez a fé deles fosse despertada. Ela mandaria um e-mail para Ellen e lhe diria que continuasse orando pela família delas.

— Se você puder ajudar a organizar a cozinha, seria ótimo — Charissa disse. — Não se preocupe com nada da despensa; eu sou bem chata para organizar essas coisas, mas tem anotações no balcão sobre onde vai cada coisa. E as caixas já estão lá.

— Pode deixar.

— Obrigada, Mara.

— Sem problema. Fico feliz em ajudar.

Com os cômodos recentemente pintados de cores claras e os armários atualizados, a casa já parecia diferente de uma semana atrás. Mas, enquanto Mara guardava panelas e frigideiras e organizava utensílios e eletrodomésticos, não conseguia evitar pensar sobre Meg trabalhando nesse mesmíssimo espaço anos atrás, cozinhando refeições com Jimmy, lavando e guardando louças. Ela se perguntou se Charissa pensaria sobre isso, especialmente se Meg...

— Oi, mãe!

— Jeremy! Eu não sabia que você vinha ajudar!

Ele a abraçou.

— Só um pouquinho. Prometi a Abby que cuidaria de Maddie hoje à tarde para ela poder sair com umas amigas.

— Eu faria isso por vocês. Vocês sabem que eu estou procurando qualquer desculpa para ficar com aquele bebê.

— É, ela é bem fofa. Até quando deixa a gente acordado a noite toda.

— Vai passar.

— É isso que sempre dizem para a gente.

Ela apontou para os armários.

— Ficou incrível aqui, Jeremy.

Ele sorriu radiante.

— Você gostou?

— Não acredito que você terminou tudo tão rápido.

— Bem, não tinha nenhum outro trabalho para fazer, então...

Ela não podia se preocupar com ele encontrar trabalho. Ela não podia se preocupar com como eles fechariam as contas. Ela não podia. Mas se preocupava.

Ele leu os pensamentos dela e tocou a sua bochecha.

— Vamos ficar bem, mãe, não se preocupe. — Ele se reclinou contra a geladeira. — E aí, mais informações sobre a namorada de Tom?

— Não. Nada. — Ela tentara extrair mais informações de Kevin, mas ou ele não sabia mais nada, ou não estava disposto a compartilhar o que sabia. — Eles vão ficar com ele de novo no fim de semana que vem. Será interessante escutar o que vai acontecer, se Kevin continuar dedurando o pai.

— Espero que sim — Jeremy respondeu. — Nada me faria mais feliz do que ver Tom derrotado. Eu adoraria se alguém fizesse da vida dele um inferno. Posso orar por isso?

Ela ia dizer "Sim, por favor!", mas algo a pegou pelo espírito. "Cuidado com essa raiz de amargura", a Srta. Jada dissera mais de uma vez. "Ore por ele. Ore com força. Não para Deus puni-lo, mas para resgatá-lo e salvá-lo, ouviu bem?"

Ela ouvira. Não tinha gostado, mas ouvira.

— Acho que Deus não vai responder a essa oração, querido — ela respondeu baixinho. Mas havia outra que ela tinha razoável certeza de que Jesus apoiaria. Só não tinha certeza se conseguiria pedir isso a ele.

— Que chato — Jeremy disse antes de correr para o outro cômodo e ajudar a estabilizar um colchão que ia cair.

"É", Mara pensou enquanto guardava os garfos. Que chato.

MEG

A vendedora na butique de noivas só teve de trazer três vestidos para Hanna experimentar antes de encontrar o que a agradou: um vestido longo de saia rodada com alças de renda e um decote de coração.

— Você parece uma princesa — Meg disse, inclinando-se para a frente na cadeira de fora do provador.

Hanna girou para um lado e para outro diante dos vários espelhos.

— Você gostou mesmo?

— É sua cara, Hanna. É perfeito para você. Tão elegante.

— Isso parece fácil demais — Hanna disse, sorrindo. — Vendido.

A vendedora assentiu e perguntou:

— E os vestidos das madrinhas?

Hanna apontou para vários cabideiros.

— Quero que você escolha o que quiser, Meg. E eu vou comprar para você.

— Hanna, não! De jeito nenhum.

— Vou, sim. É meu presente para você.

— Mas não precisa...

— Nananinanão. Sem reclamar! Escolha um.

Meg se levantou lentamente.

— Que tom de azul? — ela perguntou, indo para o cabideiro.

— O que você gostar. Não sou chata.

Enquanto Hanna tirava o vestido, Meg passou por dúzias de vestidos de diferentes estilos, finalmente chegando a um de *chiffon* azul-celeste. Uma memória apareceu enquanto ela esfregava o tecido entre os dedos e o levantava para os ombros. *O vestido*. O vestido mais lindo que ela já vira. O vestido para o qual ela economizara meses. O vestido que ela se imaginou vestindo no baile de Dia dos Namorados com Jimmy, quando eles tinham quinze anos. O vestido que ela não comprara porque sua mãe não tinha aprovado.

— Ah, que lindo! — Hanna disse quando saiu, usando seus jeans e moletom de novo. — Experimenta!

— Não sei... O decote... — Ela perdera peso de mais nas últimas semanas. Não tinha o físico para aquele vestido.

— Por favor, experimenta.

Meg encontrou um número menor e sumiu no provador. Enquanto tirava as várias camadas de roupa, evitou olhar no espelho para o corpo que se esvaíra. As lágrimas escaldavam sua pele enquanto colocava o vestido por sobre a cabeça.

— Como ficou? — Hanna perguntou.

Meg puxou a cortina.

Hanna sorriu para ela no espelho e tocou um cacho do seu cabelo loiro.

— Você ficou linda — ela disse. — A cor ficou perfeita em você. Simplesmente perfeita. Você gostou?

Meg mordeu o lábio e confirmou. Jimmy teria amado esse vestido. Ele teria amado vê-la nele.

— Você parece estar pronta para um casamento — Hanna disse.

Enquanto Meg olhava para o próprio reflexo, escutou um sussurro suave do Noivo de sua alma: "Vamos, amada?"

"Sim. Vamos", ela respondeu.

Quando Meg voltou para casa, pendurou o vestido no armário e se sentou à escrivaninha para escrever as palavras que ela nunca fora capaz de dizer.

Querida mãe,

Adiei demais a escrita desta carta e estou ficando sem tempo. Quero dizer que te perdoo, mãe. Por tudo. Eu te perdoo pelo amor que você reteve. Eu te perdoo por ser fria e distante, por ser crítica e condenatória. Eu te perdoo por não encontrar formas de me amar como eu desejava ser amada. Eu te liberto. O que você foi incapaz de me dar, Deus me deu em abundância. Não fiquei abandonada. Ele deixou a presença dele clara para mim de tantas formas, através de tantas pessoas, e eu sou muito grata. Não importa o que aconteça, fui curada. Fui amada.

Rachel disse que meu câncer de pulmão é culpa sua. O ar que eu respirei quando criança era tóxico. Talvez seja verdade. Eu te perdoo por isso também.

Não tenho garantia alguma sobre como estava o seu coração diante de Deus. Espero que você tenha encontrado paz. Espero que você tenha ofertado o seu sim para Jesus. Espero que nos abracemos como nunca nos abraçamos aqui. Espero te ver de novo.

Eu te amei, mamãe.

Meg.

Com a respiração ruidosa, Meg cruzou o corredor e deslizou a carta por debaixo da porta do quarto da mãe, uma porta que ela fechara meses atrás depois de escrever uma carta de despedida para o pai. Ela não conseguia suportar ver a cama deles, não depois de descobrir através de Loretta Anderson os detalhes sobre a morte do pai. Quando ela se virou para sair, seu olhar se fixou no desenho a lápis emoldurado que ela pendurara na porta como um lembrete do cuidado de Deus. Agora, precisava desse lembrete mais do que nunca. Retirou o quadro do Bom Pastor e o levou para o seu quarto, onde ela o colocou sobre a mesa de cabeceira.

O sol do fim de tarde iluminava as copas de árvores desnudas, e seus galhos sem folhas eram como delicada filigrana de bronze sobre o céu de madrepérola. Meg olhou para o quintal dos vizinhos. Ela planejara mandar um desenho da cerejeira florescendo na primavera para Loretta. Mas talvez a vulnerabilidade da árvore, com todos os sinais de vida escondidos internamente, fosse a imagem que valia a pena capturar. Especialmente agora.

Ela abriu o bloco de desenho e ficou diante da janela, desenhando a forma torta da árvore e então sombreando com riscos rápidos e leves do lápis. "Resiliente na esperança", ela escreveu no canto da folha. Mandaria o desenho para Loretta, juntamente com uma carta de agradecimento. Pensando nisso, ainda precisava ligar para ela e contar *as notícias*. Mas não agora. Não tinha forças para fazer qualquer outra ligação difícil ou escrever qualquer outra carta emocionante.

Ela estava prestes a se deitar, quando a campainha tocou, ecoando pelo saguão. Pelos últimos dois dias, Hanna estava sendo a guardiã da entrada, gerenciando o fluxo de visitantes gentis que entregavam refeições e cartas.

— Posso ver a Sra. Crane? — uma voz de criança falou.

— A Sra. Crane está descansando — Hanna respondeu —, mas ela vai ficar muito feliz por saber que você passou por aqui para vê-la... e que você trouxe algo especial para ela.

— Eu fiz isso para ela porque minha mãe disse que ela está muito doente.

"Chloe."

— Estou acordada! — Meg disse. — Espere! Estou indo! — Ela caminhou até as escadas e segurou o corrimão para se equilibrar. Chloe estava no capacho da entrada, e seus olhos se arregalaram quando viu a professora se movendo com tanta dificuldade. Antes de Meg chegar ao último degrau, Chloe, segurando um cartão artesanal e um buquê de narcisos enrolados em um papel-toalha e uma liga de borracha, correu até ela. Meg enterrou o rosto no cabelo de Chloe enquanto a menininha colocava os braços ao redor de sua cintura.

— Eu fiz isso para você — Chloe disse, com a mão sobre o último degrau, gesticulando para Meg se sentar ao lado dela.

Na parte da frente do cartão, havia um desenho de algumas notas musicais e uma clave de sol ao contrário, com dois bonequinhos de palito: uma menina e uma mulher de mãos dadas, ao lado de um piano. Ambas estavam sorrindo. Meg abriu o cartão: *eu ti amo seinhora creini. vosê é minha profesora favorita. eu ti amo. Chloe.*

— Que lindo, querida. Muito obrigada. Você é uma excelente artista.

— Eu sei. — Chloe entregou as flores para Meg e esfregou as mãos úmidas nas coxas. Meg acariciou as pétalas douradas das flores favoritas de Jimmy. — Minha mãe disse que você tá muito doente.

— Bem doente.

— Tipo, onde?

— Hmm?

— Tipo, sua cabeça, sua barriga ou outro lugar?

Meg apontou para o peito.

— Tipo quando você tava tossindo muito?

— Sim.

— Minha mãe disse que você pode não ficar boa.

— Chloe, acho que sua mãe está esperando você — Hanna disse.

Meg gesticulou que estava tudo bem.

— Sua mãe está certa, Chloe. Eu posso não ficar boa.

— Você tá com medo?

— Sim. Às vezes. E aí eu me lembro de que Jesus está comigo, e não fico com tanto medo.

Chloe balançou a cabeça como quem entendeu.

— Posso tocar minhas músicas para você?

— Eu adoraria escutar suas músicas, querida.

Chloe pegou Meg pela mão e a levou para a sala de música, onde Meg colocou o cartão de Chloe com outros sobre o piano. Então, ela sentou na poltrona, segurando as flores contra o peito.

A música de Chloe, mesmo com o tempo imperfeito, nunca fora tão linda.

CHARISSA

Charissa e John sentaram-se à mesa de jantar na nova casa, fazendo um banquete à luz de velas com uma lasanha de micro-ondas.

— Estamos em casa — John disse. — Mal posso acreditar.

Charissa estava impressionada com quanto ele conseguira terminar em pouco mais de uma semana: piso consertado, paredes pintadas, armários revitalizados, móveis nos lugares, a maior parte das caixas grandes desfeitas. Mara montara a cozinha toda.

— Acho que a única coisa que falta é pintar o quarto do nosso bebê — Charissa disse. Até o fim da semana, eles saberiam a cor.

— Quer apostar sobre a cor? — John perguntou.

— Azul-celeste — ela respondeu.

— Nada a ver, amor. Rosa. Rosa-claro.

— Você acha mesmo, né? — Ela tinha certeza de que era um menino. Um sentimento interno. Ela estendeu a mão sobre a mesa para um aperto de mãos. — Tá bem, apostado.

— O que eu vou ganhar? — ele perguntou.

— Nada. Eu tenho tanta certeza de que é um menino, que, se for uma menina, eu vou com você até o Armazém da Pizza, vou sentar naquele restaurante nojento e vou comer uma fatia.

Ele riu.

— Eu não submeteria nosso bebê a isso. — Ele ainda estava segurando a mão dela. — Mas que tal isto: se for um menino, eu deixo você escolher o nome do meio.

Ela se inclinou para a frente e beliscou levemente a orelha dele com a mão livre.

— Você é em cara engraçado. Mas sem negócio. Se for menino, vai ser Ethan.

— Eu estava pensando em Matthew.

— Então, concordamos no "th". Já é um começo. — Ela pegou outra garfada pequena de lasanha. Ethan provavelmente a faria pagar por isso com azia mais tarde.

— E se for uma menina? — John perguntou.

— Não é menina.

— Faz de conta. Me diz uns nomes.

— Não pensei em nenhum.

— Então, vou dizer o meu. Bethany.

Ela analisou na mente. "Bethany Sinclair." Nada mau.

— Tem outros?

— Não. Só Bethany.

— Temos uma coisa com esse "th", né? Acho que, já que estou tão firme sobre Ethan, Bethany funciona para mim. Mas não vai ser uma menina.

— Veremos — John respondeu, pegando outro pedaço de lasanha.

HANNA

Sábado, 14 de fevereiro, 22h

Depois de um ótimo dia comprando vestidos com Meg e depois saindo para jantar com Nate, eu acabei de ler um e-mail de Nancy que me abalou todinha. Com tudo o que estava acontecendo, eu me esqueci completamente de ligar para ela e contar-lhe sobre o noivado e o casamento. Ela soube das notícias por Steve e estava ofendida. Profundamente ofendida. Ela disse: "Achei que éramos amigas..." E ela me relembrou — corretamente — de que, quando eu estava em Oregon, menti para ela sobre estar em um relacionamento com alguém. Não só isso, mas pedi que ela desfizesse os rumores por mim na igreja. Ela se sente traída. Disse como isso a fez parecer estúpida. E ela está brava. Muito brava.

Eu lhe respondi algumas linhas sobre como estou arrependida e que eu ligaria para ela amanhã. Não quero ter essa conversa pelo telefone, mas, nossa, como eu tenho medo de tê-la pelo telefone. Senhor, me ajuda. E me perdoa, por favor. Não sei como vou consertar isso com ela. Eu me sinto enjoada. Depois de toda a generosidade dela em prover um lugar lindo para eu ficar durante meu tempo sabático, é assim que eu a trato. Egoísta, Senhor. Muito egoísta. Sinto muito. Se eu não estivesse tão interessada em preservar minha privacidade... Se eu não tivesse sido tão juvenil...

Não há como passar por isso a não ser passando por isso. Honesta e humildemente. Eu estraguei as coisas. Nate foi incisivo, como de costume, ao telefone, quando liguei para ele a fim de contar isso. Ele me perguntou se eu estava mais chateada pelas minhas próprias falhas ou por tê-la magoado. Desgosto. Foi essa a palavra que me veio à mente enquanto conversávamos. Estou sentindo desgosto. Ele me relembrou — gentilmente — de que o choque pelo nosso próprio pecado é uma manifestação de orgulho, um amor pela nossa própria excelência. Então, o convite não é para sermos surpreendidos pelas nossas próprias falhas, mas para confessá-las. Rapidamente. E receber graça.

Não sei se Nancy vai ser capaz de me oferecer graça e perdão. Mas vou pedir, Senhor. Obrigada pela tua graça e perdão. Por favor, nos ajuda a nos reconciliarmos. Eu confesso que meu pecado a feriu. Eu me sinto triste por isso. Muito triste. Me ajuda.

Hineni, Senhor. Eis-me aqui.

Nathan se levantou da mesa para retirar as louças do almoço depois do culto.

— Deixa comigo — Hanna disse quando ele foi pegar o prato dela. Era a primeira vez que ela estava na casa dele (que em breve seria a casa *deles*) desde que marcaram a data do casamento, e ela ficou observando Jake atentamente durante a refeição, dissecando cada expressão facial, cada tom de voz, tentando discernir se ele sentia qualquer ressentimento sobre ela se juntar à família. Ela não percebeu nada. Ele estava relaxado, como sempre, brincando com o pai sobre usar um smoking e falando sobre a aventura deles na Terra Santa.

— Então eu acho que vou ter um quarto só para mim lá! — Jake brincou enquanto comiam. Hanna quase cuspiu a água dela. E então todos riram.

— Hanna precisa fazer uma ligação que pode levar um tempo — Nathan disse para Jake. — Você se importa de ficar lá em cima ou no porão por um tempo?

— Desculpe, Jake — Hanna interveio. — Eu não queria te excluir.

— Não, tudo bem. Posso jogar videogame?

Nathan hesitou, e então concordou.

— Só uma hora.

Hanna caminhou para a pia.

— Deixa aí — Nathan disse. — Eu vou colocar na lava-louças depois que você terminar.

Ela olhou para a pilha de pratos e o fogão cheio de panelas. A cozinha pequena dele não tinha muito espaço de bancada.

— Eu vou me sentir melhor se lavar as coisas antes — ela respondeu. — Para limpar a mente.

Ele levantou os ombros e abriu a lava-louças, que já estava estufada de pratos sujos com pedaços de comida presos. Ela começou a raspar os restos do almoço na pia.

— Estamos sem triturador na pia — ele disse. — Desculpe.

— Oh! Perdão! — Ela pegou uma folha de papel-toalha do suporte e começou a catar os restos.

— Hanna, deixa comigo. Vá se sentar.

Ele provavelmente não tinha a intenção de parecer um sargento dando ordens. Ela continuou limpando a pia.

— Por favor, Hanna. Eu disse que cuido disso.

— Tá bem. Obrigada. — Ela enxaguou as mãos e procurou uma toalha.

Ele apontou.

— Naquela gaveta — ele disse, lendo-lhe os pensamentos.

— Obrigada. — Ela tirou uma toalha velha e fez um lembrete mental para trazer sua coleção de casa. Ou comprar umas novas.

— Quer que eu ore antes de você ligar para ela? — Nathan perguntou.

Aceitando, ela colocou a toalha sobre a pia. Ele colocou a mão sobre o ombro dela e pediu a Deus que guiasse seus pensamentos e lhe desse paz. Mas o estômago dela ainda estava revirando quando ela pegou o telefone.

Nancy não pegou leve, repetindo o que comunicara no e-mail. Ela estava ofendida. Brava. Sentia-se traída e decepcionada. E não era só ela, dissera. A congregação inteira estava chocada. Ou, pelo menos, as pessoas com quem ela falara naquela manhã. Eles se sentiam traídos, como se Hanna tivesse sido desonesta ao receber o presente deles, e que estava claro agora que ela não tinha a intenção de voltar para o ministério, mas tinha coordenado o tempo sabático como uma forma de se encontrar com Nathan de novo depois de estarem separados havia tantos anos.

— Eu disse para eles que não era isso — Nancy afirmou. — Ou, pelo menos, eu não achava que fosse. Mas, para algumas pessoas, parece ser uma coincidência grande demais.

Hanna estava atordoada demais para responder. Em toda a sua imaginação sobre quais rumores poderiam voar, esse nunca lhe passara pela cabeça.

— E eu preciso te contar, Hanna, que até ouvi alguém sugerir, não digo quem, mas alguém pensou que talvez esse casamento do nada assim seja porque... — "Não diga", Hanna ordenou silenciosamente. Não. Diga. — ...você está grávida. Então, pelo menos, tentei suprimir esse aí. Espero que você não se importe, mas eu disse para eles que isso era impossível, porque você fez histerectomia.

Ai, meu Deus.

Nathan, incapaz de acompanhar a conversa por causa do silêncio dela, levantou uma sobrancelha curiosa para ela do outro lado do cômodo.

Com a garganta ardendo, ela balançou a cabeça e fez com a boca: "Ore por mim."

Domingo, 15 de fevereiro, 19h

Eu fiz o que tinha que fazer. Pedi perdão a Nancy sem tentar dar desculpas sobre por que fiz o que fiz. E foi difícil. Muito difícil. Ela não disse hora nenhuma que aceitava meu pedido de desculpas ou que me perdoava... Só que as coisas mudaram entre nós, e ela sentia muito por isso. Ela disse que ela e Doug vão vir para o chalé deles em março, a fim de arrumá-lo para o uso da família deles. Eu agradeci a ela pela generosidade em prover aquele espaço para mim e a convidei para o casamento. Acho que ela não vem.

Nate e eu conversamos um longo tempo sobre isso. Na verdade, na maior parte do tempo, ele só me segurou enquanto eu chorava. Não tenho nenhum controle sobre o que as pessoas dizem, o que acreditam sobre mim. Mas o que me machuca profundamente agora é que, para algumas pessoas de Westminster, toda a minha integridade foi colocado em xeque. Todos os meus anos de fidelidade e comprometimento, me entregando... Nada disso importa. Eles vão acreditar no que quiserem acreditar.

Nate quer ir comigo para lá mês que vem, quando eu pegar minhas coisas no escritório e me encontrar com o corretor. Mas, dado o que aconteceu com Nancy e todos os rumores rodando pela igreja, não tem chance de eu deixá-los dar uma festa de casamento. Acho que eu não conseguiria aguentar nem uma festa de despedida.

Tudo isso parece mais uma morte, ou algo pior. Tenho que deixar minha reputação como uma serva devota e fiel morrer. Isso me mata, Senhor. Essa morte me machuca profundamente. Mais profundamente do que qualquer coisa.

Não quero render minha honra a ti, Senhor. Não quero morrer para como os outros me veem. Me ajuda, Jesus. Não essa morte. Por favor.

MEG

Quanto mais Meg pensava sobre isso, mais brava ficava sobre Simon viajar com Becka. Não importava que Becka e Simon entendessem que ele não era bem-vindo na casa ou perto de Meg. Simon já conseguira roubar mais uma coisa dela: a oportunidade de encontrar Becka no aeroporto naquela tarde.

Ela o odiava.

Ela dobrou o desenho da cerejeira torta e o colocou num envelope juntamente com uma carta de agradecimento que ela conseguira escrever para Loretta Anderson naquela manhã. Ligaria para ela com *as notícias* depois da visita de Becka, e elas poderiam chorar juntas ao telefone.

"Resiliente no sofrimento, resiliente na esperança."

Ah, como ela queria dar esse testemunho.

— Eu posso pegá-los — Hanna disse quando entrou na cozinha. — Ele vai ficar em algum lugar perto do aeroporto. Posso deixá-lo lá e então trazer Becka para cá.

Meg odiava essa ideia. Becka ia querer mostrar a casa para ele. Ia querer fazer o *tour* de Kingsbury com ele. Ela provavelmente ia querer jantar com ele. Mesmo depois que o trem dele saísse para Chicago de manhã, ele ainda projetaria sua sombra com mensagens de texto e ligações até os dois irem embora juntos no voo da madrugada de sábado.

Era muito egoísta de Becka convidá-lo. Ou concordar com a vinda dele, se ele tivesse se convidado. Especialmente quando Becka sabia como Meg se sentia sobre ele, quando Becka sabia como ela se sentia sobre os dois estarem juntos — e agora esfregar isso no nariz dela, quando lhe deram só mais alguns meses de vida? Quando essa poderia ser a última chance de elas estarem juntas e dizerem adeus?

Meg não tinha energia para ficar brava. E não sabia como não ficar.

Inspira. *Emanuel.*

Expira. *Tu estás conosco.*

E então um acesso de tosse que doeu no seu peito. *Socorro*. Ela tomou um pequeno gole de água.

— Eu sei que isso não é o que você queria — Hanna disse —, mas eu não sabia o que dizer quando ela me contou os planos deles. Me desculpe.

— Não é sua culpa — Meg respondeu. — Acho que eu deveria estar grata que ela está vindo e deixar por isso mesmo. — Ela enrolou seu xale de oração mais firmemente ao redor dos ombros e segurou a cruz.

— Eu tirei minhas coisas do quarto de Becka e levei para o antigo quarto de Rachel — Hanna disse. — Ela não vem esta semana, vem?

— Não, a menos que me surpreenda, o que costuma fazer. — Rachel não se comprometera a nenhuma visita, embora tivesse ligado algumas vezes. A essa altura, Meg estava grata por bater papo com ela. — Fique no quarto dela, Hanna. A única outra opção seria o quarto dos meus pais, e eu não quero que você precise ficar lá.

Enquanto Hanna subia as escadas para aspirar o pó, Meg tentava decidir o que fazer. Se ela se sentisse fraca demais para ir ao aeroporto, isso seria uma coisa. Mas ela, na verdade, estava sentindo um pouco de energia renovada nos últimos dias, e ter negada a oportunidade de receber Becka, não por estar se sentindo mal, mas por não conseguir suportar ver Simon, parecia especialmente cruel.

Ela pensou em levar dois carros para o aeroporto. Abraçaria Becka quando ela aparecesse no desembarque, cumprimentaria Simon friamente e, assim que ele pegasse a mala dele, Hanna poderia dispensá-lo.

Mas aí Becka ficaria ressentida, e elas perderiam minutos preciosos quando cada minuto contava. E, se cada minuto contava, então ela precisava estar no aeroporto.

— Eu vou — Meg disse quando Hanna desceu procurando um pano.

— Tem certeza?

— Positivo.

— Quer que eu vá com você?

— Acho que não. Mas obrigada. Acho que isso é algo que eu tenho que fazer sozinha.

— Se mudar de ideia...

— Eu sei. Obrigada, Hanna. — Ela olhou para o relógio. Simon já roubara horas de energia emocional. Ela não daria mais nada para ele.

Eles apareceram no desembarque de mãos dadas. Mas, assim que os grandes olhos de Becka cruzaram com os de Meg, ela soltou a mão de Simon e correu até a mãe, segurando o passo quando chegou perto o bastante para ser surpreendida pela aparência alterada de Meg. Meg queria ter força suficiente para segurar a filha nos braços. Em vez disso, Becka a abraçou como se estivesse segurando um passarinho recém-chocado.

— Eu não achei que você viria — Becka disse, os braços ainda mal tocando os ombros de Meg.

— Eu não perderia a chance — Meg respondeu, acariciando o cabelo curto e espetado de Becka. O pequeno piercing dourado no nariz foi substituído por um prateado grande, e ambas as orelhas estavam perfuradas com vários adornos na cartilagem. — Obrigada por vir, querida.

Becka a soltou, visivelmente desconfortável sobre como incluir Simon no cumprimento. Simon, cujo cabelo grisalho agora tocava no topo do colarinho (ele estava almejando um rabo de cavalo?), estava a alguns passos, com seu casaco de lã e bolsa de couro jogada sobre o ombro.

— Olá, Simon.

— Sra. Crane.

— Meg, por favor.

Ele fez um breve sinal de assentimento.

— Pippa mandou um oi para você, disse que está te mandando energias positivas — Becka disse.

— Muito gentil da parte dela. Por favor, agradeça a ela por mim.

Becka passou o braço pelo de Meg, gentilmente.

— A comida no avião estava um lixo — ela disse —, então eu disse para Simon que poderíamos parar em algum lugar para comprarmos algo. É uma pena que Kingsbury não tenha nenhum curry bom. Eu realmente adoraria um frango *tikka* agora. O que você quer, Simon?

"Que tal serviço de quarto no hotel?", Meg sugeriu mentalmente.

— Eu gostaria de experimentar um desses hambúrgueres de que você tanto fala.

— Ah, claro! Do Bud's, mamãe. Podemos parar lá no caminho de casa?

Becka evidentemente interpretou errado o cumprimento no aeroporto como uma aceitação da presença de Simon. Meg prontamente os desiludiria dessa noção.

— Eu ficaria feliz em passar por lá e comprar comida para levar antes de deixar Simon no hotel dele. O Holiday Inn, certo?

Becka e Simon trocaram olhares de estranheza.

— Correto — Simon respondeu.

— Espero que você aproveite bem seu tempo em Chicago — Meg disse enquanto os levava para a devolução de bagagens. — Verifiquei com o hotel, e eles têm um transporte pela manhã para a estação de trem, então você está com tudo arranjado.

Simon parecia ter ficado sem palavras. Ótimo.

— Eu vou ficar no hotel com Simon hoje à noite, mãe, depois que você e eu passarmos um tempo juntas, e aí eu volto para casa de manhã, depois que ele for para Chicago.

Era a vez de Meg ficar sem palavras.

HANNA

A porta da frente se abriu e Becka entrou sem malas, usando botas de salto alto, meia-calça e um casaco curto sobre uma minissaia.

— Eu queria que você tivesse só tentado ser educada com ele, mãe, ter conversado alguma coisa. Aquilo foi muito constrangedor.

Hanna se escondeu na lavanderia e começou a abrir armários e fechar gavetas, fingindo estar ocupada com alguma tarefa.

— Eu não tenho energia para discutir com você, Becka. Você disse que Simon ia fazer as coisas dele enquanto estivesse aqui.

Você não pode mudar os planos para cima de mim desse jeito. Não é justo. Só temos um tempo limitado juntas e...

— Eu sei, tá bom? Eu sei disso. Vamos ter tempo, mãe. Ele vai ficar fora a semana toda.

As botas dela faziam barulho no assoalho de madeira.

— Ah, oi! — Becka disse quando Hanna saiu da lavanderia.

— Oi, Becka! Que bom finalmente te conhecer.

— Digo o mesmo.

— Bom voo?

— É... Normal. Só longo. — Ela tirou o casaco e o colocou sobre o corrimão. Meg ainda estava perto da entrada da frente, tentando desamarrar as botas. — Tudo bem, mamãe? — Becka foi até Meg e se ajoelhou diante dela. — Aqui, deixa comigo. Tá um nó cego.

Meg se inclinou contra a parede. Becka mexeu com os cadarços até conseguir folgá-los o bastante para Meg tirar os pés, apoiando-se nos ombros de Becka.

— Suas malas estão no carro? — Hanna perguntou. — Eu vou pegá-las para você.

— Não — Becka respondeu. — Eu vou ficar no hotel hoje à noite, e aí eu volto para cá amanhã.

Ah. Hanna colocou o cabelo por trás das orelhas e brincou com os brincos.

— Bem, eu não vou atrapalhar vocês. Podem conversar e se atualizar. Mas, se precisarem de algo...

— Obrigada, Hanna — Meg respondeu. — Vamos ficar bem.

"Espero que sim", Hanna pensou enquanto subia as escadas.

Terça-feira, 17 de fevereiro, 22h

Becka saiu agora há pouco para o hotel. Só posso imaginar como é difícil para Meg deixá-la seguir o próprio caminho, especialmente agora. Ela disse que não tem energia para lutar contra os desejos de Becka. Senhor, ajuda-a. Ajuda as duas.

Elas passaram horas juntas na sala de música, conversando e olhando os álbuns de fotos que Meg estava montando. Estou muito feliz que elas tenham esse tempo. Meg quer tentar fazer o máximo possível de coisas divertidas neste fim de semana, o quanto as forças dela suportarem. Eu sei que ela também está esperando que Becka concorde em ir com ela ao cemitério para visitar o túmulo de Jimmy. É tão difícil. Para as duas. Charissa convidou Becka para se juntar a nós na sexta-feira à noite, quando vamos nos encontrar na casa dela para orarmos. Seria uma chance de Becka ver o lugar onde seus pais moraram. Espero que ela diga sim. Acho que Meg não vai querer ir se Becka não quiser estar lá. Ela quer estar com a filha cada momento possível, especialmente antes de Simon voltar no sábado.

Passei a tarde toda pensando e orando sobre Nancy e Westminster. Eu não consigo abrir mão, Senhor. Não sei como abrir mão do meu impulso de ligar para a igreja e dizer-lhes que passem algum tipo de boletim defendendo a mim e à minha reputação. Já escrevi várias cartas na minha cabeça, e eu sei que tu não estás em nenhuma delas.

Não sei como o Senhor conseguiu, Jesus. Não sei como o Senhor continuou calado quando te acusaram falsamente. Não sei como o Senhor não revidou contra eles e defendeu sua integridade. Não sei como o Senhor resistiu à tentação de provar quem o Senhor é. Eu estava lendo essas cenas hoje de novo, e vi com novos olhos quanto não sou como o Senhor. Quero me justificar. Quero que as pessoas pensem a verdade sobre mim. E, mesmo assim, estou bem convicta de que o Senhor está me pedindo para pegar essa cruz específica e te seguir até a morte da minha carne nisso. Acho que o Senhor está me pedindo para te fazer companhia na disciplina do silêncio diante das acusações. E é aí onde eu não quero morrer, Senhor. Eu não quero ser formada na vida cruciforme nesse aspecto.

Acabei de abrir em Isaías 53. O versículo 7 me saltou aos olhos:

> **ELE FOI OPRIMIDO E AFLIGIDO, MAS NÃO ABRIU A BOCA; COMO UM CORDEIRO QUE É LEVADO AO MATADOURO, E COMO A OVELHA MUDA DIANTE DOS SEUS TOSQUIADORES, ELE NÃO ABRIU A BOCA.**

Me ajuda, Senhor. Me ensina a morrer.

Nate disse que vê a morte para si mesmo como uma forma de morrer para as imagens de quem achamos que deveríamos ser e morrer para as imagens que queremos que os outros tenham de nós. Morrer para si mesmo não é uma aniquilação, ele disse, mas plenitude. Eu quero acreditar nisso, Senhor. Me dá coragem para confiar em ti nessa morte.

Ele também me contou uma ótima história dos pais do deserto sobre um jovem que procurara Macário, o Velho, por sua sabedoria sobre como viver a vida dele em Cristo. O sábio lhe disse que fosse ao cemitério, praguejasse contra os mortos e jogasse pedras neles. Então, ele o fez. Quando voltou, o sábio perguntou se os mortos responderam. O jovem disse que não. Eles estão mortos. Então, Macário lhe disse que voltasse ao cemitério e elogiasse os mortos. Ele foi, elogiou os mortos pela sua fidelidade e depois voltou para Macário, que perguntou se os mortos responderam. Ele disse que não. Eles estão mortos. Então, Macário disse: "Seja como os mortos. Não leve em consideração nem o escárnio nem o elogio dos homens."

Não estou nesse nível, Senhor. Não estou morta para a minha própria vaidade e ego. Me perdoa e me liberta.

Acabou de me ocorrer, enquanto escrevo tudo isso, que Jesus foi educado por pais que também estavam dispostos a morrer para a reputação de serem corretos e honrados. Quando Maria entregou o sim, ela estava entregando a disposição de ser desprezada, rejeitada e envergonhada. O sim dela tem muito a me ensinar sobre esse tipo de morte. O "cumpra-se em mim a tua palavra" dela é o mesmo tipo de oração que Jesus entregou no jardim. Não a minha vontade, mas a tua, Senhor.

Então, eu digo *hineni*. De novo. Não por eu já estar disposta a morrer esse tipo de morte, mas porque quero estar disposta a morrer para mim mesma e viver para ti. O que quer que isso signifique. Me ajuda a confiar em ti o bastante para me submeter a todos os meios pelos quais tu queres me fazer mais como Jesus. Especialmente quando tudo em mim quer resistir ao teu método. Tudo.

MARA

Mara acabara de diminuir a temperatura da panela elétrica, quando a campainha tocou.

— Bailey, para! — ela ordenou. Bailey parou de correr em círculos, sentou-se e olhou para ela. — Bom menino. — Ela acariciou-lhe a cabeça, o segurou pela coleira e abriu a porta, ainda inclinada. — Jeremy!

— Oi, mãe. — Ele estava com as mãos enterradas nos bolsos. — É uma hora ruim?

— Nunca é uma hora ruim para você, querido. Entra! — Ele pegou Bailey no colo. — Quer comer alguma coisa? Hoje tem ensopado de carne.

— Não, tudo bem. Abby está me esperando em casa daqui a pouco. — Ele esfregou a orelha de Bailey. — Podemos nos sentar um minuto?

— Claro.

— Onde estão os meninos?

— No treino de basquete.

Jeremy deixou os sapatos perto da porta da frente, mas continuou de casaco quando a seguiu para o sofá.

— Você tá bem? — Mara perguntou.

— Não muito.

— Por quê? O que aconteceu? — Nos dez segundos que ele levou para responder, Mara já decidiu que ele perdera completamente o emprego, que eles precisariam se mudar e que ela não veria Madeleine mais do que uma vez por ano.

— Eu recebi algo no correio hoje. — Ele pegou num bolso interno do casaco um envelope escrito à mão, endereçado para Jeremy Payne.

Eles não iam se mudar. Graças a Deus.

— Você escreveu uma carta para alguém chamada Tess? — ele perguntou.

Ela olhou para ele, perplexa.

— Sim, mas...

— Ela escreveu de volta.

— O quê? Como... — Ela tentou pegar o envelope.

Ele segurou o envelope contra o peito.

— O que você escreveu para ela, mãe?

Mara passou os dedos pelo cabelo.

— Uma carta pedindo pelo perdão dela. Eu percebi que tomei algo precioso dela e nunca pedi desculpas. — Ela ainda não conseguia descobrir como Jeremy recebera algo dela. — Eu não dei meu endereço. Nem escrevi meu sobrenome. Só enviei a carta e esperei que fosse algum tipo de presente para ela.

— Não foi.

— O quê? Deixa eu ver. — Ela agitou os dedos para ele.

— Eu ia queimar a carta e nunca falar dela, mas Abby disse que você precisava saber. Ela achou que era importante que você visse. — Ele ainda estava segurando o envelope.

— Mas eu não entendo como Tess teria me encontrado...

— O carimbo do correio de Kingsbury e uma pesquisa na internet. Ela sabia meu nome.

Uma onda de náusea a atingiu.

— Jeremy, me desculpa! Eu não queria que você fosse envolvido. Eu só estava tentando consertar as coisas, sabe? Como um daqueles doze passos de que você fala.

— É, bem... — Ele entregou a carta para ela. — Sinto muito, mãe.

Ela limpou as gotas de suor da testa e tirou uma única folha de papel pautado, rabiscada com a caligrafia de uma mulher mais idosa. "Vagabunda" foi o termo mais suave que Tess usara. Cada palavrão de que Mara já fora chamada, cada acusação que ela já escutara na própria cabeça... Nada disso se comparava com o que era vomitado da página. Ela se sentia imunda só de ler. Jamais seria perdoada, Tess escrevera. Mara poderia apodrecer no inferno. E, quanto ao seu filho bastardo, ela esperava que ele apodrecesse também.

Ai, meu Deus.

Mara segurou a carta como se fosse um saco de cocô e a colocou no triturador de papel. Jeremy a observou em silêncio.

— Jeremy, eu sinto muito. Muito mesmo. — Ela jamais quisera machucá-lo, jamais pensara que a sua decisão de escrever para Tess o impactaria. Talvez ela não devesse ter enviado a carta. Talvez devesse tê-la triturado depois de escrever. Talvez Dawn a teria aconselhado a não enviar. Mas agora já era. O dano estava feito. — Abby está furiosa comigo?

— Não. Só triste. Triste por você. Por mim. Eu nunca tinha contado para ela a história sobre meu pai. Acho que nunca cheguei a pensar sobre a outra mulher envolvida. Eu não sabia o nome até hoje.

Ela atiraria um míssil de volta para Tess. Mandaria sua versão de "Como ousa?". Uma coisa era Tess amaldiçoar Mara, mas era outra coisa amaldiçoar o filho dela.

— Me perdoe — Mara disse. — Por favor, me perdoe. Eu nunca quis te machucar, Jeremy.

Lágrimas rolaram pelas bochechas dele, e ele a abraçou.

— Eu sei, mãe. Eu sei. Eu te amo. Só me sinto tão desamparado, sabe? Não consigo te ajudar a lutar contra Tom. Não consigo te ajudar a lidar com Brian. E agora tem essa mulher. Onde isso vai parar? — Ele secou o nariz na manga do casaco. — Eu odeio isso. Às vezes, ainda parece que sou eu e você contra o mundo.

O coração dela doía. Seu filho realmente se sentia tão sozinho assim?

— Não se preocupe comigo, Jeremy. Essa mulher, ela está se consumindo na própria amargura. Qualquer pessoa tão brava assim tantos anos depois... — Ela quase parecia a Srta. Jada falando, que provavelmente lhe diria para orar por Tess, perdoar-lhe e então deixar para lá. — Não se preocupe comigo, querido. Ela não pode me machucar. Não deixe ela te machucar.

Quando Jeremy foi para casa meia hora depois, Mara quase acreditava nas próprias palavras.

MEG

Depois de passar o dia comendo as porcarias preferidas delas enquanto, usando pijamas, assistiam a filmes de Cary Grant, Meg e Becka estavam prontas para uma mudança de cenário.

— Já tem borboletas no Jardim Botânico de Kingsbury? — Becka perguntou. Quando criança, ficara encantada pela exibição anual de casulos e borboletas no grande conservatório. Sim, e ela ainda não as vira, Meg havia dito. Ela adoraria ir.

— Você quer ir conosco? — Meg perguntou para Hanna enquanto tomavam seu desjejum na quinta-feira de manhã. Pelos últimos dois dias, Meg conseguira comer ovos e bacon, mingau de trigo e torrada, para a alegria de Hanna.

— Obrigada. Eu adoraria vê-las, mas Nate e eu vamos comprar alianças hoje.

— Minha mãe me mostrou o vestido dela. É lindo — Becka disse. — Eu acho tão romântico como você se reencontrou com seu amor perdido.

Hanna riu.

— Deus tem meios misteriosos de lidar com as coisas.

Becka mastigou sua torrada.

Meg estava prestando atenção, esperando qualquer abertura para conversas significativas sobre vida e morte, fé e esperança. Mas Becka estava mais confortável se acomodando em um ritmo de diversão entre mãe e filha, como pintarem as unhas do pé de rosa-choque, assar brownies e rir das tentativas de desenharem retratos uma da outra.

— O seu não está ruim! — Becka dissera, analisando o rascunho a lápis de Meg do rosto dela, completo até com o piercing no nariz. — Mas o meu fez você parecer deformada. Desculpa! Você é muito mais bonita que isso, mãe.

Meg ainda conseguia sentir os lábios de Becka contra o rosto. Ela tocou a bochecha e comeu pequenas porções dos ovos mexidos, grata pelo presente de mais um dia.

Às 10h, elas estavam explorando o enorme conservatório tropical, torcendo com outras pessoas entusiasmadas pelas borboletas que saíam dos seus casulos suspensos em caixas protegidas de vidro.

— Olha só aquela! — uma mulher coberta de tatuagens exclamou, apontando para uma crisálida verde-limão, onde uma borboleta estava pendurada de cabeça para baixo como um mágico tentando sair da camisa de força. Enquanto elas assistiam, a borboleta se torceu e girou, rapidamente progredindo para a liberdade, mas ainda presa por uma asa que não se soltava. Ela girava mais e mais rápido, como um acrobata em uma corda, até que, finalmente, a borboleta se libertou, com a asa torcida e deformada pelo esforço frenético de se libertar.

— E agora? — uma menininha perguntou.

— Ela tem que bombear fluido para as asas e ficar forte — o pai dela respondeu.

— Aí ela vai voar?

— Aí ela vai voar.

Meg esperava que a criaturinha imóvel e exausta voasse. Outras borboletas na caixa esticavam suas asas, esperando se fortalecerem, enquanto algumas tomavam voos preliminares, testando a metamorfose. Mas algumas tinham dificuldade de se endireitarem depois de voos abortados, com os corpos revirados sobre o fundo da caixa e as antenas sondando o ar, tentando desesperadamente se desvirar. Meg estava em pé, impotente, diante da caixa de vida e morte.

— Vamos até ali — Becka disse, apontando para algumas flores. — Olha elas se alimentando nas orquídeas.

As que sobreviveram ao rigor da transformação agora voavam e flutuavam como flores aladas. Se elas fossem música, seriam flautas ou flautins, com suas melodias etéreas subindo e descendo em ritmos sincopados.

— Mãe! Não se mexe!

Meg congelou, com o olhar fixado no regato, onde borboletas laranjadas perseguiam umas às outras, dançando e girando em voos de paquera.

— Tem uma no seu ombro — Becka disse, sussurrando.

Meg lentamente girou a cabeça. Pousada sobre seu cardigã estava uma grande borboleta, com as asas marrons pintadas e fechadas. E então ela as abriu, revelando um azul-celeste iridescente. Meg tomou um susto, maravilhada. Becka rapidamente tirou uma foto antes de a borboleta decolar e sobrevoar momentaneamente o rosto de Meg, com as asas translúcidas sob a luz do sol.

— Mãe, é como a cor do seu vestido!

Era mesmo.

Becka folheou o livreto, procurando a foto de identificação.

— É chamada de "morfo azul comum" — ela disse, apontando para a página.

Não havia nada de comum nela. Nada de comum, mesmo. Enquanto Meg acompanhava o voo, chorou pela beleza frágil e resiliente dela, enquanto Becka estava ao seu lado, olhando para cima e segurando a mão da mãe.

12.

HANNA

— Eu estava esperando achar algo para você com um desenho de flor — Nathan disse enquanto estudavam dezenas de anéis em mostruários de vidro na joalheria que Meg recomendara, um negócio de família que estava em Kingsbury havia décadas, especializado em artigos personalizados. Ele se inclinou para a frente, ajustando os óculos para ver um anel com maior atenção. — Mas olha esses, Hanna. — Ele apontou para dois anéis de ouro. — Podemos ver esses anéis, por favor? — Ele chamou a atendente, que destrancou o mostruário e os pegou.

Hanna pegou o maior do par e tentou ler a inscrição gravada na parte de fora do anel simples.

— Acho que meu hebraico está enferrujado — ela disse. — Que versículo é esse?

— Algo de Cantares— a mulher respondeu. — Eu posso dar uma olhada para você. Meu pai faz esses anéis há anos.

Nathan girou o outro anel sob a luz e apertou os olhos.

— "Eu sou do meu amado, e o meu amado é meu", Cantares de Salomão 6:3 — Nathan disse.

A atendente levantou as sobrancelhas.

Hanna riu.

— Ele se lembra bem mais do seminário do que eu. — Ela colocou o polegar no anel, sentindo a suavidade e peso. Era esse. Era esse que ela colocaria na mão de Nate.

— O que achou, Hanna? — ele perguntou.

— Eu amei. São perfeitos.

— Tem certeza? Podemos continuar olhando.

— Não, tenho certeza. Esses são nossos anéis, Nate.

Eles os devolveram para a atendente e deram instruções para gravarem seus nomes e a data do casamento no interior de cada anel.

— Precisam de mais alguma coisa? — a mulher perguntou depois que mediu os tamanhos de anéis deles.

— Não, só isso — Hanna respondeu. — Obrigada.

Mas, depois que eles pagaram pelos anéis, Nathan a colocou para fora da loja.

— Preciso de mais uma coisa — ele disse. — Não vou demorar.

O centro estudantil estava lotado quando Hanna e Nathan entraram.

— Oi, Dr. Allen! — um aluno chamou quando iam para a fila de sopa de sanduíches. Nathan o cumprimentou pelo nome e perguntou como estava seu semestre. Ansioso pelas férias de primavera, ele respondeu. — Eu também! — Nathan disse e apertou a mão de Hanna. Ela corou. Ele ainda não lhe dissera onde eles ficariam durante a curta lua-de-mel. Algo local, ela insistira. Especialmente porque eles ainda tinham a peregrinação em seguida. Ele concordara relutantemente.

Outro aluno acenou.

— Parabéns, Dr. Allen!

— É, parabéns! — um coro de congratulações os cercou.

Ele colocou o braço ao redor de Hanna.

— Obrigado, pessoal! — ele respondeu, e então sussurrou para ela: — As notícias voam rápido por aqui, né?

"Aham", ela pensou. Assim como em uma igreja. Pelo menos, a comunidade dele não suspeitava nada desleal de sua parte. Enquanto pegava o sanduíche, ela entregou para Jesus a dor da morte. De novo.

— Que tal comermos e depois darmos uma volta no laguinho antes da minha aula? — ele sugeriu.

— Tudo bem. — Ela seguiu Nathan pela multidão, com mais parabéns abundantes, e se sentou ao lado dele em um sofá perto de uma janela, com a bandeja sobre o colo.

— Oi! Eu estava agora pensando em vocês dois! — Charissa disse enquanto se aproximava, também carregando uma bandeja de almoço. Nathan se levantou para dar o lugar para ela. — Não, não, pode ficar. Eu vou para um lugar mais tranquilo. Tenho que colocar a cabeça no lugar antes da aula.

— Como está indo nas aulas? — Nathan perguntou, abrindo um pacote de biscoitos *cracker* para a sopa de tomate.

Ela levantou os ombros.

— São boas para eu aprender a ser humilde, na verdade. Eu achava que ia maravilhá-los com minha expertise, mas me satisfaço se uns dois deles sequer se importarem de ficar acordados durante as palestras.

Nathan concordou:

— É assim mesmo.

— Eu não sabia quanto trabalho ia dar — ela disse. — E com tudo mais acontecendo, tive que abrir mão de algumas coisas. Como minha própria nota em todas as minhas matérias.

Nathan levantou uma única sobrancelha.

— Você ficaria orgulhoso de mim. Perfeccionismo em recuperação, certo? Eu nunca tive tantos noves na minha vida.

Hanna não tinha certeza se Charissa estava falando sério ou brincando. Provavelmente, era sério. Charissa costumava ser séria.

— Ahhh, bem, parece que o Espírito está trabalhando — Nathan disse.

— Sim, tipo isso — Charissa respondeu. E se virou para Hanna: — E como está Meg? Como ela e Becka estão se saindo? Eu estive orando por elas.

— Estão bem, se divertindo juntas, apesar de tudo. É muito bom escutar Meg rindo. — Isso foi um enorme presente, ouvi-las rindo. — Obrigada por convidar Becka para amanhã à noite. Não sei se ela vai ou não, mas...

— Espero que vá. Significaria muito para a mãe dela.

— Eu sei.

Charissa reequilibrou o peso. Uma mão sob a bandeja, a outra sobre o abdome.

— E orem por John e por mim também, tá bom? Ultrassom amanhã.

— Que ótimo! — Hanna exclamou e Nathan ecoou. — Vocês vão descobrir se é menino ou menina?

— Sim. Fizemos uma aposta. Eu disse Ethan, John disse Bethany.

"Bethany." Em inglês, o nome do lugar da morte e ressurreição de Lázaro. O lugar onde Maria ungira Jesus e de onde Jesus ascendera. Hanna não lembrava se eles visitariam Betânia ou não. Ela teria de verificar o itinerário de novo.

— Você está bem, Shep? — Nathan perguntou depois que Charissa saíra.

— Só estou tentando absorver tudo e segurar de alguma forma. Toda a alegria, toda a tristeza.

Ele pegou a mão dela e a beijou.

— Eu sei — ele respondeu. — É coisa de mais para conter.

Ao convite urgente de Meg, Nathan se juntou a elas para o jantar naquela noite.

— Temos coisas para discutir — Meg disse, sorrindo. — Coisas de madrinha e noivo, sem a noiva escutar.

Hanna riu.

— Tudo bem. Eu confio em vocês dois. Eu acho.

Enquanto Nathan e Meg sumiram na sala de música para uma conversa privada, Hanna ajudou Becka a limpar a mesa e lavar a louça.

— Ele é muito legal — Becka disse depois de um tempo. — É professor de inglês, né?

— Isso.

— Simon era professor de filosofia. Ele é brilhante. Agora, ele trabalha para uma editora. Mas não gosta muito.

— O que ele preferiria fazer?

— Ele quer escrever. E viajar. Está trabalhando em um romance, tentando conseguir um contrato. Mas até agora nada. Porém, o livro é muito, muito bom. A história se passa em Paris, por isso ele sempre está indo para lá, e vai trabalhar duro para terminar neste verão. Era para eu ir com ele, mas... — Ela mordeu o lábio.

Hanna esperou, pensando se Becka revelaria algo sobre os planos ou sentimentos dela a respeito do prognóstico da mãe, ou pensamentos sobre o futuro. Mas tudo o que ela disse depois de uma pausa longa foi:

— Bem, vamos ver. — Ela ficou na ponta dos pés para alcançar a prateleira de cima e guardou o restante das louças em silêncio.

Nathan e Meg voltaram para a cozinha vários minutos depois.

— Terminaram de tramar? — Hanna perguntou.

— Tudo pronto — ele respondeu. — E eu persuadi Meg a nos dar um pequeno show de piano.

— Sério, mamãe?

Meg concordou timidamente.

— Só algumas das minhas peças favoritas. E as de Becka.

— "Clair de Lune"! — Becka exclamou. — Ela tocava essa para mim o tempo todo quando eu era pequena, sempre que eu não conseguia dormir. — Ela beijou Meg na bochecha. — Obrigada, mamãe.

— Bem, eu não toco há um tempo, então vocês vão ter que perdoar alguns errinhos.

Ela não errou nada.

Enquanto Becka estava sentada ao lado dela virando as páginas, os dedos ágeis de Meg voavam sobre as teclas. Desde a precisão de algumas sonatas curtas de Scarlatti à paixão de um noturno de Chopin, desde a complexidade de uma fuga de Bach às sombras hipnotizantes e impressionistas do luar de Debussy, o que faltava a Meg em precisão técnica — seu desempenho sendo periodicamente interrompido pela tosse — ela mais que compensava com o sentimento profundo e talento artístico. Hanna escutou, em transe, tirando seus mocassins para poder estar descalça na presença do Deus que dera o presente de tal música.

Depois que as últimas notas sustentadas esvaneceram, a audiência grata de Meg ficou em silêncio estático. Becka colocou o braço em volta da mãe e descansou a cabeça no ombro dela.

Não havia necessidade de palavras.

CHARISSA

— Está sentindo isso? — Charissa levou a mão de John para o abdome dela quando estavam esperando pelo ultrassom no escritório médico.

O rosto dele se iluminou.

— Bethany está dançando no ritmo dela!

Ela sorriu e segurou a mão sobre a dele.

— *Ethan* está chutando. Ele faz isso constantemente. — A hora favorita de ele chutar, pelo que parecia, era durante as aulas dela. Entre a necessidade frequente de urinar e as tonturas ocasionais, Charissa sentia que perdera havia muito tempo qualquer posição de poder na sala de aula. Na maioria dos dias, ela lecionava sentada, usando roupas com elásticos nas cinturas, que estavam sendo esticadas além da capacidade. Era hora de comprar roupas de maternidade. Mara provavelmente amaria ir com ela.

Já tendo feito um ultrassom — que parecia ter sido havia anos —, Charissa e John conheciam o procedimento e assistiram ao monitor maravilhados, com ansiedade, enquanto o técnico movia a sonda pela barriga de Charissa. O que fora impossível discernir às quase nove semanas agora eles viam com fascínio. Cabeça, pés, mãozinhas. O bebê realmente estava dançando.

— E... Deixa eu ver se consigo ver aqui... — O técnico continuou apertando botões. — É...

— Rufem os tambores, por favor — John disse, inclinando-se para a frente na cadeira.

— Menina.

John pulou de alegria.

— Isso! Bethany! Eu te falei!

— Sério? — Charissa perguntou. — Eu estava tão convicta de que era um menino.

— Bem — o técnico respondeu —, sempre tem uma pequena chance de vocês se surpreenderem, mas eu acho que ela não está escondendo nada.

Charissa riu.

— Tudo bem! Oi, Bethany... — Ela segurou a mão de John, com os olhos se enchendo de lágrimas alegres enquanto assistiam à menininha deles dançando.

Quando Charissa chegou ao Nova Estrada, Mara estava na cozinha montando sanduíches.

— Oi, Charissa! O que você está fazendo aqui?

— Só pensei em passar aqui, dar oi e perguntar se vocês precisam de voluntários para ajudar com o almoço hoje.

— Amiga! Sempre precisamos de mais voluntários. Nem te conto, tem sido uma semana doida aqui. Ótima, mas doida. Várias pessoas com fome passando por aqui. — Mara colocou de lado uma bandeja com pilhas altas de sanduíches de queijo e presunto e tirou as luvas, colocando as mãos nos quadris. — E você? Não fique fazendo suspense. E o ultrassom?

Charissa pegou a bolsa e tirou dela um par de sapatinhos de bebê, de tecido rosa. Mara deu um gritinho e a abraçou.

— Calçados confortáveis de bebê! Amei!

— John e eu não resistimos.

Mara segurou os sapatinhos com as mãos.

— Madeleine vai ter uma amiga para brincar. Espera eu contar para Jeremy! Estou tão feliz por vocês.

— Obrigada. Agora parece tão mais real. — Ela e John foram capazes de olhar para a foto da filha deles e orar por ela pelo nome. Um enorme presente.

— Você está guardando segredo do nome?

— Não. É Bethany. Ainda não escolhemos o nome do meio.

— Bethany Sinclair... Uhh, que bonito. Muito bonito.

— John que escolheu. E deu certo.

Um temporizador apitou e Mara abriu o forno, exalando a fragrância de cookies. Ela tirou algumas travessas grandes com biscoitos de canela e as colocou sobre o fogão.

— A Srta. Jada disse que recebemos uma doação anônima esta semana para comprarmos comida. Incluindo uma anotação pedindo que façamos algo especial para os convidados. Para agradá-los com alguns biscoitinhos caseiros. — Ela olhou para Charissa. — Você, por acaso, não saberia de nada disso, saberia?

Charissa calçou um par de luvas de plástico.

— Tudo o que sei é que eles certamente são abençoados por terem alguém como você trabalhando aqui, alguém que sabe fazer esses biscoitos, que faz todos os convidados se sentirem especiais.

Os olhos de Mara brilharam e ela sussurrou:

— Obrigada.

— O cara de bermuda e etiqueta do brechó estava lá? — John perguntou quando Charissa o pegou no trabalho às 17h.

— Não. Eles não o viram mais — ela respondeu. Mas havia tantos outros. Tantas necessidades. — Você deveria ver Mara em ação, John. Você deveria ver como ela trata todo mundo que chega, quase como se fossem da realeza. É o trabalho perfeito para ela.

— Fico feliz — John respondeu. — Ela precisa que algo dê certo, para variar. Um lugar onde ela é valorizada.

— Exatamente. E eles a amam lá. — Charissa ligou a seta para a direita. — E isso me fez pensar hoje, como ela e a Srta. Jada podem ir para casa sabendo que fizeram a diferença na vida de alguém. E eu saio da sala de aula me perguntando que diferença fiz.

— Teve aquela aluna, aquela cuja mãe...

— Eu sei. Mas com ela foi uma coisa pontual. Digo, fico feliz por ter sido capaz de orar e falar da graça com ela, mas...

— Você ainda está pegando o jeito, Cacá. Olha o Dr. Allen, a diferença que ele fez na sua vida. Não só na sala de aula, mas em todas as formas como ele te impactou. Todos temos professores que fizeram isso por nós, mesmo que eles jamais saibam disso. Você vai ter a chance de investir nas vidas dos alunos, de fazer a diferença. Como Mara. Todos temos nossos chamados, certo?

Certo. E talvez ela precisasse pensar sobre o dela de uma forma diferente.

20 de fevereiro

Era de pensar que eu passaria mais tempo escrevendo neste diário sobre minha vida com Deus. Em vez disso, as semanas passam e eu me esqueço de tirar um tempo. Hanna e Meg enchem páginas nos delas. Eu preciso começar a fazer isso melhor.

"Ensina-nos a contar nossos dias." Esse é o versículo que me persegue. Me assombra. Me acrisola.

Fui condenada por algumas das redações que os alunos entregaram. Mesmo os que escreveram sobre querer fazer a diferença no mundo fizeram isso, em grande parte, de uma perspectiva autocentrada. Eles querem fazer algo grande para serem lembrados, honrados, celebrados. Eu me reconheço nas palavras deles e detesto esse espelho.

Preciso decidir as razões por que quero lecionar. Estou fazendo isso por mim mesma ou pelos alunos? Egoísta ou altruísta? Essa é a questão fundamental para mim.

Por que estou lecionando?

Eu achava que sabia. Agora, não tenho certeza. A incerteza me aterroriza.

Ensina-me a contar meus dias para que eu alcance um coração sábio. Amém.

MEG

O tempo estava acabando. Em menos de 24 horas, Simon voltaria de Chicago para Kingsbury. Em 36 horas, Becka voltaria para Londres. E Meg precisaria juntar a coragem e a força para deixá-la ir.

Por mais difícil que o choque da morte de Jimmy tivesse sido, por mais que ela quisesse ter dado qualquer coisa para ter mais um dia com ele, ou pelo menos algumas horas ao lado de uma cama para dizer adeus, uma despedida prolongada tinha seu custo. A única forma com que Becka sabia como lidar com a sombra da tristeza era ignorá-la. Ou negá-la. "Médicos estão errados o tempo todo", Becka insistia frequentemente. Ela lera várias histórias online. Tinha uma colega na faculdade a quem disseram que seu pai viveria por mais seis meses, e isso fora três anos atrás. "Não se preocupe, mamãe. Vamos ter muito tempo juntas. Eu sei disso." Mas, sempre que Meg tentava guiar a conversa em direção à fé, Becka velozmente mudava o assunto.

Elas estavam ficando sem tempo.

— Você quer vir comigo para o meu grupo de oração hoje à noite? — Meg perguntou.

Becka levantou o olhar do livro dela.

— Tudo bem se eu não for?

— Você não quer ver onde seu pai e eu morávamos?

Becka se arrumou no assento.

— Você quer que eu veja?

— Não... Digo, achei que talvez você gostaria de olhar lá dentro, escutar mais algumas histórias sobre ele. Esse tipo de coisa.

— Acho que seria estranho para mim, mãe. Mas, se você quiser que eu vá com você...

— Não. Tudo bem. Eu não quero que você se sinta constrangida.

Becka voltou ao seu livro.

Se Becka não queria ver, então talvez Meg também não quisesse ver de novo. Talvez seria emocionante demais estar lá, especialmente depois que Charissa e John trouxeram os próprios móveis e remodelaram um pouco. Uma vez era o bastante. Uma vez era um presente. Além disso, ela já mostrara para Becka várias fotos de sua vida com Jimmy. Ela já compartilhara várias histórias, e Becka escutara com interesse (ou talvez indulgência), fazendo várias perguntas sem nenhuma vez acusar Meg de tentar virá-la contra Simon por descrever um homem que era realmente gentil, generoso e cheio de amor.

— Talvez eu peça ao grupo para vir para cá, então — Meg disse. — Tudo bem por você? Você iria conhecer Mara e Charissa. Eu adoraria que elas te conhecessem.

Becka levantou os ombros.

— Tudo bem por mim, mas eu não quero participar do que vocês vão fazer, tudo bem?

Tudo bem.

Becka respondeu à decepção no rosto de Meg, dizendo:

— Eu acho incrível que você tenha fé, Mãe. Acho mesmo. É legal que você tenha amigas que compartilham isso com você. E eu sei que deve ser muito difícil para você se conter, mas obrigada por não me forçar isso garganta abaixo esta semana. Tem sido ótimo só estar com você, só nos divertirmos juntas. — Ela colocou o livro no chão e se espreguiçou. — Quer assistir a um filme ou algo assim?

— Claro.

— Legal! Estou no clima para algo engraçado. — Cantarolando, Becka foi para a cozinha fazer milk-shakes.

Mais duas horas sem qualquer conversa significativa.

Elas estavam ficando sem tempo.

HANNA

Hanna estava no shopping comprando calçados e roupas para a lua-de-mel ("Confortáveis e casuais", Nate dissera), quando o telefone tocou.

— Está preparada? — Nate perguntou. — Está preparada mesmo?

Hanna desamarrou os tênis que estavam apertados demais e os colocou de volta na caixa da prateleira. Pelo tom da voz de Nathan, ela não estava pronta. Respirou fundo e se preparou.

— Laura ligou — ele disse. — Eles finalmente se instalaram na casa nova, e ela estava ligando para marcar de se encontrar comigo, a fim de discutirmos sobre as visitas que ela quer ter com Jake.

Tudo bem. Até aqui, nenhuma novidade. Eles sabiam que essa transição estava chegando. Mas, com tudo mais que estava acontecendo, Hanna não estava pensando muito sobre Laura.

— Então, eu disse para ela que estava me casando e que ela teria que esperar até depois que nossas vidas se assentassem um pouco, pois Jake não pode lidar com tanto rebuliço de uma vez.

— Concordo — Hanna respondeu. Seria difícil o bastante Jake se ajustar à presença de uma madrasta sem ter de, simultaneamente, lidar com o retorno da sua mãe, mãe esta que (Hanna relembrou a si mesma quando passou o celular de uma orelha para outra) abandonou o casamento e o filho em favor de suas buscas egoístas. — Concordo plenamente com você nisso.

— Bem, eu vou te poupar do discursinho dela sobre nos casarmos tão rápido (eu não contei que somos antigos amigos), mas, quando ocorreu de eu mencionar nossa viagem para a Terra Santa, ela deu um chilique completo. Disse que eu não tinha direito algum de levar Jake para fora do país, para um lugar "tão perigoso" sem falar com ela antes.

Agora era a vez de Hanna de ficar furiosa.

— Você *só pode* estar brincando.

— Não. Bem que eu queria. Então, ela sugeriu isto: nós dois podemos ir para nossa viagem para a Terra Santa, e ela vai vir para Kingsbury e ficar com Jake pelas três semanas que estivermos fora.

— Você tá... — Hanna se segurou antes de soltar algo mais do pesado do que "brincando comigo?".

— Não, tô falando completamente sério. E aí ela se explicou: não estava pedindo para ficar na nossa casa, mas pagaria por um hotel residencial ou algo assim. Que generosidade, não é?

— Inacreditável. — Hanna andou pelo corredor de calçados femininos. — Tá, e agora?

Ele suspirou.

— Eu já falei com um amigo meu que é advogado, não um cara do direito familiar, então ele não está falando definitivamente, mas ele disse que ela poderia ter base jurídica. Nosso acordo me deu custódia física completa de Jake, mas nós temos "custódia legal conjunta", pelo menos no papel, e o marido dela tem grana, um magnata internacional das finanças ou de tecnologia, algo assim. Logo, se eles quiserem argumentar que eu deveria tê-la incluído nesse tipo de decisão, então...

— Você a relembrou de que foi ela quem foi embora? — O corpo todo de Hanna tremia de raiva. — Foi ela quem te *deu* a custódia quando decidiu que não queria mais ser mãe!

— Eu disse isso, com essas palavras. E ela ainda ameaçou envolver o advogado dela.

Hanna afundou em um banco, com os cotovelos sobre os joelhos.

— Nate, eu... — Ela não tinha certeza nem de como terminar a frase.

— Eu não esperava por essa — ele disse. — Nunca esperava por essa. Se nosso relacionamento fosse diferente, se ela estivesse minimamente envolvida com a vida de Jake pelos últimos anos, aí é claro que eu teria falado com ela sobre isso, teria dado a chance de uma conversa. Mas isso?

— Jake *quer* ir.

— Eu sei.

— Ele está animado com a viagem — Hanna disse.

— Eu sei.

— Isso não tá certo.

— Eu sei. Ela só vai tirar isso de mim por cima do meu cadáver.

Hanna torceu o nariz. Provavelmente, não era a melhor escolha de expressão agora. Mas ela compartilhava do sentimento.

— Certo, que tal essa tática? — Hanna disse. — Que tal se você lhe dizer que vai conversar com Jake e lhe deixar perfeitamente claro que a mãe dele está ameaçando tirar algo muito precioso dele, e ver como ela reage?

— Ela não se importa com Jake. Ela só quer o controle.

— Ah, bem, ela não vai conseguir. Vamos lutar juntos. — Hanna pausou e olhou para o anel de noivado, que logo seria acompanhado de outro símbolo permanente do comprometimento deles de lutarem como um. E um cordão de três dobras? Laura logo descobriria que não se quebrava facilmente.

— Você encontrou algumas roupas? — Meg disse da sala de música, onde ela e Becka estava juntas debaixo de um cobertor, sentadas em um sofá antigo, assistindo a um filme na televisão pequena.

— Não. Nada. — Hanna tirou os calçados com chutes. Ela não ia interromper o momento entre mãe e filha com uma história sobre o plano de Laura para tomar o controle.

— Ah, que pena — Meg respondeu. — Eu vou com você semana que vem. Vamos arrumar um... Como se chama para a lua-de-mel?

— *Trousseau* — Becka disse, pegando pipoca de uma bacia grande.

— Isso, *trousseau*.

— Parece um bom plano — Hanna disse.

— Assiste com a gente! — Meg apontou para a poltrona.

— Não, mas obrigada. Tenho um trabalho para fazer com o casamento.

— Vamos nos reunir aqui hoje à noite, em vez de na Charissa — Meg disse. Hanna imediatamente entendeu as entrelinhas:

Becka não estava interessada em ver a antiga casa dos pais. Ela esperava que Meg fosse capaz de processar essa decepção.

— Tudo bem por mim. — Hanna apontou para a televisão. — Me desculpem, não quis interromper.

Enquanto elas continuavam o filme, Hanna se arrastou escada acima e se sentou no antigo quarto de Rachel. Ela se perguntou qual exercício Meg escolhera para elas e quantas oportunidades mais elas teriam de orarem juntas.

Do andar debaixo, as risadas de Meg e Becka flutuavam como música enquanto Hanna chorava em um contraponto silencioso por detrás de uma porta fechada.

13.

MEG

O Clube dos Calçados Confortáveis estava sentado na sala de Meg, diante de uma lareira crepitante, com as cadeiras da cozinha arrumadas em círculo.

— É um prazer conhecer vocês — Becka disse para Mara e para Charissa depois de alguns minutos de apresentações amigáveis. — E parabéns pelo bebê.

— Obrigada! — Charissa guardou os sapatinhos rosa de volta na bolsa. — Um prazer te conhecer também. — Mara fez coro.

— Vou estar no meu quarto, mãe, se precisar de qualquer coisa — Becka disse.

— Obrigada, querida.

Becka provavelmente passaria as próximas duas horas ao telefone com Simon. Para o crédito dela, passara pouquíssimo tempo mandando mensagens de texto ou conversando com ele enquanto ela e Meg estavam juntas. Mas, à noite, depois que Meg ia para a cama, ela conseguia ouvir Becka pela parede, sua voz animada com paixão.

Meg esperou até ouvir a porta de Becka fechando no andar de cima. Então, ela olhou para o círculo de amigas.

— Eu estive meditando na última semana sobre algumas histórias sobre o fim da vida de Jesus... Não para ser mórbida, mas para ver o amor dele. O exercício de oração que escolhi para hoje à noite chamou minha atenção porque mostra Jesus com os amigos, amando-os. — Ela passou as instruções para elas e pegou, do lado da lareira, uma jarra, uma bacia e uma toalha, as quais ela colocou no centro do círculo, ao lado da vela de Cristo. — Eu queria fazer isso com vocês porque… porque eu queria que cada uma de vocês soubesse que eu as amo. Sou muito grata por Deus ter nos unido. E, mesmo que tenhamos meses… anos… juntas, eu não queria perder a chance de fazer isso. De nos lembrarmos de Jesus juntas.

Mara assoou o nariz.

— Eu também escolhi esse exercício porque ainda tenho algumas coisas importantes para trabalhar, e essa parecia uma boa forma de fazer isso. — Meg pausou. — Então, que tal se eu acender a vela de Cristo, e aí oramos?

Enquanto as outras assistiam, Meg acendeu a vela e colocou água na bacia.

Inspira. *Emanuel.*

Expira. *Tu estás conosco.*

Até o fim.

MEDITAÇÃO EM JOÃO 13:1–15,21

AMOROSO ATÉ O FIM

Aquiete-se na presença de Deus. Então, leia o texto em voz alta e imagine que você está lá no quarto de cima com Jesus e os discípulos, na noite antes da crucificação dele. Use todos os seus sentidos para entrar na história.

> "Antes da festa da Páscoa, sabendo Jesus que havia chegado sua hora de passar deste mundo para o Pai, e tendo amado os seus que estavam no mundo, amou-os até o fim. Enquanto jantavam, o Diabo já havia posto no coração de Judas, filho de Simão Iscariotes, que traísse Jesus. Sabendo que o Pai lhe entregara tudo nas mãos e que viera de Deus, e para Deus estava voltando, Jesus levantou-se da mesa, tirou o manto e, pegando uma toalha, colocou-a em volta da cintura. Em seguida, colocou água em uma bacia e começou a lavar os pés dos discípulos e a enxugá-los com a toalha que trazia em volta da cintura. Aproximando-se de Simão Pedro, este lhe disse: Senhor, tu lavarás os meus pés? Jesus lhe respondeu: Agora não compreendes o que eu faço, mas depois entenderás. Respondeu-lhe Pedro: Nunca lavarás meus pés. Disse-lhe Jesus: Se eu não te lavar, não terás parte comigo. Então Simão Pedro lhe disse: Senhor, não laves somente os pés, mas também as mãos e a cabeça. Jesus lhe respondeu: Quem já se banhou precisa lavar apenas os pés, pois no mais está todo limpo. Vós estais limpos, mas nem todos. Pois ele sabia quem iria traí-lo; por isso disse que nem todos estavam limpos.
>
> "Tendo-lhes lavado os pés, tomou o manto, voltou a sentar-se à mesa e perguntou-lhes: Entendeis o que vos fiz? Vós me chamais Mestre e Senhor; e fazeis bem, pois eu o sou. Se eu, Senhor e Mestre, lavei os vossos pés, também deveis lavar os pés uns dos outros. Pois eu vos dei exemplo, para que façais também o mesmo... Havendo falado essas coisas, Jesus perturbou-se em

espírito e declarou: Em verdade, em verdade vos digo que um de vós me trairá."

Para reflexão pessoal (45-60 minutos)

1. Imagine Jesus se ajoelhando diante de você, te olhando nos olhos e estendendo as mãos para os seus pés sujos, cobertos de poeira. Você oferece os seus pés para ele? Por quê, ou por que não? Se você resiste, o que está por trás da sua resistência? Entregue seus pensamentos e sentimentos a Deus em oração.
2. Imagine a pessoa que você acha mais difícil de amar e servir. Veja Jesus se ajoelhar e lavar os pés dela. Como você se sente? Entregue seus pensamentos e sentimentos a Deus em oração.
3. Agora, Jesus se levanta e entrega para você a bacia e a toalha. Ele te chama para se ajoelhar e lavar os pés de quem te traiu ou dificultou sua vida. Como você responde? Entregue seus pensamentos e sentimentos a Deus em oração.
4. Há algum ato concreto de amor e serviço que Jesus esteja te chamando para fazer em nome dele?

Para reflexão em grupo (45-60 minutos)

1. O que mais chamou a sua atenção durante o tempo de reflexão pessoal?
2. Como o grupo pode orar por você?
3. Concluam o tempo de oração lavando os pés uns dos outros.

MARA

“Não laves somente os pés, mas também as mãos e a cabeça.” Foi aí que Mara se viu na história: não querendo perder nenhuma parte do que Jesus lhe oferecera. Quando ele estendeu as mãos para os pés dela, ela os entregou. Com gratidão.

Mas ela jamais percebera que Jesus também lavara os pés de Judas. Ela abriu sua Bíblia e leu além do trecho, para confirmar se Judas ainda estava lá. Ele estava. Jesus sabia que seu traidor estava naquele círculo. Ele sabia quem era o traidor. E, ainda assim, ele se inclinou para lavar os pés que, em breve, sairiam daquele lugar e andariam direto para as autoridades, para entregá-lo.

Como? Como Jesus conseguiu fazer isso?

Ela imaginou Judas oferecendo o pé, o sorriso fixo no rosto disfarçando toda a mentira em seu coração. Ela queria interferir e dizer a Jesus que não fizesse isso, que não mostrasse amor por quem não o amava. Mas Jesus se demorou com Judas, ternamente lavando aqueles pés imundos, segurando-os nas mãos antes de secá-los gentilmente com a toalha.

E então ele se levantou e olhou diretamente para Mara.

— Lembre-se do que eu fiz por você — ele disse. Com os olhos iluminados de amor, ele entregou para ela a bacia e a toalha.

Os discípulos sumiram da cena, e cadeiras apareceram na imaginação dela. Havia tantas pessoas no círculo dela, que parecia um salão de pedicure. Algumas das pessoas ela já tinha se esforçado para perdoar. Quando Kristie e as outras garotas que a maltratavam esticaram os pés, ela reclamou por dentro, mas se ajoelhou e os lavou, com a mão de Jesus sobre seu ombro. “É você quem Jesus ama”, ela se ouviu dizendo para cada uma delas, e viu o olhar de aprovação de Jesus.

Tess estava nesse círculo também. Quando Mara se inclinou diante dela, Tess tirou o pé e começou a gritar acusações e obscenidades para ela.

— Ela não vai lavar meus pés! — Tess gritou. — Essa imunda não vai me tocar! — Enquanto ela continuava gritando, Jesus se colocou diante de Mara e se ajoelhou no chão. Mas, antes que ele pudesse pegar o pé descalço de Tess, ela saiu brava do cômodo.

— Ore por ela — Jesus disse. — Vigie e ore.

E então Mara viu Tom. Ele estava sentado no círculo, com os braços cruzados sobre o peito e um sorriso de escárnio no rosto. Esticou o pé imundo diante dela e a esperou se ajoelhar. Ela olhou para Jesus.

— Ele não — ela disse. — Por favor, ele não. Não me obrigue a fazer isso.

Jesus tocou-lhe o queixo e olhou para ela com carinho. Ele não a forçaria a isso. O amor nunca maltratava nem coagia.

Mara olhou para os próprios pés descalços, limpos, brilhando, lindos.

— Você entende o que eu fiz por você?

Ela tinha uma vaga ideia, uma compreensão crescente que estava se aprofundando. E esse amor tão grande... Esse amor tão grande pedia uma resposta dada livremente.

Enquanto as outras escreviam em seus diários, Mara arrancou uma página em branco do caderno e escreveu mais uma carta.

Tom,

Eu não quero me tornar uma mulher má, amarga e cheia de ódio como Tess. A Srta. Jada está certa. A amargura sufoca a vida. Não vou te dar a satisfação de sufocar a minha vida. Você não vai sufocar a vida de Jesus em mim. Não importa o que você faça para tentar me controlar ou me ferir, não vou te dar esse tipo de satisfação.

Então, eu te perdoo, Tom. Quebro seu poder sobre mim. Essa sou eu, sabendo quem sou: escolhida, amada e perdoada, fazendo o que foi feito por mim. Jesus te ama. Eu te entrego para esse amor, seja lá como ele for.

Assinado,

Mara, a quem Jesus ama

P.S.: Eu te perdoo por forçar Brian em mim. Eu oro para que, um dia, ele saiba que também é escolhido e amado. Deus é minha testemunha.

Levantando-se da cadeira, Mara amassou o papel na mão e o jogou nas chamas bruxuleantes.

HANNA

Sexta-feira, 20 de fevereiro, 19h30

Estou sentada aqui há vinte minutos, tentando me concentrar nas perguntas, em vez do pesar que sinto. Que coragem Meg ter escolhido esse texto. Sinto que todas nos lembraremos desta noite juntas.

Eu olho para a bacia e para a jarra e sei quais pés estou sendo chamada para lavar. Tudo em mim resiste. Eu quero lutar. Punir. Quero que ela perca.

Mas tu lavas os pés de Laura, Senhor. Então, eu morro para mim de novo e digo que também vou lavar os pés dela. Não sei o que isso significa. Não sei que tipo de amor tu estás pedindo que mostremos para ela. Isso significa abrirmos mão da nossa viagem para a Terra Santa? É isso que significa dar a outra face, dar a capa, andar a milha a mais? Eu não sei. O que é mais amoroso em relação a Jake? Como defendê-lo? Como seremos os defensores dele? Acho que Nate e eu precisaremos ter uma conversa diferente sobre isso. Nos mostra, Senhor. Nos mostra o que significa nos ajoelharmos e lavarmos os pés de Laura. Porque sabemos quem somos e aonde vamos. E somente quem está confiante no teu amor pode fazer companhia para ti nisso.

Eu estava pensando de novo... O que significa morrer para si mesmo? Significa não a minha, mas a tua vontade sendo feita. Significa não meu poder, mas o teu. Não o meu reino, mas o teu. Significa ser levada aonde não quero ir. Significa escolher o amor em vez do conforto e preservação do ego. Significa dizer um sim contínuo para ti, para o teu amor. Significa eis-me aqui. Que seja de acordo com a tua palavra. *Hineni.* Eu pego a toalha das tuas mãos e me ajoelho. Relutantemente.

MEG

Foi lindo, tão lindo, sentar-se naquele círculo e pensar sobre o amor de Jesus. Foi lindo, tão lindo, escutar como as outras vislumbraram esse convite para oferecer perdão e graça para pessoas que as feriram e dificultaram suas vidas. Foi lindo, tão lindo, assistir a Charissa se ajoelhar diante de Mara e ternamente lavar seus pés, afirmando o amor de Jesus por ela. E foi lindo, tão lindo, Meg oferecer os próprios pés para Mara e depois colocar os pés de Hanna na bacia e lavá-los, com as lágrimas se misturando à água.

Tão lindo.

— Vou continuar orando por você, Meg — Hanna disse depois que Mara e Charissa foram para casa. — Acho que você é muito corajosa.

Meg não se sentia corajosa. Mas, depois de se imaginar com Jesus no quarto de cima, depois de observá-lo lavando os pés de Judas, ela sabia quem estava sentado no círculo dela, esperando. Meg bateu à porta de Becka.

— Simon, posso te ligar mais tarde? — ela escutou Becka dizer, com a voz cadenciada. Então, ela disse: — Pode entrar!

Meg entrou e se sentou ao lado dela na cama.

— Como foi com o grupo? — Becka perguntou, colocando o telefone de lado.

— Muito bom.

— Legal.

Inspira. *Emanuel.*

Expira. *Tu estás conosco.*

— Que horas Simon pega o trem amanhã? — Meg perguntou.

Becka tirou com a unha uma ponta do esmalte azul que começava a rachar.

— Lá pelas onze.

— Com certeza, você está ansiosa para vê-lo.

Becka levantou o olhar, mas não respondeu.

— Becka, eu só queria dizer que entendo se você quiser passar um tempo com ele amanhã, levá-lo para passear em Kingsbury e mostrar para ele lugares que são importantes para você. Tudo bem por mim. Tivemos vários momentos maravilhosos juntas esta semana, e eu sou muito grata e...

Ela pegou a mão da filha.

— Se você quiser convidar Simon para jantar conosco amanhã à noite, ele seria bem-vindo.

Becka parecia não ter certeza do que dizer.

— Bem... Pense sobre isso, converse com ele. — Meg beijou a testa dela. — Eu te amo, Becka.

— Também te amo, mamãe.

Meg foi para a cama com o xale de oração e a cruz de madeira, esperando ouvir Becka ao telefone com Simon de novo, mas tudo o que ela escutou foi o som do vento soprando entre as árvores.

No acostamento da estrada, estava deitado um cervo com o pescoço torcido e os olhos castanhos abertos. Meg desviou o olhar. Ela sempre desviava o olhar quando via um cervo morto. Não conseguia suportar a tristeza. Mas aí uma voz disse "Olha!", então ela virou a cabeça e olhou. E o cervo piscou, se levantou e olhou para ela, e, se cervos pudessem rir, este cervo riu antes de pular para a floresta. Meg o seguiu e, enquanto corria, ela se tornou como o cervo, pulando em pernas que eram rápidas e fortes, até chegar a uma clareira. Jimmy estava lá, com a mão estendida para ela, o rosto dele estava iluminado como o sol, e ele disse o nome dela, e ela quase tocou os dedos dele quando...

Ela acordou com a luz do sol no rosto e a filha ao lado da cama.

— Mamãe?

Meg secou os olhos.

— Você estava tendo um pesadelo.

— Estava?

— Eu te ouvi chorando. Você falou o nome do papai.

— Eu sonho com ele às vezes. — Meg se levantou apoiando-se sobre os cotovelos. Os sonhos com Jimmy haviam ficado mais frequentes. Ele estava próximo. Muito próximo. Como se um véu estivesse sendo erguido.

Becka se sentou na beirada da cama e perguntou:

— Você está bem?

Meg confirmou.

— Eu vou com você — Becka disse.

— O quê?

— Eu vou com você. Colocar flores no túmulo do papai. Eu vou com você.

— Becka, não precisa...

— Eu sei. Eu não quero ir. Mas acho que preciso.

Meg fechou os olhos. *Jesus*.

— Talvez possamos ir lá antes de pegarmos Simon? — Becka perguntou.

Meg assentiu.

— Sim — ela disse. — Sim.

Fevereiro estava cedendo seu frio gélido, a neve estava virando poças, e as margens de grama adormecida estavam se alargando ao longo das ruas. Meg conseguia medir o derretimento do gelo pela visibilidade de decorações de jardim brotando como talos de concreto nos jardins da frente: o topo de um chafariz, a dócil face de um coelho com longas orelhas, asas de anjo. Embora, sem dúvida, ainda fosse nevar em março, o inverno perdera a força. A primavera começaria seu avanço estável, como as tropas chegando às praias da Normandia. Ainda haveria embates, mas a batalha estava vencida.

Em breve, os piscos voltariam e as rolas-carpideiras cantariam em seus ninhos. Ela e Jimmy adoravam escutar os passarinhos em seu quintal.

— Você se lembra de ouvir passarinhos em casa? — Meg perguntou.

— O quê? — Becka perguntou, com os olhos na estrada.

— Passarinhos lá em casa. Você se lembra de ouvi-los?

— Acho que sim.

— Nós amávamos escutar as rolinhas. Um som tão lindo e meio fantasmagórico.

— Você e papai?

— Sim. Nós nos sentávamos do lado de fora, no caramanchão, e escutávamos. E um dia escutamos esse arrulho, cada vez mais alto, e tentamos descobrir de onde vinha, nos perguntando se era das árvores próximas, e aí ela voou e pousou bem em cima do caramanchão, e não ousamos respirar. Só ficamos lá, escutando, perto o bastante para ver o corpo dela respirando. E, subitamente, outra rolinha voou para lá e as duas tocaram os bicos e esfregaram os pescoços como amantes. E nós ficamos lá. Bem no lugar do encontro delas. Foi um momento sagrado. Nós dois sentimos.

— Quanto tempo elas ficaram?

— Não muito. — Meg olhou para o buquê de narcisos no colo. Ela e Jimmy compartilharam o privilégio de assistir ao amante invocar a amada. Quando a amada chegou, houve silêncio. Não precisava arrulhar. Apenas silêncio compartilhado, e então o farfalhar das suas asas quando elas desapareceram juntas para além do poste telefônico. — Foi especial, porque nossos versículos de casamento foram de Cantares— Meg disse. — Não me lembro de tudo. Mas era algo como "Levanta-te, minha amada, minha bela, e vem...". E aí algo sobre rolinhas. Eu vou ter que procurar depois. — Embora ela e Jimmy tivessem lido esses versículos juntos em todos os aniversários de casamento, ela evitou ler aquele livro da Bíblia desde a morte dele.

Quando viraram em uma esquina, Meg instruiu Becka para virar à esquerda no cemitério arborizado.

— Ali — ela disse, apontando. — Subindo aquela colina, ao lado do carvalho. Era bem pequeno quando seu pai faleceu. Olha só agora.

— O seu pai está enterrado ali também? — Becka perguntou.

— Não. Há um terreno para os Fowler em outro cemitério. — Terreno do qual a mãe de Meg nem queria saber. Ela fora bem específica em seu testamento: nada de caixão aberto, nada de cerimônia religiosa. Só um memorial na casa funerária, na última primavera, depois que o corpo foi cremado. Rachel nem quis ir. "Se não posso cuspir no caixão, para que me dar ao trabalho?"

Meg seguiu as instruções da mãe à risca, derramando as cinzas no bosque perto da casa delas. Becka, sem qualquer melindre para abrir a urna e tocar nos fragmentos afiados de ossos entre os restos arenosos, cavara um pequeno buraco na terra úmida e esponjosa, e então usou as mãos para enterrar as cinzas. "Não parece certo despejar a vovó assim", ela dissera. Depois de misturar a terra com o pó, Becka leu algo escrito por Kahlil Gibran, palavras que Meg não compreendeu, apesar do comentário de Becka sobre por que elas eram profundas. Meg fez a própria oração silenciosa.

— A tia Rachel conversou com você sobre os arquivos que encontramos no sótão? — Meg perguntou.

Becka assentiu.

— Ela não acredita que ele cometeu suicídio.

— Eu sei. Tudo bem.

— Você acha que ele cometeu?

— A companhia de seguros julgou que sim. E a Sra. Anderson (você se lembra dela, vizinha do lado?), ela me disse que se lembrava daquele dia. Então, sim. Eu acredito que seu avô estava muito conturbado, muito deprimido. Que ele não conseguia ver como seguir em frente. Que ele perdeu a esperança.

Alguns outros carros subiram pela colina, uma imponente procissão de enlutados, agora com o luto contido em seus veículos. Meg se lembrou da procissão de Jimmy: colegas do trabalho que abriram mão de uma tarde de trabalho para prestar suas homenagens; amigos da escola e da faculdade, muitos dos quais Meg deliberadamente perdeu o contato depois do funeral; alunos do pequeno grupo de jovens que Jimmy aconselhava na igreja onde eles se casaram, igreja de onde Meg fugiu rapidamente depois do acidente, porque ela não conseguia suportar a empatia deles e os lembretes implacáveis da vida juntos. O pastor disse que entendia. Ele perdera um filho para a leucemia, e a esposa dele também não conseguia ir à igreja.

— Obrigada por vir comigo — Meg disse, acariciando o cabelo de Becka.

Becka desligou a ignição e não respondeu.

Com o cachecol enrolado apertado ao redor do pescoço e o casaco fechado até em cima, Meg saiu do carro, pisando na neve que ainda tinha vários centímetros de profundidade no lado sombreado da colina. Quando a neve derretesse, as perdas recentes seriam mais fáceis de identificar, o chão mostrando os ferimentos cirúrgicos de ter sido lacerado e recuperado; as lápides, algumas recentemente cinzeladas e outras corroídas pelo tempo, testificando do trabalho das estações para amaciarem as duras escavações do luto. Em breve...

Não. Não se tratava dela. Tratava-se Jimmy. Ela removeu a guirlanda que Mara trouxera no Natal (isso já parecia fazer tanto tempo!) e a substituiu com narcisos desafiadores.

Becka olhava para a lápide, em silêncio. "Amado marido e pai." Será que ela se perguntava por que o pai que ela jamais conhecera fora descrito como "amado"? Meg respondeu à pergunta que não fora feita:

— Pareciam as palavras certas.

Ela queria ter colocado uma cruz ou um versículo bíblico no túmulo de Jimmy. Ela poderia ter colocado a referência da passagem favorita dele em Filipenses 3, os "versículos de vida", como ele os chamava. "Prossiga", Jimmy frequentemente dizia. "Eu prossigo."

— Mamãe?

— Hmm?

— Acho que não aguento isso.

Meg ficou tão preocupada com os próprios pensamentos, que não percebera os ombros retesados de Becka.

— Oh, querida, me desculpe…

Ela jamais deveria ter sugerido que elas fizessem isso. Fora muito egoísta pedir para Becka vir ver o lugar onde…

— Mamãe, eu não quero te perder. — Com um choro soluçante, Becka caiu sobre os joelhos entre os galhos do carvalho.

"Não precisa ser o final", Meg quis dizer quando se ajoelhou ao lado da filha, com a neve umedecendo suas calças. "Basta você crer."

"Basta crer."

Meg a balançou gentilmente, os olhos fixos nos tenros talos verdes brotando através da neve ao lado do túmulo de Jimmy. A primavera estava chegando. A esperança não seria frustrada. A morte não daria a palavra final. A ressurreição, graças a Deus, era inevitável.

Ela segurou a filha com mais força contra o peito e orou.

14.

HANNA

Desde que o pastor Dave mobilizara um grupo de oração na Igreja Kingsbury Community, a geladeira e o congelador de Meg estavam bem estocados com deliciosas refeições. Mas, no sábado, enquanto Becka e Simon faziam um tour por Kingsbury, Meg insistiu em cozinhar o jantar e sobremesa favoritos da filha: frango crocante com parmesão e uma torta de limão.

— Kingsbury não é nada comparada a Londres, eu sei — Becka disse quando eles se juntaram ao redor da mesa à tardinha. — Mas, pelo menos, Simon pôde ver onde eu cresci.

Simon comeu uma garfada de purê de batatas silenciosamente.

— O que você achou de Chicago? — Hanna perguntou, procurando começar uma conversa.

Simon deu de ombros.

— Uma cidade bem medíocre. E o vento e a neve! Deploráveis.

Por mais que fosse tentador, Hanna decidiu não discutir com ele para defender a cidade natal. Não valia a pena.

— Você experimentou a pizza? — Becka perguntou. — Eu amo a pizza funda de Chicago.

— É difícil ver por que tanta comoção — Simon respondeu. — As pessoas dizem "Ah, espere até você experimentar a comida americana!". Não vi nada de mais.

Meg serviu outro copo de água para si.

Hanna mastigou um crouton da salada.

— O frango está delicioso, mamãe — Becka disse, com a faca ressoando contra o prato enquanto ela cortava outro pedaço. — Muito obrigada por cozinhar.

Simon levantou as sobrancelhas.

— Eu não estava sugerindo que a comida da sua mãe fosse insatisfatória, mas meramente que eu não entendo a comoção sobre a cozinha americana no geral.

Meg tomou um lento gole do copo dela e tossiu contra o ombro.

Enquanto Becka tentava encontrar assuntos que pudessem incluir todos à mesa, Simon só se envolvia em conversas sobre si mesmo, sendo os assuntos favoritos dele a amargura contra editores que "não sabiam apreciar o seu talento" e a expectativa de que ele conseguisse assinar um contrato depois que voltasse de Paris no outono.

Hanna se perguntou se Simon tiraria os olhos do próprio umbigo por tempo o bastante para dar suporte a Becka quando ela precisasse. Improvável.

— Becka, posso te ajudar a arrumar as malas? — Meg perguntou quando terminaram a refeição.

— Eu já... — Becka começou, mas se interrompeu. — Claro. Ainda tenho algumas coisas para fazer lá em cima. — Ela afastou a cadeira da mesa.

— Eu vou lavar as louças — Hanna disse. — Vocês duas levem o tempo que precisarem. — Ela apontou para o prato de Simon, com a fatia de torta de limão rejeitada depois de uma única garfada. — Terminou?

— Sim — ele respondeu. Sem dizer outra palavra, vestiu o casaco e escapou para o alpendre dos fundos, a fim de fumar outro cigarro. Da janela da cozinha, Hanna o observou soprar fumaça lentamente no ar gelado e as brasas brilharem na escuridão.

Meg conseguiu. Ela o recebeu com hospitalidade em casa. Ela sacrificou a intimidade da última refeição entre mãe e filha para mostrar a Becka a profundidade do amor dela. Hanna esperava que Becka se lembrasse daquele momento um dia e entendesse.

Ela passou as mãos pela água espumosa, relembrando a memória do tempo de oração em grupo e a conversa pelo telefone com

Nathan depois daquilo. Ele não acolhera a ideia de lavar os pés de Laura.

— Essa é a última coisa que quero fazer por ela — ele havia dito, com um tom ressentido na voz. — A última coisa mesmo. — Hanna não pressionou. Pelo menos, ela levantou a pergunta de o que seria amoroso. Parte dela estava feliz que ele tivesse resistido. Uma parte maior do que ela queria admitir.

Ela acabara de guardar as últimas peças de louça quando ouviu passos nas escadas e o som de uma mala.

— Hanna, você pode tirar umas fotos da mamãe comigo?

Hanna tentou limpar o nó na garganta antes de falar.

— Claro.

— Cadê Simon? — Becka perguntou quando entregou o celular.

Hanna apontou para o lado de fora. Ele provavelmente já terminara vários cigarros a essa altura. E Meg era quem estava com câncer de pulmão. A vida não fazia sentido. Sentido nenhum. Ela pressionou os lábios.

Becka abriu a porta de trás.

— Simon, você pode levar minha mala para o carro para mim?

Se ele respondeu, Hanna não o escutou.

— Por favor? — Becka disse. — E você pode sentar no banco da frente com Hanna, tá bem? Mamãe e eu vamos sentar atrás.

Depois de uma última tragada lenta no cigarro, Simon o apagou e bateu os pés no degrau da entrada. Ele passou pela cozinha, para o saguão.

— Pelo amor de... — Ele fez uma demonstração dramática de quase cair sob o peso da bagagem de Becka. — O que você colocou aqui?

— Só algumas coisinhas do meu quarto.

Ele rolou os olhos e arrastou a mala sobre o assoalho de madeira.

— Aqui, mamãe — Becka disse, colocando o braço ao redor da cintura de Meg quando Simon fechou a porta atrás de si. — Vamos ficar aqui, tá bom?

Enquanto Becka e Meg posavam nas escadas, Hanna seguiu as instruções de Becka para tirar fotos de todos os ângulos possíveis. Embora Meg sorrisse largamente, Hanna conseguia ver que isso lhe estava custando.

— Ficaram boas! — Becka disse, balançando a cabeça com a aprovação enquanto passava pelas imagens no celular. — Obrigada, Hanna. Vou te mandar cópias pelo celular, mamãe.

— Vou ligar o carro — Hanna disse. — Mas não tenham pressa.

Na escuridão do banco da frente, Simon, mudo e fedendo a fumaça, tamborilava os dedos enluvados contra a janela. Hanna ligou o aquecedor, tentando melhorar a circulação de ar, e imaginou as últimas palavras sendo ditas lá dentro. Ela se perguntou se Meg fora capaz de abrir o coração sobre sua fé e esperança, se perguntou se Becka teria ouvidos para ouvir.

— Finalmente — Simon murmurou quando as duas emergiram da casa dez minutos mais tarde, com Becka esperando diante da porta enquanto Meg a trancava. Becka segurou o braço da mãe em seguida.

Hanna não sabia qual delas estava se apoiando mais na outra enquanto desciam a escada juntas.

MEG

Havia muito mais para ser dito. Muito mais que Meg queria dizer. Mas, toda vez que ela tentava oferecer a Becka um testemunho de sua fé, da certeza de vida eterna, as palavras travavam em sua garganta. Ela teria de confiar no que já expressara e orar para que Becka, de alguma forma, recebesse e entendesse.

Inspira. *Emanuel.*

Expira. *Por favor.*

— Eu te ligo quando chegarmos lá — Becka disse com a voz aguda. — E eu te vejo em abril, tá bom? E, quando as balsas estiverem funcionando, podemos ir para a ilha Mackinac, ver onde você e papai passaram a lua-de-mel.

— Eu adoraria, querida — Meg respondeu. Talvez os médicos *estivessem mesmo* errados. Talvez as orações por cura estivessem sendo respondidas. Ela se sentiu bem a semana toda. Muito bem. Fatigada. Só isso. Com alguma dor e fôlego curto. Mas nada ruim. Talvez Becka viesse para casa e ficasse com ela o verão todo, deixasse Paris de lado. Que presente isso seria.

— Simon, pode passar pela segurança — Becka disse. — Eu te alcanço.

Ele apertou a mão de Meg, agradeceu-lhe o jantar e entrou na fila. Hanna deu um abraço em Becka e pediu licença para ir ao banheiro.

— Eu te amo, mamãe.

— Eu te amo, Becka.

— Nada de adeus, tá bom? Só um "até logo".

Meg acariciou a bochecha dela e decidiu ser corajosa.

— Posso fazer uma oração curta por você?

Becka hesitou, então concordou com a cabeça e fechou olhos. As palavras de Meg simplesmente saíram. Uma bênção. Um desejo para que Deus mostrasse seu amor e cuidado. Gratidão pelo tempo delas juntas, pela vida juntas. Quando ela disse amém e abriu os olhos, Becka estava chorando.

— Eu tenho que ir, mamãe.

— Eu sei.

Mais um abraço. Mais algumas palavras de amor. Meg a observou desaparecer pela segurança. Quando ela passou para o outro lado do aparelho de raios X, acenou com a mão e jogou um beijo. Meg jogo um de volta.

Meg se virou. Ela estava se sentindo mal, a visão embaçada com lágrimas.

Inspira. *Emanuel.*

Expira. *Tu estás...*

Inspira. *Emanu...*

Ela apertou o peito. Ela ia se afogar.

Inspira.

Inspira.

O lugar estava girando, os ouvidos dela estavam zumbindo. Ela caiu de joelhos e tentou respirar, esticou as mãos no carpete, ofegando, procurando ar. Zumbidos. Comichões. Dor lancinante pelo peito, subindo pelo braço. Ela estava escorregando, caindo...

— Alguém ajuda! — uma voz distante e familiar gritou.

E tudo ficou escuro.

HANNA

Hanna colocou Meg de barriga para cima no chão do aeroporto.

— Alguém! Me ajuda! Alguém! — Ela pegou o celular às pressas, ligou para a emergência, disse palavras, frases, uma localização. *Ai, Deus.*

Uma multidão se juntou. Meg estava respirando, mas inconsciente.

— Abram caminho! — alguém ordenou. A multidão se abriu. Um homem de calças jeans e jaqueta ficou de joelhos ao lado de Hanna e verificou o pulso de Meg com um ar de autoridade. Um médico, talvez. — Aguenta aí — ele disse. — Os paramédicos estão vindo, eles estão bem no andar de cima.

"Becka."

— Por favor! — Hanna gritou. — Por favor! Alguém chame a segurança! A filha dela está no pátio em embarque. Por favor! Rebecka Crane. Alguém chame Rebecka Crane!

Oh, Deus, por favor.

Um turbilhão de pessoas uniformizadas apareceu: polícia, paramédicos e segurança. Tremendo, Hanna se afastou uns passos para eles poderem fazer um círculo em volta de Meg e abrir as bolsas.

Oh, Deus, por favor. Ela mexeu no celular procurando o número de Becka e ligou. Caixa de mensagens.

Fios, tubos, perguntas para ela responder o melhor que podia. E aí uma sirene. Graças a Deus pela sirene! Eles levantaram Meg em uma maca, seu braço mole balançando pelo lado, os olhos fechados, uma máscara sobre o rosto. Hanna tentou chegar perto o bastante para acariciar seus cachos, aqueles cachinhos loiros, mas os médicos estavam agindo tão rápido. Ela segurou a bolsa de Meg contra o peito.

— Eu te sigo! — ela disse para o paramédico mais próximo dela. — Eu te sigo assim que eu achar a filha dela!

Ah, Deus, por favor. Jesus. Por favor.

Hanna ficou o mais perto que pôde da saída do pátio de embarque, procurando pelo saguão nas pontas dos pés. *Por favor.* Não era um aeroporto tão grande assim. *Por favor.* E então...

Becka apareceu com um segurança, com a bagagem de mão pendurada no ombro e os olhos cheios de terror. Hanna colocou o braço ao redor dela para estabilizá-la.

— Eles já a colocaram numa ambulância, Becka. Temos que ir!

— Mas Simon... Minha mala...

— Mande uma mensagem para ele no carro.

Becka concordou e as duas correram para o estacionamento, Hanna orando silenciosamente, para irem ao Hospital St. Luke.

MEG

Uma sirene. Ou era um apito de trem? Meg estava com dificuldade para abrir os olhos. A voz de um homem, não era Jimmy. Um estranho em um jaleco branco, vozes que ela conhecia. Becka. Hanna. Uma máscara no rosto dela. Uma dor na garganta. Respira. *Jesus.*

Um beijo na testa dela. Alguém segurando a mão. Amor. Tanto amor. Rodeada de amor.

Cansada. Tão cansada. Os olhos de Becka, o rosto dela. "Estou aqui, mamãe. Estou aqui. Eu te amo tanto." Um beijo em seus dedos, na bochecha. Meg tentou levantar a mão, tentou falar. Ela sentiu a pele macia de Becka. Pele de bebê. Tocou seu cabelo.

Palavras. A voz de Hanna. Dentro de um túnel. "O Senhor é meu pastor..." Sim. Pastor. Pastor carinhoso.

Cálice transbordando. Sim. "Todos os dias da minha vida..."

Uma mesa preparada. Ele veio! Ela sabia que ele viria! Um banquete. Uma noiva. Alegria. Alegria incontrolável. E música. Música de borboletas. E paz. Paz profunda. Ela suspirou, contente, e fez com a boca as palavras: "Todo o meu amor... Sempre."

Meg pegou uma mão estendida e ouviu uma voz dizer: "Levanta-te, minha amada, minha bela, e vem..."

HANNA

Ela se foi.

Hanna continuou segurando a mão de Meg e parou de ler Cantares, os versículos que Becka dissera que a mãe e o pai leram no casamento deles. A cabeça de Becka estava apoiada sobre o peito de Meg, seu corpo convulsionando com soluços e choro. Hanna beijou a mão de Meg e acariciou o cabelo de Becka.

— Sinto muito, querida — ela murmurou. Todas as outras palavras lhe fugiam. Becka levantou o olhar com os olhos da mãe e caiu nos braços de Hanna.

Domingo, 22 de fevereiro, 6h

Meu coração está se partindo. Jesus. Partido. Nós esperávamos...

Eu esperava.

Se a morte puder ser gentil e linda, então a dela foi. Ela se foi gentilmente, bem enquanto eu lia as Escrituras. Becka me perguntou sobre os versículos quando estávamos no quarto do hospital. Ela disse que sua mãe mencionou algo sobre Salomão e rolinhas. Quando eu encontrei, Becka disse que parecia serem esses. Cantares 2:10-12: "O meu amado me fala assim: Levanta-te, minha amada, minha bela, e vem. Olha e vê que o inverno já passou; a chuva cessou e já se foi. Aparecem as flores na terra; chegou o tempo de cantar; e já se ouve o arrulhar da rolinha em nossa terra."

Eu não consigo ver o papel. Senhor, socorro. Vem, amado. Vem. Nossos corações estão partidos. Por favor, vem.

Nathan trouxe café da manhã para Hanna e Becka na casa, mas nenhuma delas conseguia comer.

— Apoie-se completamente em mim, Hanna — Nathan disse depois que Becka voltou para o quarto dela. — Para tudo. Vamos fazer tudo isso juntos. O funeral. O casamento. Tudo. Eu já conversei com Katherine. Ela disse a mesma coisa.

Hanna assentiu. Como ela poderia entrar na alegria da cerimônia de casamento agora?

— Não sei como vou fazer isso — ela murmurou.

Nathan a puxou para perto.

— Então, podemos adiar — ele respondeu. — Podemos esperar até você conseguir processar tudo isso, de passar o luto.

— Não. — A firmeza na voz dela a surpreendeu. Não se tratava da cerimônia. Mesmo que a cerimônia fosse agridoce, o foco dela precisava estar no casamento deles, na alegria de começarem a vida juntos. E ela não queria esperar por isso. A vida era curta. Curta demais. — Eu não quero adiar. Quero me tornar sua esposa. No meu aniversário.

Ele pegou a mão dela e beijou o dedo anelar.

— Então, vamos passar por isso juntos, por tudo isso. Vamos dar um passo de cada vez e ver como Deus está conosco, no meio de tudo. Bem aqui.

Hanna reclinou a cabeça sobre o peito do homem que logo seria seu marido e chorou.

Na segunda-feira de manhã, Hanna dirigiu com Becka, que estava chorando e tremendo, para a Igreja Kingsbury Community, a fim de se encontrarem com o pastor Dave.

— Sua mãe já tinha planejado tudo — Hanna disse, com a mão sobre o ombro de Becka enquanto elas se demoravam no estacionamento. — Dave contou que ela mandou um e-mail para ele uma semana atrás com algumas músicas e versículos favoritos dela. — Meg fez todo o serviço que prometera. Ela não queria que Hanna ficasse com o fardo de coordenar os detalhes do culto, então ela mesma o planejara com instruções muito específicas: nada de caixão aberto, nada de velório, apenas alguns amados unidos para celebrarem a ressurreição.

Dave as encontrou na porta do escritório dele e as acompanhou para dentro, expressando as condolências e o próprio desejo de fazer o que pudesse para ajudá-las nesse momento de perda. Becka respondeu educadamente da cadeira que parecia grande demais para ela, onde estava sentada com as costas eretas. Ela estava sem o piercing no nariz.

— Sua mãe esteve aqui algumas semanas atrás — Dave disse —, e ela mencionou que você gostava de um mural no andar debaixo quando era mais nova.

Becka pareceu surpresa.

— Ainda está lá?

Dave confirmou.

Meg não mencionou essa visita. A garganta de Hanna apertou quando ela imaginou Meg orando diante da imagem de Jesus acolhendo crianças. Meg esperava tanto que...

Senhor, me ajuda.

Pela meia hora seguinte, Dave pastoreou Becka pelos detalhes do culto memorial que Meg planejara. Eles cantariam "Que Firme Alicerce", "Ó Amor que Jamais Me Deixarás" e "Aleluia ao Cristo Redivivo". Katherine Rhodes leria o Salmo 23 e versículos de Romanos 8. Dave pregaria um sermão curto sobre o texto de

Páscoa que Meg pedira. Eles terminariam o culto com uma gravação de "Aleluia", de Handel.

Becka escutou, com as mãos sobre o colo e tornozelos cruzados. Ela tinha alguma pergunta? Dave perguntou. Mais alguma coisa com que ela estivesse preocupada?

— Eu quero ler algo — Becka disse, com a voz soprano ainda mais aguda que o normal.

Hanna esperava que tivesse tido controle facial suficiente para não parecer surpresa ou alarmada pelo pedido de Becka. Se Becka esperava ler algum poema filosófico secular ou uma letra de música que de alguma forma diluísse ou contradissesse a fé de Meg...

— Minha mãe me falou dos versículos que ela e meu pai leram no casamento deles — Becka disse —, e eu gostaria de lê-los. — Ela olhou para Hanna. — Tudo bem?

Hanna levou um momento para encontrar a voz.

— Acho que sua mãe ficaria muito comovida com isso, Becka.

Dave concordou.

— A única outra coisa que ela pediu — ele disse, olhando para Hanna — foi que você arrumasse algumas flores no pé da cruz e fizesse a oração de encerramento.

Hanna assentiu, mas não conseguiu encontrar as palavras para falar.

— Eu odeio fazer isso agora — Nathan disse pelo telefone mais tarde naquele dia —, mas Laura ligou de novo e disse que precisa de uma resposta minha sobre a viagem para a Terra Santa, a fim de que ela, nas suas palavras, "possa planejar como proceder".

Hanna suspirou. Ela não tinha energia para lutar contra uma ex-mulher brava e controladora. Não naquela semana.

— Eu sei — Nathan respondeu ao suspiro dela. — Sinto muito. Mas eu estava olhando as letras miúdas da agência de viagens e tenho que tomar uma decisão nos próximos dias, ou vou perder mais do que só o dinheiro do depósito. — Ele pausou. — Por mais que eu esteja bravo, não tenho a capacidade de lutar contra ela agora, Hanna. Não tenho. Por mais que eu odeie admitir, estraguei as coisas. Eu deveria tê-la consultado sobre isso. Só que nunca nem pensei nisso. Nem sonhei que isso se tornaria um problema. Acredite em mim, odeio ceder para ela. Odeio isso com cada fibra do meu corpo. Tenho a sensação terrível de que, se eu ceder para ela com isso, ela vai adquirir o hábito de exigir ainda mais. Mas acho que, se ela envolver o advogado, eu vou perder. Então, estou inclinado a conversar com Jake para ver o quanto ele está realmente animado com a viagem, ou se ele ficaria igualmente feliz se colocássemos o dinheiro em uma viagem para o Disney World ou algo assim.

Hanna conseguia ouvir Becka na cozinha, falando ao telefone com Simon. Ela passara várias horas no telefone com Simon. Hanna se perguntou que tipo de conforto ele poderia dar para ela. Promessas sobre Paris, talvez, ou estratégias para ela tirar a cabeça do luto. Viajar pelo mundo. Deixar Kingsbury para trás.

— Shep?

— Estou aqui. Desculpe.

— Eu só estava dizendo que isso não precisa impactar os seus planos. O que quer que Jake e eu precisemos fazer, você é livre.

Ela se inclinou para a frente e pressionou o telefone com mais firmeza contra o ouvido.

— Não. De forma nenhuma. Eu não vou sem você.

— Mas você se inscreveu nessa peregrinação porque...

— Porque eu quero andar nos passos de Jesus. Quero sentar e orar no Monte das Oliveiras. Quero ver o Jardim do Getsêmani. Quero fazer tudo isso, e quero fazer isso com você, Nathan Allen, e, se esta não for a hora de fazer isso, se isso for algo de que você precise abrir mão, então abriremos mão disso juntos. Como marido e mulher. Vamos andar nos passos de Jesus juntos, seja aqui, seja lá, tá bom?

Houve um silêncio do outro lado da linha. E então:

— Hanna, você tem alguma ideia do quanto eu te amo?

Terça-feira, 24 de fevereiro, 15h

Está feito. Cancelamos nossa peregrinação. Nate disse como Laura parecia triunfante. O que eu esperaria dela? Gratidão? Humildade? Vamos ter um punhado de problemas com ela, dá para ver. Nate ainda está segurando a barra com a necessidade de Jake de se ajustar gradualmente a todas as mudanças. Mas não podemos adiar o inevitável para sempre. Ela vai vir para Kingsbury para vê-lo. Alguma hora.

Eu estive pensando o dia todo sobre Jesus no jardim. Tinha me imaginado lá, orando perto das oliveiras centenárias. Mas aqui estou, Senhor, no jardim do meu coração, rendendo anseios e desejos para ti. De novo.

Eu também estive pensando sobre Maria Madalena no jardim, confundindo Jesus com o jardineiro, desesperada porque Jesus não estava onde o tinham deixado. Amanhã, vamos chorar no funeral de Meg, ainda que cantando canções de esperança e alegria. E, através das lágrimas, estou orando para escutar Jesus dizendo meu nome e me confortando com as promessas da ressurreição. Estou orando para que ele encontre Becka na tristeza dela. Senhor, tu tens um jeito de nos surpreender. Nos surpreende quando nos juntarmos para celebrarmos a vida de uma mulher que, em tão pouco tempo, me impactou de formas que sempre estimarei e lembrarei com gratidão. Obrigada, Senhor, por Meg. Me ajuda a segurar a tristeza e a alegria no mesmo cálice transbordante.

Palavras da oração de Wesley voltam à minha mente, e eu as entrego com lágrimas decepcionadas e de coração partido. Deixa-me ter todas as coisas, deixa-me sem coisa alguma.

Senhor, me deixa ter a ti. E que isso baste.

CHARISSA

Charissa continuou na sala de aula, relendo o recado que Ben DeWitt lhe entregara depois da aula:

Prezada Professora Sinclair,

Eu quero pedir desculpas por não escrever o trabalho que você pediu. Embora seja verdade que eu já tivesse escrito o trabalho sobre o poema de Frost, eu estava errado por não seguir as suas instruções. Me desculpe. A verdade é que eu não queria pensar sobre o tema de só ter quarenta dias de vida, porque não queria pensar sobre o que Deus poderia querer que eu fizesse.

Meu pai nos abandonou quando eu tinha seis anos, e, mesmo que ele tivesse tentado várias vezes falar comigo nos últimos anos, eu sempre disse não. Mas falei com minha mãe sobre isso alguns dias atrás, e ela concordou que seria uma boa ideia eu entrar em contato com ele. Ele e eu conversamos pela primeira vez em doze anos ontem à noite. Pude dizer para ele o quanto sua partida nos machucou. Também fui capaz de dizer para ele que lhe perdoo. Fico feliz que tenho tempo de tentar formar um relacionamento com meu pai. Obrigado por nos dar algo importante para pensarmos.

Atenciosamente,

Bem.

Charissa colocou o bilhete na bolsa, desejando que pudesse contar para Meg o que o Senhor fizera. *Obrigada, Jesus*. Ela orou e foi para casa.

MARA

Mara sentou-se no escritório da terapeuta pela primeira vez desde dezembro, recontando tudo o que acontecera nos últimos meses: o nascimento de Madeleine, a memória da concepção de

Brian voltando, Tom fechando as contas do banco, os vizinhos e o cachorro, a carta para Tess e a resposta, a namorada de Tom grávida e os filhos, a morte de Meg, o casamento de Hanna, o novo emprego dela, o perdão para Tom. E a confiança mais profunda no amor de Deus, mesmo que em alguns dias fosse tão difícil confiar nisso.

Dawn se reclinou para trás na cadeira e balançou a cabeça lentamente.

— Mara, eu estou maravilhada.

— Quê? Por quê?

— Escuta só você! Escuta só tudo o que você foi capaz de processar, orar e fazer! Olha a disposição para confrontar as coisas difíceis, para perdoar as coisas difíceis e continuar adiante. Como você estava falando antes do Natal. Você está prestando atenção em como Jesus está nascendo no meio da bagunça. É extraordinário, Mara. Realmente extraordinário. Eu estou incrivelmente orgulhosa de você.

— Sério?

— Seríssimo.

— Mas ainda tem tanta coisa para eu trabalhar!

— É verdade. Sempre tem mais. Mas você está na jornada com Jesus, Mara. E olha o quão longe você já foi.

Talvez Dawn estivesse certa. Talvez todos os círculos dela fossem, na verdade, espirais ascendentes em uma montanha, e não círculos infinitos que não iam a lugar nenhum. Mara olhou para uma escultura pintada na estante de Dawn, uma menininha com os braços estendidos e as mãos abertas, soltando e recebendo.

— Ela está com os pés descalços — Mara disse.

Dawn acompanhou o dedo apontado de Mara.

— O que isso significa para você? — Dawn perguntou.

Mara levantou os ombros.

— É como se ela não estivesse preocupada com pisar em pedras ou em vidro. Ou com machucar os dedos. Ela só está livre.

— Que boa imagem.

E Mara disse:

— É isso que eu quero ser. Livre.

HANNA

Dez minutos antes do culto memorial, Hanna não conseguia encontrar Becka. Mara procurou nos banheiros da igreja; Charissa procurou nos corredores; Nathan procurou do lado de fora. Finalmente, por intuição, Hanna desceu as escadas, onde luzes haviam sido acesas na ala das crianças. Caminhando silenciosamente pelo corredor, ela olhou para dentro de cada sala, até encontrar Becka sentada de pernas cruzadas diante de um mural, o rosto manchado de lágrimas diante de um espelho.

Becka viu Hanna no reflexo e se virou, rapidamente limpando os olhos.

— Já deu a hora? — ela perguntou.

— Sem pressa — Hanna respondeu.

— Desculpa — Becka disse, pegando um pacote de lencinhos na bolsa. Ela parecia a mãe quando assoava o nariz. — Quando o pastor mencionou que minha mãe veio aqui... — Ela se inclinou para a frente, com os ombros pesados, chorando.

Hanna se ajoelhou e colocou os braços ao redor dela.

— O que eu vou fazer sem ela? — Becka murmurou, com a cabeça contra o peito de Hanna.

Hanna não tinha resposta.

— Simon não acredita em nada disso — Becka disse, apontando para a sala. — Ele diz que não existe vida após a morte, que as pessoas que amamos vivem em nossas memórias, e que isso é bom o bastante para ele.

— E para você? — Hanna perguntou gentilmente. — No que você acredita?

Becka assoou o nariz de novo.

— Não sei. Parte de mim está desesperada para pensar que eu poderia vê-la de novo. Parte de mim acha que isso é só um conto de fadas. Como Simon diz. Ele afirma que a fé é ingênua. Uma muleta para pessoas fracas.

Hanna se arrepiou. Seria impossível contar quantas vezes ela escutara essa acusação ao longo dos anos. Mas era infrutífero argumentar contra o que Simon dissera, contra aquilo em que ele acreditava.

— Sua mãe não era fraca, Becka. Ela era muito corajosa.

Becka parecia surpresa.

— Ela nunca diria isso sobre si mesma — Hanna continuou —, mas ela amou muito, até o fim. E isso sempre é corajoso. — Becka respirou profundamente, estabilizando-se. Hanna esperou-a se recompor e então perguntou: — Pronta?

Com um último olhar para o mural, Becka assentiu e seguiu Hanna até o templo.

Eles cantaram a própria esperança desafiadora com pontos de exclamação. Outras vozes continuavam quando a voz de Hanna falhava.

VIVO EM GLÓRIA O REI ESTÁ! ALELUIA!
DERROTADA A MORTE ESTÁ! ALELUIA!
NOSSAS ALMAS JÁ SALVOU! ALELUIA!
O SEPULCRO SE CALOU! ALELUIA!

"CRISTO À NOSSA FRENTE VAI! ALELUIA!
COM O SENHOR JESUS MARCHAI! ALELUIA!
COMO ELE, SUBIREMOS! ALELUIA!
E NOS CÉUS HABITAREMOS! ALELUIA!

Hanna fixou os olhos na cruz enquanto cantavam. As *amaryllis* brancas de Meg estavam desabrochando ao lado das flores primaveris. Corajosas. Resilientes. Esperançosas.

— Povo da Páscoa — o pastor Dave disse. — Nós somos o povo da ressurreição, praticando nossa esperança em meio à tristeza, confiando no Deus que venceu a morte e nos trouxe para a vida. Vida eterna. E nos juntamos para celebrar que Meg agora se juntou ao coral celeste, cantando Aleluia.

Becka inclinou a cabeça sobre o ombro de Hanna. Hanna colocou o braço ao redor dela. Se Rachel estivesse lá, ela poderia ter olhado feio. Mas Rachel não estava lá, porque ela tinha uma viagem de negócios que "não podia remarcar". Que seja. Meg não ficaria surpresa.

Mas Meg teria ficado tocada pela beleza da oferta de Becka: uma montagem de fotos de Meg, desde a infância, passando pela adolescência, casamento e maternidade, incluindo as últimas fotos de mãe e filha juntas, de braços dados na escada. Ela teria ficado comovida — profundamente comovida — quando Becka se levantou não somente para ler os versículos de amor dos Cantares, mas quando ela declarou improvisadamente das formas como sua mãe a amara. Ela teria ficado impressionada quando Mara, Charissa, Hanna e outros, seguindo Becka, também se levantaram para falar ao microfone sobre a diferença que a bondade e a compaixão de Meg fizeram em suas vidas. Ela teria ficado maravilhada.

— Eu estive pensando muito sobre algo — Becka disse enquanto Hanna seguia o carro fúnebre em uma lenta procissão naquela manhã. — Estive pensando sobre como minha mãe estava animada para estar no seu casamento. Ela falou sobre como você é... era... especial para ela e... — A voz de Becka falhou.

Hanna manteve o olhar embaçado nas luzes do carro à frente.

— Eu estava pensando sobre o que minha mãe poderia querer, sobre como eu posso fazer algo por ela e... — O carro fúnebre entrou no cemitério e fez o caminho subindo a colina para o carvalho. — E eu estava pensando, Hanna... Tudo bem se eu ficasse no lugar da minha mãe no seu casamento? Ou isso seria estranho?

Incapaz de falar, Hanna estacionou o carro ao lado do carvalho, se virou e abraçou a menina de Meg.

— Claro que ajudo! — Mara exclamou pelo telefone à tarde, no mesmo dia. — Qual o número de Becka? Vou ligar para ela agora.

— Ela saiu com algumas amigas agora, então é melhor esperar um pouco. — Graças a Deus, um grupo de amigas do colégio voltara para a cidade excepcionalmente para o funeral. Hanna refletiu sobre o que Becka pensava quanto à tia não ter vindo para oferecer apoio. Becka não falou; Hanna não perguntou. Ela tinha os próprios sentimentos fortes sobre isso, os quais guardou para si.

— Bem, acho que não vou precisar fazer nenhuma alteração no vestido de Meg — Mara disse. — Ela e Becka são... eram... quase do mesmo tamanho. — Mara fungou. Hanna pressionou o pulso contra um olho e depois contra o outro. Ela odiava ter de se referir a Meg no passado. — Eu acho que é incrível Becka querer ficar e fazer isso. Usar o vestido foi ideia dela?

— Eu disse para ela que compraria algo novo, mas ela respondeu que não. Disse que fazer isso para a mãe era muito importante para ela. Ficar no lugar dela. — Hanna inclinou a cabeça para trás, tentando impedir o avanço das lágrimas. Meg ficaria comovida, tão profundamente comovida, pela oferta de Becka.

“Se nossos amados estão com Cristo e Cristo está conosco”, o pastor Dave dissera, “então nossos amados não estão muito longe.”

Talvez...

No mistério da comunhão dos santos, talvez Meg soubesse o presente de amor da filha que ela tanto amara. Talvez Meg soubesse todos os presentes de amor e palavras de testemunho que foram ofertados naquele dia em sua honra. Talvez Meg visse claramente, pela primeiríssima vez, o impacto silencioso de sua vida repercutido no reino de Deus. A bondade, a compaixão, a gentileza, o amor... Essas eram as joias na coroa que ela colocaria aos pés do Senhor.

— Você está bem? — Mara perguntou.

Hanna chorou.

Quarta-feira, 25 de fevereiro, 17h

Eu estive funcionando à base de adrenalina nos últimos dias, só tentando gerenciar todos os detalhes e preparativos. Esta noite é a primeira vez que eu realmente sentei com o peso do meu luto.

Tenho saudade da minha amiga.

E, de alguma forma, tenho que encontrar um jeito de mudar a marcha para a alegria. Para a celebração. Meg ia querer isso. Ela odiaria que qualquer tipo de sombra recaísse sobre meu casamento por causa dela. Eu sei disso. Então, agora, Senhor, me ajuda a concentrar na alegria da ressurreição em vez da dor lancinante da perda. E fixa meus olhos na alegria de me unir a Nate.

A letra do hino de hoje de manhã continua ecoando na minha cabeça. Bons hinos para orar nos próximos dias. Essa estrofe de "Ó Amor que Jamais Me Deixarás" chamou minha atenção:

Ó ALEGRIA QUE ME SEGUES
NA DOR, NÃO POSSO ME ESCONDER DE TI;
NA CHUVA, VEJO O ARCO-ÍRIS
E SINTO A PROMESSA SE CUMPRIR
QUE O CHORO ACABARÁ.

Eu te agradeço porque Meg viu o choro acabar. Ela viu a chegada do teu reino. Dá ao restante de nós visão para também enxergarmos essa chegada, em toda a sua beleza.

Aleluia. Amém.

No fim da tarde de sábado, assim que Hanna estava se preparando para colocar o vestido de noiva no Nova Esperança, Nathan entregou-lhe um pacote pequeno.

— Um presente de aniversário de Meg — ele disse.

Surpresa, Hanna tirou o embrulho prateado e levantou a tampa da caixinha de joias. Brincos. Belíssimos brincos florais dourados. Ela colocou a mão sobre o peito, tremendo.

— Ela os encomendou especialmente para você — Nathan disse. — Ela me fez buscá-los no dia em que compramos nossas alianças. E deixou uma carta para você. — Ele tirou um envelope do bolso. — Achei que seria melhor eu te entregar isso antes de você passar o rímel.

Hanna sorriu, com lágrimas enchendo os olhos.

— Bem pensado.

Ele lhe deu um beijo longo, então apertou as mãos dela.

— Te vejo daqui a pouco — ele disse antes de ir para outra sala vestir seu smoking.

Hanna olhou em volta, procurando um lugar escondido onde pudesse ler sem ser interrompida. No trajeto, procurando uma sala de aula vazia, passou pelo pátio do labirinto. Perfeito. Esse era o lugar perfeito para quietude. Abotoando o casaco, ela foi até o banco no canto, onde ela e Meg se sentaram juntas meses atrás, em um caramanchão de rosas do fim do verão. Ela abriu a carta. Quase conseguia ouvir a voz soprano de Meg dizendo as palavras.

Minha querida Hanna,

Se você está lendo isso antes do seu casamento, sinto muito por eu não ter sido capaz de estar ao seu lado. Mas acredito que o véu entre este mundo e o próximo é muito fino e, de alguma forma, nós duas estaremos na presença de Jesus quando você fizer suas promessas para Nathan e quando ele fizer as promessas dele para você. Eu estarei com você em espírito.

Quero que você saiba o quanto eu te amo e o quanto sou grata por sua presença na minha vida, por todas as formas como Deus trabalhou através de você para me abençoar no curto tempo que tivemos juntas. Siga em frente com alegria, minha irmã, mais profundamente no coração do Deus que te ama.

E sempre, sempre se lembre, amada: as flores são para você.

Com todo o meu amor,

Meg.

Hanna continuou no silêncio em oração, segurando a carta contra o peito, até que o farfalhar de asas chamou sua atenção, e ela levantou o olhar para ver uma rolinha voando para longe.

— Você está linda — sua mãe disse. — Não vou te beijar porque vou te manchar de batom.

Hanna riu.

— Obrigada, mãe. — Ela arrumou a frente do vestido e verificou seu reflexo em um espelho no corredor. Os brincos de Meg foram um complemento perfeito para o vestido.

— Você encontrou um cara legal — seu pai disse. — Estou animado para jogar tênis com ele.

— Você precisa tomar cuidado com ele, pai. Ele é extremamente competitivo.

— Bem, eu também sou. Vamos ser uma boa dupla. — Ele tocou o queixo dela gentilmente. — E, já que eu não estou de batom... — Ele a beijou na testa. — Eu te amo, querida. Estou muito feliz por você.

— Obrigada, pai.

Mara, Charissa e Becka surgiram de onde estavam se trocando, usando seus vestidos.

— Certo, Hanna — Mara disse. — Eu tive uma ideia. Me diga o que você acha. E, se não gostar, pode me falar, tá bom?

— Tá bem.

Mara levantou o vestido um pouco para mostrar o tênis azul de listras brancas.

— Sabe como era para entrarmos usando os calçados confortáveis?

Hanna assentiu. Ela ainda estava usando seu par confortável.

— Que tal se, em vez disso, nós três entrarmos de pés descalços com você? Como você estava falando, sobre estar em solo sagrado. Ou isso é uma ideia boba?

Hanna pegou a mão da amiga.

— Eu acho que é uma ideia ótima. Vamos todas entrar descalças até o altar. Podemos carregar nossos calçados com as flores.

— Amei! — Mara e Charissa disseram em uníssono. Becka olhou para Hanna com os olhos da mãe e concordou.

Enquanto o sol se punha em esplendor violeta por detrás dos arbustos perenes no pátio, noivos, padrinhos e madrinhas se juntavam do lado de fora da capela com Katherine para orarem. Hanna estava segurando o buquê que Nathan lhe entregara.

— Pronta? — Nathan perguntou depois que eles disseram amém.

— Sim — ela respondeu, sorrindo.

Hineni, *Senhor. Eis-me aqui.*

Jake, o padrinho de honra, deu um beijo tímido na bochecha dela, e então assumiu seu lugar ao lado de Nathan, na frente da capela. Suas sobrinhas mais novas giravam em seus vestidos e se preparavam à porta com as cestas de pétalas de rosas.
O pianista começou a tocar "Ode à Alegria".

E Hanna e as outras tiraram os calçados.

COM GRATIDÃO

Dou graças ao meu Deus todas as vezes
que me lembro de vós
Filipenses 1:3

Com amor e gratidão...

Por meu marido, Jack. Nada disso aconteceria sem seu amor e apoio. Obrigada por me mostrar o coração de Deus, repetidas vezes. Deus me abençoou com você.

Por nosso filho, David. Sua bondade, compaixão e criatividade são lindos dons de Deus. Estou muito orgulhosa de você.

Por minha mãe e meu pai. Onde eu estaria sem o amor e encorajamento de vocês? Obrigada por todos os generosos presentes que vocês deram.

Por minha irmã, Beth. Você chorou comigo durante a escrita deste livro. Obrigada por me apoiar a cada passo da jornada.

Por meu cunhado, Mitch. Obrigada por ser o meu médico por telefone e por me fazer rir em meio à tristeza.

Por tia Sally e tio Frank. Obrigada por se jogarem no processo de pesquisa com paixão e entusiasmo. Vocês foram muito além do que foram chamados para fazer.

Pela família na Redeemer Covenant Church. Que privilégio e presente ter servido a Deus com vocês! O Clube dos Calçados Confortáveis e os livros não teriam acontecido sem vocês.

Por Mary V. Peterson. Obrigada por me ajudar a segurar a alegria e tristeza no mesmo cálice transbordante. Você é uma companheira de jornada realmente confiável.

Por minha fiel editora, Cindy Bunch. Que alegria e presente é trabalhar com você! Eu sou muito grata. E à devota e talentosa equipe da IVP, obrigada pelo seu encorajamento e pelo privilégio de ser parceira de ministério com vocês. Todos vocês são maravilhosos servos da Palavra e das nossas palavras.

Pelas primeiras leitoras, que me encorajaram com opiniões sábias e generosas. Obrigada, Martie Bradley, Shalini Bennett, Marilyn Hontz, Lisa Samra, Carolyn Watts, Elizabeth Musser e Amy Nemecek. Suas palavras me fortaleceram e me ajudaram a continuar em frente em meio a tantas lágrimas.

Por meus queridos amigos, próximos e distantes. Vocês sabem quem são. Obrigada por me apoiarem em oração.

Por Rebecca DeYoung. Obrigada por me apresentar a Macário, a *memento mori* e a muito mais.

Por Debra Riensta. Obrigada por suprir notas para uma palestra adequadamente ridícula e por ler o manuscrito com tanto cuidado e perspicácia.

Por Jana e Phil. Obrigada por me darem a permissão de me inspirar em um pedido de casamento tão memorável.

Por Christina. Obrigada por trazer as primeiras flores tanto tempo atrás. Sou muito grata pelo seu sorriso.

Por Doug. Obrigada pelo presente da cruz de segurar, que me relembra de todas as maneiras como sou segurada.

Por Dave e Cynthia. Obrigada pelo seu rico companheirismo, que nos encoraja e nos abençoa.

Por Kim. Obrigada por me receber no seu escritório e sala de aula com tamanha hospitalidade e graça.

Por Betty. Obrigada pela história da cerejeira selvagem. Que raízes ela deve ter tido!

Por Cynthia. Obrigada pelas palavras de Scrabble e por atos de bravura que me inspiram.

Por leitores da série Calçados Confortáveis. Obrigada por amarem essas personagens e por guardarem a jornada delas no coração. Que vocês conheçam a proximidade da presença de Deus e a confiabilidade do seu amor enquanto leem. Lembrem-se: as flores são para vocês.

E por ti, Senhor. Tu vales absolutamente tudo. Eu queria ter palavras maiores para expressar meu amor e gratidão a ti. Talvez uma sirva: *hineni.*

Porque todas as coisas são dele, por ele e para ele.
A ele seja a glória eternamente! Amém.
Romanos 11:36

GUIA PARA ORAÇÕES E CONVERSAS

Bem-aventurados os homens cuja força está em ti, em cujo coração se encontram os caminhos para Sião. Passando pelo vale de Baca, fazem dele um manancial; a primeira chuva o cobre de bênçãos. Vão sempre aumentando a força; cada um deles comparece perante Deus em Sião.

Salmos 84:5-7

Você está convidado a envolver-se com o material do caderno de oração das personagens. Alguns dos exercícios já serão familiares para você, porque foram usados (ou mencionados como escolhas potenciais) no livro. Outros são baseados em textos das Escrituras que foram significativos para as personagens em suas jornadas. Neste guia, eu coloquei oito exercícios para meditação individual e em grupo. Para facilitar a referência, também incluí duas orações e algumas perguntas de discernimento que estavam incorporadas ao livro. Você pode querer incluí-las na vida do seu grupo também. Para mais recursos de grupo de formação espiritual ou clubes do livro, por favor, visite meu site: www.sensibleshoesclub.com.

Que o Senhor te guie mais profundamente no amor dele enquanto você anda pelo caminho do peregrino.

Sharon Garlough Brown

Oração da Aliança, John Wesley

Eu não sou mais meu, mas teu.
Põe-me naquilo que tu desejas, coloca-me com quem tu desejas.
Põe-me na obra, põe-me a sofrer.
Deixa-me ser empregado para ti ou posto de lado para ti,
exaltado para ti ou humilhado para ti.
Faz-me completo, faz-me vazio.
Deixa-me ter todas as coisas, deixa-me sem coisa alguma.
Eu, livre e sinceramente, rendo todas as coisas à tua vontade e à tua disposição.
E agora, ó glorioso e bendito Deus Pai, Filho e Espírito Santo,
tu és meu, e eu sou teu.
Que assim seja.
E que a aliança que eu fiz na terra
seja confirmada no céu.
Amém.

Oração da Serenidade, Reinhold Niebuhr

Que Deus nos conceda graça para aceitar com Serenidade as coisas que não podem ser mudadas, Coragem para mudar as coisas que devem ser mudadas, e a Sabedoria para distinguir uma da outra. Vivendo um dia de cada vez, desfrutando um momento de cada vez, aceitando as dificuldades como um caminho para a paz, recebendo, como Jesus, este mundo pecaminoso como ele é, não como eu gostaria que fosse, confiando que tu consertarás todas as coisas, se eu me render à tua vontade, para que eu seja razoavelmente feliz nesta vida e supremamente feliz contigo na próxima. Amém.

Perguntas de discernimento, adaptadas de Inácio de Loiola

1. Imagine que um amigo vem até você com uma situação específica e as decisões dele sobre isso. Que perguntas você faria? Você convidaria seu amigo a prestar atenção em quê?

2. Imagine que você está prestes a morrer e está pensando sobre esse momento específico. Que decisão você gostaria de ter tomado?
3. Imagine que você está diante do trono de Jesus ao fim da sua vida, apresentando essa decisão específica como uma oferta. Que decisão te daria mais prazer e alegria ao ofertar para ele?

MEDITAÇÃO EM MARCOS 10:13–16

BUSCANDO A BÊNÇÃO DE CRISTO

Aquiete-se na presença de Deus. Depois, leia Marcos 10:13–16 com a imaginação. Entre na cena como um participante. O que você vê e escuta? Onde você se encontra na história?

> **ALGUNS LHE TRAZIAM CRIANÇAS PARA QUE AS TOCASSE, MAS OS DISCÍPULOS OS REPREENDIAM. JESUS, PORÉM, VENDO ISSO, INDIGNOU-SE E DISSE-LHES: "DEIXAI AS CRIANÇAS VIREM A MIM E NÃO AS IMPEÇAIS, PORQUE O REINO DE DEUS É DOS QUE SÃO COMO ELAS. EM VERDADE VOS DIGO QUE QUALQUER PESSOA QUE NÃO RECEBER O REINO DE DEUS COMO UMA CRIANÇA, JAMAIS ENTRARÁ NELE." E, PEGANDO-AS NOS BRAÇOS, ABENÇOOU-AS, IMPONDO-LHES AS MÃOS.**

Para reflexão pessoal (45–60 minutos)

1. O que (ou quem) inibe a sua ida até Jesus? Escute Jesus dando as boas-vindas para você. Como você se sente? Entregue sua resposta a Deus em oração.
2. Que bênção você deseja receber de Jesus? Nomeie seu desejo para Deus em oração.
3. Há alguém que você queira levar para Jesus abençoar? Que palavras ele pode vir a dizer para essa pessoa? E para você? Imagine as mãos dele sobre você e sobre seus amados. Aprecie as bênçãos sendo ditas.
4. Quem te levou até Jesus para ele te abençoar? Gaste um tempo agradecendo a Deus por quem te levou até ele em oração.

5. Imagine-se como uma criança, olhando para o rosto de Jesus. Entregue seus pensamentos, sentimentos e pedidos para ele em oração.
6. Imagine-se como um dos pais, olhando para o rosto de Jesus. Entregue seus pensamentos, sentimentos e pedidos para ele em oração.

Para reflexão em grupo (45–60 minutos)

1. O que mais chamou sua atenção no tempo de reflexão pessoal?
2. Como o grupo pode orar por você?

MEDITAÇÃO EM JOÃO 1:35–39

DISCERNINDO DESEJOS

Comece com um curto tempo de silêncio, aquietando-se na presença de Deus. Depois, leia João 1:35–39 em voz alta várias vezes, com alguns minutos de silêncio entre cada leitura.

> NO DIA SEGUINTE, JOÃO ESTAVA ALI OUTRA VEZ, COM DOIS DE SEUS DISCÍPULOS, E, OLHANDO PARA JESUS, QUE POR ALI PASSAVA, DISSE: "ESTE É O CORDEIRO DE DEUS!" OS DOIS DISCÍPULOS OUVIRAM-NO DIZER ISSO E PASSARAM A SEGUIR JESUS. VOLTANDO-SE E VENDO QUE O SEGUIAM, JESUS PERGUNTOU-LHES: "QUE DESEJAIS?" ELES DISSERAM: "RABI [QUE SIGNIFICA MESTRE], ONDE TE HOSPEDAS?" ELE LHES RESPONDEU: "VINDE E VEREIS." FORAM, POIS, E VIRAM ONDE ELE SE HOSPEDAVA; E PASSARAM O DIA COM ELE. ERA CERCA DA DÉCIMA HORA.

Para reflexão pessoal (45–60 minutos)

1. Onde você se encontra na história? (Por exemplo, você é João Batista, apontando outros para Jesus? Você é um dos discípulos, sentindo-se atraído a seguir Jesus?) Que sentimentos despertam em você enquanto você se imagina participando da história?

2. Jesus se vira, olha para você e pergunta: "O que desejas?" Com que tom de voz você imagina Jesus fazendo essa pergunta? Como você responde?
3. Como você se sente sobre ficar com Jesus um tempo? Que obstáculos te impedem de ficar com ele?
4. Jesus te convida a "vir e ver". O que você gostaria de ver acompanhando Jesus? Há algo que você tenha medo de acabar vendo enquanto o acompanha?
5. O que você gostaria de dizer para Deus em resposta ao que você está percebendo agora?

Para reflexão em grupo (45–60 minutos)

1. O que mais chamou sua atenção no tempo de reflexão pessoal?
2. Como o grupo pode orar por você?

MEDITAÇÃO EM LUCAS 5:1–5

CONFIANDO EM JESUS EM ÁGUAS PROFUNDAS

Comece com um curto momento de silêncio, aquietando-se na presença de Deus. Depois, leia Lucas 5:1–5 em voz alta, usando sua imaginação para entrar na história. Deliberadamente, não termine o trecho. Se você conhece o final da história, tente colocá-lo de lado.

> CERTA VEZ, ÀS MARGENS DO LAGO DE GENESARÉ, QUANDO A MULTIDÃO SE COMPRIMIA JUNTO A JESUS PARA OUVIR A PALAVRA DE DEUS, ELE VIU DOIS BARCOS JUNTO À PRAIA DO LAGO; OS PESCADORES HAVIAM DESEMBARCADO E ESTAVAM LAVANDO AS REDES. ENTRANDO ELE NUM DOS BARCOS, QUE ERA O DE SIMÃO, PEDIU-LHE QUE O AFASTASSE UM POUCO DA TERRA; E, SENTANDO-SE, DO BARCO ENSINAVA AS MULTIDÕES. QUANDO ACABOU DE FALAR, DISSE A SIMÃO: "VAI MAIS PARA DENTRO DO LAGO; E LANÇAI AS VOSSAS REDES PARA A PESCA." SIMÃO DISSE: "MESTRE, TRABALHAMOS A NOITE TODA E NADA PESCAMOS; MAS, POR CAUSA DA TUA PALAVRA, LANÇAREI AS REDES."

Para reflexão pessoal (45-60 minutos)

1. Imagine que você é Simão Pedro. Como você se sente quando Jesus ordena que vá para águas mais profundas e jogue as redes? Use todos os seus sentidos enquanto reflete sobre quais pensamentos e sentimentos poderiam surgir depois de uma noite de trabalho infrutífero.
2. Imagine-se dizendo esta objeção de Simão Pedro para Jesus: "Mestre, trabalhamos a noite toda e nada pescamos." Pense um pouco sobre essa objeção antes de se mover para a obediência. Que pensamentos e sentimentos surgem quando você oferece sua resistência para ele? Com que tom de voz você faz essa objeção?
3. Agora, imagine-se continuando e dizendo: "Mas, por causa da tua palavra, lançarei as redes." Quanto tempo passou entre a objeção e a obediência? Com que tom de voz você diz: "Mas, por causa da tua palavra..."?
4. Como você imagina ser a expressão facial de Jesus durante essa conversa? O que isso revela sobre como você vê Jesus? E sobre como você vê a si mesmo?
5. O quanto você se sente confortável em fazer objeções e resistir às ordens de Jesus? Se você hesita em se expressar livremente para ele, qual pode ser a razão disso?
6. O que você espera que aconteça se você obedecer a Jesus? O que essa expectativa revela sobre onde você se encontra com Deus agora?
7. Entregue para Deus em oração o que você percebeu.

Para reflexão em grupo (45-60 minutos)

1. Quais emoções foram despertadas em você enquanto orava com esse texto?
2. Diga algo que você acredita que Jesus está pedindo para você fazer por fé. Como o grupo pode orar por você enquanto você navega nessas "águas profundas" com ele?

MEDITAÇÃO NO SALMO 131

UMA ORAÇÃO DE DESCANSO

Comece com um tempo curto de silêncio, aquietando-se na presença de Deus. Depois, leia o Salmo 131 em voz alta algumas vezes, com alguns momentos de silêncio entre cada leitura.

> **SENHOR, MEU CORAÇÃO NÃO É ARROGANTE, NEM MEUS OLHOS SÃO ALTIVOS; NÃO BUSCO COISAS GRANDIOSAS E MARAVILHOSAS DEMAIS PARA MIM. NA VERDADE, ACALMO E SOSSEGO MINHA ALMA; COMO UMA CRIANÇA DESMAMADA NOS BRAÇOS DA MÃE, ASSIM É MINHA ALMA, COMO ESSA CRIANÇA. Ó ISRAEL, PÕE TUA ESPERANÇA NO SENHOR, DESDE AGORA E PARA SEMPRE.**

Para reflexão pessoal (45–60 minutos)

1. Que coisas ocupam (ou preocupam) seus pensamentos? Que coisas grandiosas você precisa entregar para Deus a fim de ficar calmo e tranquilo?
2. Considere a imagem da "criança desmamada". Qual é a diferença entre uma criança amamentada e uma desmamada (para as crianças hebreias, geralmente entre três e quatro anos)? O que uma criança desmamada procura na mãe? Como essa imagem fala com você sobre os convites de Deus para sua alma?
3. Descreva a paz ou preocupação na sua alma ao escolher uma imagem para completar esta frase: "Minha alma é como... [preencha a lacuna]."
4. Imagine você mesmo como uma criança pequena, sentada no colo de Deus. Sinta o calor do abraço de Deus; escute o sussurro da voz de Deus aquietando qualquer turbulência em você; escute a reafirmação do amor e da presença de Deus. Qual é a sua resposta?
5. Passe um tempo aquietando e acalmando sua alma, descansando em comunhão silenciosa com o Deus que te ama e que está comprometido com seu bem.

Para reflexão em grupo (45–60 minutos)

1. O que mais se destacou para você durante o tempo de reflexão pessoal?
2. Como o grupo pode orar por você?
3. Conclua colocando seu próprio nome no chamado à esperança: "Ó [nome], põe tua esperança no SENHOR, desde agora e para sempre."

MEDITAÇÃO EM ROMANOS 8:31–39

CONFIANÇA NO AMOR DE DEUS

Aquiete-se na presença de Deus. Convide o Espírito Santo para trazer a Palavra de Deus à vida. Então, leia o texto de Romanos 8:31–39 em voz alta algumas vezes.

> PORTANTO, QUE PODEREMOS DIZER DIANTE DESSAS COISAS? SE DEUS É POR NÓS, QUEM SERÁ CONTRA NÓS? AQUELE QUE NÃO POUPOU NEM O PRÓPRIO FILHO, MAS, PELO CONTRÁRIO, O ENTREGOU POR TODOS NÓS, COMO NÃO NOS DARÁ TAMBÉM COM ELE TODAS AS COISAS? QUEM TRARÁ ALGUMA ACUSAÇÃO CONTRA OS ESCOLHIDOS DE DEUS? É DEUS QUEM OS JUSTIFICA; QUEM OS CONDENARÁ? CRISTO JESUS É QUEM MORREU, OU, PELO CONTRÁRIO, QUEM RESSUSCITOU DENTRE OS MORTOS, O QUAL ESTÁ À DIREITA DE DEUS E TAMBÉM INTERCEDE POR NÓS. QUEM NOS SEPARARÁ DO AMOR DE CRISTO? SERÁ TRIBULAÇÃO, OU ANGÚSTIA, OU PERSEGUIÇÃO, OU FOME, OU PRIVAÇÃO, OU PERIGO, OU ESPADA? COMO ESTÁ ESCRITO: POR AMOR DE TI SOMOS ENTREGUES À MORTE TODOS OS DIAS; FOMOS CONSIDERADOS COMO OVELHAS PARA O MATADOURO. MAS EM TODAS ESSAS COISAS SOMOS MAIS QUE VENCEDORES, POR MEIO DAQUELE QUE NOS AMOU. POIS TENHO CERTEZA DE QUE NEM MORTE, NEM VIDA, NEM ANJOS, NEM AUTORIDADES CELESTIAIS, NEM COISAS DO PRESENTE NEM DO FUTURO, NEM PODERES, NEM ALTURA, NEM PROFUNDIDADE, NEM QUALQUER OUTRA CRIATURA PODERÁ NOS SEPARAR DO AMOR DE DEUS, QUE ESTÁ EM CRISTO JESUS, NOSSO SENHOR.

PARA REFLEXÃO PESSOAL (45–60 MINUTOS)

1. "Portanto, que poderemos dizer diante dessas coisas?" Pense sobre a altura e profundidade, comprimento e largura do amor de Deus revelado para você na vida, morte e ressurreição de Jesus Cristo. O que você quer dizer para Deus sobre essas coisas? Oferte a Deus em oração palavras de louvor, agradecimentos, confusão, dúvida ou desejo.
2. "Se Deus é por nós, quem será contra nós? Quem trará alguma acusação contra os escolhidos de Deus? Quem os condenará? Quem nos separará do amor de Cristo?" Nomeie para Deus as pessoas que fizeram você duvidar do amor dele: pessoas que se opuseram a você, te acusaram, te condenaram, te rejeitaram, ou que dificultaram que você se aproximasse de Deus com confiança no amor dele. Peça ao Espírito que traga essas pessoas à sua mente. Existe alguém a que você precise perdoar?
3. "É Deus quem os justifica. Cristo Jesus é quem morreu, ou, pelo contrário, quem ressuscitou dentre os mortos, o qual está à direita de Deus e também intercede por nós." Há alguma coisa pela qual você precise buscar perdão? Alguma coisa pela qual você precise se perdoar? Para cada acusação levantada contra você, declare: "É Deus quem me justifica."
4. "Aquele que não poupou nem o próprio Filho, mas, pelo contrário, o entregou por todos nós, como não nos dará também com ele todas as coisas?" Nomeie para Deus as vezes ou as circunstâncias em que pareceu que ele estava retendo o bem de você. O que fez você duvidar da confiabilidade e generosidade de Deus? Há alguma decepção ou ressentimento que você precise expressar honestamente para Deus?
5. "Será tribulação, ou angústia, ou perseguição, ou fome, ou privação, ou perigo, ou espada?" Nomeie para Deus os momentos de tribulação, sofrimento, angústia, escassez ou perigo que fizeram você duvidar do amor de Deus ou sentir-se separado desse amor. Há alguma coisa que você precise lamentar diante de Deus?

6. Apresente as suas experiências pessoais a Deus em oração: "Pois tenho certeza de que nem [essa pessoa], nem [aquela pessoa], nem [esse momento de escassez], nem [essa experiência de sofrimento e tristeza]... nada poderá nos separar do amor de Deus, que está em Cristo Jesus, nosso Senhor." Depois, responda à pergunta de novo: "Portanto, que poderei dizer diante dessas coisas?"

Para reflexão em grupo (45–60 minutos)

1. O que mais chamou a sua atenção durante o tempo de reflexão pessoal?
2. Como o grupo pode orar por você?

MEDITAÇÃO NO SALMOS 90:12

MEMENTO MORI, LEMBRE-SE DA SUA MORTE

Aquiete-se na presença de Deus. Depois, leia o Salmos 90:12 em voz alta várias vezes, com um tempo de silêncio entre cada leitura.

> **ENSINA-NOS A CONTAR NOSSOS DIAS PARA QUE ALCANCEMOS UM CORAÇÃO SÁBIO.**

Para reflexão pessoal (45–60 minutos)

1. Imagine-se tendo só mais algumas semanas de vida. Como você viveria seus últimos dias?
2. Escreva uma elegia honesta sobre si mesmo. Que tipo de pessoa você se tornou? O que você quer que seja dito sobre você quando morrer?
3. Que mudanças você pode fazer com a ajuda do Espírito? Onde Jesus está te convidando para morrer para si mesmo a fim de viver para ele?
4. "Já estou crucificado com Cristo. Portanto, não sou mais eu quem vive, mas é Cristo quem vive em mim. E essa vida que vivo

agora no corpo, vivo pela fé no Filho de Deus, que me amou e se entregou por mim" (Gálatas 2:20). Para você, o que significa viver pela fé no Deus que te amou e se entregou por você?

5. Entregue seus pensamentos e sentimentos para Deus em oração.

Para reflexão em grupo (45–60 minutos)

1. Compartilhe algumas reflexões honestas sobre o que você percebeu enquanto orava. Como o grupo pode te encorajar e te apoiar enquanto você busca numerar os seus dias?
2. Alternem-se orando uns pelos outros, incluindo orações de agradecimento pela obra de Deus que vocês já conseguem ver nas vidas uns dos outros. Usem essa oportunidade para elogiarem (fazerem uma elegia) um ao outro.

MEDITAÇÃO EM MARCOS 15:1–5

FAZENDO COMPANHIA A JESUS EM SILÊNCIO

Aquiete-se na presença de Deus. Depois, leia Marcos 15:1–5 lentamente, várias vezes.

> **LOGO DE MANHÃ, OS PRINCIPAIS SACERDOTES REUNIRAM-SE EM CONSELHO COM OS LÍDERES RELIGIOSOS, ESCRIBAS E TODO O SINÉDRIO. AMARRANDO JESUS PELAS MÃOS, LEVARAM-NO E O ENTREGARAM A PILATOS. E PILATOS PERGUNTOU-LHE: "TU ÉS O REI DOS JUDEUS?" JESUS LHE RESPONDEU: "É COMO DIZES." E OS PRINCIPAIS SACERDOTES O ACUSAVAM DE MUITAS COISAS. PILATOS VOLTOU ENTÃO A INTERROGÁ-LO: "NÃO RESPONDES NADA? VÊ QUANTAS ACUSAÇÕES TE FAZEM." MAS JESUS NÃO RESPONDEU MAIS NADA, E PILATOS FICOU ADMIRADO.**

Para reflexão pessoal (45–60 minutos)

1. O que você percebe sobre Jesus? Há algo que te impressione? Entregue seus pensamentos para Deus em oração.

2. Pense sobre uma vez em que você foi falsamente acusado (ou imagine uma situação de falsa acusação). Como você reagiu (ou reagiria)? Entregue suas memórias (ou imaginação) para Deus em oração.
3. Que pensamentos e sentimentos emergem quando você se imagina ficando em silêncio diante das acusações? Entregue-os a Deus em oração.
4. Para você, o que significa fazer companhia para Jesus nessa situação?
5. O que você precisaria receber de Jesus para deixar sua reputação morrer? Peça-lhe aquilo de que você precisa.

Para reflexão em grupo (45–60 minutos)

1. Compartilhe com o grupo a sua memória (ou imaginação), assim como sua resposta à situação.
2. Como o grupo pode orar por você?

MEDITAÇÃO EM JOÃO 13:1–15,21

AMOROSO ATÉ O FIM

Aquiete-se na presença de Deus. Então, leia o texto em voz alta e imagine que você está lá no quarto de cima com Jesus e os discípulos, na noite antes da crucificação dele. Use todos os seus sentidos para entrar na história.

> **ANTES DA FESTA DA PÁSCOA, SABENDO JESUS QUE HAVIA CHEGADO SUA HORA DE PASSAR DESTE MUNDO PARA O PAI, E TENDO AMADO OS SEUS QUE ESTAVAM NO MUNDO, AMOU-OS ATÉ O FIM. ENQUANTO JANTAVAM, O DIABO JÁ HAVIA POSTO NO CORAÇÃO DE JUDAS, FILHO DE SIMÃO ISCARIOTES, QUE TRAÍSSE JESUS. SABENDO QUE O PAI LHE ENTREGARA TUDO NAS MÃOS E QUE VIERA DE DEUS, E PARA DEUS ESTAVA VOLTANDO, JESUS LEVANTOU-SE DA MESA, TIROU O MANTO E, PEGANDO UMA TOALHA, COLOCOU-A EM VOLTA DA CINTURA.**

EM SEGUIDA, COLOCOU ÁGUA EM UMA BACIA E COMEÇOU A LAVAR OS PÉS DOS DISCÍPULOS E A ENXUGÁ-LOS COM A TOALHA QUE TRAZIA EM VOLTA DA CINTURA. APROXIMANDO-SE DE SIMÃO PEDRO, ESTE LHE DISSE: "SENHOR, TU LAVARÁS OS MEUS PÉS?" JESUS LHE RESPONDEU: "AGORA NÃO COMPREENDES O QUE EU FAÇO, MAS DEPOIS ENTENDERÁS." RESPONDEU-LHE PEDRO: "NUNCA LAVARÁS MEUS PÉS." DISSE-LHE JESUS: "SE EU NÃO TE LAVAR, NÃO TERÁS PARTE COMIGO." ENTÃO SIMÃO PEDRO LHE DISSE: "SENHOR, NÃO LAVES SOMENTE OS PÉS, MAS TAMBÉM AS MÃOS E A CABEÇA." JESUS LHE RESPONDEU: "QUEM JÁ SE BANHOU PRECISA LAVAR APENAS OS PÉS, POIS NO MAIS ESTÁ TODO LIMPO. VÓS ESTAIS LIMPOS, MAS NEM TODOS." POIS ELE SABIA QUEM IRIA TRAÍ-LO; POR ISSO DISSE QUE NEM TODOS ESTAVAM LIMPOS.

TENDO-LHES LAVADO OS PÉS, TOMOU O MANTO, VOLTOU A SENTAR-SE À MESA E PERGUNTOU-LHES: "ENTENDEIS O QUE VOS FIZ? VÓS ME CHAMAIS MESTRE E SENHOR; E FAZEIS BEM, POIS EU O SOU. SE EU, SENHOR E MESTRE, LAVEI OS VOSSOS PÉS, TAMBÉM DEVEIS LAVAR OS PÉS UNS DOS OUTROS. POIS EU VOS DEI EXEMPLO, PARA QUE FAÇAIS TAMBÉM O MESMO" [...] HAVENDO FALADO ESSAS COISAS, JESUS PERTURBOU-SE EM ESPÍRITO E DECLAROU: "EM VERDADE, EM VERDADE VOS DIGO QUE UM DE VÓS ME TRAIRÁ."

Para reflexão pessoal (45-60 minutos)

1. Imagine Jesus se ajoelhando diante de você, te olhando nos olhos e estendendo as mãos para os seus pés sujos, cobertos de poeira. Você oferece os seus pés para ele? Por quê, ou por que não? Se você resiste, o que está por trás da sua resistência? Entregue seus pensamentos e sentimentos a Deus em oração.
2. Imagine a pessoa que você acha mais difícil de amar e servir. Veja Jesus se ajoelhar e lavar os pés dela. Como você se sente? Entregue seus pensamentos e sentimentos a Deus em oração.
3. Agora, Jesus se levanta e entrega para você a bacia e a toalha. Ele te chama para se ajoelhar e lavar os pés de quem te traiu ou dificultou sua vida. Como você responde? Entregue seus pensamentos e sentimentos a Deus em oração.

4. Há algum ato concreto de amor e serviço que Jesus esteja te chamando para fazer em nome dele?

Para reflexão em grupo (45–60 minutos)

1. O que mais chamou a sua atenção durante o tempo de reflexão pessoal?
2. Como o grupo pode orar por você?
3. Concluam o tempo de oração lavando os pés uns dos outros.